高韵声 著

# 林中的雨滴

中国出版集团 现代出版社

图书在版编目（ＣＩＰ）数据

林中的雨滴 / 高韵声著. -- 北京 ： 现代出版社，
2024. 11. -- ISBN 978-7-5231-1129-1

Ⅰ. I267

中国国家版本馆CIP数据核字第2024Y9J918号

# 林中的雨滴
LINZHONG DE YUDI

著　　者　　高韵声

责任编辑　　毕椿岚
责任印制　　贾子珍
出版发行　　现代出版社
地　　址　　北京市安定门外安华里504号
邮政编码　　100011
电　　话　　(010) 64267325
传　　真　　(010) 64245264
网　　址　　www.1980xd.com
印　　刷　　北京荣泰印刷有限公司
开　　本　　710mm×1000mm　1/16
印　　张　　20
字　　数　　296千字
版　　次　　2025年1月第1版　2025年1月第1次印刷
书　　号　　ISBN 978-7-5231-1129-1
定　　价　　88.00元

# 精心构筑的文学家园：满山诗意　悠悠"我"心

## ——读高韵声散文集《林中的雨滴》有感

□ 徐晓民

如果读过高韵声写家乡——内蒙古敖汉旗的散文，我们会有一个总的感受，他笔下的草木花鸟、大山老河，均带着高韵声的独特印记：清新、灵动，充满诗意。有人说："一千个人，就有一千个哈姆莱特。"同一个家乡，一千个人就有一千个模样。高韵声笔下的敖汉旗就是他精心构筑的文学家园，也是他散文创作灵感的源头。

敖汉旗人杰地灵，自然生态得天独厚。大黑山国家级自然保护区、宋杖子传统村落，等等，不仅拥有丰富的自然资源，还带着岁月的深深印记。草木有本心，万物亦有灵，家乡为韵声的文学创作提供了源源不断的滋养。

韵声为人老成、稳重、热情，为文却恣意纵横，洒脱灵动。

如今，韵声将近年来创作的散文结集出书，名为《林中的雨滴》。我翻阅着那一篇篇散文作品，感佩他持之以恒的创作精神，更感佩他视通万里、思接千载的创作激情。近年来，他创作的散文和小说上百篇，分为两部分，一部分是生态散文；一部分是生活感悟。生活中的韵声兴趣广泛，爱好无线电和山林野趣，喜欢摄影、码字，业余听音乐，看电影，读《红楼梦》。一位对生活充满爱的人，他的散文自会情趣盎然。

陶钧文思，贵在虚静。韵声在《入山何虑别倾城》一文中写道："天地草木与我，花鸟虫鸣与我，雨雾云翳与我，天成一体。山林静默，我亦满心宁静。"所谓"山林静默"，也是心之宁静。"灵魂已飞，身如禅定，坐在石上，一时不知此为何时？此为何地？小径幽深，不知几许，蜿蜒远处，云山雾罩，直到目所不及。天上人间，自此而入？"这是一种情感极为充沛的创作状态。

韵声赋予笔下万物以生命，登山则情满于山，观河则意溢于河。大山、花朵、小草、老河、大柳、虫、鸟，入文入心，仿佛与他浑成一体。《烛光》这一段较有代表性："红烛开始流泪。顺着烛身的边缘一滴一滴落下，不一会儿就是一堆。眼见着烛身矮了不少了。燃烧了自己，照亮了别人。是吗？"看到红烛，不禁让人想起那些勇于自我牺牲的仁人志士，想到"蜡炬成灰泪始干"的老师。

韵声的散文具有鲜明的地域特色，虽然没有莫言的高密东北乡、苏童的香椿树街那么著名和蔚为壮观，但我们依然能够看到韵声的努力。《通往杜鹃花的路》中写道："此时的大黑山，群山逶迤，远远近近，层层叠叠，曲曲折折，高高低低。满山的树木，一片一片的绿，一片一片的白，一片一片的红。"《三阆园记》中则描写了另一番美景："抬头是山，低头是树，左耳鸟叫，右耳虫鸣，一阵花香，一阵草嗅，似脱红尘，似绝人烟。"如同"仙境"一般。

在散文创作中，韵声善于调动视觉、听觉、嗅觉、触觉等手段，窥情风景之上，钻貌草木之中。在《林中的雨滴》一文，他眼中那小小的水滴，那小小的生命，是那样活灵活现。他看到：水滴的形成，最初只是一点湿，然后有点鼓，然后再膨胀，由一个小小的平面，慢慢隆起，变成曲面，变成椭圆，最后变成圆圆的小水晶球球。然后沾在叶片上，拥着那凝固的绿，一动不动。他嗅到：林间弥漫着湿湿的水汽。夹杂着树香、草香，还有土壤腥味。耳边响起：这声音，喁喁耳语。屏息侧耳，如有一双玉指，随弯就势，轻轻，轻轻，在耳廓边缘来来去去，摩挲，婆娑，婆娑，摩挲。再看他触觉到的：突然，额头一点凉湿。那是一滴硕大的水珠滴了下来，打在了额上。头脸胳臂、脖颈、都是点点的丝丝凉意。韵声的文字给人的视觉感极强，文字构成了一个个电影镜头，活色生香，扑面而来，给人以身临其境之感。

遁辞以隐意，谲譬以指事。韵声的散文往往别有深意，读他的散文，需要回味。《老河大柳》说的不仅仅是老河、大柳，而是老河、大柳背后的历史变迁；《墙上的蒿了和房上的树》说的不仅仅是生长在墙缝中的蒿子和长在房上的树，而是讴歌一种不屈不挠的顽强精神，同时，也在说一个哲理："人，也是这样一辈子。"《心中的风铃》写出了对生活的感悟：我不希望生活过得一成不变。文章告诉人们：知道心中有一挂风铃，才知道那时时传来的辽远而又悠长的希望钟声在召唤。《谎花》的含义更为多元。从倭瓜花、李子花、枣花的比较，说明坚持就是胜利的道理，但我觉得，文章的含义还远不止这些，有的花又大又艳又好看，但是谎花多，一棵秧上结不几个瓜，有的花小如米粒，渺不起眼，但成功率却很高。这何尝不是说人世间各种各样的人呢！韵声的散文，写出了许多生活感悟和人生哲理。《西街的音乐》里写道："我总是认为，用音乐表达的忧伤不是忧伤。"短短一句话，却是多少生活经历打磨出来的啊！再如《星星就是少年的心》文中写道："我喜欢咖啡那种苦的味道。其实，咖啡的苦，只是头几口，只要喝下去，后面就越来越香，苦味反而没了。和生活一样。"最后一句画龙点睛，让人回味无穷。

韵声的散文常常趣味横生，让人拍案叫绝。在《流昞的少年》中，"我用手电筒照月亮，照星空，想象这束光，能照到嫦娥，让嫦娥看见我。""我摘下家中的第一个成熟的柿子，做了一个水果电池。"真是别出心裁。《黑山那日》中有句话："鸡汤大师，今天改鱼汤吧！"机智巧妙，韵味悠长。

唠唠叨叨说了以上这些话，是我的粗浅感受，可能挂一漏万。在此，谨祝韵声的散文集《林中的雨滴》能得到更多读者喜爱，并继续创作出更多更精彩的文字。

---

（作者为原辽沈晚报总编辑）

# 序
# 二

韵声先生是我的先生。

我与先生结识，是在 20 年前。当时，我从克力代乡政府调入敖汉旗委办公室，先生正好分管我。

回看那段岁月，真是懵懂无知，尤其对文字材料，更是见之头大。幸好有先生指点，才渐成合格的"文字匠"。

先生培养人，也有鲜明的"韵声特色"。他不是手把手地、一字一句地教，而是压上担子放手让我们自己去写，在游泳中学习游泳。他不是苛求一个模式、一个标准，而是能包容和欣赏不同的美，让我们每个人都能保持并发扬自己的风格。当然，他也不是简单地甩手不管，疑难面前的点拨，恰到好处的修正，点石成金的润色，关键时刻的示范，该出席的时候从不缺席。

让我记忆深刻的一次，是 2006 年全市两个文明建设经验交流会要在敖汉召开，我负责起草的旗委工作汇报两稿都不达标。材料第二天就要报市委办，火烧眉毛了。先生当晚接待客商还喝了点酒，九点多钟回到办公室，开始亲自操刀。凌晨时分，在敖汉材料界颇具影响的一篇精品力作就出炉了。文中凝练的"三个转变"，非常到位地总结了敖汉旗经济社会发展的成就，也成为旗委谋划推动工作的重要思路。

先生出手的公文，既有党政机关该有的端严，又不失文学作品特有的灵性，读来令人舒服、解渴、爱看，也受教育和触动。也许正是多年捉刀的经历，埋下了先生走进文学的种子。

近年来，先生闲暇时常常写点东西。开始是散文，后来也有小说、杂文、游记，有短篇也有长篇，有故事也有舒情，有思考也有批评，有文字也有美图，体裁多样、取材灵活、形式自由。像极了先生的为人，真心也随心。

我虽然浸淫文字多年，但一直在做"官样文章"，对于文学实在是个门外汉。评论先生的作品，如果妄自说出个一二三来，那就真是贻笑方家了。

我只是先生的学生、读者、粉丝。繁忙的工作之余，点开公众号，看看先生的作品，或启发思考，或忆及往事，或宁静陶冶，或会心一笑。开卷有益之外，又多了一份温情。

试想一下，先生的作品归集付梓之后，在一个周末的清晨，煮一杯香茗，放一段舒缓的音乐，捧一本墨绿封面的《林中的雨滴》，一页一页去细读，就像跟老友在聊天。那一定是人生中难得的惬意时光。

说实话，接到让我作序的吩咐，我是感动又惶恐。论才论名，我都不足以当此任。奈何先生有令，勉为其难写几句话，姑且抛砖引玉吧。

周星志

2024 年 11 月 5 日于呼和浩特

# 目 录

# 入山何虑别倾城

一进山，大雾弥漫，几不见物。

林翁静守此山，转眼 26 年了。今日一见，既惊又喜。话不多说，但欢喜在心，春风满面。我欲开南边小门，雾生铁锈，有点顿挫，他便过来帮忙。门开之后，不仅大雾，而且又掉起了雨点。我既久别，就不管不顾，下了坡，顺着小路进了林子。

雾雨山林之中，同行初涉就止步不前，在一边说话。我便一个人独享自然，只与雾雨山林无语相伴。

林的入口是几株经年的黑桦，树下有大石，万年风刀霜剑的打磨，已然没有棱角。今天，不但圆润，而且湿滑。黑桦往里走，是高大的蒙古栎、挺拔的油松、玲珑的五角枫、迷人的白蜡树、独处的野山楂，还有榛子、冬青和不知名的野花草点缀其中。花季早过，但那冬青竟也还有花开。花不大，但一簇一簇的皎洁，在大树底下不断绽放，无声默守生命，不忘宣示生机。

天有雾，又掉着雨点。林间弥漫着一道道湿潮的白烟，漫射着柔和的白光。置身其中，顿觉和这自然浑然一体。有物无我，物我相一。茂林之中，只可见近处的绿叶百花，从下到上，有渺小、有高大、有卑微、有挺拔，一切分明，高高低低，蓬勃无限。在酥酥的雨中远望，则不管什么，都像穿上了白纱，又像洒满了满月的夜光。

此时此刻，听雨点下落的声音，静动交替，有无相间；看云雾像天女的仙袂一样，浓一抹淡一抹，从脸上撩过。驻足于此，我亦似有若无，灵魂早已飘荡山林。是一棵树？是一株草？是一朵花？是一声鸟叫？是一点虫鸣？——是与不是，我不自知。只感觉大地在呼吸，我不是我，现在的我已与过去的我疏离了万八千里。

天地草木与我，花鸟虫鸣与我，雨雾云翳与我，天成一体。山林静默，我亦满心宁静，像入定的法师。不是喜悦，没有悲愁；又似一团骨血孕育的婴儿初降人间，满眼新奇，却没有语言，没有词汇，没有概念，没有表达，只有眼前……

一树山楂花开满枝头，挡住我前行的路。那花叶挂着水珠，那水珠装着世界，由将见的小，渐渐地变到米粒大、豆粒大，不知花了多长时间，然而，倏的一下，滑落地上不见了。

我的灵魂自让我前进。左前方，蒙古栎硕大的叶子湿漉漉的，泛着亮光，像一层包浆。黑桦叶小而圆，若挂一树绿钱。一片枫林，枝叶茂密，大片的绿，小片的黄，点点的红，界限并不分明，一枝一杈，卓尔不群……

再远行，松针满地，湿湿的，如浅浅的泥淖。高处，有几块大的树隙，蒙蒙亮，俨然雾化的乳，又像上天的门……

雨不停地下，却不湿身，早有头顶的树盖在承天接露。灵魂已飞，身如禅定，坐在石上，一时不知此为何时，此为何地？小径幽深，不知几许，蜿蜒远处，云山雾罩，直到目所不及。天上人间，自此而入？

不知过了多久，仍无意离去。直到突如其来的"扑棱棱"的声音，接着"嘎——嘎——"两声嘹叫，刺破雨雾山林的静寂，必是大鸟起飞。

我惊坐而起，灵魂归窍，重返凡尘。环视许久，其踪难觅……

# 星星就是少年的心

妻子问我："咖啡和茶有什么不同？"

问得太突然，我就随口答道："咖啡就是洋人的茶。"她说："那我们的茶，也是他们的咖啡吗？"

"这个……一个道理的东西吧。"我想说咖啡有咖啡因，茶有茶多酚，都是醒脑提神、解渴、度时光的东西。但是话到嘴边，却说成了"就像钻石因为以稀为贵，锚定了爱情一样。咖啡和茶因为众生易得，锚定了时光"。我的意思是，咖啡和茶有多保健倒未必。它只是使人用清醒的方式，度过暂时放下的时光。时光于生命而言，并不礼让。因为它总像一条静静的河，不分昼夜，无声流淌。生命追求它，如夸父逐日一般，道渴而死，化为邓林。

此时，夜很神秘，黑在游荡。忙碌了一天，告别嘈杂，回到家里，一切都安静下来了。感觉与世界彻底隔绝，游离于尘世之外了。在二人世界里，我和妻子共度自由的时光。虽然我们的人生，已经到了红叶迎秋的季节，但是春花送冬的年轮，时时着意挽留那颗曾经少年的心。

此刻，在餐厅里，我们对坐桌前。正在用小匙搅动着杯里的咖啡。咖啡颜色黑黑的，味道苦苦的。妻子加糖，我则不加。我喜欢咖啡那种苦的味道。其实，咖啡的苦，只是头几口，只要喝下去，后面就越来越香，苦味反而没了，和生活一样。

此间，书房里正流淌着那首钢琴演奏的曲子，名字叫作《晚秋》。那音符像是从遥远的地方跋山涉水而来，忽深忽浅、忽远忽近、忽长忽短、忽高忽低、忽重忽轻、忽慢忽急，隐隐约约、缥缥缈缈，如观世音飘临。我听着，总是想到一个踽踽独行的背影。不知道那背影是不是我，是不是妻子，还是别的什么人。

妻子不常喝咖啡，只是偶尔才有喝咖啡的兴致。我们一起喝的时候，都是在餐厅。在餐厅，有迷人的灯光，能听到书房里的音乐，可重拾旧日的温馨。

我原来经常喝茶，现在则经常喝咖啡。我自己喝的时候，都是在妈的卧房里。妈不在世了之后，我在她的卧房里放了一个咖啡机。一个人的时候，独坐在与妈相伴多年的小桌前，现磨咖啡喝。机器一启动，满屋都弥漫着一股思念的味道，那是一种很特别的香气。我喝咖啡，很大程度上是为了这特别的香气。还有这间房，一切都和妈生前是一个样子。那香气会让人沉醉在一种深深的怀念之中。头脑入神的时候，眼睛就会出神。心就静止了，仿佛不再跳动。全然不知道从身边悄悄流走的秒秒分分。

妈的小桌有些斑驳，还有那把椅子，我想，那就是停止流走的岁月的疤痕。我双手捧着杯子，很久，用心感受那烫。当轻云般的感觉一缕钻心的时候，先放下——必须放下——再用小匙品。苦和亲切就连在了一起。对面是妈在墙上挂的那张画像，看着我，满目悲悯。想到了妈妈，我就是孩子。此情，可待追忆——这是往日。

今夜，现在书房流出的曲子，是《斯卡布罗集市》。昏黄的灯光下飘荡着轻柔的旋律。很温润，一曲未了，人静心止。我仿佛看到，熙熙攘攘的人们，宛若琴师忙碌的十指。一会儿这，一会儿那，一会儿高，一会儿低。黑黑白白，起起伏伏，左左右右，东东西西。

我啜了一口咖啡，妻子也啜了一口咖啡。抬头看向窗外，夜空浩瀚。群星闪耀着光芒，忽亮忽暗，像飞动的萤火虫，明明灭灭，飘忽不定。我想起了在哪里看到的一个故事，大意是，星星本来不是星星，是天幕上破了的洞洞。之所以看起来亮晶晶的，是因为洒漏了天堂的光。就问了一句："星星是什么？"

妻子也在捧着杯子，若有所思。随口回答说："星星就是少年的心。"

# 林中的雨滴

站在山巅上，看见一片林。三步两步跨进林里，只见林间林荫广大，没有直照的阳光，只有流动着的光亮。

树很粗大，形态各异，在一人多高的上面长满虬枝，都有碗口粗，光光的，上面是白褐色的细小菱形浅裂。虬枝有张有弛，左突右冲，盘旋交错，像是在努力挣脱无形的羁绊，为自己的命运奋争。虬枝前端多半部位长满了枝杈，大弯小直。天空辽远，不可觑觎。近在眼前，见缝插针。几米的高处，便是漫天的绿幕，茂然如云，隔开了天空与大地。这是一片山楂林，生境清幽，远离红尘。

天空突然下起了雨。万千雨线，疏疏密密。细小的雨滴，七七八八，打在叶上。湿漉漉的，沾在叶面，不曾下滴。树冠如伞，承天接露，如此这般，笑纳着天上掉下来的珍珠细米。

林间弥漫着湿湿的水汽。夹杂着树香、草香，还有土壤的腥味儿。没有一点虫鸣鸟叫，也还没见到雨滴，只听见淅淅沥沥雨的声音。

这声音，如喁喁耳语。屏息侧耳，如有一双玉指，随弯就势，轻轻，轻轻，在耳郭边缘来来去去，摩挲，婆娑，婆娑，摩挲。温润，轻柔，有温度。动作在耳上，感觉在心里。陡然，雨间歇了好一阵。天地一片宁静。雾锁烟雨之中，有一颗种子，听见了雨的脚步不远了，萌动的力量在蓄积。随之，心跳加快了，宛若初生的日子就要到来了，一股暖流遍布全身。听，那是雨打芭蕉的声音。无限向往啊，那不知道怎么描述的生命之美。

雨又下起来了。刮起了春风。春风骀荡，花树带雨，怡红快绿，盎然生机。

突然，额头一点凉湿。那是一滴硕大的水珠滴了下来，打在了额上。抬起头来看天。"啪"，又是一滴，打在镜片上，顿时漫漶开来，眼前一片朦胧。只好静听蒙蒙细雨。

"啪"，"啪"，"啪啪"，"啪啪啪"……

树上的水滴接二连三地打下来。头脸，胳膊，脖颈，都是点点的湿湿凉意。东西上下，前后左右，由此及彼，由彼及此，不由分说，颗颗不止。

这不是雨滴，这是雨露滋润的甜蜜。细小的雨滴，在宽大的叶上，沉浸，融汇，凝聚，然后自成一体。水的张力使它变成晶莹剔透的水晶颗粒。薄薄的边缘，似有一圈金线缠绕，反射着叶脉的秘密。它发端于最初的位置，一丝一点，聚沙成塔，集腋成裘。大海来自水滴，又忽略水滴。水滴奔向大海，从来不失穿石之心。

水滴的形成，最初只是一点湿，然后有点鼓，然后再膨胀。由一个小小的平面，慢慢隆起，变成曲面，变成椭圆，最后变成了圆圆的小水晶球球。然后沾在叶片上，拥着那凝固的绿，一动不动。后来，或者禁不住风的撩动，滚下去了。或者雨一直下，小水晶球越涨越大，看不见速度，看不见增长。一切都在看不见中。但是在不可自主地膨胀自身。一会儿，就有豆大了。它屹然傲立，林间的颜色，全在它的视野之内。由于凸透镜的效应，水晶球像哈哈镜一样，映照出来的，全是变了形的虹霓，一片魔幻的明媚。

有那么一个瞬间，水晶球突然下坠，顺着叶缘，滑落下去了。

它的确是膨胀得太大了。重力让它终究不能留住久居，像失重一样掉下去，掉下去。如同云海茫茫之中，在高空跳伞。伞没打开，人就是个自由落体，无奈只好任其穿云过雾，随意飘飞。

终于落了地。一摔，就碎了。转眼就渗进了地里，什么都没有了，归于无形和静寂。细看，只有一个小圈圈，有点湿的痕迹。然而落在这里，连"啪"的一声也没听见。水滴落于大地，渺小到无声无息。

冥想，是快意的空灵。沉思，是灵魂的放歌。自由，并不散漫。烂漫，却是勇气。水滴虽小，却是力之美的孕育。

不知不觉间，雨过天晴，阳光灿烂。林间不再幽暗，涌动着无影灯一样的明丽。天边挂着一道彩虹，赤、橙、黄、绿、青、蓝、紫，还有空山雨后，清新的空气，沁人心脾。

身不由己，快步走出山林，看那高挂天边的彩虹，然后大口呼吸呼吸……

# 心中的风铃

梦想有一挂风铃。跑回老家去，把它挂在院子里的那棵枣树上。然后拿着我那把多年前买来想去春游却一直躺在角落里的折叠椅，把它放在院中另一棵树荫下，可以正对着那棵枣树看。

清晨或者午后，我就一个人坐在那把椅子上。像儿时一样放纵自我，放松身心，放飞心情。

在这院子里，爷爷奶奶不在了，爸爸妈妈也不在了，我就是主人。我的地盘我做主。我要任意而为。我魂牵梦萦这院子，这才是真实的原因。我熟悉它的一切，它包容我的一切。我的生命就诞生在这里，我纯真的欢乐就来自这里，我幼小的脚印就留在这里。

如今，我虽然长大多时，但要一改谋食面目。在老家的院子里。我再也不用作患得患失的考量，我想怎么样就怎么样。就如同坐在这把折叠的帆布椅子上，想往后仰就往后仰，想往前倾就往前倾。全然可以不用考虑别人的眼神。这里也没有别人的眼神。

或者，不再装。跷一下自己从来不曾跷过的二郎腿，试试什么滋味——尽管自己一贯认为那是不雅的姿势。

然后呢，就逍遥地听着看着那挂风铃，在风中摇曳发出的好听的声音。再慢慢地闭上眼睛。不知有汉，无论魏晋。任时光像春风十里一样飘荡，像叮咚的泉水一样流逝。

然而，这只是一个永远的梦想而已。这个梦想没有未来。因为我的老家早已不在，老家的院子变成了一片田畴，长满了绿油油的玉米。我辨不出它的样子，也再找不到它的位置。

那么，既然如此，就把它挂在家里阳台的檐下吧。我家的阳台上，还有一只炭化木的花箱，里面种着几棵蜀葵，茎秆高高地挺立着，长满了大大的布纹一样的叶子。叶子中间一朵接一朵的粉红色大花盛开着。那花重瓣，层层叠叠，都昂着头，向着太阳。花箱旁边还有几个花盆，郁郁葱葱，花花草草，阳台上好一片生机。

我把那张椅子拿回来放在这里。坐下来，静看蔚蓝的天空上飘着朵朵白云，那云朵随风聚散，任意东西。

不远处飞过一群鸽子，全是灰的。并没有我想象中白的、红的、黑的——那群鸽像战斗机一样，斜着飞到前楼的楼顶上不见了。

此时，东边的河边，树荫之中，不但有蝉鸣，还有鸟叫，还有钓鱼的人。我坐在我的阳台上，轻风拂面，像有人爱抚一般如意。心里面自然扬扬自得。

那挂风铃，被柔和的霞光映照着，叮叮咚咚地响。那声音传递的恰似青山隐隐、绿水悠悠一般感觉。音调高高低低，节拍散散慢慢，旋律缥缥缈缈，入耳即酥。

是上帝的福音吗？是仙姝的耳语吗？是远古的天籁吗？都是，又都不是。那只是我心中的风铃的声音。

我的风铃，不是像古塔檐角上的那种只能叫作铃铛的东西。我的风铃似乎不是古人的发明——因为它很现代。它由航空铝管制成。深深的古铜颜色，带着磨砂的麻点，六条长长短短的管子，中间伸出一个细绳拴挂的风伞。风伞在微风中微微摆动着。上面一个磨得圆润的木饼随机碰撞着管子。就叮叮咚咚发出悦耳的声音。

这样的风铃，据说观复博物馆的院子里有一挂，只是要大很多，叫调音音乐风铃。在很远很远的地方就能够听见它一会儿清脆欢快短促，一会儿浑厚低沉辽阔的声音。

我的这挂风铃，要小得多。现在，我坐在帆布折叠椅上，专注地仰观着它。

有人说，风铃下看书，别有一种情调。我说不能，我害怕打碎了这份心情。心情和情调是不一样的东西。有人说，风铃下喝茶，另有一番滋味，我说也不能，我害怕茶水把时光带走。时光和滋味也不是一回事。有人说，风铃下聊天，更具一片真情。我说也不能，我害怕情深自伤，情到深处人孤独。真情和聊天也不是一回事。

那么，如此，只好，只好一个人，一个人静静地听那风铃的声音。静静地听，静静地……与往日，往事道别，忘记那个秋风阵阵、秋雨绵绵的日子。忘记那个猝不及防的日子。忘记那个泪流满面的日子，也忘记那个手舞足蹈的日子……

不要想过去，不要想未来，只想现在。想现在眼前这挂风铃。享受这挂风铃在眼前的悠闲的时光。

风铃悠闲的样子，是一种自由的载体。多少人，都在渴望，渴望像风铃一样悠闲的时光。悠闲就是自由的代名词。再加上时光，那是这个世界无以复加的奢侈品。奢侈品易得吗？多得吗？

这几年，我一直想过一段悠闲时光。记住，是悠闲的时光，千万不能说悠闲的岁月。因为岁月说起来有点儿遥远，又有点漫长。时光就在身边，又是稍纵即逝的样子。所以时光短暂，岁月漫长。漫长的悠闲就是堕落。堕落的后面就是深渊啊。所以不能让岁月蒙尘。

我总以为，生活应该分为两半，就像那个阴阳罗盘。一半用来奋斗，一半用来享受。尽管我一直对年轻人说，唯有努力值得信仰，唯有勤奋值得尊重，但是我不希望生活过得一成不变。只有知道现在，才知道还有未来。知道心中有一挂风铃，才知道那时时传来的辽远而又悠长的希望钟声在召唤。

前几天，我又重读了鲁迅的《故乡》。有几句话，就如同是我心中的风铃在敲响：辛苦辗转而生活，辛苦麻木而生活，辛苦恣睢而生活。这三种生活之外，还有没有第四种呢？

心中的风铃就在那里。

# 西街的音乐

　　餐厅是早七点开自助餐。我早起锻炼回来，还差十分钟。我见餐厅还没准备好，就在外面等。突然，下来一群人，嘈杂着一哄而上，冲进了餐厅。听说话，像是一家办喜事的。送亲的迎亲的一干人等有点儿急，有啥吃啥就吃上了。服务员也眼不见，心不烦。

　　我们吃了些残羹剩饭就出发到成都，十点半。到青城山的时候，都十一点半多了。司机拉着我们到一家叫"红鹤居"的饭店吃饭，是旅游的饭店，"管吃饱不管吃好"的那种。不过饭店还是营造了很浓的文化气息。满屋子的廊柱上都挂着"六郎山人"的字画。进门就是"万丈红尘三杯酒，千秋大业一壶茶"一联。更醒目的是里面正堂上的对联：

　　为名忙为利忙忙里偷闲喝杯茶去；
　　劳心苦劳力苦苦中作乐拿壶酒来。

　　这对联好像在贵州兴义也见过。据说是毛泽东主席在湖南第一师范求学的时候，一个暑假，同"湘江三友"中的萧子升相约汗漫九垓，游历四宇。然则身无分文，到了安化县，为一家新开茶馆撰写了这副对联，一时声名大噪。

　　青城山，我不止一次来过。最初的动机是对"拜水都江堰，问道青城山"的向往。当时人流如织。过后，只留下寥寥的印象。这次与以往大不相同，竟然没有多少人。先坐10分钟电瓶车到售票处，再走20分钟的路，然后坐索道到上清门附近。礼敬三清宫，再到老君阁。

　　真是寂静所在。终于找到了似脱红尘外的感觉。此地，曾经摩肩接蹿，喧喧闹闹，不知多少凡尘俗客，求名的，求利的，求解脱的，求放松的，求指条明路的，不一而足。上次，我来这里，也很想静一静，但是却无法静下来。也就只好随着人流，上去下来，沿途照了几张相，想象了一下心中向往的感受，也就下山。竟也花了三个半小时的时间。

这次，大不相同了。似乎只有我一个人流连在这里。"金光烁屋，瑞气盈庭。太乙道炁，周流古今。甘露灌顶，光明浴身……"不知怎么就想起了《太乙金光咒》的这几句。

青城山问了道，同行就嚷嚷"拜水都江堰"。我也去过两次，这次就和同行说"你们自在玩耍，我等你们"。同行满眼新奇，兴致勃勃地往"鱼嘴"那边去了。

剩下我自由之身，一个人拿着相机顺着南桥走过去。在奔腾的岷江边上，有一条小吃街。小吃街里面，有一条商业街。商业街的中段，又有一条小街，叫作"西街"。这西街，人不多，都很悠闲的样子。我也松弛了下来，哼着"我本是卧龙岗散淡的人"，沿着街漫无目的地走。无意间发现了几处很有诗意的景色。就左找点位右找点位，左对光线右对光线，寻找最好的构图和用光。努力做得像个摄影家的样子，引来几个路人注目一下，心里无比自在受用。

在西街里，有两处卖金丝楠木的专门店。其中一个店，只有店主一人。那人在背对着门口吹萨克斯。那曲调是那么的悠长而忧伤。那人吹的是那么的专注。他身子随着曲调摇动着，到一句旋律的最后一个音符，他用尽了气息和情感，上身边吹边缓缓地压低下去，到与地平行了，还接着压低身体，吹完了这口气的时候，头已经离地面不远了。我已经在店里站了半天了，那人似乎并没有发现我。也许知道我不买东西吧！仍旧旁若无人，配合着节奏摇动着身子吹那忧伤的曲子。萨克斯那忧伤而低回的独特的音色，飘入我心。心像猫挠一般痒痒，欲罢不能，欲吐不出，欲哭无泪的感觉。真是"纵有千言万语，更与何人说"！

我静听了一会儿，轻轻地、缓缓地退出了店门。落地大窗，反射着夕阳金黄的光，柔柔的，正和这曲子浑然一体。我走了几步，回望一眼，昏黄之中，不很清晰的身影，仍在那里忘情地吹。

太阳压山了。夕阳拉长了我走在西街上的影子。那影子一刻不离地跟着我走。我走到哪里他也走到哪里，我怎么走他怎么走。随着映射的地方的不同，长长短短、高高低低，不断地变化着。有时长长的、细细的；有时短短的、粗粗的。都是很夸张的一个我。偶尔有几个路人，擦肩而过，影子也擦肩而过。不过更加夸张，像家乡的皮影戏一般。

就这样，不知走了多长时间。前面有一个小伙子，在店外面，放着爵士音乐。自己前面则架着一面鼓。他一会儿屈伸双腿，一会儿单脚点地，和着音乐自己尽情地打着鼓。似有旋律，似有表达，似有发泄，似乎此时此刻的生命时光全都凝结在这鼓点里。我停下脚步，凝听凝视，不想离去。突然，他双臂高高举起，两只鼓槌在空中划了一道弧线，重重落下，"咚"的一响，鼓声戛然而止。"啪"的一声，把鼓槌放在鼓架上，转身进里面去了。

我就还往前走。前面有一个店，这个店面装饰得与众不同，吸引我进去。店内是狭长的进深，幽幽暗暗，看不清尽头。在那看不清的里面，不知是谁在吹着笛子。那笛声清越婉转，从里面传出。似是江南小调，弯弯曲曲地飘荡在西街的巷子里。难怪刚才就恍然听见笛声，似有若无的，像晚霞一样缥缈，消散在天空之中。

西街的尽头，是一家西部风味的餐馆。外面挂着几条鲜羊腿。一个师傅戴着瓜皮帽。熟练地剔肉，穿串。地上的音箱里放着西部音乐独有的旋律。一个男歌手用沙哑的嗓音唱着粗犷的歌曲。西部大漠孤烟的辽远凄切，有似"与尔同销万古愁"一般地响彻云天。

不管是拜水都江堰，问道青城山；也不管是问道青城山，拜水都江堰；不管是修行修心也好，也不管是休闲休憩也好；都是人生走过的一个驿站，或者说一个遁点。我来了这些次，最不能忘怀的就是这西街的音乐。在这也算是喧闹的小街，却有如此旁若无人地寄情于音乐，用萨克斯，用打鼓，用笛子，用粗犷的歌声，用那穿透心灵的旋律，用那听起来抓心的伤感，让这一条小街，充满了对生活、对生命、对生存的诠释。

我总是认为，用音乐表达的忧伤不是忧伤。它是疗心的良药，它是疗心术的刀具。不平和不满，是人心的顽症痼疾。忧伤的音乐则能让人痛彻肺腑。它能疗治不平的心，唤起内心的安宁，唤起人内心里平静的喜悦。

在西街的尽头，同行打来电话。要我去"九重味道传统火锅店"吃火锅。我好久才回过神来，像大梦一场，又像黄梅季节的午后刚刚洗了一个热水澡。

# 黑山那日

我有两三年没再去过黑山水库了。五一去了，远没有过去的热闹，应是因为新冠疫情的关系。水面不大，有几个大人小孩，看衣着风貌，该是附近的村民。我也是拖家带口，加入这支寥落的队伍，正好自然。

景区大门边高大的赭红色立石上"水利风景区"几个遒劲的鲜红大字十分醒目。但大门紧闭，立一公告牌，大意是由于修缮，景区暂不对游人开放，几行黑体字似是陈迹，在风景区巨石下很容易让人视而不见。旁边是景区检票房，再左挨着一个小廊道，不锈钢栅栏上的钢管缺了一孔，刚好能让人钻过去。虽然在上面横梁处有根铁丝绕了几圈，俨然有挡人之意，却又毫无用处。不知是游人所为，还是景区故意。

钻过栅栏门，南面是开阔的广场，广场再南就是一个下伸几十米的台阶，直通水边。广场的东侧，记得树荫之下是个荷花池。这次过去看，浅浅的一湾水，什么都没有。记忆中荷池的东面是一个小花园，五彩缤纷、香风阵阵中矗立着老舍当年水库之行的碑记。再往东是葡萄园、果树园。远观一下，也许时令太早，叶子并不茂盛。想起有人说，今年早春的气候创了三个第一：多年未见的沙尘暴，多年未见的龙卷风，多年未见的持续低温，就没往那里去。

踯躅间，向正南一望，猛见广场南缘、水库北岸台阶之上两株高大的云杉，蓝天白云之下，十分伟岸。那云杉如此高大，宛如密檐大塔，耸立大地，直向高天。两树之间夹着一朵白云，十分安然。

突然，一个声音从水边方向传来："……面对现实，活在当下。唯有努力，值得信仰！"不知是谁在对谁说。

"鸡汤大师，今天改鱼汤吧！"也不知是谁在怼谁。

我想，不管鸡汤鱼汤，这句话倒是值得玩味。就停下脚步，立在一旁偷窥。只见一人头顶蓝天白云，从两株高大云杉中间渐现身影。那人着一袭橙色冲锋衣，衣很宽大，湖风荡过，像鼓动的风帆。那人迎风，快速扭身背脸，把一阵风躲过去了。接着，传来了两三个人的嘈杂声。说的是什么，一点儿也听不清。过了一会儿，才见后面晃动着几个多彩的身影，慢慢地爬了上来。

我怕他们看见，受到惊扰。忙退后几步，到检票房檐下。此处是无人之境，可以伫立良久。一念在树，凭栏远顾。只见东南方向，两株大杨新叶刚发，枝杈万端，几十米高如排山倒海一般。风吹树摇，翠墨泼天之下露出斑斑点点细如钱眼的白光，一闪一闪如金针般耀眼。

大杨往北，便是荷花池南岸的甬道。甬道之北，荷池西岸，又是两株大柳。树之大，需仰视，再环视，万千绿丝，倾泻而下，直指心扉。大柳位置略北，正和南边的大杨遥遥并生，呼朋引伴一般，勾连因应，携手并肩，成一片绿海。

这南面大塔样的两株云杉，中间飘着一朵白云。下面是一湖碧水，浮着一条闲船。东面四株杨柳吐故纳新，不但婆娑弄影，而且高可凌云。一时，原来寥落的印象，有这三树，竟兀出天地，别有生境了。

我心情一快，和孙女走到岸边的白沙滩上。一条斜陈的快艇，成了她的玩处。她的奶奶给她一捧一捧地捧了几捧白沙，她就做聚沙成塔的游戏。我则坐在面水的船舷上，一边看着她玩，一边感受那潮湿的不断吹来的风。

水面可以极目到边，一片澄碧，随风摇荡几许波纹。水面上一条老旧的游船，上面并无一人，随波逐流，任意东西。

# 老河大柳

现在，小河沿街，踪影不见。老河，只有一丈宽，更像一条水渠。流着的水，据说是上游一个电厂的冷却水。那棵大柳，原来长在哪里，已经难辨。若不是我在那里出生，又生活了十几年，也只能像外人，只知道眼前，不知道过去。

——老河右岸，有一片绿油油的田畴，种满了玉米。玉米密密的一片，都高扬着新穗，风到浪起，唰的一下，唰的一下，一次次像多米诺骨牌一样，从这边倒向那边。又像湖水，一波一波绿浪涌起。

过去，这里的田畴是一处繁华富庶的营子，叫小河沿街。小河沿街扬名百里，多半是占据了地利。河水冲刷出来的三角洲，自然肥沃无比。于是就有了丰富的物产和自然的贸易。时间一久，远近的人们，不约而同地都来到这里，就有了繁华的街市。而小河沿街紧傍河阴，已有几百年光景。小河沿街何人初立，无人确知。河边大柳何人所植，也无载记。老河从看不见的遥远之处，顺西边那棵大柳方向，蜿蜒数百里，滚滚而来。一里多宽的河面上，漂着一艘大船，船上有几个人，摇着大橹，向左岸缓缓驶去。

老河一路向东，流出三五里处，向南一看，迎着太阳，是一片半洇的沼泽，长满了花草，还有一墩一墩的柳条子。绿草之上，开满了红的、白的、黄的、蓝的、紫的五颜六色的花，大的小的、高的低的，里面虫鸣阵阵。

一条坑坑洼洼的泥路弯弯曲曲在沼泽中间，直通向一条小河。那条小河自南向北流淌，在一个叫东北艄的地方汇入老河东去，浪花翻滚，奔流不息。东北艄是老河的右岸和小河的左岸的夹角之地，长满了成片的水柳。盛夏，细长的叶子，遮出了一片片树荫，凉爽得很。小河水清澈见底。下面可见成群的小鱼。白票子，柳根子，还有麦穗儿。扒扒软泥，还有泥鳅。

站在东北艄西望，才感叹这片三角洲一望无际。满目平平坦坦的，无遮无拦，一览无余。老河边那棵大柳，远远的似在天边。可见既粗又壮的主干，顶着巨大无比的绿伞。像脱颖而出的地标，十分惹眼。

我知道这棵大柳，源自爷爷。那时我还小，听爷爷说，老河有棵大柳，有我们睡的炕那么大。他比画着，我就很想去。然而那时还小，终没机会。后来上了学，校队一体的时候，学校组织灭鼠，往那个方向去了一次。果不其然，老远老远，就看见了大柳的身姿。骄阳下，没有半点风丝。大柳一动不动，深绿的树冠，像凝固的蘑菇云。然而，我还是没有机会到它的近前，远远的，找了几个耗子洞，老师放上了药。时间不大，就带我们回去了。在这之间，我一直神不守舍，不由自主地斜睨那棵大柳，越是依依不舍地离去，越增加了无尽的遐想和好奇。我想知道，这大柳的来历，应该有个故事。回家问爷爷。爷爷说，那是当初人们摆渡，拴船的桩子。谁不知在哪里砍了一截柳树桩子，埋在那里，拴住船用的，却成活了，还长到了这么大。我问爷爷，"当初"是什么时候？爷爷说，当初，就是人们刚来到这个地方的时候，二百八十年了吧。我问"谁"是谁？爷爷说，"谁"就是发现这个地方，第一个来这里住下来过日子的人。我问爷爷，那是你吗？爷爷说，哪能，那是老祖宗。

爷爷并没见过这棵大柳拴过船，我自然更没见过。我所见到的那艘大船有个三角铁锚，是不用拴的。想见当初的船一定是很小很简易的。也许不是为了摆渡，而是捕鱼。我的先祖来此之初，很是过了　段渔猎的日子。我猜想着应该是。

显然这棵大柳属于无心插柳柳成荫之例。但是何以长得如此高大，也许还是占了地利。河边土质肥沃，又从不缺水。大柳虽然早就失去了它本来的用途，但是却让它越长越大。有一段时间，它是远近人们过往的标杆。说起来到什么地方去，总是说顺着大柳树方向如何如何走，或者到了大柳树那里，如何又如何。就像天上的北极星，又好像海上的灯塔。好长时间大柳是人们心中的指南针。我记得，老爹就曾对一个问路的人说大柳树，那人好像不懂。老爹就有点不屑地质问："大柳树不知道？你还是小河沿街人？白吃咸盐粒儿了吧！从大柳树那儿拐，三条大路走右边，真是！"我看那架势，可真耻笑他像美国人不知道华盛顿，法国人不知道拿破仑那样子了。

四年级的时候，一天，二堂哥来家，对爷爷说，今天去了大柳树。可真粗，我们六个人伸开胳膊，连在一起，没合拢。但是，别看大柳怎大，树干下面却是空空的。我们进去了四个人盘腿打坐，试着能打扑克！二哥说得眉开眼笑，比考了一百分还激动。我在一边听着，羡慕不已。试探地问二哥"真的能坐进四个人吗？"二哥说："你不信？我还哄爷爷？哪天带你去试试。"

于是我的向往之心日盛，以至几次做梦，都梦见去了那里，美滋滋地坐进了大柳树里。然而，二哥终没有带我去，他天天起早贪黑下田去，坚持要挣那十分的满工分。我们那时正流传一句顺口溜："分儿，分儿，学生的命根儿；考儿，考儿，老师的法宝。"彼时，生产队以记工分来考核社员一天的劳动。年末算总，与收入挂钩。当然，年底算账，成本核算，干了一天，赔了几分几毛钱的事也不是没有，那当另说。就是现在，这考核，那考核，百分制，千分制，层出不穷。就连驾照，也用记十二分的法子。看来，啥事用分儿衡量，真是法宝，怕是会亘古不易。

又过了两年，我真正到了大柳跟前的时候，才亲眼见到了那大柳的伟岸。仰观不足以一眼尽视，顿生肃然起敬之心。树皮虽然写满历史沧桑，但是枝繁叶茂，无与伦比，荫庇那么大一片土地。贴地之上的树干果然是空洞洞的，像一只大大的眼睛，还是双眼皮。肯定超过《天仙配》里的那棵老槐荫树。它的上面挂满了红布条，下面香烟袅袅。一个老年妇女，正在虔诚地跪拜，口中念念有词。我站在旁边看了很久，她旁若无人，无视我的存在。一时，我有点脊背发凉。这就是我神牵梦萦的大柳树吗？仔细看，树就是那棵树，和我听说的别无二致。人却不是爷爷辈的那些人了。

我左右打听才知道，不知何时，也不知出自何人之口，大柳树成精了！求医问卜，灵验得很啊！更有神乎其神的说法，能求药！所谓求药，就是谁有不治之症，不限家人本人，到大柳树前烧香求拜，然后到树神的家里拿药——一个很丑的跳过大神的老妪的家里，就在离大柳最近的村头。她自说是树神附体，来普度众生。心诚则灵，物什钱款，一概不限，捐了功德，方得圆满。这个求药的居多，"树神"缁衣大袖，眯着两眼，口中喃喃。到得时间，右手向空中一划，转个半圈，一抓，再左手向空中一划，转个半圈，再一抓。牙巴骨咯咯作响，流下口涎。如大梦初醒，哗的一下，从袖口掉下一堆黑丸。病主如获至宝，树神恩典，给药了！再画一张符纸，叮嘱，回去几更时分，面向西北，化符为灰，放进水里，当作药引，服下黑丸，包治百病。最后说一句，心诚则灵，你诚不诚，树神是知道的。不诚不管事儿，不是闹着玩的，莫有侥幸之心……一时间，"树神"的家门庭若市，排队排到老远。

"树神"老妪的神话破灭，是在一个阴天。还没眯眼，可能是身上的虱子活动频繁，抑或是风湿，就忍不住去挠，哗啦一下那药丸撒了一地，顾不得痒了，就趴在地上去捡，情急之下，左手伸进右手袖筒，拽出了个拴着拉线的布袋，就往里装……这哪里是左一划，右一划，空中抓来的？

1979 年，小河沿街一个旧时代结束，一个新时代开始。几年之后，那棵大柳，不知是雷劈火还是人为火，有一天，倒下了。这是大队的资产，大队的王财找到我的大爷，让他买下，协商后，200 元成交。然后二堂哥和生产队完成了大树的最后使命。大柳树守望小河沿村两百八十多年，见证了小河沿人由先人定居立村，到勤奋开拓，到创建繁华，到烟云远去的全过程。大柳树从自身的落生、成长、封神到走下神坛的一系列故事也悄然落幕。但是，小河沿人对于大柳树的印象，永留心中。小河沿人对于大柳树的记忆，永远没有遗忘。千千百百小河沿的儿女不管走到天南海北还是天涯海角，也许会像徐志摩再别康桥一样，挥一挥手，作别西天的云彩，但是不会作别西边的大柳树。大柳树倒下的时候，爷爷已故去有年。事隔多年，我还想过，若是爷爷健在，面对大柳树的倒下，会是怎样的心情呢？最是人间留不住，朱颜辞镜花辞树吧！

大柳倒下后，被锯成几段，干燥了好几年。老人都垂涎它，说那是绝好的板材。后来做没做棺材，做了谁的棺材，做了几个人的棺材，抑或是做了别的什么用途，我不知道。

倒是那艘大船，有人和我说起过，大队本来也想卖了。正是大柳倒下那年，老河发了一场洪水，上游的什么地方，姐妹俩不幸被洪水卷走，冲了下来，到东北艄的地方，淤住了。后来因为不知谁发现了传来的异味，才找到了尸体。大队书记发扬革命的人道主义精神，拆了那艘大船，打了两口棺材，殓了这姐俩，就地埋了坟。东北艄自此不再叫东北艄，人们都叫大姑娘坟……

此后不久，老河又接连发了两次大水。小河沿街被迫南迁。先迁移的那次，站在村子，能回望老河，表达了人们的不舍之心。但是小河沿街的名字似乎被人们无意之中省掉了一个"街"字。人们发现，老河变成了"地上河"，也有人说"天上河"，不知什么时候的泥沙淤积，使它高出了地面。没几年，又泛滥，只好二次搬迁，远远地离开了"当初"的老河。老河再也不能回望，人们终于割断了不忍之心。似乎无意之中人们又省掉了"小河沿"里面的"小"字，变成了"河沿"。"小河沿街"历经拴船桩子时代变成"小河沿街"，又从"小河沿街"变成"小河沿"，又从"小河沿"变成"河沿"，完成了一个怎样的轮回蜕变，无以言表。待我辈远去，就连仅见的这点只言片语的记忆，后人也了然不知。

上次，一个本家告诉我，老家户籍人口3000多人，实际在村里居住的只有800多人，人们无形中又完成了不见踪迹的第三次迁徙。等留守这代人故去，定是荒村。就是现在，七八万元的材料还盖不下来的房子，一万元也不值——

最后发了两次大水之后，老河日渐枯萎，像枯槁的老人一般，形成了现在的模样。小河沿街如繁华一梦，梦落眼前这片碧浪滔滔的玉米地——

繁华一梦空落尽，自此人在天涯……

# 烛　光

早餐围坐一桌，奶茶刚刚翻滚。亮如白昼的餐室，突然一片漆黑——停电了。

不知谁刚说完："当心，别吃到鼻子眼去！"门就开了半边，斜照进来一道光柱。几个服务员排着队，每人端着一枚点亮的小小的蜡烛走进来了。

由远及近，她们面孔的轮廓越来越清晰，都双手伸直着，把一支红红的蜡烛端在胸前，舞动春风一样飘了过来。

那红红的蜡烛，装在一个圆圆的小纸托里，放在一个倒扣着的白瓷咖啡杯上。红烛短短的身躯，显然是情人节或者是生日宴用的。猝不及防，便宜了我们。那跳动着的焰火，高高低低地上下蹿了几蹿。屋子里顿时一片昏黄，让人心生温暖。先是两支放在桌上，接着又放两支。直到六支，围成一个圆圈。

洁白的咖啡杯矮墩墩的，放在桌上显得促狭。就有人建议再找个高一点的玻璃杯，倒过来，把咖啡杯扣在杯上，老话说得好"高举灯"啊！

照做之后，果然周围明亮了不少。然而，那烛下的阴影也增大了一片。以致盛菜的盘子也有了阴阳昏晓——一半分明，一半模糊。

桌子中央，则非常清晰，是一个紫铜大深锅。泛着幽幽的紫黄的光，有点青铜味道。

奶茶哗哗地开着，蒸汽升腾不断，在昏黄中先是一片混沌，然后到了一定高度，轨迹开始分明起来，袅袅的，几丝几缕，如炊烟晨雾，飞入黑暗不见了。

铜锅里一把深兜兜的铜勺，宛然北斗状的指南勺。在乳褐色的哗哗翻腾着的奶茶中漂动着。旁边冒着泡泡，发出细细的"咕嘟嘟"的声音。

一圈的红烛，围着铜锅。那橘黄的火苗随着人的动作倾斜了一下，恢复直照之后，微微跳动着。

桌的外围，有些朦胧。看见的东西，像镀上了一层金雾。两个不锈钢的调料壶映射出特别的金属光泽。

室内充满了流动的黑，幽幽暗暗，渺渺茫茫的。人们都停下杯箸，看那烛光。只有桌前这一片朦胧的光亮，让桌周围的人脸格外生动起来。俨然伦勃朗用光法下的肖像。每个人的眸子，都特别明亮，瞳仁油润，瞳孔晶莹，像一潭秋水倒映着蓝天白云和一抹阳光。

人们说着"高举灯"和"手伸直"的故事。时间停滞了一般。感觉像爱因斯坦讲的相对论，坐在心爱的姑娘身边，时间再快也觉得好慢。

红烛开始流泪。顺着烛身的边缘一滴一滴落下，不一会儿就是一堆。眼见着烛身矮了不少了。燃烧了自己，照亮了别人。是吗？然而，烛光的美，还在于看不清楚。给人营造出那种朦胧的意境，让人有了宽广的遐想和憧憬的可能。烛光多是青春的专利。青春的本质，是希望。青春的张力，就是自己编织的月朦胧鸟朦胧的故事。我想起来了，有一个词叫懵懂。懵懂不是暧昧。暧昧多数时候是贬义词。

电灯突然亮起来了。黑暗无处逃遁。烛光不再，刹那索然无味。眼前的铜锅就是铜锅，奶茶就是奶茶。连人们的脸也归于真实。清楚得能看得见毫毛，却不再生动。谁脸上的雀斑，眼角的鱼尾纹一清二楚。黑发、白发、灰发，真真切切，都是岁月的杰作。

早餐至此，也就散了。

走出门外，阳光朗照，一时让人睁不开眼。看见的东西，都是因为有光。有光的地方，都有影子。我就拖着长长的影子，踽踽独行。光越来越强，影子越来越黑。

我想起了杜甫《赠卫八处士》中的几句：

人生不相见，动如参与商。
今夕复何夕，共此灯烛光。

少壮能几时，鬓发各已苍。

访旧半为鬼，惊呼热中肠。

烛光恍如梦，但烛光不是梦。烛光是青春之歌的切分音，是无语凝噎的眼泪，是内心喜悦的叮咚小溪。烛光是人间的不了情。烛光是心中无处安放的思念。

陶渊明《闲情赋并序》，多么的诗意浪漫啊！——我想，我也有过：

……愿在昼而为影，常依形而西东；悲高树之多荫，慨有时而不同。愿在夜而为烛，照玉容于两楹；悲扶桑之舒光，奄灭景而藏明。

——我愿化作那个美人白天的影子，常常跟随她任走东西，可悲的是，大树遮挡了影子，使我不能和她形影不离。我愿化作夜晚的烛光，在宽大的房里照彻她羊脂玉般的容颜；可悲的是太阳总会放出光芒，总会淹灭掉我微弱的烛光。

——转眼回到了自己的楼宇，还在想烛光的事，心意难平。找到了那本画集看了又看。是南宋马麟的《秉烛夜游图》。画的下面，写着这样一段话："朦胧的幽雾，伴随着鹅黄的月光，轻轻地降临人间。黝黑的短亭、长廊前，一朵朵犹如淡抹着胭脂、醉卧在绿沙中的海棠花们，深深地吸引着屋内主人的目光。他唤来了仆人，点起了蜡烛；在烛光映衬下，他满足地倚坐于亭内，望着这万重绰约如仙的红颜，看得都痴了。"

我闭上了眼睛，也痴了。曾经的我，也是青春的主人啊！那时的我，是一个翩翩少年呀！

现在，烛光不是在我眼前跳动，而是在我心中跳动。一闪一闪的，不仅是我永别的青春，也是我再也找不回的春梦。

"醉别西楼醒不记。春梦秋云，聚散真容易。"晏几道说的是！

# 谎　花

谎花不是谎话。谎花是真花，谎话是假话。我知道谎花这个词，还是在学前年龄。那时不上幼儿园，天天围着奶奶转。

家里是十分古拙的老房子。本来很高大，1962 年发大水，房子矮下去很多，但是仍然厚重，依然是方方正正，很结实的样子。房前是一片空场，叫作"当院"。当院前边是一片菜园。一道半人高的土墙相隔着，中间一道小门。

菜园的北墙根，向阳。奶奶年年都种几棵倭瓜。大大的叶子，长长的藤蔓，不久就爬上了墙。然后就在叶丫处开出一朵一朵大大的五角星样的黄花。那花飘着甜甜的清香。奶奶就领着我去看。看一朵，奶奶说："这个是谎花。"又看一朵，说："这个还是谎花。"又看一朵，说："这个也是谎花。"不知看了几朵，才说："这个才是实花。"

我问奶奶："什么是谎花？"她说："开花，又不结瓜的花就是谎花。"

我就又问奶奶你怎么知道是不是谎花的？她告诉我说："你看，倭瓜的花都是长长的把儿。谎花的把儿上没有那个小瓜蛋蛋。"

我就不屑地说："那不结瓜还要它做什么？"就要去摘掉谎花。奶奶说："傻孩子，没有谎花，实花也不会结瓜，开过就化了。"

我又问："什么是化了？"奶奶说："化了就是坐不住瓜，小瓜蛋蛋还没长就缩缩了，然后就烂成水了。"

我还是问："那是为什么？"奶奶说："没授上粉啊！"我还是不明白。奶奶就说："谎花也是花，不能少的。谎花更好看呢！"我就记住了谎花这件事。

菜园的东北角有一棵枣树，挨着一棵李子树。爷爷每年都用杀猪的血水浇一次枣树。边浇边说："这是一棵馋枣树。"爷爷不浇李子树。我问为什么，他说："李子浇多了流胶生病。"然后我就没怎么关注这两棵树。

自打奶奶说了谎花的事之后，我就开始惦记着这棵枣树和这棵李子树有没有谎花。尽管奶奶说了不能少的，我还是从心眼里瞧不起那些谎花。想等到它开花的时候，偷偷摘掉它。

我依稀记得第二年李子树开花很早。我就悄悄去看李子花。想知道哪一朵是谎花，哪一朵是实花。李子花开得挨挨挤挤的，整个枝条全是一蛋一蛋的洁白。近前去看，花里面全是带小黄点点的花蕊。根本分不出花与花之间有什么不同。正好来了一个串门的人，看见了，就说："这李子，非得压断枝子。"奶奶也说："少结不了。"

但是我仔细观察，大部分花落了之后，并没有坐果，而是枯掉了。在那枯干的花球之中，只有几个绿绿的小果果。我就去问奶奶："李子谎花咋这么多？"奶奶说："李子可不是谎花。它那是自己和自己授上粉的少。"我就越发不明白授粉是什么意思。但是我还是觉得李子旳谎花太多，就不喜欢它了。

"馋枣"每年夏初都开满细米一样黄绿色的小花。秋大的时候，枣子结满了树。枣子个头儿不大，到老秋也不怎么红，一个枣上，总是黄、绿、红三种颜色掺杂着，斑斑驳驳的。记得那黄绿色的小花开的时候，爸爸说像"干饭蛋"一样，那枣子也像干饭蛋一样挂满枝头。我就感觉到枣树全是实花，没有谎花。就从心里喜欢枣树，出于喜欢，枣子还青青的时候，就摘着吃。至于味道，现在已忘得一干二净。

前几年，我跨行从事了花草树木的工作，才懂得了完全花和不完全花，雌雄同株和雌雄异株，自花授粉和异花授粉。才知道葫芦科的倭瓜花是不完全花，雄多雌少，雄花就是谎花。李子花，枣花都是完全花，根本就没有谎花。我的爱憎完全是出于直觉，根本没有道理。

三种花中，倭瓜花又大又艳又好看，但是谎花多，一棵秧上结不几个瓜。李子花不大不小不艳，但是自花授粉的成功率很低，据我的统计，十花一果。那枣花呢，小如米粒，紧贴新枝，毫不起眼。但它花期持久，虽也是自花授粉，成功率却很高。到了秋天，才发现枣子成群结队，像小辫子一样密实。

平凡的世界里，坚持就是胜利。

# 流眄的少年

对年轻人友好，是我一向秉持的信念。不仅心里是这样想，行动也是这样做的。和我交往过的年轻人，都能和我打成一片。和年轻人在一起，我才能回归年轻的心。回归少年，是我的春梦。所以我特别喜欢和年轻人交朋友。其实内心是期望着闻一闻青春的味道。

遥想当年，我也曾拥有美丽的青春。但是我那时无感。一个人是不可能同时拥有青春和对青春的理解与感觉的。我那时感到自己是一个鲜活的存在，拥有躁动、活力、向往和好奇。我的一切都在无限生长。

我拥有躁动。那时，我对一切都感觉新鲜，我用惊怪的目光打量这个世界。躁动变成欲望蠢蠢欲动，想在这个世界一展身手。

我拆了家里的挂钟，我拆了家里的收音机。想知道里面是什么样子。

我用手电筒照月亮，照星空，想象这束光，能照到嫦娥，让嫦娥看见我。想象这束光能照到宇宙的尽头。

我摘下了家里第一个成熟的柿子，做了一个水果电池。我像得了歇斯底里病一样抓狂，找到了能做矿石收音机的各种东西……

我学过了高压涡流，就想，既然它可以炼钢，更可以做饭——那时还没有电磁灶。

我家的房子小还破，我就曾经梦想有一座大房子，不用钢筋水泥和砖瓦匠。于是我就想寻找一种新材料，把人类所有的先进理念、先进技术都用上，固化到里面预制。然后就像折叠椅一样，立起来，就是最好的房子。那可真是面朝大海，春暖花开。

房子这个梦想，从青春开始到结束，我坚持了若干年。参加工作之后，更放不下这件事。那时视野略有开阔，选定的材料是工程塑料——碳纤维更好，但是那时太贵。为此，我订了好几年的《工程塑料》杂志。以至收发员送刊物的时候，用狐疑的眼光看着我。

那时的我，所在的家庭生活条件，所处的社会环境虽然和现在的年轻人大不相同。但是我的青春也在绽放。苔花如米小，也学牡丹开。我拥有活力……

春夏，我要拔猪草，放毛驴；秋冬，我要刨茬（读 zhà，四声）子，搂树叶子，割柳条子，打蒲棒。抱棍压碾子，还要插稻秧，薅稻草，帮着大人打场。

上小学了，学校离家四里地。春夏秋冬，有风霜雨雪，有烈日炎炎。有惠风和畅，也有阳光明媚。都是靠一双脚，一天两个来回。后来读初中，到镇里去，十二里路。也要每周走一遭。

读小学的时候，冬天要交取暖柴。大人没工夫，自己要冒着寒风到山上去捡。当值日生时还要老早去教室生炉子。开始不会生，冒烟咕咚，呛得直咳嗽，流眼泪。

我们那时没有幼儿园，小学之前都是在家玩。读初中以前，也不住校。我们一直有的是时间玩游戏。尽管游戏因陋就简，就地取材，但很丰富，比现在工厂化的玩具有趣得多。

我们模仿战斗片电影在旷野里打土坷垃仗，我们玩撞拐，玩抓特务。我们用铁片做飞行器，用手一拉缠绕的线，那铁片就飞得老高。我们用木板加铁丝做冰车，冬天流着鼻涕在河里飞快地滑。我们打尜。自己用铅笔刀咔嚓出来，用鞭子抽，一下快似一下，那尜上的彩点就连成一个个彩圈圈。我们在门前放风筝。都是自己做的。最常见的是八卦和木锨头。我会做鹞子和小人，还会带哨子。我们在碾道里打片子，用尽力气扇。我们趴在地上弹球，我们欻将（玩羊嘎叉的游戏），我们用自行车几节链条做打火柴帽的手枪，啪啪地响。我们用纸叠弹夹系在腰间，我们用柳条编伪装帽……

所有这些，都靠我们自己的双手，靠我们自己的智慧来做来玩。做的过程有趣一回，玩的过程又有趣一回。一回又一回，回回有趣。

我们一玩玩到大天黑。直到家长叫了，才慢慢腾腾地回家去。躺在土炕上，满是幸福的滋味。生活为什么这么有趣？有趣是活力的发动机。

那时没有寂寞，也不会为赋新词强说愁。只是有时，会想未来，会有远的近的各种憧憬。比如我，那时心里就对未来充满向往。自己一个人的时候，勾画理想的蓝图。我没出过村子，我的世界比村子还小。我见过最大的世面是看电影。所以理想也好，蓝图也好，都离不开我的世界。我的向往来自我的世界。

我第一次看电影，大约的印象是1974年。电影的名字全然忘记了。但是电影放映（村里人读央）员江师傅放电影的样子却永远地留在了我的心里。电影放映员就是我理解的最好的最值得奋斗的人生蓝图。

当一个电影放映员，在我考上中专之前，是我一直拥有的最强烈的向往和最高梦想。

我现在想，那时之所以没记住电影的名字，是因为我当时根本没有看电影的内容。只是怀着好奇全身心地观察怎样放电影。我总是跟在那江师傅的后面，偷偷地比画着他的动作，"电锅"怎么发动，银幕怎么挂，胶片怎么穿，电灯挂哪里，喇叭插头插哪里，放映的时候怎么拧开关。暗暗记在心里。想将来有样学样，当一个好的电影放映员。

1974年，我虚八岁。后来，我的好奇，就和虚岁杠上了。

开始，我觉得虚岁好，能大一岁。离着长大又近了一年。那是我喜欢说虚岁的时代，听到有人虚两岁，我就也想虚两岁。我只想快快长大。

尽管四十岁之后，青春不再，我放弃了虚岁的说法改说周岁了。那另当别论。我说周岁，熟悉的人听了，经常给我纠正，我就赶紧解释：周岁，我说的是周岁。这时候的解释恰如做贼心虚。内心潜伏着局促不安。虽然没有刻意想过，但是潜意识里的东西是对青春远去，没有岁月可回头的恋恋不舍。

这是心理现象，与好奇没有关系。

我的好奇，源于虚岁。我对虚岁的研究，源于好奇。那个时候，我多次疑问：为什么说虚岁？为什么不一开始就说周岁，是几岁就是几岁！如此，我不就可以理所当然地少说一岁，多留一年青春的尾巴？

苏轼说，人生糊涂识字始，才不是呢！我是通过读书才明白的，说虚岁，是因为先人的脑袋里缺少零的概念。一切都是从一开始，而不是从零开始。

"道生一，一生二，二生三，三生万物。"可见，先人的概念里，一的前面是道，而不是零。道是什么，"道可道，非常道"。没法准确表达，道是本源，有无共体，是个叠加态，是薛定谔的猫也未可知。

先人没有零的概念，所以就产生了虚岁，虚年的概念。因为要计岁，就得从一开始啊。其实，这个世界和这个世界的人，需要从零开始。青春呢，从躁动开始，从活力开始，从向往开始，从好奇开始。

现在，"90后"的人是真正的年轻人。正值青春年华，我十分渴望和羡慕。但是代沟让我也有很多无解的事。我想了半天，想出了一个词：青春的转移。想想似乎不妥。又想出"青春的进化"这个词。

说青春的进化，是因为我总想看到他（她）们的躁动，活力，向往和好奇这几样青春的标志应有的样子。然而，我看到的是另一番样子。这也是我说青春的转移的直观依据。

我看到的是把青春的躁动，活力，向往和好奇转移到了四个地方。

——把青春的躁动转移给了手机。无时无刻，形影不离，都在刷手机。甚至吃饭睡觉，也要拿着手机——看手机，手机于青春之人，就像婴儿吃奶嘴。似乎一刻也离不开。婴儿就是，只要吃上奶嘴，只有安静，别无他求。

——把青春的活力转移给了躺平和佛系。似乎什么都无趣。好像对餐饮聚会，烧烤麻辣烫还有一点活力。我见到的最亮的青春眼神是在聚餐的桌子上。

——把青春的向往转移给了父母。自己未来的一切憧憬靠父母帮助来实现。公认的拼爹拼妈，拼爷爷拼奶奶的才是正理。

——把青春的好奇转移到了追星上。自己三五千元的收入，甚至还没有收入，却不断地奉献给明星和网红。打赏，买货。只为心头一热。他们花天酒地，自己还是三五千的自己……这真的是什么思维逻辑，我搞不懂。

我并没有责备的意思。因为我崇敬青春。我只是想，是青春进化了，还是青春远去之人退化了？没有答案。

于是，还是相信毛主席的那句话吧："世界是你们的，也是我们的，但是归根结底是你们的。你们青年人朝气蓬勃，正在兴旺时期，好像早晨八九点钟的太阳。希望寄托在你们身上……"

几次梦见湖水，一望无边，湖中几艘帆船，扬帆起航。醒来知道，那就是青春。梦中的湖水要比真实的湖水澄澈，醒来的时候心还在激动不已。

几次梦见朝阳，红霞满天，一轮大而圆的红日，喷薄欲出。醒来知道，那就是青春。梦中的朝阳比真实的朝阳要壮美得多，醒来的时候胸部快速起伏，还在大口地呼吸。

几次梦见雪山和雪山下的草原。风景如画，牛羊成群吃草，马儿欢快奔跑。醒来知道，那就是青春。梦中的雪山和雪山下的草原比真实的要清丽得多，醒来的时候双手还握着拳头。

几次梦见田园，山清水秀，绿草茵茵，鲜花怒放，鸟语蝶飞。醒来知道，那就是青春。梦中的田园比真实的田园要灵动得多，醒来脸上还挂着灿烂的笑容……

如我者，青春连背影都远去了，就只有摇旗呐喊的份儿。如我所近者，青春正向你们招手走来，越来越近，自当开胸纳怀，不失远迎。青春不但是凡·高的星空，还是初恋的潮水，滔天的力量，让一切不可能成为可能。

# 墙上的蒿子房上的树

人总有心不在焉的时候。早晨在广场漫步。看到了熙熙攘攘的人们。引车卖浆者有，匆匆狂跑者有，群舞者有，独步者有，说书者有，拉弦者有……不管干什么，这些人的共同特征是都在树下。早晨的阳光并不毒辣，但是人们还是如此，这是习惯使然吧，也许是背靠大树好乘凉这句古话的另一种映射吧。人们心理上习惯于"树下"。

但是，也有例外的情况。

这个广场，二十几年前，是一片苞米地。半个世纪前，好长一段时间是文攻武卫的战场。一个世纪前呢，这里没有人烟。那时河水荡荡，蒲获悠悠，山猫野兽，鹰隼鱼凫……河的左岸是一个小村，小村再往西五十里，是那个显赫一时的王爷府。1636 年，清崇德元年，始有敖汉旗。12 年后，有了那个王府。屈指算来，是 375 年前的事了。那段历史，发生了历史上很震惊的一个著名的事件，颠覆了"树下"惯性。

我这样想着的时候，就来到了一个胡同。胡同的墙，很高大。地上一米，是石砌的基座，基座上面，是用红砖砌的高高的墙。

现在天旱无雨，墙干巴巴的，了无生机，有点苍凉。胡同无人，我在行走，内心仓皇。感觉像历史的长廊，深邃悠远寂寞。

正无聊间，远远地看见前方的墙间，有一抹绿。像一把斜插在墙间的绿伞。伞盖收拢了，但是没有系上带子，蓬松着。我加快了脚步，很快就到了跟前。原来，是在墙的基座和红砖之间的一个缝隙中，长出了一棵蒿草。竟然有一米高。上面已经挂满了浅绿色的细碎珍珠一样的籽粒。

我顿时对这棵蒿草充满了敬意，感叹它强大的生命力。我想，很多作物都要旱死了，这棵蒿草却如此茂盛。离地一米多高，水泥灌浆，它是受哪里的雨露滋润的呢？水在这里，简直就是奇迹。我百思不得其解。

我不是植物学家，不懂得其中的道理。但是这顽强的生命力着实让人眼前一亮。如果所有的作物，蔬菜，水果都有这样的生命力，该有多好！然而不是。

有没有一个科学家，提取它的强大的基因，编辑到作物、蔬菜、水果的身上，也让人类所需的东西强盛起来？

小的时候，看《小灵通漫游未来》，那上面说未来人类可以把光合作用工厂化。把叶绿素放在机器里，用光一照，哗哗哗面粉就出来了。多好！我好长时间曾经梦想这件事。然而，终究是一个梦想。现实给我的道理是：驯化的东西，都生命力不强。下一场雨，野草三天就长得比种了一个月的苗还高，而且更加茂盛。

山上的树，移栽到院里，总是半死不活。找专家，开的方子和大夫一样。又是打针（树体杀虫剂），又是输液，又得浇水。第一年栽的树，专家说，要浇大水，不少于14次。

百里香山花椒，总是长在野外最干旱贫瘠的地方。像地毯一样伏在地上，小花细碎粉红鲜艳，密到不可胜数。很远之外，香风阵阵，香气扑鼻。好的东西，人们总想到吃。于是采来做调料。炖肉的时候，撒上一把，美味异常。我年轻的时候，一个地方烹饪的招牌菜就是"山花椒炖鲫鱼"。真是饱了不少次口福。

一天，我突发奇想，想把它移栽到家里的花盆里。又能闻香，还方便"山花椒炖鲫鱼"。就精心采回来一些，上了花肥，浇了透水。期待着它苗壮成长。然而，没几天，它就枯萎了。如此几次三番，变换了栽培方式和方法，终究让人大失所望——毫无例外地一概都死去了。

我后来总结，所有生物，都是一定生境下的产物。生境变了，能活下来的，总是稀有。就比如这山花椒在贫瘠的山上活得很好。但是一旦移到水肥丰盈的地方，就不会活了。

我这样胡思乱想着，就快走到了胡同的尽头。胡同的对面，是一幢两层小楼。小楼斑驳，一看很有历史。楼顶的一角，竟然丛生着枝杈繁茂的树。这是我第一次见到的奇迹。那树的主干在正中略高，十分昂扬。我仔细观看，这是一株杨树。

杨树本是高大乔木。它的一粒种子，由着风儿做它的主人，飘飘摇摇地飘呀飘、飘呀飘……不知几时几里，那毛茸茸的籽落在楼顶的一个洼洼里，刚好被麻纱的粒粒挂住了。不久电闪雷鸣，天落一场雨。雨不大不小，恰好把它冲到了楼顶的边缘。

那里有一道细缝，雨水帮它安了家。不久它就发芽了，长出了小叶叶。那一年，雨水丰沛，它就已渐渐地长起来了。然而，那里几乎没有土，过了那一年，雨水又渐渐少了起来。它很渴，也很饿。它不能死，也不会死，就顽强地生长着，为环境所迫降低了生长的高度，减慢了生长的速度，渐渐适应了生境，放弃了高大乔木的梦想，长成了一丛矮但壮实的灌木。

我走出了胡同。想，这棵杨树的经历，大致如此。

墙上的蒿子也好，房上的杨树也好，能够生根发芽，是它们的幸运。然而遇到如此艰难困苦的生境，又是它们的不幸。而能够适应生境，顽强地生长，每时每日都在编织着一个不屈不挠可歌可泣的关于灵魂的故事，才是与幸运与不幸无关的事。

那株蒿草，也许一到秋天来临，就会枯萎，演绎着花开花落、草长草枯的轮回。而那棵杨树，却还要年年岁岁，如人一样与楼房共生存。楼房在，它就在。哪天楼房倒塌了，也便是它最终的告别。

人，也是这样一辈子。

# 三阔园记

三阔园并不为人知晓。一是因为太远，远在辽西绿岛。二是因为太小，只是一个十亩八亩的园。三是太寂，深山老林之中，只此一园，别无他处。抬头是山，低头是树，左耳鸟叫，右耳虫鸣，一阵花香，一阵草嗅，似脱红尘，似绝人烟。

昨天朋友来访，不想在三阔园与博士老兄邂逅。老兄喜出望外，开口便说："欢迎光临三阔园。"内心执着的那点东西，不想就这么简单被老兄破了题。

这是第一次有人把"三阔园"这三个字灌进别人的耳朵，并和这个地方对应在一起。

三阔园的发端，始于四年前。四年前的春分，是 3 月 21 日。那天，我换了人生中的第八份工作。这工作在别人看来似乎不是正经工作，所以有人十分瞧不起。当然，后来，也有人羡慕。因为看似游山玩水。

游山玩水和游手好闲不是一回事。看似游山玩水的这份工作，经常会来博士。所以很幸运，可以做博士的小学生。深秋八月，来了大人物。大人物轻车简从，一进山中，问这问那。比如，此山和马鞍山有什么不同？比如，此树叫什么名字？说给他老百姓的俗称。他还要问，学名呢？东北"三大硬阔"这里有吗？山中草木遍地，这是什么？那是什么？多亏了博士教导，没有露怯。

东北"三大硬阔"此园本来只有核桃楸和黄菠萝两种，还缺水曲柳。博士有感于执着梦想的人，就自垫银两，从长白山运回两棵，栽嘛，不是问题，因为他说没有栽不活的树……

此园自此，树具"三大硬阔"。因在本地远近，视为唯一。始和博士密议"三阔园"之名。这是三阔园名字的由来。

三阔园有核桃楸两棵，去年结了成串的核桃。采摘下来，五百多颗，蕴含勃勃生机。有黄菠萝两棵，一棵单株，一棵三株并生。奇在树皮。树皮长满厚厚的菱形纵裂，经风历雨的样子。但是用手一摸，手感像小学生的橡皮。让人想到刚柔相济。水曲柳两棵，羽状复叶，枝枝向上，透着精神。还有银杏十若干棵，还有小叶菩提，还有枫树……园不大，不常见的树种挺多，且都高大挺拔。人在树下，不禁仰视。几间房子在树下，似躬身一隅。

树下走走，就会感到树是人的朋友。你能感到它微笑的时候，它是在让你舒心；你能感到它和善的时候，它是在让你友爱；你能感到它包容的时候，它是在让你慈悲；你能感到它顽强的时候，它是在让你坚定；你能感到它不忍的时候，它是在让你不离不弃……

三阔园由"三大硬阔"始名，却映射着大黑山的精神：一阔：辽阔，以开视野。二阔：壮阔，以强意志。三阔：开阔，以立精神。

又自云树为三阔先生。拙仿唐崔护诗如下：

三道茶座此山中，阔别千万始相逢。
园中枕月伴星去，好与花木笑春风！

"三道茶"者，三毛语也：人生就如三道茶，一道苦如生命，二道甜似爱情，三道淡如清风。

三阔园原来只是大黑山人的梦想。梦想成真，是人最高兴的事情。手之舞之，足之蹈之，涂此千言为记。

# 君子溪

三阆园往南走，是心中那座圣山的腹地。那里有一座小桥。小桥下面有一个洞，那里住着一条蛇。那条蛇，每年夏天，都会盘在桥头晒太阳。这条蛇既不是白蛇，也不是青蛇。它是一条锦蛇，不会有浪漫的故事。有一次，捡到过一条蛇蜕。那是它一年一年成长的物证。

蛇在桥的那头，不用管它，它很知礼。桥的这头，向左侧拐弯，原来有一条不显眼的小道。小道的起点，在一个小高包上。多年以前，这是护林员走的专用小道。现在，科技手段逐渐代替人力。再加上退一减一那件事，护林员越来越少，责任片区越来越大，走过的次数自然就少于过去。一场新雨之后，丛生的野草和灌木，还有荆棘就疯长起来，不久就扩张到小道。小道就荒芜起来，似有若无。

偶有探险者、猎奇者、科考者、采药者，还有痴男怨女来到此地，就要拨开杂树荒草，披荆斩棘，剐坏了裤子和脸庞也是平常事。不过走过去就是山高林深的去处，别有天地。

发现那条小溪，是在两年之前，那是一个炎炎夏日。老林要寻故地，就和他一起隐没山中。不想正在闷热难耐之际，意外消受到了一股清凉。站在溪边，老林若有所思。溪水清流，寂静无声。偶有鸟叫虫鸣，打破幽思。老林在一处小潭边停下，注视良久。潭水深深，清如透镜，放大了水底的陈叶和旧草。也有鱼，都很小，一会儿静，一会儿动，"皆若空游无所依"。老林说了句：这小溪四季长流，总是这个样子，我小时候经常在这里抓鱼。说着就去旁边去捡一个矿泉水塑料瓶。涮了涮，明净如新。然后就去抓鱼。那鱼似箭，转眼东，转眼西，转眼南，转眼北。空费半天工夫，一无所获。放好塑料瓶子，老林说了句：走——现在的鱼都比以前精多了！就离开了小溪，斧锯开路，向深山更深处。

今天，小道不同往日。不知何人何故，清理了天然的障碍。一条起起伏伏、蜿蜿蜒蜒的小路毫无遮拦，直通到那条无名小溪。小溪由南而北，一路辗转。偶有跌宕，才听见细小的哗哗声。现在是春草刚要返青的时候，满眼还都是枯黄的荒烟蔓草。还有几天就是清明节了，眼观小溪时断时续，一会儿是冰，一会儿是水。在冰处，想到了杜牧的两句诗："浮生恰似冰底水，日夜东流人不知。"在水处，想到了杨万里的两句诗："泉眼无声惜细流，树阴照水爱晴柔。"只是此时只有细流，没有树阴。真是可惜了。

想起了老林对这小溪的心印，又想起了古人说的易涨易退山溪水这句话。可真是，这条小溪四季如常，不涨不退，始终如一，总是这个样子。小溪无名，应该有个名字。叫什么呢？就对应着古人说的下一句，叫"君子溪"合适。

很得意"君子溪"这个名字。纵眼望去，君子溪的真容仄仄师师。也许君子固穷放在这里也很合意。

溪东紧贴高山脚下，是暗黑的嶙峋崖壁，绝巘多生怪树。溪西是山间沟谷，整面是一片向西倾斜下去的杂树丛林。目力所及，核桃楸居多，暴马丁香居多，蒙古栎居多，花曲柳居多。靠外侧，还有一片挂着干果的野山楂林。树皮青灰，春情萌动的样子。

此时幽静无比。君子溪就掩藏在这样的地方。因为还不到草长莺飞、杂花生树的暮春。况此地不是江南，而是塞北。

举目环视，溪中多怪石。怪石长满青苔。现在有些寒燥，还少生机。浅绿色、橘黄色，漫漶氤氲。脚踩上去，似乎有不屈的反弹力。怪石大的大，小的小，方便人和动物以此垫脚，溪水流动却是阻力。君子溪就是这样七躲八避，一有空隙，就像开了一扇门，赶紧挤了进去。经年累月，日夜不息。

君子溪的上游，就是老林抓鱼的那口潭。现在是一大块冰。冰上浮雪，一片洁白。君子溪的水就从冰下潺潺流过。此处，人若要再向前进，就必须以冰为桥，过到对岸去。因为这边已经沟壑纵横，树草茂密，无路可走。

想水库的水已经全部开化，浩瀚的水深绿，澹澹相击，拍岸不止。天鹅和大雁已经来了快一个月了，还没有往北飞去的意思。真是此间乐，不思蜀啊！

然而，君子溪的冰水恰如城里的样子。城里的河现在也还没化透。只是河岸两边和大桥底下，粼粼的碧水，起伏着縠纱一样的皱纹。河的中央部分像一片巨大的浮冰，几天前还一片晶莹，几天后就是一片靛青。昨夜刮了沙尘暴，今早就是一片茶色了。晶莹，让人想到干净的世界，一片圣洁。靛青，显露了一些杂物，似乎看清了冰里的真实。茶色，则如沙海。满目整齐划一，像一片大大的茶色玻璃。茶卡盐湖被誉为天空之镜。此处是换了颜色的茶卡。

此时，君子溪就在脚下。踏上君子溪的冰面。一迈步，差点儿跌倒。想不到君子溪的冰是这样滑。加了十分小心，拉住一个树枝，迈了三五步，才跳到岸上，来到了君子溪右岸山脚下。然而，只几步，便前行无路。溪水清浅，看见水底铜色的沙，还有枯叶，没有鱼。

突然，发现岸树的倒影。溪水摇动，影子无定，弯弯曲曲。那树上的虬枝倏忽有了灵动的生气。换了几个角度，除了冰，有水的地方都有倒影。人也有倒影，婆娑摇曳，溪水在流，时光却如静止。

冰如镜，春水流。如镜的冰上，还有叶子。冰上叶分两种，深褐的叶子，浅褐的叶子。叶脉清晰，叶形则因树而异。在冰里，都完美地舒展着。如同明润的琥珀里面的蝴蝶展开了双翼。俨然凝固了一段遥远而有故事的时光。

君子溪从何而来，到哪里去？山中险峻，无人探寻。所有的溪水如人，都有一个梦想。就是那句古话：水流千遭归大海。君子溪多半发自此山，流向大海。

大海遥远，小溪艰难。先要千回百转，拥抱一条小河。躬身入局之后，又要九曲十八弯，兜兜转转。也许成为草原上的羊肠子河，平静舒缓，不躁不急。晨晖夕照，构建出绮丽之美。也许是平原上的土河，宽阔恣意，炊烟袅袅，长河落日，迸发出壮美之美。也许是山涧峡谷中的激流，一会儿奔腾咆哮，一会儿左突右奔。崇冈瀑布，飞珠溅玉，雷声殷殷，激荡出澎湃之美。

想象着，君子溪总归半路豪歌，半路低吟，千难万险，终入大江大河。

然后浩浩荡荡。看似到处都是朋友，到处都是亲人。感觉到处都要拥抱，到处都要拉手，到处都要额吻。君子溪已经不辨形色。

大江大河，向着大海的方向，浩浩千里，奔腾不止。君子溪随波逐流，终入大海，无比欣慰。登高壮观天地间，大江茫茫去不还。黄云万里动风色，白波九道流雪山。夫复何求？

大海浩瀚，有波涛汹涌的时候，也有风平浪静的时候。君子溪不知道大海的风浪从何而来，因何而去。然而，高兴。之子于归，也许注定就如女儿终要出嫁一样，君子溪也要终归大海。这是起初，它就肩负的使命。

人们如何也不能把对于雪的晶莹剔透和雪化为水后的混浊联系在一起。人们知道雪和雪水是一样东西，又不是一样东西。形态不一样，表现不一样。赞美和诅咒，都用嘴，但真的不是一回事。

但是君子溪不存在这样的事。它的水清澈动人，它的冰干干净净。它冰面上的雪还没有化，就被东南来的风刮走了。刮到了树上，刮到了草丛，刮到了天空中。纵在纷纷扬扬的天地之间。君子溪也只是在一往无前地奔向大海。

# 锦带花，开在山顶上

相约去山上看看林翁。他现在是个先进人物。一个小时后，我们到了海拔1000多米的山顶，那个叫"瞭望塔"的地方。林翁不在，巡山去了。山顶上缺水，就想先找一找他吃了28年水的那口井。

原来有一条小路，下了几场雨，现在不见了。只剩下一条一尺多宽的冲刷沟，像一条黑黑的"腰带"，蜿蜒向下伸展，一直到看不见的远方。冲刷沟外，草木茂盛，间或点缀着不知名的各色小花。

积年的松针和杂草腐殖质让这里变得松软无比。冲刷沟不好下脚，就只好沿着沟沿趔趔趄趄地走。一脚踩下去，软软的，像海绵，又只好晃动着胳膊保持身体的平衡。

出了"瞭望塔"院子的角门，是林翁开辟的不大的菜地。向左急拐，顺着菜地的田埂走几十米，走到松林边，再向右拐，就是那条黑黑的"腰带"。

以"腰带"为界，左侧是一望无际的油松林，右侧是一片落叶松林。油松庄重，落叶松挺拔。都很高大，枝叶茂密，挂着截然不同的碧绿的叶针。林间，好像听到呼呼生风的声音。

此处十分陡峭，突兀而下，只见树是直立旳，地是倾斜的。往前是一片小空场，我想象着原来应该是一片草地，现在辟作农田了，但是也是久未耕种的模样，因为开始长草了。直走下去，就是高大的原始次生林了。让人一下子想起了"只在此山中，云深不知处"那句诗。只见高大的蒙古栎舒展着大大的叶子，遮天蔽日；黑桦树的树干裂开层层纸皮，像要掉下来；五角枫钻在空隙里，像在藏三躲四；花曲柳像迷彩一样的身姿和大果榆夹在当中，布纹叶片像兴隆洼文化的蚌饰裙……

谁说的人在人下活，树在树下死？这里的一草一木，哪怕只能容身，也都有自己的一方天地。远处，松涛声好像海浪，一波未平，一波又起。近处，鸟鸣八方，虫叫四地，各种不同的啁啾，对山歌一样你落我起。空气清新得让人陶醉。总是想情不自禁地站住，张开双臂，仰起头，闭上眼，大口吸进一口气，又大口呼出去……

如此走走停停，颠颠簸簸，大约走了一公里。水井到了。四四方方的盖子把井盖得严严实实，除了从里面伸出一根管子，根本看不见里面是什么样子。原来想看的井，看到的就是一个位置。

有人说："看！山楂！"人们这才注意到，水井的周围，长着几棵繁茂的野山楂树。"人间四月芳菲尽，山寺桃花始盛开。"山下的山楂花都开过了，这山上的才开。在密不透风的绿叶中挂着一簇一簇的白。从井边的山楂树向右进深，是更多的山楂树，树树连在一起，携手并肩，俨然一群好兄弟。其间夹着一棵高大的稠李树，显得卓尔不群。它同几棵粗大嫩绿间白的山楂树挨挨挤挤，寸土不让，似乎很不仗义。为争一方天地，有点儿南征北伐的意思。再向右前方穿着树空儿走十几米，有一片林间草地。四下环顾，才发现前后左右全是山楂林。走进去，马上有点儿不辨方向，不知去处的滋味。山楂树都很粗大，形态各异，从底部开始长满虬枝。虬枝都有碗口粗，光光的没有叶子。上面全是白褐色的细小菱形浅裂。虬枝弯弯曲曲，左突右冲，盘旋交织，像是在努力挣脱无形的羁绊，为自己的命运奋争。抬头看见几米的高处，是漫天的绿幕，氤氲似云，隔开了天空与大地。

此地草木茂盛，无路可走。只在回头处，有几处大的树隙。下来上去，过一道沟，是一处坡。坡上又是一片松林。松树虽高大，但稀疏，棵棵直接苍穹。自沟底起，一人多高的锦带，一丛又一丛，丛丛相接。一树又一树，环环相抱。那粉红色的花朵连成花海，竞相开放。初看，像是中学时女生宿舍房前几溜晾在绳上的花衣服。再看，蜂蝶热热闹闹、欢欢喜喜……

走到近前，细细观看，那锦带花五瓣钟形，有四个不同。一是花多且密。大黑山的锦带花，一杈一枝一树，满树是花，没有空白。高低远近

"绣成堆"。因多成盛景，因密动人心。二是花有次第。一树之上，有已开的，有盛开的，有欲开的，有未开的。匝匝杂杂，如同一个四世同堂的大家族，大人小孩，祖祖孙孙聚在一起，晒个全家福。三是花脸含笑。我见过公园里的王子锦带。它的花是红红的，充满富贵之气。但是那花开得都像倒挂金钟，花脸朝下，难见真容。它的花瓣是内卷的，有不尽的娇羞，是大家闺秀的做派。大黑山的锦带则不然，它们朵朵向上，像一张张笑脸，让人感到亲亲切切，大大方方。四是积极向上。大黑山的锦带花，有种别样的神韵，那就是让人看着"精神"。有朝气、有力量、有向往，很达观的样子。它生在岩石缝上，生在沟沿边上，生在长满高树的林间。虽然生境艰难，但是依然花开如笑。它们生长的地方，从来都是逆境。都是被压缩的空间。然而它们依然茂盛生长，不仅仅是坚强的品格，坚定的信念，也是坚持的毅力和坚守的决心。大黑山的锦带花告诉人们，机会，角度，位置，成绩从来都是主动适应的结果。

　　我想到了林翁。他多么像大黑山上的锦带花呀！这几年，他的事迹由于感人，不断地见诸报端。想啊，一个人默默无闻地坚守岗位，简单的工作日复一日，一做就是28年，艰苦的生活条件不说，山兽虫蛇的袭击也不说，光是那寂寞，有谁耐得住？

　　英雄来自平凡。一个平凡的人做到了别人做不到的平凡事，就是英雄。林翁坚守在山顶上，锦带花就开在山顶上！

# 通往杜鹃花的路

大黑山的杜鹃冬天也不落叶的，所以当地人叫"冻青"。我特意和林翁甄对过是"冬青"还是"冻青"。林翁瞪着眼睛嘲笑我不懂似的说："冻青冻青，就是上了冻也青。"又说："冻青有三种，白色的、粉白的、粉红的。"

山顶上的冻青，多在大树之下。一株株、一丛丛，都是在林深草密中争得一方天地，生境艰难，长得不好。因而稀稀疏疏的，开得也不耐看。而且从颜色上看，多是白色的和粉白的，少有粉红颜色的。人们还是喜欢红杜鹃。

上次去，问林翁哪里有红杜鹃。他说二平台的几道山沟沟里面多的是，满沟满坡全是。"不就是映山红嘛！"又补充了一句。

这次去是四月中旬刚过。车就停在二平台上。阳光很好。碧蓝的天空只有西北边的山垭口上面飘着一朵白云，那云很大一团，像棉花，孤云独去闲的意境。林翁和我走上高岗。他左右瞭望半天，才说："这里不行。从下面松林才能进去。"

走进松林，山巅高耸，一路向上，没几步就上喘，大口呼气。前路又窄又长，曲曲弯弯，陡陡地向上，越走全身就越沉重。大气有点凉，穿着巡护服，汗就在胸前背后热嘟嘟地发黏。脑门儿上不久也满是细汗，顺着两颊积成小溪。向东南走过了这片松林，就开阔了。站在高岗上，擦擦额头的细汗，手感滑腻腻的，有点畅快。

此时的大黑山，群山逶迤，远远近近，层层叠叠，曲曲折折，高高低低。满山的树木，一片一片的绿，一片一片的白，一片一片的红。

脚下向南，是一道南北方向的起起伏伏的山脊。不远处有几道山洼。

粉红粉红的，山脊这面一大片又一大片的有几大片，山脊那面一小片又一小片的有几小片。林翁说："映山红，正是时候！"

我仔细看了一下，不很远，这边就有三处山洼，那边有一处山洼，开满了杜鹃。连片的粉红，并不像火。也许这并不是真正的映山红。宛然大山里从天外飘来了几大块粉红色的纱缎，山上山下，长长的、宽宽的，飘摇着，被风吹出了褶皱，任意地在山间静落下一般。

顺着模模糊糊的羊肠小道，跟着林翁深一脚浅一脚地走下去。一会儿泥土，一会儿乱石。林翁说："这条路，多少年了，没什么人走。到了下面山脊的起点，你再回回头，松树山又陡又高，不敢回去。"我便依样而往。回望松树山，马上产生一个念头："一会儿怎么回去？"林翁看出了大家的心思，说："我们不走回头路。一直向前，从乱马道那边回去。"

眼见就是第一片杜鹃了。一时有点激动。林翁却说："不急，望山跑死马。得功夫呢！"

林翁走在前面，忙于找路。这是半个世纪前的小路。多年来，只为巡护员走。路痕很重，但是路两边的榛柴蒿草伸向路中，使本来只容纳一人单行的小路愈加难走。我特意穿了巡护服，因为上次没穿剐坏了一条新买的裤子。但是没戴手套，剐得手背生疼。

林翁手拿斧头，一直走在前面。突然停住了。说："看，有狍子！"大家都惊奇地停下来看。在小路边一棵橡子树底下，有一个深坑。边上几株杂草。坑里满是成堆的大便，最上面，有六截新鲜未干的，灰灰的颜色。

林翁说："这东西就像人有卫生间一样，它也有固定的便所。狍子只往一处便。"他仔细看了看说："是个大狍子！"大家就议论着这狍子的样子。

一番惊奇之后，继续披荆斩棘。小路开始崎岖险峻，赶走了长路的寂寞。总是看见那一沟一洼的红杜鹃似乎不远，就在眼前，但是好像要到了，走起来还有很远。

不知是谁，发现了路边一块小的开阔地上，两墩紫色花蓬蓬勃勃。那花柳叶状，那叶像马蔺，我说："马兰花开。"王高工说："是鸢尾。就是那个弋字下面一个鸟字的鸢。鸢尾花。"我露了怯，赶紧虚心下来。仔细观察，这花是蓝紫色。条状的花瓣上面，是白色的凌锐的树状细条。用"形色"辨识一下，显示是细叶鸢尾，又叫细叶马蔺。

王高工说："鸢尾每朵花的寿命只有一天。一株鸢尾可以不断开花，花期持续一个月左右。"想来，今天的这些开放的鸢尾花，明天再无人得见，不知何缘。

王高工又说："这墩鸢尾，一个花期要开成百上千朵次花呢！鸢尾花是法国的国花。凡·高有一幅名画就叫《鸢尾花》，拍卖了5300多万美元呢！"

林翁插嘴说："前面就是杏树洼。杜鹃还在前面。"

杏树洼的山杏虬枝古朴，矮矮墩墩，枝干上长满了皴裂。但是都开过了白花，有的落了，有的被风吹走了，有的还在开着。其间，两株高大的橡子树死亡已有多年。树干布满伤疤，高高挺立，仅有几根粗大的残枝，展示着不规则的断面。但是仍然枝枝向上，斜刺苍天。

去年雨雪丰沛，今年的山杏好干往年。但是几次大风，吹落了迎风口而生的花瓣。我疑心不会再结杏子了。林翁伸手抓过一个红色的花托。里面的花蕊还在，萼片也在，对我说："有杏了。"就扒开萼片，剥了两层。果然露出了一个绿豆大小的嫩绿的可爱的小杏子。林翁说："杏树开花三场冻。冻花剩一半，冻蛋子不剩。"我明白了。这小杏，开花的时候受冻，还能有一半结杏。如果这以后再受冻，就一个也剩不下了。

终于到了杜鹃洼。满沟坡的红粉色杜鹃花开得正艳。那一树一树的红粉花儿，朵朵明媚鲜艳，朵朵都像笑脸。那花瓣大大的，长方圆边，薄薄的如蝉翼，刚中带柔，任意舒卷。一朵花，花心十枚雌蕊，一枚雄蕊。雌蕊淡粉略白的花丝，顶着淡褐色的花药，像双山线的对弯，左左右右略略弯曲着，包围着正中长长的红色雄蕊。雄蕊红红的细长的花柱，带着淡黄的柱头，努力地突破雌蕊的曲线包围，又弯回头对望着，俨然要做深情的不倦的长吻。

眼前，用烂漫能够形容这花山，但是不足以形容这花树；用婀娜能够形容这花树，但是不足以形容这花枝；用绚丽能够形容这花枝，但是不足以形容这花朵；用仙姝能够形容这花朵，但是不足以形容这花韵；用梦幻能够形容这花韵，但是又不足以形容这花神；用向上能够形容这花神，但是又不足以形容这花的欢快——这花海，这花树，这花枝，这花朵……我真的词穷了——我在沉浸之际，林翁说："走啊，向前进发，好的还在后面呢！"

于是继续艰难地前行。不过有了这样的心情，并不觉得多累。林翁突然说："獾子……"他指着几截獾子粪说："也是新的。"我看见比狍子的小很多，颜色却深黑很多。

"是人脚獾子还是猪脚獾子？"王高工问。

林翁说："都不是，是狗獾。你往那看！"林翁指着不远处的一个土洞说："它的窝！"

只见新扒的土痕，有几支枯枝遮掩。唇形的坎下，一个圆圆的大洞，不可见深。人们就开始讨论獾子的事。走了很远，还没有离开这个话题。一番汗雨，到了第二片杜鹃山。然而不但没有路可以下去，看也太险，所以只能在小路边欣赏这满山的红杜鹃。路边也有几棵花树点缀，可近可远，自由无边。

此处是居高临下，一片花海，尽在眼前。我想，如果有下去的路，站在沟底向上看，该是接地连天，自是另一番景象。

腿有点儿酸。找一块石头，随意一坐，迎着春风，略有料峭之感。举目花枝招展，随风荡漾。

林翁又有新发现："野猪窝！"

巡山人的目光无比的毒。什么都逃不过他的眼睛。只见东北不远处的半山腰，并排两个大洞，黑黢黢的像两只巨眼。

"有野猪？"王高工质疑。

林翁说："有水，这山就不缺大动物。你往那边看，"他又指向西北："在山脊这边，就是那条沟底下，有一处泉眼，常年水流不断，冬天水也不会冻冰的！"又回过身来往西看，遥远之处，山川连绵。"你看，那个是铲头山，那个是椎子山。再右边，那个最高大的，是平顶山。平顶山再往右，看见了吧？那个山坳里面，有两片白圈圈，那是冰。那里的冰，到夏天还不化呢！王爷时代，取那里的冰做冰窖，保鲜食材呢！"

看来大黑山的神奇，不仅仅是这杜鹃。我想起了"五月冰"，问林翁，他说那不是这儿！我又问他"白大将军"和"常二瞎子"的传说。他说："事儿是有。但是我说不好。得找八十岁以上的老人才说得明白。"

晚上，我发了几张杜鹃的照片，得到了圈里几十人的点赞。有个网友还给了评点："杜鹃花开火半天，春光四月到花间。不闻花香听鸟语，心头云翳早无边。"

花路崎岖，美在艰险。不忘初心，方得始终。此行，也许就是这样的道理。

# 待到雪化时

11月5号的那一场大雪，比往年都早。雪下了整整一天一夜，降水量41.6毫米，雪厚33厘米。问了几次能不能上山，答：上不去。

过了一个月，又问，还是那样的回答：山路上的雪不会化。

总惦记着山上的那个人——北疆楷模老林。总想去看看他，带点肉菜，给他改善改善伙食。还有，和他喝两盅。耳边萦绕着白居易的《问刘十九》："绿蚁新醅酒，红泥小火炉。晚来天欲雪，能饮一杯无？"

转眼到了12月14号，老雪没化，又添新雪。气象信息说，这次降水量是9.1毫米，雪厚10厘米。这两场雪，彻底阻断了上山的路。也由此更加惦记老林。他两口儿在山上，那里海拔1038米。前不着村，后不着店。

此后，气温一路回升。数九的天气，最高气温竟然零上6摄氏度。心里高兴，这下雪可以化掉了吧？过了元旦，又问雪化的事。答：山路多在阴坡。春天到来之前，化不了啦！

1月9号，再也按捺不住冲动。说走就走，步行上山去！

C说，步行走南沟近。如果还走检查站，山阴的雪路。难说！

本来四人，又来了两个自告奋勇的。一行六人，决定步行南沟路。

其实根本不用找人领路——因为雪山只有方向，没有路。

心不自信，还是找了熟悉这片山林的向导。养猪场在山脚下。向导带我们到了这里。说了一句腿脚正闹不好呢，就回去了。

正赶上场主夫妇放猪。放羊、放牛、放驴看过，放猪多年来还是头一次见。场主男见面就问："上山吗？"

感觉似曾相识，也就顺口回答说："是是是。"接着就问从哪儿上。场主女过来了，指着阴坡的一片绿油油的松林说："走这边，平，好走。"她

48

说的和向导说的一样。场主男关了猪圈门子，扬着鞭子反驳说："你说得不对，阴坡远。走阴坡，那是为了牵驴，驴走平道。单人上，走这边，阳坡，近二里地呢!"

听了，没言语。仔细看看。这是两山夹一沟。阴坡在南，阳坡在北。阴坡方向是要钻进林里去走的。一来山阴才长树。不见太阳，雪肯定没化；二来这天有风，肯定冷。再看阳坡这边，虽陡得很，但是阳光照着，只有簇簇灌木。雪已经化了不少，像花狗身上。说明不那么冷。果断决定：从阳坡上。何况还近二里地呢!

从车里拿出给老林带的菜和酒、肉、花生米。分开几份，要背到山上去。Y带了双肩包，背得最多。余下的给年轻人受累。放猪的进了林，我们也起了步。

不想刚上坎就遇到了困难。上坎的小路掺杂着不大不小的沙砾。鞋打滑，站不住人，人们左晃右晃，要摔倒的样子。只好见啥抓啥，以为救命稻草。实在没啥抓，就双手扶地。

上了坎，就是枯黄的矮草堆，半露半掩着。土壤和雪相间着，对比起来格外的黑黑白白。一面阳坡，黑斑、白斑、黄斑交错在稀疏的山杏林里。山杏林里又是一道道沟埂，只好左右穿行。记不清有多少处，有多少次，看不清沟坎，一脚下去，雪到半膝。抽出脚来，雪已经顺着鞋口灌进去了不少，凉丝丝的，转瞬一脚湿。

深一脚浅一脚地不知走了多久，终于拐上了去二平台的路。才发现走了这么久，离二平台还很远呢! 不过好在上了正路。

虽然布满积雪，还有风吹出来的道道雪丘横在路上，终归是能够找得到走过去的方向和角度。

顺利到达了二平台。Y去山崖边上的石头上独坐，凝望远方。同行以为他在思考。他说只是想喘一会儿。给他照了几张相，大家都说很像猿猴。

这么多年，第一次看见这里的雪景。远山近土，条条白色的雪线，勾勒出大山的轮廓，像一幅幅版画：山舞银蛇，原驰蜡象。

从二平台起步，是一道40多度的陡坡。坡道蜿蜒，转了几道弯，不能尽视前方。迈开步，一步两步三四步。上山艰难，背负青天朝下看，人类渺小。

拐了一道大弯，换了方向，是另一番天地。看见了高高的崖壁上长满了青松。然而，无心观景。步步登高，腿软，上喘。这道陡坡，连续二里地也不止。心里按步计量。走一步，是雪，再走一步，还是雪。走一步，喘，再走一步，更喘。步步高，步步喘，步步雪；步步咯吱咯吱的声音，步步呼哧呼哧拉风箱的声音，步步嘴里冒着哈气的6个人。

原来，并不惧登山，也不知道上喘是什么意思。现在，懂了。只好装作边照相边观景的样子，合情合理地落在了别人的后面。岁月不饶人啊！几起几落，才登完了这道坡。想起登山家朋友说过的话："登山的累，都在开始的20分钟。只要不停下来，过了20分钟，就适应了，只知道目标在前，不知道累。"

想着，就有点儿轻松起来。真正有了观景的心思。右侧是高崖壁立，高崖之上是白雪中的一片绿。那是油松林。视窗只有仰头的天空。左侧是南沟村的田地。水平梯田的埂子，是形象化了的等高线。一层层黑白相间的圆弧像一圈圈水波的涟漪。再远是连绵起伏的山峰，在雪野里越发分明起来。山脊连绵，刀锋凌厉，高低错落，前后交织。好一派雪域高原的经典风光。

前方是一段平缓的土路，这里无雪。土路尽头，是右转的山阴。山体在右，十分高大。遮住阳光，寒风阵阵。雪被风吹到这里，积聚起来不动了。有一米多深。雪丘如沙丘一般模样起起伏伏，缠缠绵绵。靠左边缘，只斜照过来几缕金黄色的阳光。一片雪分两境，泾渭分明。

空气冷峻，阳光寡淡。天刚过午，太阳即已偏西。忍不住急匆匆的脚步，从深厚的雪中蹚过去，走平坦了。拐个弯去，前方却又是一个陡坡。

又开始喘。寸步难行。自感力不能支。但见前行的伙伴，独行在前的身影。又引来了一股劲头，浑身发力，大迈几步，大喘几口。就上了这道坡，转眼前面是一个大拐角。前方一片坦途。

此处可见270度的风景。雪山下有一片蓝屋顶，那就是刚才的南沟。有些兴奋。拍几张照。以为到了。顺着路走。又向右拐了一个直角，却没有老林那小二楼的半点影子。

　　大山阴在前。积雪深厚，漫射着散光，阴冷。坡绝陡，有60度。小心扶着冰手的崖壁，迈一步是一步，迈一步一低头，迈一步喘一口。正绝望之际，低了半天的头刚刚抬起，看见前方豁然开朗，一片平畴。那幢立着天线的小二楼在寒风中矗立着，像守山的哨兵。老林看见我们，快步过来，头发冒着热气。

　　心情一时大好，双手紧握。心里对老林赞道：大雪压青松，青松挺且直。欲知松高洁，待到雪化时。

# 此心宋杖子

　　宋杖子没有人们说的那么好。只不过是蔚蓝的长空中经常可以看到几只雄鹰舒展着翅膀，想翱翔就翱翔，想盘旋就盘旋。宋杖子也没有人们写的那么美，只不过是蓝天上的朵朵白云，变幻多姿，聚了又散，散了又聚，任意东西。宋杖子并不需要诗家的赞美，那绿草如茵的山坡和高原漫甸雨季来临，繁花朵朵，不是诗，更像诗。宋杖子也没有给摄影家留什么余地。大山的真容，美是美极，犹如蒙娜丽莎走了下来，优雅，神秘，谁也不知道她在笑什么。然而，那轻雾弥漫的早晨，转瞬即逝。

　　宋杖子远近闻名的小天池，其实本来并不叫天池。是大黑山的人，给她起的名字。我每次去，都心有灵犀一般，感觉她是古代哪个神秘异域少女遗留下的一面镜子。小巧精致，缠枝莲花纹。我看过西藏姊妹湖爱情海的水，我也看过西藏然乌湖的云，无非如此。青海湖边的日月山和倒淌河，传说是文成公主远嫁，决绝之心让她在此地摔碎了唐太宗送给她的镜子。一分为二，一面化作青海湖，一面化作日月山，倒淌河本是和其他大河一样自西向东流，却因为文成公主摔了镜子，河水戛然而止，就在顿时，自东向西流了。文成公主是大唐公主，宋杖子的少女只是哪家碧玉。她的镜子化作了大山的眼睛。现在，那里的精灵，是蓝蜻蜓，还有开满紫花的神奇。

　　宋杖子的声名鹊起，并非源自她有多少传奇和多少美，她源自于我当年的一个同事——一个会讲故事的人。故事拍了一个微电影，也写上了我的名字。

　　其实宋杖子不为人知的地方，还有"五个一"，加上小天池，恰好六个字：树山池潭谷宅。

村口向西，自下而上，顺着小道爬行，有一棵无名树。乡里的人说是大榆树。我第一次看见，并不以为它是大榆树。因为它的叶子，有鸡蛋大。虽然纹路，叶脉，形状，颜色都像放大版的榆叶。但是，我不信。我不信榆树还有这样大的叶子。我见过很多山花榆——就是学者所说的黄榆，本地人说的大果榆。那叶子就够大的了，那榆钱可以当瓜子磕。然而，不及此树一半。此树阔大，树荫有方圆十几米，自是古树。不知何人用上好的木栏围起，保护起来，显然是因为珍贵。然而那里没有任何文字。最常见的标志牌，也没有，我仔细转了好几圈，也没见到只言片语。让人感到更加神秘。树下有大石可坐，坐在大石上，不必担心日晒，那树荫胜伞。清风徐来，心旷神怡。我那年，曾经坐了一个时辰。此是其一。

其二，是离开此树向南，回归小径。复而西去。那就是上山的路线。山分前后。我几次想登顶，然而一座是计划之中，一座是半途而废。我只能用眼观来描述。直接登顶，是一座连绵的大山。山下是绿油油的松树，山间是五彩斑斓的片片野花，山顶是黄绿杂合的榛柴林。五颜六色的，像山的衣裳。有的地方像纯情少女的花裙子，有的地方像懵懂少年的牛仔裤。有的地方像老媪的披肩，有的地方像老汉毡帽。沿着弯弯曲曲的山路，看见左前方有一片突兀的山峰，嶙峋而凌厉。在蓝天之下，边界朦胧的一大片白云，向西边直立，像山峰银光闪耀的长发被吹起。而那座山峰，点缀着斑驳的绿植，起起伏伏的，总也掩不住灰黑的岩石，使我想起了罗中立的油画——《父亲》的那张老脸。

山峰南北走向。但是由南到北，先低后高，高而又低。整个向东弯成个半弧，直指山下。在一处东西向的壕堑处分成两岔，然后戛然而止。两岔往上，直通峰脊两边，好像一只鞋拔子。歪歪头，耸耸肩，变换变换角度，这座山峰，怎么看，怎么有生趣。在这寂静的天地之间，无需言语，即可直抒胸臆。我只知道这个山峰叫石碴子。山顶那处豁牙，叫南天门。

其三是"日月潭"。从大树上山，向南走到鸿沟不可前行处，再沿山坡向下，也是一条小径，草木琳琅。一路潺潺水声不绝。可见的沟沟岔岔，都是溪水。有一处草甸，竟是沼泽。被花草遮盖着，不能看见。一脚下去，鞋就湿了半边。条件反射一般缩脚跳出，又踩了一脚泥。由此，沿着沼泽绕走了很远很远，才到了那潭水岸边。水潭有两个，连在了一起。站在岸上看，像极了缩小版的日月潭。"日月潭"的名字，就是我由此起的。可奇的是，这水潭的水，竟是双色。外边靠岸一带，水清清的，几可见底。再往里看，则是碧渊，澄净一片。如此景致，竟然没有人来？我环顾左右，真的没人。

"日月潭"的南面，与一小溪相连。小溪掩映在花花草草之中，不是仔细观看，并不得见。连绵不绝的玲琮水声，一听入耳，再听入心。循着风铃般的声音，来到小溪流边再看，则整个"日月潭"满眼碧绿。北面也有溪流淙淙的声音，才知道，小溪自南向北，穿潭远去。

其四，就是河谷。沿潭边北去。水流逐渐变大。北边不远，河谷的东侧是绝壁怪岩。其下散布着不少高大的椿树。椿树之下，便是千年万年的河谷。河谷里，人多了起来。有的在捡石头，有的在漫步观景，有的情侣浓情蜜意，有的孩童雀跃玩耍。还有老者在沉思，青年在拍照。树荫下，三三两两拴在树上的吊床。有的人在养神，有的人在养身。时光静静流淌，生命静静老去。还有搭了帐篷的，躺着坐着，自由无边，任性自然。更有那光膀青年，在支锅架火，埋头造饭。旁边已经摆好了小桌和案板。肉菜生鲜，齐整备完。现在，慢慢的节奏，如高山流水。三五缕炊烟袅袅升起，三五人的野炊时光开始了。

其五，就是百余年的那座古宅。一个叫宋国范的老人，长居其中。院里开满鲜花。参观的人们对古宅不甚了了，我也是。但是对屋里的家具和用物，因为年代关系，十分稀奇，很感兴趣。我不细述，眼见为实。

今天，我用了这多时光，写了这多文字。就是因为在古宅之上的那座山坡，几棵刺槐树边，有一个梦想变成了现实。那时来了一群年轻人，给大黑山带来了生机和活力。我由梦想成真，相信我还年轻。不用向天再借五百年。

今日的灵感，来自午间小憩，梦见一株大树，大到像手掌心一样倾天漫垂。每个树杈，都是不一样的树枝。碧绿，欢喜。

# 巡 山

写下"巡山"这两个字，就想起了赵英俊《大王叫我来巡山》的那首歌。诙谐幽默的曲调和歌词，活化出了一个蹦蹦跳跳活力四射的小妖精。偶尔有人以此调侃我，我只感觉好笑。心想：我这百公斤级的老汉，怎么能和那跳脱的小妖精联系到一起呢？何况我就是摘下最美的花，也没有"小公举"可献啊！但是"大王叫我来巡山，我到人间转一转"，这句词，倒也是个好心情的开端。于是，带上同事，就去巡山。到那少有人去的无名山，不仅是转一转。

林翁独守山中，今年已经 29 年。每每让人十分慨叹。青春有几年？马未都在一次讲演中说："青春太美好了！让一切都成为可能！"

青春即梦想。林翁的青春成就了大山之梦想。让人间这片绿的永恒成为可能。每次去，我们总是惦记着他，不忘给他买点肉带过去，改善改善伙食。这次去的山，本是离他很远，但是同事还是提议给他买肉捎过去。

山边的镇子，有一间肉铺。卖肉的是一个 70 多岁的老头。不识字也不会算账。总想凑够 10 斤好算账，却翻来覆去怎么也凑不准。只好作罢。这肉称得出了零头，这账就更算不出了。同事打开手机计算器，替他算清楚，说给他听，又给他看。他却半信半疑，不收钱也不让走。让他自己算，他又说不会。等了半天，才给他姑娘打电话问。确认无疑之后，又让扫微信，不收现金。说他不会找零。扫了微信，他还存疑。还是不让走。就又给他姑娘确认。10 斤肉的事，在这山边小镇花了差不多 20 分钟。我想，这个不识字也不会算账的老头，一生下来的明悟，就是一个"疑"字当心了吗？

一代人有一代人的青春。这老者的青春是什么样子？诚然，什么样的青春也是青春——生命中最美好的东西，终将逝去。生命中最坏的东西，也终将逝去。我们可以不做昨天的自己，可是我们忘不了往日的时光。最念念不忘的，就是青春岁月。不惜，惋惜，可惜，怅惜，珍惜，痛惜，直到一声叹息。人这一生如果有后悔的事，首要的就是不吝惜青春和年少没有野心。

给林翁送了肉，就折返回来进了山。本是顺着山间的作业路走不远，到达山脊向右边不甚分明的路走就对了。但是我们没有拐过去，因为路不甚分明，我们走错了路。我们直顺着光光的小道一直走下去。车辙杂乱，像是一直有车来来去去的样子。后来我们遇见了几辆，都是灰绿色的电动三轮车。大大的车厢，拉着刚刚从山里捡来的蘑菇。其中一个女的，用旧的花巾子包着头脸，驾着电动三轮，歪歪斜斜地开过来，挡住了我们的去路。

她没有让路的意思。同事和她搭话，外地口音。她说的大意是"不是我不让，而是我不会开倒车"。

同事就下去帮着她向后推到一个略略宽敞的地方。回来的时候，又碰见她送了一趟蘑菇又回来了。我问："捡了多少蘑菇?"

她说："一百七!"

我说："一百七十斤?"

她说："一百七十元!"说着，就迎着微风开过去了。

今年雨水好，山里的植被非常不错。我们顺着小路，直走到尽头。路越来越窄，直到变成了单人独行的小路也开始模糊，才知道这是走错了。大家一致商讨的意见，不再往前走，原路折返。

我想起人们常说，错了就改呗!心里又苦笑了。这多是劝人方之语。错了就是错了，有那么好改吗?有改的机会吗?好多事情是不能重来一次的。我深陷哲理，又生禅意。人生、社会何不如此?

山中的花草树木琳琅满目，十分茂盛。路边的野花开得正欢。有高高的风毛菊迎风招展，有低低的糙叶败酱躬身委地；有成片成片的委陵菜黄花绿叶，有星星点点的桔梗紫面出离；有红红的石竹花夺目惊喜，有蓝蓝的鸽子花一见倾心；有迎风起伏渺渺茫茫的京芒草，也有招招摇摇的棉团铁线莲；有翩翩起舞的斑点蝴蝶，也有忙忙碌碌的辛勤蜜蜂……

极目四顾，起起伏伏的山峰，在湛蓝的天空下，堆玉叠翠，碧海无垠。几朵洁白的闲云，静挂天空，一动不动，犹如草原上饱食之后的羊群。此时此刻，满眼风光、满心欢喜，虽千万次、虽千百遍，亦如反用了那句成语相似：倾盖如旧，白首如新。

遥远的山峰，不知几重。太阳当空，高高低低地转动着的风车，反射着束束耀眼的白光。微风拂面，阵阵徐来，吹走了阳光的重量，并没有夏日芒刺在背的感觉。确是秋高气爽的季节来临了……

山的这面，下了坡，又是一座凸起的大山。山体虽颇高大，但是从上到下，却是一大片缓坡。像极了一片翠绿的绒毯斜铺在那里。上面的几片疏林，宛若绒毯上的提花。天上的片片云朵，一会儿遮住了这面的阳光，一会儿遮住了那面的阳光。投射到这面绿毯上，就变成了深一片浅一片的花斑，对比十分鲜明。那花斑不断地流动着、变幻着，动感如潺潺流水，俨然一幅流动着的山水名画。

此次巡山，并无异常发现。倒是青春如画，画如青春的感觉，如同眼前的无名之山，渐行渐远，十分眷恋。

# 蜀　葵

那年夏日的一天，妻子不知因何突然早起。也没对我言语，穿上运动衣就出去了。当时只听门"砰"的一声响。一个多小时之后，门又"砰"的一声响，她回来了，在玄关里，我听见窸窸窣窣的声音响了好一阵子。我已做好了饭，穿着围裙抖着手赶紧跑过去看，看见她拿着两棵蜀葵。有一米多高，绿油油的大叶子。

"就是想栽。"说着就片刻不停地栽在了阳台上的花箱里。我说："开玩笑呢你？这么大的花，又是裸根，你栽得活？可是神了！"她说："栽活栽不活都要试试！"

花箱不大，当年是为了种菜的美好冲动而买的。种菜想来简单，但是却是真正种失败了的。于是花箱就闲置在那里，已经有些年头了。这两棵蜀葵栽进去，带来了久违的一片绿，阳光初照，天边还带着彩霞，自然好。然而一米多高的大花，又是炎夏，我想，想栽活，肯定没戏。尽管她很用心地培土，又浇足了水。

果然，没几天，眼睺着高高地立在那里的蜀葵上面的花苞和叶子就蔫了下来。接着就是不可逆转地枯萎。我说："算了吧你，这热火燎天的，白费事。又搭工夫，又费心神。"然而，她就是不听，也不反驳，看着花箱一天一干，总是天天浇水。直到花叶都干掉了，只剩下一根光秆直立时，她还是不断地浇水。我有点儿佩服她的坚持和认真，也暗笑她是不是有点儿愚。但是这也不稀奇，我们这一代，多少人的本子上都写着"路漫漫其修远兮，吾将上下而求索"之类的名言警句呢？只要功夫深，铁杵磨成针啊！

转眼就是立秋的节气了，她找来了一把剪子。"我修修枝。"她说。我就站在一边看她怎么做。又心里笑她把死马当活马医。

她蹲下，小心翼翼地摘掉了残花和败叶。只剩下一根茎秆的时候，她开始仔细端详。只见上面的一半几乎都是干硬的白秆了，下面的一半还是泛着青绿的模样。她就找到了白和绿的交界处，又向下略移了半尺，比画了一下，又有点儿迟疑，又把剪刀向上提起，在那白绿相交之处，"咔嚓"一剪子，就剪断了。另一棵，如法炮制。旁边预备了一个大的塑料袋子，她把剪下来的装进去，拎起来就下楼去倒了垃圾。于是，两棵一米多高的蜀葵就只剩下了一尺多高的光光的绿秆儿，在花箱中迎着晨光挺立。过后不久，她又去看。那剪口齐齐的，顶着两滴水，圆圆的，饱满，晶莹，剔透。问我这是露珠还是蜀葵的眼泪？曙光初照，我看见了水滴里的世界。五颜六色，变幻莫测，似乎还有几丝缭绕升腾的雾气。恰好儿子买了一套《水知道答案》。我就随口说了一句："水知道答案！"

看着这样栽花的方式和这样栽花的人，我有点儿好笑。我到底看不清她如此突发奇想是什么意思。

然而，我还是不反对。生活需要丰富多彩，生活需要打破沉寂。今生于世，纵然终归身膏草野，也要保持一颗积极向上的心。呼吸只是生命的标签，激情才是生命的标志。生命在社会关系中，想做的事未必是该做的事。反过来，该做的事也未必是想做的事。哪有那么多的对心思？无论如何，不但要做，还要认真做。克制自己，才能换来自由。生命本身就是如此。哪来那么多的意义？时刻有心去做，时刻用心去做，就是生命的意义。家父在世时说过，彩虹没在天边，彩虹都在眼前。这几年我见到过几次彩虹，刻意观察过，家父所言不虚。所以不管岁月如何苟日新日日新又日新，我们都要始终秉持一颗看彩虹的心。我想，这大概就是她的道理。

日子过着，一天天有说有笑的。但是她绝口不提蜀葵的事，只是坚持着隔几天浇一次水。我呢，早已给她铁口独断，也就不再提她的蜀葵。

一天早晨，我隔着窗，看见东山之上，升起一轮大大的红日。就打开小阳台的门，走了出去。小阳台被照得一片金黄。金黄之中格外打眼的是那两根蜀葵，光光的绿秆上竟然长出了娇嫩的小芽芽。没几天，小芽芽就变成了小叶叶。又没几天，那叶片竟然蓬蓬勃勃地长起来了。由嫩绿变成了鲜绿，由叶芽变成了叶片，由小小的叶片变成了大大的叶片。不久就盖住了花箱，占据了小阳台的一半。葳葳郁郁，一派生机。

直到入冬，气温已经很低了，百草枯黄，万花纷谢，那蜀葵的叶子还是又绿又大，傲然挺立。肃杀和凛冽的日子，那墨绿墨绿的碗口大的叶子，尤其让人眼前一亮，心中一新。

一场雪后，盖住了它的大半。露出来的片片叶子，虽有傲立之姿，但又有霜打之疲。叶面上细细的网状脉络，水分十足，凹凸有致。有点像爷爷的名言"冻死迎风站，饿死不弯腰"的气质。

寒冬季节，阳光已远，罡风来袭，我每天去看这两株蜀葵。有一天，我见那大大的叶子，边缘卷曲，有些下垂。半翻的叶背，阳光照着，透过来些许，有了半黄的光晕。

我久久伫立，想起了唐代陈标的《蜀葵》诗："眼前无奈蜀葵何，浅紫深红数百窠。能共牡丹争几许？得人嫌处只缘多。"

这蜀葵是什么？说来也许让人笑掉大牙。蜀葵是学名，南方又叫"大蜀季""一丈红"。原生蜀地，移来北方，高高挑挑，百姓谐音望形，就俗起俗叫，起了个像"翠花上酸菜"一样的名字：大秫秸花。我想起了当年验收百里文明长廊的时候，汇报说到"路边开满了凤尾花，迎风摇曳，点头欢笑，迎接八方来客"的时候，验收的人问："凤尾花，是什么花？"答："就是扫帚梅呀！"

我宛然成独笑的时候，她站在我的后面了。只听她悄声说了句："只要再坚持一下，春天就来了！"

后来我们坐在一起闲聊的时候，说起这事。我说："它终究没有开花。"她说："不对。它开过的。在那杈高枝上，只开过一朵，小小的，红红的，重瓣的。"我恍然如梦一般，眼前是小阳台，西边那花箱，是"万绿丛中一点红"的景象。

# 鸽　子

　　一天，家里来了两只鸽子。一只红色的，一只黑色的。非常可爱。准确地说，红的是浅红色的，黑的是黑花点的。

　　两年半以前，妈妈瘫痪在床，一病不起。就在那时，每天的清晨，就一直有"咕咕咕"的低沉而温柔的鸟叫声。起初，我并不知道是鸽子。循着声音看去，惊奇地发现是一只红鸽子，落在妈妈房间窗外的空调机上，歪着头，圆圆的眼睛不时向屋里面张望。就这样一直持续到一个多月以前。

　　妈妈是虔诚的天主教徒。在天主教的观念中，鸽子是圣灵的形象。这只红鸽子的到来，我就疑心与妈妈的信仰有关。但我是唯物论者，不信迷信。就开释自己，人们对解释不了的事情，总是两个出口，要么用迷信来玄化，要么用巧合来敷衍。很多事情的原因吧，并不是看似的联系，而我们恰恰喜欢把它们混淆到一起。

　　我家小儿子的房间迎面是正东方。大窗之外就是孟克河。河岸的步道遍布垂柳，休闲的人们就在垂柳下漫步和游玩。房间的南侧东边，有一扇门，外面是一处小阳台。刚搬过来的时候，我满怀对生活的热爱，买了一个炭化木的花箱，不辞劳苦地在几里地外的松林里取来了腐土。一刻不等地种上了白菜。忙完了，这只长条状的花箱，在我眼前全是绿油油的大白菜。然后就满怀对生命的渴望，盼望白菜快快生长。半个月后，我一屁股坐在椅子上，看着门外羞答答的几棵小白菜，不但起了斑点，还有了虫眼。内心充满了对失败的承认，正式宣告此前的努力，都是白费。后来无意间撒了几粒辣椒籽，倒是蓬蓬勃勃地生长了起来，收获了好多辣辣的红尖椒。这个花箱在这里放着，终归是阳光太盛，又有河风吹荡，盛夏时节，一天不浇水，就打蔫了。天天浇水，除了三天新鲜，就又嫌麻烦。这件事终究无声无息了。

后来有一块盖板，无处安放，就放在了花箱上。一边在花箱上边的左侧边缘支着，另一边斜靠在墙上。正好棚起了一个小小的空间。一个多月之前，也是妈妈这次住进医院之前，那一红一黑的两只鸽子就在这里安了家。一时间，我和妻子充满欢喜。就经常去观看。怕惊飞它们，就蹑手蹑脚，离得老远，像小时候藏猫猫一样。

两只鸽子，总是一只站在外面，一只窝在里面。一天，我发现多了两个蛋，圆圆的，略大，不像饭店那道菜的鸽子蛋那么小。之后，我发现这两只鸽子轮流着孵这两只蛋。一只外出觅食，一只在家孵蛋。在家的这只，如果是黑鸽，则聚精会神卧在那里一动不动。如果是红鸽，就有些浮躁，不停地动。一次，我发现红鸽干脆就跳了出来，站在了一只闲置的花盆上。由此，我判断那只不安分的红鸽一准是雄的，那只踏实的黑鸽肯定是雌的。

过了一两天，不知是由于红鸽的不安分还是什么原因，一只鸽蛋滚出了很远。那只黑鸽子在那里卧着，却孵不着这只滚远了的蛋。我想过去帮它拿回去，稍一走近，黑鸽就警觉地要起身躲避。我小心翼翼，并且向它投去友好的目光，还是不行。我一靠近，它就要飞走。当我再次试图向前的时候，它"嗖"的一下，果断地飞走了。我趁机打开门，走过去，轻轻地拿起那只滚远了的鸽子蛋，怕碎了，倍加小心地和原来那只并排放在了一起。半个月后的一天，一只弱弱的小鸽子出壳了。又过了两三天，另一只小鸽子也出壳了。刚出壳的小鸽子长得很快。先出壳的那只尽管才早出了两三天，就长到了半拳大。后出的那只，小小的，好可怜啊！

家里诞生了新的生命，我和妻子都充满喜悦，心中一片阳光。就讨论着将来会怎么样。我还做了功课，查了好多关于鸽子的资料。鸽子是晚成鸟，又是不吃虫的。小鸽子出壳后，雌雄双鸽都要分泌"鸽乳"。而且还是轮流值班。一只在家哺育小鸽，一只外出觅食。我看见大鸽喂小鸽的时候，小鸽把嘴伸进大鸽的嘴里，嘴对嘴地吸食鸽乳。然而，那只后出壳的小鸽子似乎不会这样做。我很着急，但是没用。没几天，那只后出壳的小鸽子看起来瘦弱不堪。一天早晨，我去看的时候，发现它已经死掉了。两只大鸽也都不见了。我找了一页旧纸和一个塑料袋。把塑料袋套在手上，轻轻包上它，再系好袋子，就扔掉了。此时，那只先出壳的鸽子已经长到鸭蛋大，在里面的一角蜷缩着，似乎有点抖。

妻子害怕大鸽不再回来，那剩下的这只也难逃死运了。我说："这个不会，动物也一样会爱自己的孩子。"果然，那只黑鸽先回来了。那只红鸽也回来了。现在只剩下了一只小鸽子，还是两只大鸽子轮流喂养。是营养过剩还是原本就是这样，我不知道。我天天去看的时候，发现这只小鸽每天都像长大一圈一般。我不知道鸽子的生长规律，但是直观感觉，长得这样快，是不是不正常呢？鸽子太过肥硕，就像人，胖鼓鼓的像发面馒头，总归不是好现象吧。

在四五天之前，天刚要放白的时候，我们还在床上，传来不同以往的一阵鸟鸣。声音清脆，短一声接着长一声再接着短一声，如此往复不止，好一阵子。妻子就爬起来去看，我整理一下床铺。听见妻子远远的声音，有点惊悚："小鸽子死了！"我应声放手，跑到小儿子的房间，隔着玻璃往外一看，那只小鸽子已经长到几近大鸽子那么大，只是羽毛稀疏。脖子伸得很长，两面的翅膀松散地伸展着，塌在地上——它已经死了很久了。

我们有点黯然神伤。妻子说就是先前听到的不同叫声的那只鸟掐死的。我说不一定。但是它确实是死了。那一红一黑的两只大鸽子再也不见了踪影。坐下来仔细想，才有了一些印象，那只黑鸽在小鸽子死掉之前，似乎已经有一段时间不见了。

鸽子是"一夫一妻制"的动物。这两只鸽子，没有意外，是会终生厮守的。那只黑鸽是母鸽，它的不见，肯定不是"离婚"了。那么既然不是离婚，不是弃爱而去，却又不见了。是怎么回事呢？被人抓去吃了？受到伤害了？吃了毒食了？命丧黄泉了？均未可知。我想不出，就不再想了。但是，总是忍不住又看了几眼那只肥硕的小鸽子。一红一黑两只大鸽子的事又萦绕眼前。我回想出，那只红鸽子有几天站在花箱沿上独望，是不是在等那只黑鸽呢？那几天，它总是站在花箱边沿上向远处望，似乎也无心照料那只肥硕的小鸽子。没几天，这只红鸽也就不见了。只剩下这只虚胖的孤独的小鸽子。这小鸽子，身材硕大，很少活动，羽翼不满，又不能飞，又怎能脱困呢！命运这不就是明摆在那了吗？

我仍是找来一张旧报纸，一个塑料袋。把手套在塑料袋上，把它抓起来，感觉真的很重。它有生之日，双份供养，成就此身。憾乎？无憾乎？我把它轻轻放在报纸上，简单包装了一下，装在塑料袋里面，扎紧了口，当作垃圾拿走了。

妻子问我："那只红鸽子呢？怎么这么丧良心呢？怎么不管小的呢？"一连串的疑问。

我说："你不能用人性来衡量动物。动物是野生的，物竞天择，适者生存，有自己的生存方式。"

她说："丛林法则？"

我没有接话茬，却说："民间有拐鸽子的说法。也许，它丧了偶，被别的单身异性拐走了吧？"

那只肥硕的小鸽子死掉的第二天早晨，我又听见有"咕咕咕"的鸽子叫声。就又去看，见到那盖板底下，有两只鸽子在一起。这是很少见的。以前，两只鸽子，都是一只在里面，另一只站在外面或者花箱的边沿上，有时，也站在旁边闲置的花盆上的。我有点兴奋，对妻子说："你看，它们，那两只鸽子又回来了！"

妻子在厨房，穿着围裙，拿着锅铲，就跑过来看。看了几眼之后，认真地对我说："这不是原来那两只鸽子！不信你过来看看。"

我又跑到小儿子的房间里，走近玻璃窗，向外细看。那两只鸽子似乎受到惊吓，"扑棱棱"飞走了，往大河那边，一去不返。我看见，红鸽子还是红鸽子，而另一只却是一只灰鸽子。是不是它取代了黑鸽子的位置？飞走之后，那两只鸽子，再也没见回来。我连续几天去看，只见花箱寂寥。残存几片羽毛和些许鸽粪。几个闲置的花盆，有的空着，有的装满花土，静静地待在那里。一阵风过，吹走了一片羽毛。栏杆上系着一条红绳，随风飘动。这里似乎什么都不曾发生……

# 黎明看星

冬天寒气袭人。用"狗龇牙"形容天快亮时的冷，是民间的发明。

此时，东方的地平线遥不可及。但是可以看见飘动着的一缕缕的橘红霞光。先是像半浓半淡的锦被，炫耀着温暖的希望；接着像镶边的闪闪金环，散射着灿烂的光芒；然后像少女的飘飘长发，婆娑着青春的律动；随后像燃烧的火焰，喷涌着热切的力量。

在地平线以近，霞光依然喷薄涌动。它背照着参差林立的楼房，可见一片黑黢黢的立体剪影。偶有几个窗口亮着灯，稀稀疏疏的，半睡半醒一样，像早起人惺忪的眼。

再近，在河那岸，一楼的门店，灯都齐刷刷地亮起来了。那灯光低矮委地，连成一道长长的光带。与霞光相比，并不值得一提。光带幽幽，虽然看不见人影，但是却让人感觉到一片蒸腾和忙碌。还在梦乡的人们，并不知道，大家的早餐，是从此时，从这里开始的。

太阳还没有升起来，高天一片蓝墨。河边的弯弯曲曲的小路上，流动着匆匆的淡黑人影。一队暴走族过来了，看不清面孔。隐约看见领头的背着一个大音箱，双手打着旗帜，伴着雄壮的曲子，"咔咔咔咔"一阵响，整整齐齐，列队而过。料峭的风顿时变得凛冽，卷起了一地碎叶，簌簌作响。

早起的鸟儿有虫吃，早起的虫儿被鸟吃。但是，人不是虫，人超然于鸟。早起的人儿，让人敬佩，值得用手机记录下这让人奋进的瞬间。

几次构图，都不如愿。于是继续向前走。突然想起，当年学摄影的时候，有一个锦囊分享，霞光在自己所在的角度，最佳时刻连前带后不过半分钟。而让人一见惊心的时刻只有几秒钟，并非某大文豪说的十分钟。于是就有了紧迫感，赶紧立住，举起手机便照。

霞光经过手机的拍摄，不想变了颜色。那橘红里面的"红"全然不见，黄也僵硬了许多。然而画面倒是干净。天空澄澈，圣洁辽远。黑蓝深邃，晨星寥落。忽见画面上两颗星星，兀然灵动。

真是始料不及，风景虽然没有拍好，但是拍到了两颗星星，竟然是用手机！

凝眸细看，这两颗星，一颗明亮，一颗暗淡。明亮的在东南略低，暗淡的在东北略高。

那颗明亮的星无疑就是"启明星"。若在黄昏时分，西南的天上，也出现这样一颗明亮的星的话，那就是"长庚星"。如果在溶溶的月夜，一轮圆月，朗照八方，繁星隐去，只可见一颗这样明亮的星在离月不远的地方闪耀，那就是"孤星伴月"的天象。

如此诗情画意的三颗星，其实都是一颗。只是不同时间不同空间而已。

它是离我们居住的蓝色星球最近的一颗邻星——金星。火星也是地球的邻星。但是金星在里圈，火星在外圈，要比金星远得多。为什么人类登陆更远的火星而不登陆金星？因为金星表面470℃，而且大气浓厚，充满二氧化碳和硫酸，环境的恶劣不容人类涉足。

不知道先人因为什么缘由起的名字。太阳系的八大行星中，水星无水，金星无金，火星无火，木星无木，土星无土，天王星、海王星也没有什么王，只有地球名实相符。

再看那颗暗淡的星星，是木星。太阳系中最大的行星。多大？直径是地球的11倍，体积是地球的1321倍，质量是地球的318倍。地球的卫星只有一个美丽的月亮，而木星的卫星却多达92颗。真的是想想就十分缭乱啊！

如果某个夜晚，若看见月亮边上有两颗明亮的星星，那就是"金木合月"了。那是金星、木星和月亮三者距离最近的时候。今日见了双星，但是少了月亮，人多憾事啊！

此所见，一日兴奋。晚间聚友小酌，给理科朋友看照片。朋友不以为然。谓：彼黎明之照片，非真也。今手机 AI，与人智类，或超人某部。其亦会触景生情，成像若此逼真，不过算法而已！理科朋友酒后开始说文言文，一点都不稀奇。问他，也是 AI 吗？笑而不语。于是受到习惯性传染，大家都禁不住也之乎者也起来，比观星还乐。

算法为王，听说过，莫知所云，不明所以。却顿然诵起 1921 年伟人词《虞美人·枕上》：

堆来枕上愁何状，江海翻波浪。夜长天色总难明，寂寞披衣起坐数寒星。晓来百念都灰烬，剩有离人影。一钩残月向西流，对此不抛眼泪也无由。

忽诵此词，无端如风牛马。或许牵强里面有"星、月"二字，借此缅怀伟人。

黎明看星，终究十分难忘。难忘那双星闪耀，霞光万丈，一片光明。

# 咖啡之禅

多年以前，到同学家去。他给我喝的是咖啡。用咖啡豆现磨的那种。他有一个从英国带回来的手摇磨豆机，当着我的面放进了一些豆子，就磨了起来。有滋有味的，像是别有洞天的意境。

同学边磨边给我讲意式咖啡和美式咖啡。磨磨叨叨的，像给小孩子讲故事。什么意式咖啡是浓缩咖啡，上面漂着一层油脂，很苦又很香。什么美式咖啡是黑咖啡，不怎么苦，清淡好入口之类。又讲了什么拿铁，卡布奇诺，玛琪雅朵、摩卡之类，我一边当天书听，一边想起了《围城》里面那个教授总是挂在嘴上的那句话："兄弟我在英国的时候……"

这时，他问我："你喝意式还是美式？"我茫然无措，不知所以。笑说了一句："你让我喝啥就喝啥！"

当时的我，对喝咖啡很不以为意。出于此心，当然对他说的话不甚了了。我想告诉同学，我不喜欢洋玩意儿，我喜欢喝茶。但是终究没说出口，不想扫了人家的好心和兴致。人生的许多问题，都不是必答题。人生的许多问题，也是没有标准答案的。只要活着，就是意义。

多年以来，有兴致的晚上或者不加班的假日，我喜欢一个人静静地做茶道，用小盅品。两个小时的时光，再看着电影，很快就过去。那种意境，很像是一种禅，真的是茶禅一味。尽管生活工作学习，纷纷扰扰的事，如恒河沙，但是忙里偷闲也好，苦中作乐也罢，喝茶看电影的习惯，一直没有间断。伟人在 1917 年就在"来去茶馆"写过联语："为名忙，为利忙，忙里偷闲，喝杯茶去；劳心苦，劳力苦，苦中作乐，拿壶酒来。"况我辈乎？

这样的日子，一过就是好多年。品来品去，最喜欢的是普洱老茶头。

那种回甘，那种苦味，那种红色，都是生活美好的符号。三生有幸，活在和平发展的年代，每一个人的生命体验，都如同欧阳菲菲唱的那首歌曲：《感恩的心》。

新冠疫情三年，生活完全换了方式。一天，妻子像发现了新大陆一般，发现我的牙齿已经不知从何时起由亮白变得暗黑了。就说我不抽烟，没准是喝茶喝的。这只有事实，没有依据的话，我半信半疑。我听过老人说的一句话是：人老看牙。也许是不知不觉中，老来的标志。但是我没有对她说，宁信其有，不信其无，还是改喝了白开水。疫情三年过后，花了255元，赶紧去医院洁了一次牙，才恢复了原来的洁白。代价是一个月不能吃冷热东西。

有一天，突然想喝点咖啡。找了找家里的咖啡粉，泡了一杯，用那个专用的小匙，灯光下，慢慢搅动着，升起了一缕袅袅的香气，别有趣味。想起了同学当年的现磨咖啡。断然买了一台飞利浦的咖啡机和一公斤意大利进口拉瓦萨中度烘焙咖啡豆。在妈的房间，喝起了咖啡。看着墙上的耶稣像，想妈在天堂里，见到了她的主了吧？想自己也在不知不觉地老去，老冉冉将至的内心，没有悲戚。喝着咖啡，只有平静、坦然和接受。只有怀念，怀念母亲，怀念父亲，怀念爷爷奶奶；只有放下，放下劳作，放下牵挂，放下身外之事。一种生活方式的结束和一种生活方式的开始，是时代的变迁带给生命的馈赠，生命顺应时代潮流，才能够充满活力，才能够昭示意义。

日子总是不紧不慢地流逝。一天，我看到了一则消息。那消息说，新冠疫情过后，城里的人们都流行起了喝咖啡，开启了咖啡模式。而且不在意意式还是美式，不在意拿铁还是卡布奇诺，而是率性随意而为，想怎么做就怎么做，想怎么喝就怎么喝，叫作DIY咖啡。看过了这则消息，才注意到确实街上不知何时冒出了很多咖啡店。招牌都很诗意，一股一股小清新的语句，充满了荷尔蒙的气息。这次南方之行，有人也有在讨论咖啡、牛奶奶泡的事。在高铁上，有朋友还送了我一杯意式咖啡。咖啡传入中国，不过百多年的历史。而茶叶传到外国，至少有千多年的历史。疫情三年之后，人们开始青睐西方来的咖啡，不知应该如何解释。

　　多年以后，生活不知会变成什么样子。我想，喝咖啡也许不再是潮流，而是习惯。这世界上，在漫无边际中，人们总会追求生活的丰富多彩和没有过的体验和刺激。总会是不约而同地创造流行。所谓潮流，所谓趋势。就像当年的波浪发、高跟鞋、喇叭裤、迷你裙和流行歌曲一样，一夜之间，大街小巷，如雨后春笋。歌德的《浮士德》中有一句台词："理论全是灰色的，只有生命之树长青。"我不是先知先觉，还能同化于潮流，巧合了喝咖啡的趋势，说明自己并没有老，至少有一颗年轻的心。热爱生活，像火一样，热爱生命，咖啡作禅……

# 七里山塘觅渡

## 一

八年前去了一次苏州。

在苏州去了一次山塘街。山塘街长七里，人称七里山塘。在街中，有一家茶楼。已经记不清叫什么名字了。只记得茶楼门前古旧的屋檐下挂着大红的灯笼。那窗户也是明清风格，全是雕着花的格子，镶着花玻璃，有一点点颜色不很分明。

茶楼在二楼，一楼的楼梯口边，地上立着一块精致的牌子，上面写着价格和服务时间。我交了60元的茶水费，沿着仄仄的楼梯，就听见了咿咿呀呀的曲声。那曲我后来在电影《花样年华》的片头也听过，那正是伴着苏丽珍搬家时候。

山塘街这次，我就知道这段评弹叫《妆台报喜》。朱雪琴唱的。

当时只那一句"千分惊险千分喜"，就过耳萦回，一听难忘。我就是听着这个评弹在朦胧的月光中上了二楼。一个穿旗袍的漂亮姑娘彬彬有礼，向我鞠了一躬，做了一个请的手势。待我选了前排靠中间的一个位置落了座，评弹已经唱完了"好比那嘛断线的风筝有处拿"。顿时响起了七八个人的掌声。我环视一下，四五十座的大堂里只有这些人。

另一个穿着旗袍的年轻姑娘给我送来了一盏茶。轻盈盈的，略略弯腰，轻拿轻放，小心翼翼放在我的面前，然后回身站立，一边说"先生请……"一边做了一个请的手势。

我的茶座，是茶水可以添，评弹可以免费听一个上午的那种。来这里，我并非为了喝茶，就是想听苏州评弹。可是我不喝茶，就听不到评弹。虽然说评弹免费。

人生的事就是这样，直来直去的很少，总是要七拐八拐的。眼前那座山，不走山坳，不走盘山道，就很难过去道道坎。

现在，我坐在这里，一边品茶，一边听戏，全然忘记了自己身在何方。

苏州给人的印象，就是园林。多半是很小就学了一篇课文叫《苏州园林》。拙政园固然好，留园也不错。但是于我来看，都比不过苏州评弹。

我就这样傻呆呆地在那里坐了一个上午，听了一个上午，茶水并未怎么动。

我不懂得吴侬软语，但是那咿咿呀呀的唱腔，足以让我意顺神随，扶摇万里。加之台上有一块通天的横屏，显示着唱词的文字。我便耳眼并用。不但欣赏了唱腔的优美，也感受了唱词的文蕴。

唱了几曲。台上出来了一个老先生，穿着灰色的长衫，头发花白，清癯飘逸。他是苏州评弹的名家，退休多年，不离此地，是放不下那份热爱和执着，还有人生的信条。老先生出来，给我们讲苏州评弹的过往。他的面前有桌有椅，但是他一直站着。讲的内容，当时很受用，现在却模糊了。但是他的音容笑貌，尤其是那清癯的脸和讲话的样子，我记忆犹新。

老先生讲完了。我发现台下还有我们三个人。那两个人不是很年轻，但是像耳鬓厮磨的热恋情侣。这个年龄，多半是"梅开二度"。但是那幸福的言行，是初恋，也未可知。我从那以后觉得，评弹一个人听的感受，就是他俩那样幸福的内心。对了，评弹一个人听，最有韵味，这个一点不用怀疑。

老先生下来。走到我跟前，他说关注我很久了。问我怎么这么专注，是喜欢吗？然后叙了一会儿寒温。我就要求和他合影留念。他拉我到台上照，因为台后有个背景墙。我感觉他特意整了整衣服，掸了掸袖子……

那张照片一直存在我的手机里。后来，我丢了手机。存在里面的一切，都没了。老先生当时七十几岁，如今健在的话，当是耄耋老人。老先生说的苏州话，姓字我没听清楚，大约是"郑"，名字倒是说得很真，是"立德"二字。

# 二

我有一个书柜，日前整理笔记本，把笔记本都存放在了这里。数了数，五十五本。按时间线，做了索引。这些笔记本记录了我那次从七里山塘回来以后，每一天平平淡淡的日子。我本微末，这是我作为一个渺小而又卑微的存在的思想痕迹。八年来，天天记录在案，一天也没有漏过。

我何以从七里山塘回来后，有了这样的想法，我自己也说不清楚。我不知道答案。但是我的认真态度和我的执着精神合而为一，这一生只有这一次。

人的身体总是在变化，步入中年之后，总是在退行性的变化中慢慢老去。就连脚都是。我穿的同一双鞋，过几天磨脚，过几天就不磨脚。似乎没有解决办法。一天，买了一双大了一号的鞋，问题迎刃而解。五十岁之前，怎么就没想到买大一号的鞋呢？坚守着43号好几十年，脚受了那么多委屈，只在一念之间的顿悟，就完美解决了。

这人啊，削足适履，故步自封，画地为牢，作茧自缚，坐井观天，画饼充饥，望梅止渴真的是讲给孩子们听的童话故事吗？

盲从，起哄，懦弱，恐惧，贪婪，纵欲，逞强，逞凶，哪一样在我们本就渺小而卑微的人生中了无痕迹？不过是环境和对象不同罢了。

鲁迅说，勇者愤怒，抽刃向更强者；怯者愤怒，却抽刃向更弱者。人世间，恶行从来不是少数人的专利。底层的恶，还少吗？是因为你过得好还是不好，才这样子的呢？

人生，不过一程路而已。人类，也何其不是一程路而已！是身如梦，忽如吹烟。茫茫宇宙，其大无外；渺渺人心，其小无内。

1994 年的情人节，也就是二十九年前的今天，旅行者一号从 64 亿公里之外，回眸望乡，给太阳系照了一张全家福。我们的家园，地球，只是一个 0.12 个像素的点，似有若无。连我们仰望星空时满天闪烁的繁星都不是。这张照片被命名为"暗淡蓝点"。卡尔·萨根博士在《暗淡蓝点》中感慨道："看看那个光点，是的，那就是我们的家园，我们的一切。你所爱的每一个人，你认识的每一个人，你听说过的每一个人，曾经有过的每一个人，都在它上面度过他们的一生。这里聚集了一切的欢乐和痛苦，数以千计的自以为是的宗教、意识形态和经济学说，所有的猎人与强盗、英雄与懦夫、文明的缔造者与毁灭者、国王与农夫、年轻的情侣、母亲与父亲、满怀希望的孩子、发明家和探险家、德高望重的教师、腐败的政客、超级明星、最高领袖、人类历史上的每一个圣人与罪犯，都住在这里：一粒悬浮在阳光中的微尘。"

旅行者一号的速度是每小时 61452 公里。现在距离地球 230 多亿公里。太阳光传到地球需要 8 分钟，旅行者一号的信号传回地球要 40 多个小时。据说，旅行者一号飞出奥尔特星云要 30 万年。那是不是太阳系的边缘呢？何其渺也，何其远也！

# 三

夜间四时醒来，海棠花未眠。

这是川端康成的《夜未眠》里的一句话。常被人拿来引用，但是谁能说清它的含义？我感到孤独。

有谁想过，芸芸众生，平生所为，只为一口饭吃。

对于草民来说，高大上从来都是副产物。

过去已过，未来没来，现在正在。

然而我们有谁真正活在现在，珍惜眼前？说古论今，纵谈海外，滔滔不绝的人，问他家门前有几棵树，那树几时花开，几时花落，几人能答？父母的生日，结婚的日子，还有兄弟姐妹需要关心的事情，几人犹记？

"尔曹身与名俱灭，不废江河万古流。"

现实，务实，平实，才是自己的王道。理想还在称为理想，是因为它没实现过。

对于草民来说，成功也是副产物。

人这一辈子，譬如挖井。有的挖了一百个浅坑，有的只挖了一个深坑。水挖到了吗？自己知道。挖一百个坑没挖到水的，怪自己不专一；挖一个坑没挖到水的，怪自己太专一。挖是必需的，努力挖更是必需的。成功的并不都是挖到水的，而是挖到副产物的。比如矿，比如宝。这就是人生。

骆驼祥子之所以是骆驼祥子，是因为他只认为自己拉车还不够努力。

黄永玉写在 2023 兔年挂历前言里有这样的话："人这个东西说起来终究有点贱，为钱财为名声，为繁殖下一代，费尽心机。浪费了整整一辈子宝贵光阴去谋取自以为有道理的那点东西。"这大体说的是生。

鲁迅说："死者倘不埋在活人心中，那就真的死掉了。"这大体说的是死。

其实，人来到这个世上，也是副产物。我们在世间的这一程路上，都是一回生二回死。一回生不必说了，副产物。

二回死呢，生命结束，生理意义上的结束，是一回死；活在世间的人们，没人还记起你，没人还知道你，是二回死。二回死之后，你就像电脑里的世界，永远不再有电源，永远也就什么都没了。

有了如此认识，我才做那些笔记。无非是为了捡拾旧时的岁月，给我自己品味。等于我再活一次。

这世界关于一个人的真理只有三条：一是努力，二是信心，三是坚持。首先要挣一口饭吃，然后对对的事情，分分轻重缓急。对错的事情，一定远避——

想想，就感觉时间过得太快了。过年的时候还是四九，转眼就到了七九。河要开化了，雁也要来了。

这个七九，恰好是 2 月 14 日。今天这个日子，在遥远的罗马帝国时代，处死了一个人：瓦伦丁。他的死，诞生了一个节日：情人节（圣瓦伦丁节）。这是一个关于爱和浪漫的日子。情人节在，瓦伦丁就还埋在活人的心里。端午节在，屈原也是。

新冠疫情过后，人们开始对今后如何有诸多讨论。我告诉过许多人，要充满信心，你只需努力，还有坚持。因为个体压抑三年的内生动力，会一股脑地释放出来！哪怕只有一个地缝缝，岩浆也会喷发出来！

有生活，才有爱。唯其有爱，才是生活。人生的过往，有些东西，是永留心中的。在我心里，依然记得那次听到的《妆台报喜》。那唱腔在耳边盘旋，一直酥到骨子里。那几句唱词，句句感人：

千分惊险千分喜，

好比那嘛浪里的扁舟傍水涯；

千分辛苦千分喜，

好比那嘛万里的行商已到家；

千分着急千分喜，

好比那嘛断线的风筝有处拿。

——千分惊险，千分辛苦，千分着急，后面都跟着一个千分喜！七里山塘的觅渡，何止如此？这篇文字，是副产品！

# 勤奋的人

岁进中秋，勤奋的人，向着金色，越发忙碌。一天遇到的事，也总是不约而同。这不，正脚不沾地的时候，接到三个电话。一个是乡下的亲戚，说捎来一瓶韭花，强调是刚刚打出来的，还掺了野韭菜花；一个是邻县的朋友，说捎来两瓶辣椒酱，说了几遍是媳妇"三蒸三煮三晒"的独门技艺；一个更让人惊喜，一个神通广大的兄弟说从荞麦秧子上新采了三五十斤荞麦粒子，轧了新荞面，给半小袋尝鲜。

心情顿如阳春三月，和风拂面。又如凉爽的夏夜，无比欢欣。傍晚，开着车，迫不及待地奔向家的方向。回家的感觉真是好上加好，情不自禁就吹起了口哨，是《我怎能忘记你》。一路绿灯，让人畅想。外面是红叶迎秋，家里是小吃迎秋。真是不错的安排。

略一减速，就开进了地下通道。明黄的灯光之下，顺着出入标识拐两个弯，就到了自家的车库。车库门是自动的，倏地升起，车子就进了库。下车落锁，见黄灯闪了一下，就出了车库门。只听见后面沙沙两下，回头望一眼，车库门已经关得严严实实。再直走，就是楼道门，还没等进门，红外感应灯就亮了。走进去不远，向右一拐，就是电梯门。进了电梯，刷卡到十五楼。一按指纹，自家的门就开了。玄关有个擦鞋机，坐在上面，换了鞋，就唤媳妇，说："我回来吃了。"

一抬头，看见锅里的水哗哗开着，翻腾着热气。媳妇一笑，穿上围裙，双手握起拨面刀，说了一句"马上让你吃到嘴"，就舞动起来，一根根细细的拨面条不断地落在案板上。

巴望着眼看见那面条沉入翻滚的锅里，没一会儿，就漂上来了。媳妇麻利地用筷子捞起了一筷子，两筷子，盛在碗里。说："快，趁热吃！凉了不好。"

顿时，淡淡清雅的荞麦花香满屋飘荡。

餐桌上面是高挂的三个筒灯，高低错落着，一束光照在翠绿翠绿的韭菜花上，一束光照在鲜红鲜红的辣椒酱上，一束光照在微冒热气的深黄的辣菜缨卤子上。色养眼，味沁鼻，挡不住的心旌摇动啊！

媳妇忙完了，也坐到桌前。唰的一下，大灯打开。两个人的碗里，红红绿绿、黄黄灰灰。筷子上下轻翻着。氤氲之中，是两个人饕餮的身影。相对的，是两朵花一样的笑脸。

幸福着，喜悦着，品味着，就说起了早晨的事。

早晨四点，不得不起床驾车去接洽一件事。下了楼，眼前是一片流动的黑。天气预报说有雾，最低零摄氏度。但是也许是雾散了，也并没感觉冷。车从来都是停在楼下，昨天傍晚因为忙晚了，找不到车位，就把车停在了小区门外。在电梯里就想着要走到外面去，还是忍不住看了看楼下。

出了小区大门，刚要拐弯的时候，一道一道的车灯光照过来，晃得人睁不开眼。果断把速度放到最慢。左边右边仔细看了看，才发现多是三轮电动车，两轮电动车。也有小货车，有厢的，没厢的。还有不知品牌的汽车。都急速奔驰着，似乎为了一件事。车身上流着一道一道的雾水。像是跋涉很久而出了汗的样子。

小心翼翼地上了路。本以为小城都在睡梦中，可是大街上车水马龙——竟然堵车了。也都是早起人的电动车、小货车和不知品牌的汽车。

总算是上了国道，才不堵了。左侧是一片收割了的玉米地。两个黑影在那里躬身屈体不知在干着些什么。车到近处，才看出来那是两个妇女，系着头巾，戴着口罩。在那里扯原来滴灌用的黑塑料管子。这条道上经常看见拉满黑管子的三轮，原来是捡的这个东西。那天听一个人说，一个熟人开了一个厂子，专门回收这个东西，三毛五一斤。问干什么用，说做塑料颗粒。

想起了小时候的岁月。父母也是这样起早贪黑。尤其是记不清有多少次跟着大人搂树叶子，捡菜帮子，割蒲草，还有柳树条子……

后面一道灯光打过来，不很亮，上上下下晃动着。看车内的后视镜，朦胧所见，那道灯光是射过车的后窗玻璃照进来的。那光一打，可见车后窗玻璃原来凝结在外面的水雾，现在一道一道地在往下流，长长短短，爬满后窗。像极了人或悲或喜时候流在脸上的东西……

　　说着说着，又回到餐桌上来。这餐饭，不可辜负。媳妇说：这是勤奋的滋味，人间无比。

# 无月中秋

*——为榻上病母而作*

中秋节那天。弟弟、妹妹两家人都过来相聚。爸十二年前就过世了。爸在世的时候，没什么大病，妈更是健康得很。逢年过节，一家人聚在一起，欢欢喜喜，十分热闹。如今，快两年了，妈妈虽然还在，但是像植物人一样躺在护理床上，一动不动。总感觉那一天要来，大家总是要不约而同地聚在一起，吃团圆饭。这时，妈目光空洞地看看这一家人，似乎有了一点安心，然后就闭上了眼睛，沉沉地睡去。任由我们做什么，任由小孩子烦闹，一概不知，完全感觉不到这人间事。妈的卧室，在餐厅对面的屋子里，总是敞着门。吃饭的时候，我特意转头看看，妈在护理床上躺着，似乎睡熟了。我心中一酸，转回头时，电视上正说，天上月圆，人间团圆。

午间的聚餐过后，大家忙乱收拾了一会儿，到妈跟前看了一下。看到妈张大了嘴要哭的样子，但是发不出声音，流不出眼泪，大家就都低下了头，不忍看到这个样子，伤心地叹气，然后就轻声地散去。好多年了，我和妈住在一起。其间，有一年的光景，儿子高三冲刺，妻子去陪读。家里只剩了我和妈。那时妈只能半自理。多次医治，却怎么也没能阻住恶化的进程。早餐，做什么呢？我想给妈包饺子吃。我感觉，妈爱吃饺子，尤其是萝卜馅的。我便精心照做。一次，热腾腾的饺子端到妈的面前，我随手又盛饺子汤的时候，妈的眼泪唰的一下子就下来了，然后呜咽起来。我不知道妈是什么缘故。也许，想起了她曾经的困苦日子。也许，想起了她自己现在的病体。也许，看到了她年过半百的儿子穿着围裙的样子。——妈年轻时，我们小，一年吃不了几次饺子。妈总是等我们吃饱了，最后才吃。谁知，那时我们太能吃，似乎每次都是个盆底儿——彼时盛饭盛菜的器具都叫"小盆子"。

今天午饭后，我独自躺了一会儿。弟弟、妹妹们走了之后，心情无以言说的寂寥和伤感，还有悲悯。妻子说：你去汤泉泡个热水澡吧。我想也是。

出了门，才想起已经连续下了两天一夜的雨。雨不大，却下个不停。伴着秋风，雨线斜扫着，紧一阵慢一阵。雨中的人，都加了长衫，双手用力斜撑着伞，裤管还是打湿了，阵阵寒凉。大街上，湿漉漉的，一汪一汪斑斑点点的积水，反射着斑斑驳驳的亮光。

我穿着防雨冲锋衣，翻过帽子戴在头上，拉紧了拉链。突然改变了主意，不想去汤泉泡热水澡了，只想在这秋风秋雨中一个人漫无目的地往前走。妈的影子，爸的影子不断地闪现在眼前。他们一生的颠沛流离，一生的辛勤劳作，一生的艰苦困顿，恰如这凄风苦雨，却完全没有凄美而动人的故事。

爸去世的前两年，随着我的当家立业，他们结束了往日的一切奔波，也结束了两人一生的唇枪舌剑，开始颐养天年。然而，只两年工夫，爸便撒手人寰。出殡的时候，妈非要亲见，在现场，她坐在一边，一无所措似的只是傻傻地脸上僵着笑。当我跪在灵车之前，摔碎那只瓦盆，以头抢地的时候，她收了傻笑，转而泪流满面，不能自已。两三个晚辈费了力气，把她架走了。此后五六年，她便独守自己的房子，经常独自流泪。已然全部忘记了他们之间几十年千万遍的相向恶语；已然全部忘记了他们之间几十年不断相互指认的一无足处；已然全部忘记了他们之间几十年共同度过的酸涩岁月。一切，都被时光风干成了一个抽象的符号——他，永留心间。我去看她时，她便对我说天天想着我爸，梦着我爸。尤其逢年过节，我们去上坟祭祀，每次对她说了，她都点头称是，很高兴的样子。她经常说，她很孤独，孤独到害怕。我每次去，都不让走，让我天天陪伴她。一天，一个好友独自去看她。回来对我说：看样子不行了，你接到你家里吧。接过来后，她几次哭闹。还要回自己的家。一次我急了眼，才安定下来。此后，妈虔诚地皈依了天主，买了电脑，半天半天地看。每天的生活，诵经为业，抄经为乐，电脑为伴。我到她屋里去看她的时候，就不厌其烦地给我讲"大警告"的预言。时时提醒我储备什么什么东西。

爸活着的时候好酒。年轻时，家里穷，买不起。老了，我们便供着他酒喝。他喝酒，很少在吃饭时喝。而是打开一瓶，一边做着他的事，一边走过来嘬一口酒，走过去嘬一口酒。一次也是中秋节，我们全家相聚，爸对我说，今天咱俩喝点儿。其时我工作特忙，应酬特多，经常感到身体难支，难得一天休整。就说，你自己喝吧，我不喝了。爸没说什么，但看得出很失望。一个人喝了几口，就不喝了。不吃饭的时候，还是过来一口，过去一口。没两年，他就登遐了。我想起这事，就很难受。和别人都喝了那么多有用没用的酒，为什么自己的父亲，想和儿子喝几口，儿子却不陪他喝呢？想来追悔万分。

爸妈都是新中国成立前生人，在当时，都算得是个文化人了。然而造化弄人，文化人却一生没做与文化有关的事。爸经常说："我以我的短处吃饭。"一辈子拮据丛生，悲苦丛生，劳累丛生。改革开放之后，人们都有了好日子。他们还是不得要领，我想，他们是吃了文化的亏。但是对美好生活的向往时时在心中涌动。由此做出了迁徙 800 里牧场种稻的壮举，虽然以失败而告终。但是为挽失败的颜面，又辗转黑龙江，"下了关东"。时代不同了，仍以失败而告终。我想，这也是吃了文化人的亏。倏忽之间，人生定体。前半生好时光在运动中苟活，后半生好时光在颠沛中流离。有一天，我翻看爸的笔记，一本的封皮上写着"风急天高猿啸哀，渚清沙白鸟飞回。无边落木萧萧下，不尽长江滚滚来"；另一本的封皮上写着"万里悲秋常作客，百年多病独登台。艰难苦恨繁霜鬓，潦倒新停浊酒杯"，真是难怪。又谁知及至苍老之年，该享清福了，却是一个匆匆永别，一个卧床不起。

如此想着，不知不觉地，我走到了风雨中的十字路口。抬头辨路的时候，只见一个慢坡之上，一对夫妇，穿着雨衣，一辆三轮，满载着瓜菜。男的在前面使劲地蹬。他全身悬起，上身前倾到与地平行，右腿蹬直挺在下面，左腿蜷缩弯在上面，这慢动作恍若动画一般。女的在后面紧贴着车身，使劲儿地往前推。她右手把住车上边的栏板，左手拉住车后边的一个扣环，左腿绷直，右腿前弓，身体向前倾斜着，要倒的样子，几秒钟，才迈出一步。两人虽很用力，但也只是蜗行。一辆汽车开过，溅起了好多水雾，挡住了他们的身影。半天，只听得见窸窸窣窣的声响，那是轮胎碾水的声音。这声音很快过去，然后，仿佛世界凝固了一样。烟雨笼罩，天地微茫，只留下那辆三轮和那对夫妇。

我走了很久。回到家的时候，已经夜幕降临。今天，儿子也回来了。我们吃过晚饭，就一起坐在电视机前。儿子说，难得团圆，我和爸妈吃块月饼。便拿来一块月饼分吃。馅是枣泥，美妙的滋味。

窗外天阴着，雨还在下，只是小了许多。家里的窗前正对着那条河，河面不远处有一道彩虹桥。往年站在窗前赏月，只见东山之上，天空蔚蓝，一轮硕大的朗月，刚出山顶，好似近在眼前。月海浓淡，疏密分明。清夜无边，阒然无声。不多时，那月离了山顶。只见皓月当空，清辉遍洒，仿佛流淌着古老而遥远的童话。东山益发宁静，那月带着金黄的月晕，由低到高，由大变小，由东向南，缓缓飘离。淡淡微云，犹如一缕轻烟，从月边掠去……

今年此时，夜幕深邃，斜风细雨。只可见桥上霓虹闪烁，水中光影摇曳，一片静谧。妈在那护理床上躺着，一动不动……

# 怀念父亲

父亲生于 1939 年 2 月 10 日，戊寅虎年农历腊月二十二。卒于 2009 年 6 月 17 日，己丑牛年农历闰五月（前）二十五，享年 72 岁（71 周岁）。在世日 25687 天。

今天，清明。古诗说，清明时节雨纷纷，可是今天大雪漫天。还好，我们凌晨 4 点出发，5 点就到了。那时天只是阴沉沉的，雪却没有下起来。也许，天佑儿等尽心尽孝吧。因为，我们的风俗，填坟是要在日出之前的。填坟，就是给您修房子吧。看来，我们有的是时间，可以精心地给您修修房子了。

几天前，下了一场大雪。这是好多年没有的事。给您修房子的土，是到 10 里以外拉去的黏土，我们早就做了安排，不巧正赶上几天前的大雪，路非常泥泞。不过，老乡还好，只要了 100 元。

您的房子位置，据村子里的人说，很好。那天给您下葬，也就是您刚刚入住，一只大公鸡还打了鸣，没人管它，它也不跑不动，静静地看着这一切。后来，一切如仪完成，我们请的那个先生，把那只大公鸡拿走了。我没说什么，只要您能安息，黄泉路上您走得顺利，儿子就心满意足了。

但是，您的房子的材料、土，却实在不怎么样，全是沙土。您的房子周围好像风也很大。开始我们七天看您。三个七天看您。五个七天看您……周年看您，当时，没看出来您的房子有什么变化。三周年之前不久，我做了一个梦，梦见了远在那边的您，在黑沉沉的地方朝着我喊冷，我惊醒了，我意识到了什么。三周年看您，您的房子果然被风吹得很小了。可是我们的风俗，三周年之前是不许修房子的，委屈您了。不过我们还是用手一抔土一抔土地整理了您的房子，不至于冻着您。

您都看见了。每次去看您，都是一大家子人，您的孩子和您的孙男娣女。有次，还有你们哥们当中唯一在世的哥哥，还有你唯一在世的嫂子也去了——她现在也到那边去了。每次都有我的几个朋友，"祭如在，祭神如神在"——死备哀荣也就如此吧。

今年，四周年。我们早早地做了准备。预备了好黏土，还上了小铲车，对您的房子大修了。肯定是冻不着了，至于美观，不知道您是不是满意，我是满意了。因为是我以我肥胖的身躯费了好大的力气亲手整形、修理的封土——在这件事上，我不放心别人。

当时，在现场，我还想，我也快五十岁了，再过三十年，也许不会那么久。我，您的儿子，也会静静地把家安在您的下面，我们就在一起了。不过，那时，我的儿子，您的孙子，也会做我做的一样的事吧？因为，我小的时候，您对你的父亲，我的爷爷就是这么做的。说起您的孙子，也许在修房子这件事上，我没您幸运，他们学习很好，说不上等到时候他们会远走高飞、天涯海角，我接不上这个力呢！不过，您会不在乎这个，您会很满意您的孙子的，我呢，也如此吧！

您的孙子，在您刚走的那年秋天，看到学校的大杨树飘飘扬扬的落叶，想起了您。写了一篇日记，还哭了。我只记得有一句话是：我看见大树上枯黄的叶子总在飘飘忽忽地落下来，我想起了爷爷……这么小的年纪，说出这样的话，您活在他的稚嫩的心中了。

八点多，我们修好了您的房子，又给您送了好多纸钱，上了香，还有一瓶酒，一盒香烟，想必您也收到了。十点，我们回到了我家住地，雪就开始下起来，漫山遍野，纷纷扬扬，鹅毛一般大，慢慢地划着不定的轨迹从天而降。我在雪中伫立很久，不忍离去，任雪片无声地落在我的脸颊上，睫毛上，我数着，一片两片，三片四片……不久就都化成了水，冷冬一样地冰凉，和着我掉下的眼泪，汇成悲伤和思念的溪流，从胸前流下去……

您的新房在漫天的大雪中，应该很是美丽。雪野里，一片银装素裹，这样的清明，您经历的不多吧？我是第一次，那边，下雪了吗？

您听到我说的这些话了？还想听？可是，我说不下去了，我已经泪流满面了，我的如在左右又遥不可及的父亲！

# 爷爷，我亦是行人

——爷爷辞世四十年追思

爷爷生于 1906 年 10 月 24 日，丙午马年农历九月初七，那天是霜降节气。卒于 1981 年 7 月 27 日，辛酉鸡年农历六月二十六。享年 76 岁（75周岁）。在世日 26913 天。爷爷今年 116 岁，然而，40 年前，他已辞世。

## 一　你是哪儿的人

两百多年来的四次大洪水，是我家族世代惊心动魄的记忆。乾隆末年那场大水，把祖上冲去了龙宫。只剩一个小脚的女人和两个没爹的儿。饥寒交迫，借找无门。小脚的女人只好挑了两个箩筐，一头一个嗷嗷待哺的儿，离开登州府海阳县乳山乡徽村那一片汪洋。行行重行行，北行又北行。辗转数十年，先居内蒙古赤峰市天义西高粱秆子店。又迁赤峰北黄土梁子。再迁敖汉旗大王爷地。又迁老河北山前。最后定居小河沿村。我盯着地图看了半天，怎么也想不出这迁徙路线的逻辑。然而，从那时算起，饱含辛酸的香火，已续十代。

宗法制度延续了几千年，在皇权不下县的封建社会，它是一股积极而强大的稳定底层社会的支撑力量。我小时候最早的启蒙教育，是爷爷教我的"人家问你是哪儿的人啊？你就说山东省登州府海阳县乳山乡徽村。"

我有一段时日，对祖上的逃荒轨迹十分上心，很想知道那些悲伤的故事。然而无法可知，无法可想。有一次，我下了决心，按照爷爷教我的"你是哪儿人"，找到了 200 多年前祖上出发的那个村子，竟然历史的影子若隐若现。

村子老旧破败，石头墙上长满了青苔，见不到年轻人。"族长"是个快八十岁的老者，老伴儿是个热情的老太。一进屋，说明来意，她就要烧水做饭："孩子大老远来的，肯定饿了！"我很温暖，但托有他事推辞掉了。

我问："家里就你俩？"老者说："年轻的都进城了。村子里没几个年轻的。"他突然眼圈就红了。像是自言自语，又像是对我说："两个儿子，都在城里。大的在县银行，几天前车祸殁了。"一时空气凝重。我也无话可说。

他便带我找"管事的本家"，找到了，是两个40多岁的汉子。从老者口中得知，家祠历经灾荒、战乱、运动，之所以没被毁掉，是因为全村差不多都姓高——这是宗法的力量。

我围着长满苔藓的石砌院墙转了又转，想见历史的绵长。满院荒草，一栋大檐平房，不高大，但古朴厚重。让人顿生崇拜之心。然而"管事的本家"却说："不到族拜，家祠不开……"我好话说尽，才开了房门，两人登梯上梁，拿下了那卷丈宽有余的卷轴，"唰"的一声，像瀑布一样散落下来。正中是一男一女两老者的画像，红灰大服，庄严郑重，目光如炬，直照子孙。

"这是祖宗！"——"管事的本家"说着，递给我一个印刷精致的本子，是《家祠捐款登记表》。"姓名、地址、单位、联系电话、谒祖时间、捐款数额、大写"云云。我毫不犹豫，写上1000元。磕了几个响头，长跪不起。

然后久久地凝望上面的一支一支的名字。"管事的本家"见我虔诚，说："这个就到18世纪末叶，余下的'文革'中毁掉了。大批的北迁有两次，17世纪中期一次，18世纪末一次。"

我终没找到我祖上的名子。回来的路上，我才感觉到自己的异想天开——一个逃荒要饭的，家祠里哪还有一席之地？况还是个寡妇，哪儿还会有谁给记上一笔？"势败休云贵，家亡莫论亲"《红楼梦》说得清楚啊！所以，今人寻根，多是一笔糊涂账。

## 二　老房子

第二次大水，是 1962 年。我出生前五年，那时已历七代。稳定居于老哈河和小蚌河汇流的三角地带——小河沿街了。老哈河平时虽然有一里多地那么宽广，但是平静得很。偶有浪花，多半是那条常年摆渡的大木船的游踪。而小蚌河有雨就发水，经常野马脱缰，但因河小并无大碍。

但这次——我后来听爷爷说，也查了县志，当时大雨下了七天七夜，老哈河像创世纪的大洪水一般肆意狂奔，南北两岸百多里滔天一片——

五年后成为我姥爷的那个老人，站在六分地的山顶上一望，说了句："河沿完了——！"就背过了气去——他的大儿子，我的大舅家就住在这个叫河沿的地方。

这场洪水，让人无处可逃。恰院内有几棵参天大树，爷爷急中生智，发挥了木匠的优势，在树上搭建了简易房屋，一住就是几个月。吃喝用度，洪水退去之前，就划木排摆渡，奶奶脚小，划不动木排，也曾用大木盆过了很久。

大水过后，院墙坍了，老房子塌陷了一尺。老房子是爷爷盖的，简直是个奇迹。这房子除了矮了一尺，其他什么也没有变，像个佝偻的老人依然迎风而立。

爷爷几个儿子每晚必做的功课，就是到这老房子来，在地下东一句西一句说着一天的家长里短，还有大爷、二大爷从收音机里听来的天下大事。爷爷则沉默寡语，在昏暗的炕头角眯着眼睛打坐。蒙眬中，像一尊神。

四年后，这老房子成了我爸妈的新房。五年后，奶奶炒了一大锅沙土面，铺在炕头，我呱呱落地，这便是我的摇篮。

## 三　救我那次

若干年后，又发了两次水。1978 年，我十一岁，发了一次大水，全村向南五里的平地搬迁，这次我记忆最深，因为事关我的生死。

那时只有学校先搬了过去。村子里都不愿意搬，也非热土难离，而是"一搬三穷"哪！爷爷说。我家十几年内搬了两次，"两搬六穷"——到我读师范的时候，家里连十块钱也拿不出。

我在这所新学校上的小学四年级。那日第四节课是数学课，杨老师讲完了题，让大家练习，他便坐在门口的凳子上。我在中行最后一桌的右侧，紧靠房子的后山墙。正在做题，忽听头顶簌簌作响，抬头一看，那土打的山墙正在往下堆，只听杨老师大喊一声"快跑！"我就什么都不知道了！

我醒来的时候，只见天色灰黄，像刚刮过黄风一般。我躺在一条木板上，底下是一条水渠。右臂酸痛，包着白布还在渗血。爷爷手拿铁锨，看着我，眼角还挂着泪……

新盖的教室坍了，砸了我们七个人。最重的是一个女生，骨折了，后来总校给她安排了代课。我是最后一个被扒出来的，但最幸运。一根檩条掉下来斜支着，一块大的柳条笆掉在上面，虽被土埋住，但是形成了一个小空间，使我逃出生天。

被扒出前六个小时，老师说没有了。但是我爷爷说："我孙子呢?!"话没说完他就不顾一切爬上了土堆，一边叫我，一边用手扒土，不敢用铁锨，用铁锨怕伤着孙子。

扒出我的时候，我已经不省人事，就抬在那里等赤脚医生。我醒过来一眼见到了爷爷，一骨碌爬了起来，土耗子一样拽着爷爷就往家跑。

不知谁说，他没事，他没事……晚上，学校送来了一盒跌打丸。那时人善，都理解村里没钱，学校又不得不盖，房子盖的是硬山——黄土能打住，可是这里是半沙土，立不住，房盖又是自制的柳条笆和自制的水泥瓦，死沉，没有梁柁，如何不坍?

## 四 "新农村"

学校坍塌的事很快就过去了。老宅反湿，开春之后，全村都是海绵地，人走在路上，忽悠忽悠的，像踩着海绵。

村里有一辆大马车，枣红色的大辕马，非常有名。前面三套力马，似乎能知道辕马的旨意。给家家户户分玉米秸，分大白菜的时候，车老板子又在车上站在前面，高扬那红缨大鞭，猛地一甩，"啪"的一声脆响，"驾……!"马车便进入自动驾驶状态，到谁家门口辕马自动停下，车上的人吆喝一声，便用三股叉叉下几捆搁在谁家门口，车又自动去了下家……

我印象最深的，大马车拉得太重了，走在海绵地上就压翻了浆。泥浆从地底下汩汩地冒出来，太阳一晒，都如贴地的石钟乳。时间久了，满村的大街中央都是两道深深的车辙，弯弯地通向村外。每道车辙，都是一条深沟，两边隆起，酷肖两道"石钟乳"，奇形怪状，高高低低。

人们开始陆续盖房搬迁。我家盖了三间小房，进门是外屋，做厨房。进门后左转又有一门，进去是两间一明的堂屋。爷爷得了脑血栓，倒不重，只是走路不灵便了，需要拄拐。放下了做了一辈子的木匠营生，整天拄着一根磨得发亮的大木棍在大街上闲坐——他是有名的木匠，却不拄拐，就拄这个大木棍，缘由不得而知。

老街的南门外靠东，有两间小房，住着一对无后的老人，外号"唠叨帮子"，素以扎大烟闻名。爷爷有天不出去了，躺在炕上不出声。后来发现他的右腿肿得发亮，溃烂了一片，问他不说，赶紧找远近闻名的老中医——我远房大爷来看，说是感染发炎。吃了好多天药，才好了。但是走不了路了。有人说，他有一次去了"唠叨帮子"家……

我从此多了一件事情，每天放学第一件事不是做作业，而是背爷爷"出恭"，这是他的词。爸爸给他做了一个专用凳子，中间有一条空格，放在院墙边。底下一堆土，定期清理。我的事情就是背爷爷从屋里出来，架着他坐在这个凳子上……再背回去。

"新农村"——这是爷爷总说的词。回家不说回家，而是说回"新农村"!

老屋又存在了五年，这五年爸妈在老屋住，爷爷在世时，我和爷爷在"新农村"住。

五年后，老屋变成一片稻田，踪影不见。再后来有一天，妈要回老家看看时，已经是一片田畴，绿油油的苞米，随风起浪，一点影子都没有了，地下水位下降，连水稻也种不成了。

## 五　爷爷的"债"

1994 年，又发一次大水。这次大水，淹了我和爷爷的"新农村"。人们只好拖家带口到村南的铁路路基上躲水。村子又一次搬迁，这次搬得远，搬到越过潍县营子、二道湾子以南的不毛之地——一处叫"坎上"的地方。

爷爷当时已经不在了 13 年。我经常记起他临终前大口喘着气，嘱我别在梁柁底下躺着。我后来听说我们这里有这个说法，在梁柁底下睡觉会一辈子翻不过身来。但是，我想还是那场大洪水给爷爷的记忆太深了，怕我不安全吧，也许二者都有吧。

这次，盖房国家给补助，我的父亲又问我拿了 2000 元，盖了个小房子。不久又来找我，让我还爷爷的债。爷爷平生一不拉饥荒，二不拉人情，三没少周济他人。怎么就出来了债了呢？后来我弄明白，这是生产队时的银行三角债。

那时，人们挣工分，年末再算账，投入产出核算之后，确定一个"工"煞多少钱。生产队长是个牛人，我们所在的队总是最煞钱。那时，他在社员当中就是神仙一样的能人。谁家过年杀猪，都得请他去"吃猪肉"。一般都是老早打发孩子去请。到他家，他多数时候还没起炕呢。就低声对他说："大爷，我妈让你上我家吃猪肉，今天杀猪！"他就从喉咙里含混两声："告诉你妈猪肠子里多放点蒜！"

酒足饭饱之后，他总会得到人们的恭维。坐在人家炕头上，他一边听着，一边打着饱嗝，一边掐下人家一根笤帚篾子，一边说："今年出了几趟门，要不，还煞的多呢！"

后来，正是爷爷去世的那年，实行包产到户，生产队解体。清产核资后，我们队外债最多，那时统统叫"三角债"。那时不像现在，羊毛出在狗身上，让猪买单。那时就是羊毛出在羊身上，分到队里每个人身上。爷爷分到了 1000 元。

我爸让我还时，人们都说，人都早死了，可以不还。可是爸爸由于成分，一辈子在运动中吓破了胆，说："还，必须还！不还，我睡不着觉！"

古语说：父债子还，天经地义。我爹又发扬光大了一下，爷债孙还。

## 六　花钱也买不来

二大爷是爷爷的亲侄子，是爷爷的唯一的弟弟的儿子。但是弟弟寿短，三十几岁就没有了。于是爷爷不但养自己的家，还一视同仁地拉扯大了他的侄子一家，在那个时代让他读了书，还当了教员。

1950 年划分阶级成分的时候，二大爷已经工作，由于孤儿寡母的原因，划成了"下中农"。而爷爷，由于是远近闻名的木匠，又有了几亩薄田，并且算是当地的富户了，当划"地主"。但是爷爷一生慈祥，处处与人为善，坚信吃亏是福，便宜咬人。人缘极好，便被高抬贵手划为了"富农"。

对于二大爷划成下中农，爷爷说"侄子逃出这劫是件好事"。而当奶奶每每为富农成分遭受的不公和困顿叹气时，爷爷则说："这个富农好，你花钱也买不来！"

好在，爷爷一生悲天悯人，除了政策的制约，倒也没受到人身批斗。村里有两个二混子刚一提批斗爷爷的动议，便有众多的贫下中农坚决不答应。说："谁家的大门掏钱了？谁家的饭桌子掏钱了？谁家的猪圈门子不是他做的？！"

## 七　蹲 72 天大狱

爷爷蹲过一次大狱。他说："背着铐子，用嘴拱着吃。"

那是新中国成立初期的一天，县里来了两个警察，带了一卷口供，上面有爷爷的名字。不由分说，就把爷爷铐上了。带到了新庆监狱。三番五次审讯，爷爷一问三不知。警察说："态度不好！——铐着他！"

原来，根据群众举报，抓住一个贩毒的。这是大案，必须严加审问："几次？多少？最重要的是你的上家是谁？说！"

那人说的上家竟是爷爷的名字！哪个地方的？也是小河沿街。

警察二话没说就抓了爷爷。爷爷不认，"冻死迎风站，饿死不弯腰"

的劲头来了，一脸的不屈不挠！警察也实在没法，就呵斥爷爷："我们会抓错吗？我们有人证，咬定是你，你敢抗拒政府吗?!"爷爷刚正不阿，说："是谁的口供，你们拉来认认我？看看是不是我，当面锣对面鼓，一下不就打响叫明了？"警察采信了，带来那人，指证认人。那人一见就说，"不是他！这个人我不认识！"

警察不言语了。放了爷爷，前后 72 天。

后来知道，他有个堂叔弟弟，不正经过日子。家里过去藏了点大烟，穷极不过，就偷偷卖给了这个人。自知这是犯法坐牢的事，便自始至终报了爷爷的名字……

我说："后来呢？"

爷爷说："后来就没事了！"

"那我八爷爷呢，你怎么对他？"

爷爷说："事过即了，何必挂怀呢？"爷爷弄的似乎是《红楼梦》上的词，也未可知。

"那我八爷爷呢？"

"看我平安无事了，知道大事不好了。就跳了井！——还是我殓的他……"

## 八 《红楼梦》和《东坡词》

爷爷虽然只念了三个月的私塾，却喜欢弄词。说起文化，经常夸耀："我念的是私塾，三个月！"我当时不懂这是多高的文化，但是看爷爷有时歪在炕头的那个大方枕上，对着纸糊的窗户，戴着那副圆圆的黑框老花镜，看那本厚厚的《红楼梦》，手指沾一下嘴唇翻一页书。翻完了，边看边念叨着："李纨……"自觉爷爷伟大。

有一回，我看见爷爷坐在窗外的长凳上，戴着另一副滴溜圆的黑不见底的眼镜，下颌长满了长长的白胡子，像挂着一个倒着的银白色的边际不直的毛茸茸的锐角三角形。他正襟危坐着，我有了想上去给他捋捋胡子的冲动。但一想到他像个威严的算命先生，就不敢了，离他几步站着。过了一会儿，只见他拿起了一本有些破损的书，用粗大的食指到嘴唇上沾了沾，翻了几篇，停下，专注地念了起来： "……人生如逆旅，我亦是行人。"

他的这本《东坡词》，前些年，我还见过。现在怎么也找不到了。但是一直到现在，我都记得他念这两句的样子。还有，就是他翻书的那个习惯动作。

## 九 "神机妙"和"馆子味儿"

逢年过节，爷爷有他自己的一套规矩。过年的时候，特别是大年三十，尤其注意。比如"穷、病、苦、完、算"等，都有藏头露尾的代替方法。别的我记不清了，只记得"蒜"也是忌词。因为"蒜""算"同音，在他来说，过年不许说这样的词，说了不吉祥得很。

吃饺子总要蘸蒜的，这是祖辈传下来的习惯。有一年除夕，发了纸，饺子上了桌。

我就说："我去砸蒜！"

爷爷大声"嗯"了一声，叫我的名字，说： "不能说那个字！说神机妙！"

——打那起，我也不论年节，只要听到大蒜的字眼就条件反射似的和"神机妙"连在一起。想想也好笑。

饺子上了桌，爷爷必定第一句就说："好！今年的好！"

而在平时，奶奶包了饺子。爷爷总说"没有馆子味儿"。

奶奶问："馆子啥味儿？"爷爷又说不上来。

奶奶就说："一辈子也不知道下没下过馆子，还说馆子味儿！"

爷爷就说："那年……"

奶奶马上打断："好话说三遍，狗都不喜见！就那一回，你说得嘴还没起泡儿？反正我耳朵是长茧子了！"

奶奶对爷爷好。一次，奶奶特意打听馆子的饺子什么味儿，自己加细做了一回。

问爷爷："这回咋样？有没有馆子味儿？"

爷爷一口一个吃了几十个饺子了，却说："黄鼠狼吃鸡毛——填个大肚儿!"

奶奶从那时起，几乎不再包饺子。

我不知爷爷那回下的什么馆子，以至终生难忘。馆子味儿的饺子印象那么深刻倒未必是饺子，但事情肯定是他一生少有的高光时刻。

我后来理解，未必爷爷有多迷信。"年"作为人生合适的计量单位，爷爷不过是对每个新的一年都寄托了无限美好的希望。

生命存在固然喜悦和渴望，而生命存在的过程，却满是痛苦和不幸。每个人都一样，每个人又都不一样。穷病，苦病谁都难治，只有坚强和希望，是生命存在过程的解药。爷爷如是……

## 十　两三句话

老太爷百年的时候，爷爷只有 12 岁。独立擎起偌大的一个家，我实在无法可想。在新农村的时候，爷爷对我说："我 12 岁当家，拉大锯，肩膀子疼啊！一两个月后就没事了，我顶大人使！那些年哪……你记着：人没有过不去的坎！人到啥时候不能熊！"

而奶奶对我说过的却是"你爷爷年轻时，就是两句话挂在嘴上。一句是'冻死迎风站，饿死不弯腰'，一句是'吃亏是福，便宜咬人'"。我记着爷爷的话，就说还有一句："人没有过不去的坎，人到啥时候不能熊！"

我想，这几句话本来只在我的血液里，但是一经奶奶那年说出来，它就由隐性变成了显性，犹如暗夜的明灯，引导我一生，成为我的个性。

说实在的，我常常想：家族 200 年的逃荒史，爷爷知道那么多，他是怎么样的记忆和回忆，我不知道。但是奶奶说他挂在嘴上的两句话，还有说给我的一句，是不是他总结提炼的生命认知和价值遵循，我也不知道。爷爷年迈时，对"新农村"，对"新农村"我们家的小小的房子的期冀甚至是渴望，是不是"念念心随归雁远"的心境呢？我还是不知道。也许，在他辛勤劳苦的一生中，虽然半拖残肢，"新农村"却是他一生最悠闲的时光……

## 十一　给爷爷打酒喝

因为我走路晚说话晚，两眼又羞怯得不敢看人——我二大爷直说我有点儿傻。1979 年，我十二岁，已经上了小学五年级。我的学习成绩证明我二大爷说错了，我不但不傻，智商还很高，学习成绩第一，还是三好学生。但是一天晚上，他来爷爷家串门，却又拍着我的头说了句："这孩子学习好也可惜，这辈子又完了。"二大爷说我这话也是有道理的。基于成分，政策确实严格限制和歧视。然而，一阴一阳之谓道。不想说这话的第二年，国家取消了成分论。

1977 年，恢复高考。1978 年，爷爷的大孙女、二孙女双双考上了学。一个是中专，一个是大学，创了全镇的第一和唯一，一时街谈巷议。人说："老高家就是老高家，孩子都聪明！"

1982 年，我也考上了学，虽然没上大学，但那不是我的原因，那是因为"一搬三穷"——家里供不起我念书。当时我的班主任找到父亲，说："让这孩子读高中，稳能考个重点大学，清华、北大也说不定呢！"父亲则说："没有过高想法，跳出农门，有个粮本，吃国家粮就烧高香了！"

不管怎么说，事实又一次证明了二大爷说得并不靠谱。我不但没完，后来还在县城有了点体面。——我也把爹妈带到了县城，这让村子里好多人羡慕，并拿我当作教育孩子的样板——"你也和人家老高家孩子学学！"

二姐大学的第一个暑假，给爷爷买回了一瓶红玫瑰露酒。是一个淡粉色的心形的玻璃扁瓶。爷爷珍藏在他的红柜里。年节的时候，倒上一盅。无限深情地对我说："我孙子到时候给我打啥酒喝哪？！"从那时起，那个心形的玫瑰瓶在我心里比真的玫瑰花还漂亮，它是我的向往，也是我好好学习的动力——给爷爷打酒喝！

几十年后，我打得起比那好得多的酒，但是爷爷若干年前就永远无福消受了！每年祭祀，我都要拿一瓶好酒，洒在爷爷的坟上——虽然他不知道孙子后来怎么样了。但是，我每到人生关键时刻，总会梦见爷爷的指点，有如神助！

## 十二　哥们的战争

我们亲叔伯哥们九个，都是爷爷的孙子。大哥、二哥、三哥、四哥比我们大得多，是大人。余下的我们年纪相仿，经常在一起玩。但是爷爷是一直生活在我们家的。我自认为天天和爷爷在一起，离爷爷最近，就对他们说："爷爷对我最好了！"

五哥、六哥、七哥，顿时都翻了脸。

都说："爷爷对我最好了！""爷爷对我最好了！""爷爷对我最好了！"

争着争着大家竟然动了手！而且大打出手，还挂了花。

我们哥儿们间唯一一次"战争"，竟是这个原因，真不可思议！

几十年了，事情如风远去，不是亲历，留在脑里，又有谁知？

现在，我们叔伯哥们各奔东西。有阴阳两隔的，有远在别地的。多数都多年未见了。唯有最大的大哥，去年在这里住院，我去看他。糖尿病综合征，视力下降厉害，他说，几乎什么都看不见了，但是心里清楚。我想，这自然也看不见我。我心里也清楚，眼前这个人，我叫大哥，源自爷爷的血脉……

而今，我也当了爷爷，未必，若干年后，我也像爷爷那样，值得后辈回忆——我不敢有这奢望。想到这里，爷爷那戴着眼镜长长的三角白胡子形象又浮现在我眼前。他正翻着那本有些破损的书，用粗大的食指到嘴唇上沾了沾，翻了几篇，停下，专注地念了起来："人生如逆旅，我亦是行人。"

# 奶奶，我想当你的眼睛

红云布满天空，一动不动，像凝固的血。红色的天光，从老河方向，弥漫过来，映红了老屋，还有奶奶惊恐的脸。

我对奶奶的每一次缅怀，都是从这样一幅画面开始的。

那是 1976 年，我 9 岁。

## 一　喂猪

初秋的一个下午，太阳还没有落山。奶奶刚刚喂上了猪，叫我和她在墙边的一块石条上坐着小憩。

这是房后，东北角是猪圈，西北角是小仓房。中间是一块空场，垛着一点柴火。我和奶奶，就坐在面向空场的地方。

我好长时间都固执地认为，猪和牛羊一样，是食草动物。因为那时家家喂猪都喂灰菜和水稗草。到了老秋，生产队里分点菜的底叶子，再像做贼一样捡点烂菜帮子，一冬的猪食，也就有了。能加点谷糠稻糠对于猪来说都是很奢侈的事。一般的人家，灰菜和水稗草都是往猪圈一扔，生着喂。奶奶则不，她总是剁成段，加点糠，然后在锅里烀熟了，再用一个有缺口的灰盆子淘出来，倒在石槽子里让猪吃。

猪食槽子是爷爷用石头凿的。猪一听见奶奶"唠唠唠"的声音，就跑过来"灰灰灰"地边叫边等着，总是有点等不及的样子。奶奶喂猪之前先刷净石槽子，再倒猪食。猪一天三顿这么吃，把石槽子边沿磨得溜光。奶奶喂的猪总是比别人家的长得好。奶奶养的鸡鸭也对她有感情，一听到她的脚步声，就过来追她。

## 二　金梅

小憩的时候，我们坐在石条上说话。奶奶对我说了一件事。说的是我一个远房姑家的大丫头金梅找婆家的事。大致是订了婚，还没过门，却怀了孕。

"大姑娘养的"，在农村是骂人很重的话。出了这样的事，不仅是村里的头号新闻，也是村里天大的丑闻。《探清水河》里面的大莲不就是自己搞对象投河自尽的吗？

奶奶说，金梅是个老实孩子。不可能是别人的，但是婆家却"扎刺"了。扬言退婚。这下子事情闹大了。奶奶骂了几句金梅对象那臭小子。说，金梅她婆家肯定也不是真退婚，就那掉底儿的日子，退了还不打一辈子光棍？一准是想退了彩礼还要人……这么闹，不是砢碜自己个儿吗？犯傻！又说金梅，这小妮子也肯定不是一次，一次两次不那么好怀上的……

我当时那么小，懵懵懂懂的并不明白奶奶说的这些事。但是终归很好奇，想知道个结局。正要问奶奶，却感觉屁股突然颠起来了！没等我说话，奶奶说，地动了！闹灾了！——奶奶那代人是把地震叫"地动"的。

奶奶拉住我，要站起来。大地又强烈颠了几下，我们站不起来。只见天地之间，一片血红。整个山川大地花草树木，都是红的。大地似乎在呜呜作响。奶奶紧紧地抱着我。

我们终于走到了房后正中的那个空场上。只等到人声嘈杂起来，生产队的大喇叭响起，声嘶力竭地喊着什么，才略略定了神。奶奶紧紧地拉着我的手，站在这通红的火烧云的光影里。

这是我童年最深刻的记忆。一想到奶奶，怎么也绕不开这次地震。好多年后，在脑海里，总是把奶奶，头号新闻和地震一起回忆。

## 三　记忆碎片

我的童年，和奶奶形影不离。爷爷，爹妈都去队里挣工分了。家里剩下的就是我们两个人。奶奶小脚，虽然不去队里挣工分，但是家务一点儿不轻，甚至更累。除了家务，还要把家里的小院子种得生机勃勃的。不仅能够供给一家人的吃菜，还种了居家必备用具所需的植物。比如瓠子、葫芦、扫帚草。

奶奶的活实在是太多了，就带着我一起做。比如烧火、喂猪、抬水。还让我拉风匣。那风匣，我要费尽力气才拉得动，也只能坚持一小会儿。奶奶这时就说："看，我大孙子真有劲！"我听了，好像就又有了力气。

我那时候小孩子心性。奶奶叫我干什么活，我一想偷懒就撒谎说要去尿尿。奶奶就笑说："懒驴上磨屎尿多……"她知道我的小伎俩。爷爷知道了就说："草包絮大汉，能吃不能干。挑两个尿泡皮，压了一身汗……"

我更小的时候，日子还要困苦。玉米粥、玉米饼子是主食。冬天那饼子放在外屋里，冻得全是冰碴子，啃不动，一咬一道白印。我又哭着喊着饿，奶奶说我嘴急，就自己咬下一块嚼碎，像大鸟哺喂小鸟一样喂我。我妈活着的时候，经常说起这事。说我没少吃我奶奶的"喂"。现在听起来感觉不卫生甚至不舒服，可在那时的条件，这是最大的爱。我那时也会缠着让奶奶喂……

## 四　不再当眼睛

我上学之后，奶奶的视力下降，看过大夫，说是白内障。我的一个大爷是名老中医，给她一瓶神药——大油。其实就是现在的青霉素，不过不是粉状的，而是乳状的。严重的时候，她就拿出来点上一点儿。尽管这样，奶奶仍然不辍劳作，家务一点也没有耽误。

奶奶心里只有别人。干完了家务活，每天总是要给家人烧上两壶开水。说在外面干了一天活，回来总得有口热水喝。没有别的可以烧水的器具，她就用做饭的大锅烧。烧开后，要用水瓢一瓢一瓢地把开水灌到暖瓶里。这个事儿以她的眼神，她做不好。就说："孙子，来，当我的眼睛！"让我来灌这个水。我每天都很顺从地完成这个任务。

有一次例外，我和别的孩子一样，自己用几节自行车链子做了一把手枪，玩兴正浓的时候，奶奶又叫我当她的眼睛。我就很不耐烦，态度很横，赌气去灌水。灌完之后，把水瓢一摔，说了一句："以后别再让我当你的眼睛！灌什么水！"

奶奶没接我的言语，我看见她似乎很伤心。只听她说："都出去干活了，回来喝不上一口热水，哪行呢？孙子，我白疼你了！"说完就流下了泪。

后来我发现，我的这一举动对奶奶刺激很大，她以后再也没有找过我灌水。但是给干活的人烧水这件事，她还是照旧每天灌两个暖瓶。我好长时间不知道她是怎么灌进去水的。一天，看见她用自己种的葫芦做了一个漏斗样的东西，自己灌水。

## 五　永别

1980 年，秋天的时候，刚刚打完场，奶奶头一天好好的，第二天再也没醒过来。奶奶的离世，是妈早晨发现的。因为往日早晨奶奶总是最早起来忙碌。那天却悄无声息。妈妈过去叫她，不应，叫她，还是不应……

搭灵棚的时候，棺材前要有五谷囤，是用谷草编成的。家里没有谷草，爹让我去找。我知道生产队的场院上有一垛。就走去，怯怯地拽了一捆。心像做贼一样，怕人发现。果然，刚要拿着走，被看场的人发现了。场院屋子在场院一角，而谷垛在另一角。隔着二三十米。我拔腿就跑，心怦怦地跳。那人在我背后大喊了几声，没听清说什么。我跑一会儿，回头看，那人并没有追我——其实追我我也想好了，我就给他磕头，告诉他我奶奶死了，要用这个。

我气喘吁吁跑到家，交给了爹。他白了我一眼，似乎是嫌我慢了。但是并没说什么。我平生做了一回贼，有点恍惚，在一边站着。看见眼前都是来来往往用胳膊夹着一卷黑纸来吊唁的人。

## 六　黑纸

吊唁的黑纸，有一大堆。爹并未给奶奶全都烧掉。留下了很多，在小仓房放着。我读书那些年，家里没有白纸，看样子爸也不想给我买——那时他就安了这份心吧。我就用这些黑纸当练习纸。裁好了，订成 16 开的本子。虽然纸质又黑又粗，但我还是担心不够用，就写完了正面写反面。一直到我考上了学，那纸，家里还剩下一卷。

这是奶奶最后对我的恩赐。否则，我没有纸，就做不了那么多题。我无法想象，那样的话，我的书会怎么念下去。

## 七　简历

奶奶的老家叫黑鱼泡子。修建红山水库的时候，她家的整个村子都被水库淹没到了库底。家在她很年轻的时候就已经不见了影子。

奶奶没有名字。我看见过她纸包纸裹的选民证，那上面写的是"高王氏"。当年，一个不到20岁的姑娘，远嫁百里，做了爷爷的填房。在高家相夫教子半个多世纪，就这样画上了句号。

奶奶一生生过13个孩子，只活了两个，就是爹和老叔。她没有姑娘。老叔又过继给了远在天山的六爷爷。奶奶其实一生只和一个亲生儿子生活在一起。我爹经常和她辩论这个辩论那个，惹她生气，但是她并不恼。因为那是她的儿子。

奶奶的记忆力惊人，谁家谁谁谁的生日、忌日，哪年哪月哪天哪时发生了什么事情，张口就来，毫厘不差。我年轻时记忆力好，也许就是遗传了她的基因。这是她对我的天大的恩赐，改变了我的人生。

## 八　思念

奶奶走了之后，我经常想她。我越想她，就越感到我对不住她。"不当眼睛"那件事，愧疚将伴我一生。随着年龄渐长，愧疚越来越强烈。每次去上坟，我总要在爷爷奶奶坟前重重磕几个响头，除此，时至今日，无以谢罪。

如今，我已年过半百，父母也都不在人世。我想我的良方，就是对我的妻儿好一些，对我的孙辈好一些。立志做一个像爷爷奶奶那样慈祥和蔼勤劳包容的老人。做一个以身作则、身体力行的长者，以此来平复我对奶奶无可挽回的愧悔之心。如果奶奶泉下有知，请接受孙子这愧悔。我不求你原谅，只求你知道！

# 此时众生

除夕夜，鞭炮响成一片的时候，头脑里蹦出一句话：此时众生。

所谓年年岁岁，岁岁年年。

多年以前，大约是狗年吧，我家住在一楼。大年三十的午夜，煮饺子的时候，我按例出去放鞭炮。推门却推不开。感觉一个不是很坚硬的东西堵着门。反复推了几次，才推开了。是一只大黑狗，在门外站着，像是刚刚站起，在向我凝视。

我吓了一跳，警觉起来。但是那狗平静得很，并无伤害我的意思。我没有赶它，关紧了门，就走出楼外去。放了鞭炮回来，见它还在那里。它见了我，抬着头看着我。目光很是祥和。它让出我出入的地方，我才进得门去。饺子上桌了，我就给它拿了几个，开门放在它面前。狗年来狗，不知天意，我愿意这样对它，又不能不关好了门。

那时候时兴团拜。大年初一的一大早，我先是试探性地推了推门。全然没有阻力，用力推了一下，门一下子四敞大开。那只狗不见了，只剩下我给它的那几个饺子，一个没吃，一个没动。我有点痴疑，又有点失落，门外左右张望许久，全然不见它的影子！

也就是那　天，有人在人头百众面前叫我"高老爷子"。自是并我坑笑，但里面的社会况味，只可意会不可言传。当时我知道我并不老，我不但知道这是怎么回事，甚至还萌生了一些自得。现在呢，及至我真的不再年轻，苍老像潮水一般袭来，却再也没有人叫我"高老爷子"了。

我的老伴儿对我改了口，叫我"老高头"，不是开玩笑，是郑重的。似乎从某年某月的某一天开始，我姓了"老"，名字叫"高头"。年轻时那饱含柔情蜜意的昵称都已淹没在星辰大海之中，九霄天外，醉卧一片云的浪漫，无影无踪。

有一次我听到那熟悉得不能再熟悉的声音传过来"老高头"三个音节的时候，我突然想起了法国作家巴尔扎克的名著《高老头》，万幸！她没叫我"高老头"。看过《高老头》的人都知道，人这一辈子，都在为欲望买单！没有边界的爱，有多可怕？

人活着，唯有努力，奋斗和辛劳，没有边界。其他的事，总得有个边界。人的本质是社会关系的总和，自当如此。活着就要朝着既定的方向，坚定地走下去，不管年轻还是年老，也该自当如此。

抗疫三年，人们倦了，卷了。原来说是今年也还禁放烟花鞭炮的，后来却放开了。据说，今年的烟花鞭炮，都是原来的库存。昨夜十点多起，烟花鞭炮开始大作。天上的闪光不断照亮了窗子，弥漫着淡蓝色的硝烟，飘飘荡荡。鞭炮响成一片，以致听不见春节联欢晚会的声音。我想，多多放些，送送瘟神，才有报复性的快感。然而，过了十二点，外面渐渐静了下去。到了一点，就彻底今夜静悄悄了。躺在床上，想：尽管有的人永远地留在了2022年，但是，此时的众生，都幸运地来到了2023年，送了瘟神，可以安眠了吧？

落地钟两点的钟声，我分明是听见了。转眼就是一场大梦。醒来的时候，看看表，才两点十五。这个大梦，只有十五分钟。醒了，就听见卫生间里的花洒渐渐沥沥滴水的声音，起来去看，花洒并没有滴水。但是花洒正对的地上，着实有一小摊水，周围还有散落的水滴。我做的是找妈妈的大梦。何以称为大梦？因为这个梦虽然只有十五分钟，但是我醒来却感觉像是一生那么漫长。我在梦里，找妈妈怎么也找不见，明明是刚才还在一起，不知怎么突然就不见了。像是暗夜，伸手不见五指。我越是着急找，越是找不着。正急得发疯的时候，梦里的灯光刹那间亮了起来，照彻我的心扉。一个穿迷彩服的年轻人站在我面前，他对我说，我妈妈在那里。顺着他指引的方向，我还是没有找见我的妈妈，一下子就醒了，眼角的眼泪还在流……

打开手机，弹窗推送过来一个视频。我看了看，一个不能说出名字的人物说着："奢靡的生活有害身心健康。"我就关了视频，不想再看了。鸡汤文的鸡汤喝多了，也就没意思了。其实，说这些话，多半都有着贼喊捉贼的嫌疑，和"何不食肉糜"同出一理。此时众生，对于奢靡，谁不心向往之？此时众生，谁不害怕失去？此时众生，谁不梦想好上加好，多上加多，食不厌精，脍不厌细？穷奢极欲是怎么样诞生的？此时众生，只有老天爷能够俯视，能够洞悉。然而，老天爷不擅救赎，还要我们自己救赎自己。

钱锺书说，"目光放远，万事皆悲"。如此说来，近在眼前心才踏实。众生只有眼前，众生只在此时。我辈过的就是年年岁岁。年无新旧，只有时光流逝。年是生而为人的时间衡量单位。为的是好结束，好开始。每年，时光是一样的时光，日子可以是不一样的日子。那么，癸卯兔年，让我们都把目光放近，近处着眼，近处勤奋，近处努力，近处辛劳，近处欢笑，近处怜悯。近处之行，从今天的第一缕阳光之下迈出第一步开始。

不知是谁发来一条信息：祝竹叶三新的一年财源广进，妻妾成群！

什么时候我又成了"竹叶三"？正疑问之间，信息撤了回去。不过马上又发过来了一条：梅花五给您拜年了！兔年大吉祥！兔年大欢喜！兔年大如意！

"虎行雪地梅花五，鹤立霜田竹叶三"，真是"黄绢幼妇，外孙齑臼"！

现在是兔年大年初一的早晨，太阳高高升起，正是日上三竿的时候，此为自己今生今世最年轻的一天，无限的美好，无限的希冀，无限的力量。

此时众生，财源广进的祝福是不必讳言的。妻妾成群呢，就开开玩笑，画个大饼吧！虽然，饮食男女，人之大欲存焉！有的说得做不得，有的做得说不得。似乎是鲁迅的话吧。

此时众生，年年岁岁，岁岁年年！

# 春花为谁

一

昨天清明，清明难得晴，农谚真准。出门的时候，想起了唐朝杜牧的诗《清明》。有一年，不知道是谁把断句改了一下，成了这个样子："清明时节，雨，纷纷路上行人。欲断魂，借问酒家何处？有牧童遥指，杏花村。"还有人说太啰嗦。清明时节就是下雨的节气，何必再用"纷纷"？路本来就是人走的，何必再说上"行人"？……于是又成了这个样子："清明时节雨，纷纷路上行。酒家何处有？遥指杏花村。"

现在天气预报也很准，但是昨天意外。说大风降温，雨夹雪。只应了大风降温，没有雨也没有雪。本来步行，只好开车，又戴上帽子。回到小区的时候，猛见小区门口两侧24棵桃树鲜花怒放，有红的、有白的，迎风招展。白的像满天白雪，迷离人眼；红的粉红，像飞天的飘带，缭乱人心。我在车上，意乱神迷。除了满目桃花，其余皆无所见。一直萦绕一个问题：春花为谁开？

二

桃花满天。我的车上放着邓丽君马来西亚演唱会的现场录音。女主持人语速很快，开场说的是："各位来宾你们大家晚安好……"我疑心这样的语法和用词，还没给她分分主谓宾，就响起了邓丽君甜美的歌声《甜蜜蜜》。时间是1982年2月，正好是41年前的现在早两个月。那时春节刚过，正是新正大月。虽然桃花还没有开，但是我们这里是包产到户的第二年，人心欢笑有若花开。彼时的我，正在自家的驴草棚中刷题酣战，只为了迈过中考那道门槛。冬季的阳光从窗口照在身上本来就显暖，加上目标在前，心中的阳光朗照，像一团火融化了所有前进路上的冰雪。

从那时起，我对饥饿和寒冷有了全新的认知。我的切身体会是，饥饿和寒冷最能让人集中注意力，最能激发人的思维活力和记忆能力——人的身体有着强大的迁移和代偿本能吧——也许只有这样，才能逃过饥饿和寒冷的折磨。那时我15周岁，一点不输现在年轻人考研的努力。还好，一战成功。

如此。一边听着，一边看着，一边想着，心中升起那片阳光，恍如隔世。

## 三

"说啥的"都有的时候，关键是信与不信。"传啥的"都有的时候，关键是当不当真。为人处世，信和怀疑之间，年轻的时候，先选择信。年老的时候，先选择怀疑。做学问的时候，或者应该正好相反。

芸芸众生的烦恼，在于你说别人，别人说你。原来，口耳相传，一传十，十传百。都是传话传多了，捎东西捎少了。现在，信息时代，瞬息万变，从地球的一个角落传到另一个角落，只需动动手指。不知是谁在带节奏，也不知是谁在收流量。甚至不知为什么。

此时，懂得一个道理：人们喜欢用例证证明自己，说服他人。但是，记得哪个大师说过，在所有的论证方法中，例证法是相对最低级的逻辑论证方法。因为它在个案上能够证实，在普遍性上不能证伪。

信和怀疑截然不同。信和信仰也迥然有异。信是从正面说服自己，怀疑是从反面说服自己。信仰则是从方方面面证明自己。人生有那么一个阶段，什么都信，但是不信信仰。人生又有那么一个阶段，什么都怀疑，就是信自己。人生还有那么一个阶段，什么都在信与不信之间。总想求证一切，总想眼见为实，耳听为虚。结果烦恼大增，徒劳无益。人生会有那么一个阶段，什么都信，什么都不信。什么都行行行，什么都是是是。只有信仰，了然于心，坚定不移。

# 四

都说人老心硬。多数老人却泪窝窝越来越浅。尤其是如我一般的低龄老人。人前的时候，钢铁硬汉一般。人后的时候，看见一花一叶，想起人生一世，草木一秋，竟会潸然泪下。正是"梅梢琼绽，东君次第开桃李。痛年年、好风景，无事对花垂泪"。

想起过往的人。正是"故人笑比庭中树，一日秋风一日疏"，悲悯之心日升。看见眼前的事，正是"年年岁岁花相似，岁岁年年人不同"，不忍之心日盛。

曾经认为世间，唯有酒，软人心。三杯下肚，豪气干云。三杯下肚，愁肠百结。三杯下肚，执手相看泪眼，无语凝噎。三杯下肚，不知今夕何夕。先是严防死守，后是半推半就，接着来者不拒，最后你不找我我找你。

但是成为低龄老人之后清醒认识到，酒大伤身，酒后违德。已经戒了好长时间的酒，就怕酒局。然而，生活中又免不了酒局。尽管这个年龄，已经没有必要再做谋食面目。然而，参加的酒局，多半连着半生的感情。这不，话没说完，又在酒桌上失了身。酒后的懊悔，比感冒还难受。醉酒第二天总会有一段时间内心有巨大的悲凉和无奈，甚至诀别之感。这是与生理损害伴生的心理损害。

# 五

朋友说，喝酒也是要有一种精神的，精神一倒，就完了。人活着，也是一个样子。

人生的事，想和做，是会脱节的。自己无数次对自己说，从现在开始，做个酒局铁面相公吧。但是做了四十天之后，又双叒了。低龄老年人，都有"悦他"症。总想考虑别人感受，想让别人舒服。如家人，如朋友，如同事，甚至陌生人，现实中不会八面玲珑，无以表达，就在酒桌上发挥，频端酒杯，不顾后果自负了。

生活中的铁面相公，本质上是做了真正的自己。别人不得劲，也就一阵子。坚持住，习惯就好了。人生多是当陪客，无可无不可。当主客的时候，面对主人那失望和诚恳的样子，于心不忍。然而，人生有几回是主客？

# 六

春花为谁开？谁见为谁开！花本无情，人有内心。见天地，见众生，见人心，如是我闻。

一切从现在开始。现在，已是一生中最早的时间了。说好了，还来得及。

# 最是人间留不住

其实，5 月 8 日那天，对于我来说，是一个和往日没有任何不同的日子。我也根本没有想起这是邓丽君的祭日。虽然我的车上一直放着她的演出实况。我不但喜欢听她的歌声，也喜欢听她说话。只觉得那是天堂洒落的声音，并非想得起声音背后的那个具体的人。"邓丽君"三个字，只是一个天籁的符号而已。

但是，早上，一个人气很旺的公众号发了一则并不太长的纪念文。文章的作者是一位在官场商场身经百战的山东汉子。我关注他的公众号是在新冠疫情期间。因为我佩服他才华横溢，文思敏捷，思想深邃，洞察敏锐。作为成功人士，他是很少能做到"见好就收"的人——房地产还很热的时候，他就不顾名利，毅然上岸，功成身退，然后做一个舞文弄墨的富贵闲人。他的纪念文章有这样一段话："作为一个普通人，死去了二十八年，除了家人，没有人会知道你的名字，也没有人会记起你。但是邓丽君不是。邓丽君早已不在人世了，但是她在人们心中，因为她的歌声。"

我这才想起这天是邓丽君的祭日。

我收藏了很多她的 LP 和 LD 唱片，那种大大的圆盘，一种是黑黑的颜色，一种是白白的颜色。一种是模拟的，一种是数字的。一种是用唱针划出声音的，一种是用大盘机照出声音的。唱片很久没动过了，静静地放在那里。我拿起一张，那封套已经发黄，是邓丽君甜美的笑容，娃娃脸，很清纯。只不过是那上面已经落上了一层薄薄的灰尘。我找来了专用的绒布，轻轻拂拭那发黄的封套。既是轻轻拂拭灰尘，也是轻轻拂拭邓丽君的笑容。

那笑容让我想起六祖慧能的偈："菩提本无树，明镜亦非台。本来无一物，何处染尘埃？"

我轻轻拿出那黑胶圆盘，打开同样是落满了灰尘的唱机，轻轻地放在上面，抬起那弯弯的唱臂，圆盘就转起来了。又同样轻轻地把唱针放在最外一圈，那熟悉得不能再熟悉的歌声就流淌出来了。是《何日君再来》——"好花不常开，好景不常在。愁堆解笑眉，泪洒相思带。今宵离别后，何日君再来……"

边听着，边看着那唱片的简介："中国的流行音乐其实已经走过了很长的一段道路，从旧上海的音乐算起来也有近百年的历史，循着路上步履匆匆的足迹，任何人都无法绕开这样一个名字——邓丽君。她用妙不可言的邓式唱腔和完美的演唱技巧，将每一首看似平凡的歌曲演绎得委婉动听，她那种小调式的中国旋律，足以令每一个听她歌的人心灵悸动，她是中国流行音乐史上无可非议的承前启后、开宗立派的一代大师。回顾她璀璨的一生，不禁让人感慨万千，唏嘘不已！她只有小学文化程度，她三岁就上了舞台，六岁开始就有正式的演出，十岁拿下全台歌唱冠军。她的艺术起点源于家境的贫困，更因为她有非凡的天赋，她出版过100多张唱片，每张唱片都有一百多万张的销量。她演唱过1500多首歌曲，并且很多是用不同种语言进行演绎的，她把中国的音乐带至世界各个地方，令音乐更加打破国界的限制，自由平等地送入每一个人的耳朵里，十亿个掌声是对她艺术成就的最佳诠释。然而红颜总遭天妒，1995年暮春的那一次悲剧，让所有喜欢她的人，热爱她的人肝肠寸断，欲哭无泪。她逝去于艺术和生命的顶峰，如一首柔美动人的旋律在高潮处戛然而止，凄美得让人泪如雨下，给人无尽的怀想之情。"

我看到邓丽君的名字后面有个括号，里而注着："1953 年 1 月 29 日—1995 年 5 月 8 日。"

我依稀想起二十八年前的今天，邓丽君在泰国清迈的一所酒店离世。酒店的人说，当时她爬到了吧台，嘴里喊着妈妈。他的小男友保罗当时外出购物，不在身边。后来，舆论纷纭，不知道哪一条是真的，哪一条是假的。但是，一代天王巨星撒手而去，确是真的。那一年她四十二岁。

我从广播里听到这则消息的时候，已经是炎炎夏日。那是一个中午，我和一个"可昭日月"的哥们正在吃午饭。我记得清楚，那时我俩正吃着一盘尖椒豆片肉，喝着沁心的扎啤。先还是开开心心，有说有笑着，突然就都沉默起来，专注听那广播里的声音——我边听边把目光投向窗外，那高大的杨树一动不动，叶子似乎蔫了下来，没有一点精神……

我想，1967 年，邓丽君十四岁。那时的她已经成名了。正是那一年，她从金陵女中休学，加盟宇宙唱片公司以歌唱为业。她一生唯一的学历证书就是在芦洲小学的毕业证。但是她一生好学，很是钻研。精通英语、日语、法语和马来西亚语。不但普通话讲得好，粤语、闽南话、山东话也都讲得非常好。她一生都十分刻苦努力，她一生都在为理想而坚持。

我想，邓丽君留给我们的，除了她唱着自己无处安放的深情，也唱着你我内心深处最隐蔽的那一缕甜蜜与忧伤，还给我们留下了可以汲取的精神。那就是对事业的不懈追求，终生的努力奋斗，终生的良善之心……

> 一切都是为了年少的野心而开始，
> 只要惶恐滩逞雄，
> 不理黑暗的陷阱，
> 为何独立细雨中，
> 是否世事难预料，
> 英雄末路当折磨，
> 身世浮沉雨打萍，
> 天涯何来有知己，
> 只愁歌舞散化作彩云飞。

> 一切都是为了你柔情如春水，
> 但愿暂成人缱绻，
> 不妨常任月朦胧，
> 为何泪眼看花花不语，
> 是否多情却被无情恼，
> 灯火无情照独眠，

爱情苦海身浮沉，

无可奈何花落去，

唯有长江水，

默默向东流。


——这是邓丽君日记里的几句遗言。那是用蓝色钢笔一气呵成的很是女生风格的字。写在学生用的那种淡黄色田字格纸上。我仔仔细细地看了好多遍，忽然鼻酸眼湿——

"最是人间留不住，朱颜辞镜花辞树。"

"美人自古如名将，不教人间见白头。"

邓丽君留给我们的还有永恒的美丽，永恒的青春，永恒的笑容，永恒的活力……

写到这里的时候，我的手机震了几下。我放下笔，只见中歌会的歌友群里，发来几张邓丽君墓园的即时照片。那里如同天堂，绿树成荫，芳草遍地。墓前摆满了鲜花，还有成群结队的致敬的人……

# 年少即须臾

"年少即须臾"一句，出自苏轼的《南乡子·集句》：

"寒玉细凝肤。清歌一曲倒金壶。冶叶倡条遍相识，净如。豆蔻花梢二月初。年少即须臾。芳时偷得醉工夫。罗帐细垂银烛背，欢娱。豁得平生俊气无。"

"年少即须臾"集的谁的诗？

说是集的白居易的《东南行一百韵寄通州元九侍御澧州李十一》。原句是：

......

几见林抽笋，频惊燕引雏。

岁华何倏忽，年少不须臾。

眇默思千古，苍茫想八区。

......

其实苏轼改动了一个字，意思是相反的。"年少不须臾"是不可能的，"年少即须臾"是真真切切的。所以我更喜欢苏轼的率真。

苏轼的《南乡子·集句》我知道的，一共有三首。

第一首是：

寒玉细凝肤（吴融）。清歌一曲倒金壶（郑谷）。冶叶倡条遍相识（李商隐），净如。豆蔻花梢二月初（杜牧）。

年少即须臾（白居易）。芳时偷得醉工夫（郑遨）。罗帐细垂银烛背

（韩偓），欢娱。豁得平生俊气无（杜牧）。

这首前面说了，之所以再说出来，是为了注明集自哪里。苏轼作这首集句的时候，19 岁，自称"年少"。那年，他娶了 16 岁的王弗为妻。16 岁，正是所谓"豆蔻"年华。此词为纪念新婚写给王弗。

有人对苏轼纳妾说三道四，是因为没有历史感。我说过，有了历史感，看问题就会不同。直到民国，纳妾之风依然盛行，何况千年之前？不能用现在的眼光和认知衡量过去。苏轼的一生，对王弗之爱，足够我辈赞叹千万次。

你说他的《江城子·乙卯正月二十日夜记梦》写给谁的？王弗。

嫁给苏轼 11 年之后，王弗 27 岁那年，死去了。留下了"幕后听言"的故事。她死的那年，苏轼 30 岁。10 年之后，苏轼任密州知州。密州大致是现在的山东诸城。这一年的正月二十，苏轼做了一梦，梦见王弗，便写下了这首"有声当彻天，有泪当彻泉"且传诵千古的悼亡词来怀念她：

十年生死两茫茫，不思量，自难忘。千里孤坟，无处话凄凉。纵使相逢应不识，尘满面，鬓如霜。

夜来幽梦忽还乡，小轩窗，正梳妆。相顾无言，惟有泪千行。料得年年肠断处，明月夜，短松冈。

第二首是：

怅望送春怀（杜牧）。渐老逢春能几回（杜甫）。花满楚城愁远别（许浑），伤怀。何况清丝急管催（刘禹锡）。

吟断望乡台（李商隐）。万里归心独上来（许浑）。景物登临闲始见（杜牧），徘徊。一寸相思一寸灰（李商隐）。

这首词是乌台诗案以后，苏轼被贬为黄州团练副使时作的。压抑的心情以如此的语句表达出来，个中三味，自己品。

第三首是：

何处倚阑干（杜牧）。弦管高楼月正圆（杜牧）。胡蝶梦中家万里（崔涂），依然。老去愁来强自宽（杜甫）。

明镜借红颜（李商隐）。须著人间比梦间（韩愈）。蜡烛半笼金翡翠（李商隐），更阑。绣被焚香独自眠（李商隐）。

苏轼是热爱生活的人，他从四川老家来京应试，北宋的京师当是开封，也叫东京，也叫汴梁。有宋一朝，重文轻武。百姓自由，开句玩笑，"风月无边"。苏轼也到了风月场上……作此词，用同情心描写了妓女的生活。年轻时的那点小破事儿，没藏没瞒。

我写这些，虽醒也未消残酒。昨晚上，四个同学小聚，喝了不少酒。一位大哥不理解我最近写的文字。我用禅的"机锋"讲了"有"与"无"，实际有些胡撸麻果，很后悔。老男人嘛，坐在一起，不喝喝酒，吹吹牛，还有啥干的？又想起一位更大的老哥每次喝酒之前先说下："我两杯酒下去，说的话都是放屁！"我常说的一句解劝话是："酒知道啥？"喝酒说话不作数的。所以，说了也是白说。但是我承诺，今早写一篇卫道士一般的文字。想到了朱熹。

"存天理，灭人欲"是朱熹说的。道貌岸然。但是另一面的朱熹，为老不尊，贪色好淫，引诱两个尼姑做宠妾，出去做官时还带在身边招摇过市。这真真假假的花花事又人设崩塌。尽管真真假假，毕竟绯闻缠身，终归不是好事。

一个硬币总有两面。一面是字儿，一面是闷儿。

苏轼说：年少即须臾。白居易说：年少不须臾。

我们，说啥都晚了。我们，说啥都不晚。

本来，还想引用鲁迅的诗："此别成终古，从兹绝绪言。故人云散尽，我亦等轻尘。"牛头不对马嘴，算了！

# 自圆其说

## 一

最近在自媒体上，看到了很多信息，颇有感触。比如说赤峰人建立了商朝；比如说印第安人是商朝人的后裔，而且论据十分浅显易懂："印第安"和"殷地安"谐音。因为盘庚迁殷后，商代也称殷代，"殷地安"反映了殷人远涉重洋后对于家乡的怀念和对于平安的渴望。如此说来，那"印第安人"就是赤峰人的后裔了。

## 二

我才疏学浅，但是看完以后，就想到了"自圆其说"这个词。我原来有个老师，除了对我们讲过"你伟大你得让人知道"之外，还对我们讲过"做学问自圆其说就行，办事情自圆其说也不一定就行"。我就怀疑创此说者不是我的大师兄也是二师兄。后来一看人家的名头，马上心存"岂敢岂敢"之意，应该是他是我老师的几几师兄也未可知，或者我老师是他的再传弟子也未可知。

## 三

"红山文化"一直是辽西地区的一张名片。后来就有多少专家研究若干年，大约六十年吧，研究出红山文化时代已经进入了古国时代，以崇尚神权为特征，靠血缘关系维系，是高于部落之上的、稳定的、独立的政治实体。又有专家说，在红山古国的最后几百年，已经进入了文明时代，可以叫作"红山文明"。最近，又有韩国学者研究说目前揭示的红山文化遗存物质特征还不具有国家的特征，聚落与墓葬的阶层化均表现为初步水平，缺乏法律法规等国家社会规则的证据，称其为"古国"有点言过其实。即使到了牛河梁阶段的红山文化，也只是一种以血缘为纽带的原始宗教社会秩序形态，更接近于"酋邦"的性质。

对于考古，我是门外汉，只是谦恭地看看热闹，没有资格评论，也没有想过评论。我只是在想，考古是科学，见仁见智，见山见水，都用自己的证据和方法，自圆其说，无可厚非。

但是我又想，一个人做学问的出发点完全出于探索的兴趣和好奇之心，他的研究结果就比较客观。一旦预设了功利目的，也就是自圆其说而已。但是功利于人，如同大烟，上瘾。

## 四

总设计师说过，"向后看是为了向前看"。这是政治家的视角。黑格尔说，人类从历史中学到的唯一教训，就是人类不从历史吸取任何教训。这是哲学家的视角。"在浩瀚的历史中，我们都是小虫子，不过是只萤火虫。"这是丘吉尔的视角。胡适说过，历史是任人打扮的小姑娘。这是学问家的视角。历史的意义只在于指向未来，如果不能指向未来，那就没有意义。最后这句，是一个企业家说的，这是企业家的视角。"讲进步不要忘了党，讲本领不要忘了群众，讲成绩不要忘了大多数，讲缺点不要忘了自己，讲现在不要割断历史！"这是铁人王进喜说的，英模人物的视角。"得一官不荣，失一官不辱，勿说一官无用，地方全靠一官；吃百姓之饭，穿百姓之衣，莫道百姓可欺，自己也是百姓。"这是元好问当内乡县令时写的对联，文人的视角。戈培尔说，谎言重复千遍，是为真实。这是宣传家的视角。

我的理解，凡此种种，需要的都是自圆其说。

## 五

历史就是历史，只有发生，没有对错。它是存在过的真实，但是这个真实无法复原。因为，真实其实是未来，而不是历史。今人立场不同，视角不同，则认知不同，结论不同。这是我说的，但是我不能自圆其说。

# 六

一直在看《红楼梦》。说到这里，我也想假装自圆其说一回《红楼梦》。第五十二回"俏平儿情掩虾须镯　勇晴雯病补雀金裘"。薛宝钗的堂妹薛宝琴说，自己八岁时曾跟父亲到西海边上买洋货，见到一个真真国里的外国美人，那外国美人才十五岁，很漂亮，会讲"五经"，能作中国诗词。于是就说了一首外国美人做的五律：

昨夜朱楼梦，今宵水国吟。
岛云蒸大海，岚气接丛林。
月本无今古，情缘自浅深。
汉南春历历，焉得不关心。

从这首诗，我想说，《红楼梦》反清复明，我信了。不信你看我自圆其说：第一句，不就是说朱明王朝已是昨日之梦，现在是清在执政当权吗？"朱"不就是"明"吗？"水国"不就是"清国"吗？第二句"岛云蒸大海"，那不就是怀念当年的蒸蒸日上吗？岚气是瘴气之意，丛林不是暗指顺治皇帝出家吗？《顺治归山诗》的第一句不是"天下丛林饭似山"吗？第三句，"月"不还是暗指"明"的意思吗？"无今古"，即长长久久。"情缘"暗指"清缘"，浅深，偏义复词，浅的意思，指不长久。第四句，"汉南"，明朝是汉族人建立的最后一个封建王朝，"南"指1644年李自成进北京推翻明朝以后，崇祯皇帝朱由检的堂哥福王朱由崧建立的南明小朝廷，"春历历"，像春天一样，大有希望啊。"焉得不关心"，怎么能够不连着我的浩渺心事呢？

这不明明白白的是"反清复明"的思想巧妙地借着他人之口说出来了吗？我自圆其说了吗？

# 七

马克思的女儿燕妮与德国著名的历史学家维特克漫谈历史时，问维特克，"你能用最简明的语言，把人类历史浓缩进一本小册子吗？"维特克说，"不必，只要四句话就够了"。他说的四句话是：

一、上帝欲要灭亡某人时，往往先令其膨胀。

二、时间是筛子，最终会淘汰一切历史的陈渣。

三、蜜蜂盗花，结果反而为花传粉，使花更加茂盛。

四、黑夜暗透了，更能清楚地看见星星！

# 八

马克思说："人们自己创造自己的历史，但是他们并不是随心所欲地创造，并不是在他们自己选定的条件下创造，而是在直接碰到的、既定的、从过去承继下来的条件下创造。一切已死的先辈们的传统，像梦魇一样纠缠着活人的头脑。当人们好像刚好在忙于改造自己和周围的事物并创造前所未有的事物时，恰好在这种革命危机时代，他们战战兢兢地请出亡灵来为自己效劳，借用他们的名字、战斗口号和衣服，以便穿着这种久受崇敬的服装，用这种借来的语言，演出世界历史的新的一幕。"

# 九

我想：

人一旦有了历史感，看问题便会不同。因为历史感最能打开人心。自圆其说的历史更是。

自圆其说的历史，反照的是功利的需要。意义在于完成了一个自圆其说的过程。

洞知此理，作为个体人的一生，盖棺论定之前，自己只能说，现在，我来过。盖棺论定之后，自己不能说了，要是还有人说，他来过。就实在是很了不起。

人活着就是一个自圆其说的过程。

# 西海菩提

## 一

早晨出去，看见广场上的暴马丁香花盛开了。高大的树冠上，伸展着一团挨着一团的乳白色花球。那花球上绵密的小花粒挨挨挤挤，热热闹闹，花香四溢，老远就让人感到心肺皆醒。

暴马丁香的花香与别的不同，它淡而不腻，有点像稀释的薄荷味儿。又比薄荷味儿淡雅，一阵一阵，像一缕缕袅袅的檀香曲曲折折从远方飘进鼻孔。月季花也开了。矮矮墩墩，三三两两，深红的，浅红的，粉红的都有。和暴马丁香比起来，只能看见艳，闻不到多少香。

那年去过一次塔尔寺，才知道了暴马丁香的故事。相传藏传佛教格鲁派创始人宗喀巴大师诞生之时，母亲番萨阿切在铰断脐带时，滴了三滴血，之后，在滴血的地方，长出了一株白旃檀树。

后来宗喀巴大师移居西藏，其母亲常常想念儿子，宗喀巴大师便修书一封，告诉其母在白旃檀树旁修建一座佛塔，见塔如见人。明洪武年间，人们为了虔诚的信仰，又修建了一座大金瓦殿。这就是塔尔寺先有塔后有寺的故事。

更为神奇的是，这棵白旃檀树的主干包于寺内银塔之内。佛教的白旃檀树就是暴马丁香树。我看见塔尔寺中确实有棵暴马丁香树。据说，靠着外面根系输送营养，那棵树在银塔之内也枝繁叶茂依然。

佛祖于菩提树下修成正果，因此佛教寺庙中常种植菩提树。菩提树生于热带，北方无法种植。于是暴马丁香就被佛门视为菩提树，称其西海菩提。

## 二

我第一次认识西海菩提是很久以前的事，在那座院子里。记得院子里有四栋建筑。一栋综合楼，一栋办公楼，一栋培训楼，一栋餐厅。门前都是 24 棵大树。综合楼和办公楼楼门左右各 12 棵。不同的是，综合楼门两侧是银杏树，一面双排 6 棵。办公楼则是桧柏，一面单排 12 棵。银杏有三层楼高，挺拔向上，让人顿感神清气爽。桧柏高大到齐楼高，郁郁苍苍，让人肃然起敬。

培训楼呢，则是三排单排 8 棵大柳树。餐厅前面是一处小白桦树园，三三两两丛生，只是很小，几个园丁在抚育。数了数也是 24 棵。几栋建筑的后面几处角落都有合抱粗的新疆杨，成排的，不成排的。枝杈重重叠叠，不可见顶。这些树下，都是隐秘之地，不知隐藏了多少爱恨情仇的故事。至今树皮上伤痕累累，都还是树小的时候，人们哭唱着"你是风儿我是沙"的时候刻的呓语和咒语。现在，树长大了，留下片片伤痕。

办公楼和综合楼南北相对，餐厅和培训楼西东相对。这围合的中间有两棵大树，当时我并不知道是什么树，引起了我的注意。我好奇地走过去，见树上有一树牌，上面写着"暴马丁香，又叫西海菩提。灌木或小乔木……"。

原来是两棵暴马丁香。有点讽刺的是，这两棵暴马丁香树，比大乔木还高大，合抱粗都不止。却写着"灌木或小乔木"——高大的树冠密不透风，以致几十平方米大的地方都是它形成的树荫。当时米粒状的花蕾成串成堆成球孕育，想象花开时节一定会长久飘香。——可是当时我没有机会闻到花香，自然也没看到花开。

两棵西海菩提之间，是一个不大不小的绿植园。百木百花，高低错落，造型奇特，红绿相间，浓淡相宜，氤氲氲氲，鸟鸣不断。偶尔还有几只不知名的鸟在空中盘旋，然后远去……

那里曾经留下过我的青春。

我是在那里知道的暴马丁香不叫暴马丁香，叫西海菩提。我很怀念西海菩提。

## 三

回到办公室，打开窗，飘来一阵花香。我一闻便知，这是我喜欢的暴马丁香的香味。去看那古诗日历，今天竟是芒种节气。日子似乎还没怎么过，却已经到了 6 月 6 日。桌上的日历翻过的和没翻过的已经差不多两半平分。再看，今天的诗是《山园小梅·其一》：

众芳摇落独暄妍，占尽风情向小园。
疏影横斜水清浅，暗香浮动月黄昏。
霜禽欲下先偷眼，粉蝶如知合断魂。
幸有微吟可相狎，不须檀板共金樽。

为什么选这首诗？芒种这天和北宋著名隐逸诗人林逋（bū）的这首诗是什么关系？我不知道。——或许，是我无知；或许，是根本就没有什么关系。

——我们总在寻找关系，其实好多事情根本没有关系。人间事，本来没有那么复杂，复杂都在人心。

——倒是这个林逋还有点故事。他既是个怪才子，又是个真隐士。说他怪，你只看他的名字。"逋"字本意是"逃亡"的意思。他就以这个字为名。要么是遵从了父命，要么干脆是他自己的主意。什么人会以"逃亡"命名呢？

说他隐，你只看他终生不仕不娶，做一介布衣。在西湖孤山上栽了几棵梅树，养了一群白鹤，就优哉游哉，自为闲适。然后他就沾沾自喜说：你看看我，以梅为妻，以鹤为子，"梅妻鹤子"，多么诗意！

芒种是一年二十四节气中的第九个节气。不闰月的话，当属一年中的第 135 天。如果人生也有二十四节气的话，按八十岁计算，芒种正好是人一生中的 30 岁。

子曰："吾十有五而志于学，三十而立，四十而不惑，五十而知天命，六十而耳顺，七十而从心所欲，不逾矩。"芒种是人生中的而立之年。

俗语说：过了芒种，等于白种。——有点迫悸。

又说：过了芒种，不可强种。——有点自弃。

又说：芒种至，仲夏始。一个火热的季节又要来临。从西海菩提的香味开始……

# 江　湖

## 一

走在路上，看见熙熙攘攘的人流。想起了一句话"有人的地方就有江湖"。电视连续剧《少帅》中，张作霖对张学良说了句："江湖是什么？江湖就是人情世故。"

忽然反思，这辈子最差的就是人情世故。不是情商低，而是共情能力差。我认准的朋友，都一直交到现在，总有三四十年的光阴。然而，日常交往就一塌糊涂。江湖就是人情世故，由此我走不了江湖。

庄子说：泉涸，鱼相与处于陆，相呴以湿，相濡以沫，不如相忘于江湖。与其誉尧而非桀也，不如两忘而化其道。

最好的结局，也许是相忘于江湖。

## 二

要说江湖，最绕不过的一个人，是杜月笙。而不是张啸林和黄金荣。杜月笙19岁时，拜在黄金荣门下，做黄夫人林桂生的小跟班。就像电影《摇啊摇，摇到外婆桥》小金宝的跟班水生一样。他的出人头地，是因为黄金荣不在家时，家里的大烟土被偷。黄夫人手足无措之时，杜月笙自告奋勇，冲锋在前。

杜月笙找到了那人，用枪抵住他的脑袋，只说了四句话："兄弟，你摊上大事了；我不要你的命，只要烟土；但是你要跟我走一趟！放心，我们夫人连鸡都不让杀。"

找回了烟土这件事之后，他才开始受到重视。杜月笙从不张扬此事，只是默默地做事。一次，林桂生带杜月笙去了赌场，一下子让他赢了2000大洋。

杜月笙拿了钱，没有吃喝嫖赌，也没有买房置地。而是跑到金桥，一分不留分给了在那里一起混的几十个兄弟。这事之后，黄金荣对杜月笙刮目相看。对林桂生说："恐怕我死后，上海滩就姓杜了。"

结果是，没等他死，短短十年，上海滩就是杜月笙的了。

——后来，黄金荣另有新欢，林桂生孤苦无依。杜月笙给林桂生买所宅院，当长辈供养到死。

杜月笙还有一件事，就是临死之前，当着儿女撕掉了所有人的欠据，那是多大的格局？

真正的江湖不是表面上看到的打打杀杀。杜月笙的三句名言很值得深思：没钱的时候学做人，有钱的时候会做人；锦上添花的事让别人去做，我只做雪中送炭的事；善良的人不记得对别人好过，也不记得别人对自己坏过。

# 三

看到一则故事：道光年间，有大户人家请一裁缝到家里做衣服。裁缝来了，就絮絮叨叨地询问做衣服的主人的年龄，脾气，秉性，官职，胖瘦，还有科第的年份，就是不量尺寸。主家很生气，就责问他："这些和做衣服有关吗？"裁缝满脸堆笑，赔着不是说："少年登科的人，一定很自负，胸必直挺，衣服要前长而后短；如是老年，早已心灰意懒，背必弯驼，衣服应前短而后长。胖的人腰宽，瘦的人身窄，急性人衣服要做短点，耐性人要做长点。尺寸早有成例，不用量的啊！"颇有江湖意味。

民间说"属羊的不好"怎么来的？来自李鸿章和慈禧太后的江湖。这二人都是属羊的。老百姓咬牙切齿说十羊九不全，那是老百姓恨他们发的誓咒！其实百姓哪里知道，李鸿章卖国和挪用海军经费给慈禧太后祝寿。前一件是拿他垫背，后一件是当时有人弹劾他拥兵自重，他不得不以此交投名状而已。体制即江湖，人在江湖，身不由己。

有一副对联"宰相合肥天下瘦，司农常熟世间荒"。上联的合肥指的是李鸿章，人们把李鸿章称作"李合肥"，是因为李鸿章是安徽合肥人。意思是，宰相李鸿章家里肥了，可是天下人都瘦了。下联的常熟指的是翁同龢，因为翁同龢是江苏常熟人，所以人们称其为"翁常熟"。意思是，翁家有粮食吃了，可是世间百姓家里的地却都荒芜了。老百姓有老百姓的江湖。无声不歌，无动不舞。一笑万古春，一啼万古愁。

# 四

江湖上好说："扬名立万。""扬名立万"是什么意思？这里的"万"就是"万儿"的意思，"万儿"是江湖上的切口，表示"名号""绰号"的意思。和现在的"大腕儿"一个意思。江湖上，讲究"扬名立万"，不管是谁。

旧社会，说人们疲于求生谋食叫"跑江湖"。那时跑江湖的有"五子行业"。哪五子？戏园子，饭馆子，窑子，澡堂子，挑担子。固有的思维里，好人不干"跑江湖"事儿。

这里面，最具江湖意味的是"戏园子"中的"戏子"。人们说起"戏子"，都是那么瞧不起，有道是"婊子无情，戏子无义"。"戏子"可是排在下九流的啊。然而，人们离不开戏子，还有显贵捧角儿。演戏的时候，他（她）们在台上，演的都是帝王将相，才人佳子的故事，那些威风凛凛，千娇百媚，那些卿卿我我，恩恩爱爱的一出一出大戏。这时候，他（她）们一改悲戚沮丧的现实，一时风光无两，入戏太深，都是英雄美人。然而，这是另一种人间颜色，不是人间真面目。只有卸了妆，抹去了脸上的脂粉，才是人间真色。戏演完了，是谁还是谁，是啥样还是啥样。人活的"一天有四季，十里不同天"哪！多大的对比！

还有"台上一分钟，台下十年功"的俗语。本意是在励志。用老百姓的眼光解读一下就是要想人前显贵，必先人后受罪。

江湖就是这样。贵如王熙凤，也要给贾老太太"戏彩斑衣"啊！杜牧的《遣怀》：落魄江湖载酒行，楚腰纤细掌中轻。十年一觉扬州梦，赢得青楼薄幸名。

江湖！

# 五

"礼失求诸野。"文人的江湖多是假招子。似醉非关酒，闻香不是花。都是久赌必输，久恋必苦的心绪。

黄庭坚有"桃李春风一杯酒，江湖夜雨十年灯"的诗句。逗逗黄几复而已。

元好问的《摸鱼儿·雁丘词/迈陂塘》有点江湖，但是掩藏很深，需要细细品：

乙丑岁赴试并州，道逢捕雁者云："今旦获一雁，杀之矣。其脱网者悲鸣不能去，竟自投于地而死。"予因买得之，葬之汾水之上，垒石为识，号曰"雁丘"。同行者多为赋诗，予亦有《雁丘词》。旧所作无宫商，今改定之。

"问世间，情是何物，直教生死相许？天南地北双飞客，老翅几回寒暑。欢乐趣，离别苦，就中更有痴儿女。君应有语：渺万里层云，千山暮雪，只影向谁去？横汾路，寂寞当年箫鼓，荒烟依旧平楚。招魂楚些何嗟及，山鬼暗啼风雨。天也妒，未信与，莺儿燕子俱黄土。千秋万古，为留待骚人，狂歌痛饮，来访雁丘处。

苏轼的《焰口召请文》有一段也是：

一心召请：

江湖羁旅，南北经商。

图财万里游行，积货千斤贸易。

风霜不测，身膏鱼腹之中；

途路难防，命丧羊肠之险。

呜呼！

滞魄北随云黯黯，

客魂东逐水悠悠。

# 六

江湖是蛛网，网要是毁了，饿死的永远是那只织网的蜘蛛。

眼为情苗，心为欲种。无心风月，有心江湖。

久在江边站，总有望海心。接着就是久在江边站，哪有鞋不湿？

江湖事，江湖了。

久居山中，忘了红尘。

# 庭院深深深几许

听蔡琴唱的《庭院深深》，琼瑶作词，刘家昌作曲，竟然听出了往昔往日，往人往事和往前往后的自己。

"庭院深深"琼瑶一定是化用"庭院深深深几许"这句词而来。这句词不但琼瑶喜欢，千年前的"千古第一才女"李清照更加喜欢。而且一口气用这句开头写了两首《临江仙》。一首就是《临江仙·庭院深深深几许》，还加了题记：

欧阳公作《蝶恋花》，有"深深深几许"之句，予酷爱之。用其语作"庭院深深"数阕，其声即旧《临江仙》也。

庭院深深深几许？云窗雾阁常扃。柳梢梅萼渐分明。春归秣陵树，人老建康城。

感月吟风多少事，如今老去无成。谁怜憔悴更凋零。试灯无意思，踏雪没心情。

另一首是《临江仙·梅》：

庭院深深深几许，云窗雾阁春迟。为谁憔悴损芳姿。夜来清梦好，应是发南枝。

玉瘦檀轻无限恨，南楼羌管休吹。

浓香吹尽有谁知。暖风迟日也，别到杏花肥。

酷爱是酷爱，但是意境和水准总是比"欧阳公"的《蝶恋花》差了一点，欧阳修的是这首：

> 庭院深深深几许，杨柳堆烟，帘幕无重数。玉勒雕鞍游冶处，楼高不见章台路。
>
> 雨横风狂三月暮，门掩黄昏，无计留春住。泪眼问花花不语，乱红飞过秋千去。

陈伟为这首词谱了曲子，陈瑞用她那沙哑婉转的嗓音唱了这首歌，唱得如泣如诉，幽怨哀婉如远古之音。尤其是"泪眼问花花不语，乱红飞过秋千去"那两句。

然而，关于欧阳修的这首《蝶恋花·庭院深深深几许》，还有一种说法，说这首词的作者是五代时南唐的宰相冯延巳。冯延巳比欧阳修大 104 岁。比李清照大 181 岁。李清照比欧阳修小 77 岁。

不过冯延巳的词牌名是《鹊踏枝》。其实《蝶恋花》就是《鹊踏枝》，又名《黄金缕》《凤栖梧》《卷珠帘》《一箩金》。其词牌始于宋，双片六十字，前后片各四仄韵。

叶嘉莹先生说冯延巳有十四首《鹊踏枝》存世。但是里面并没有这首《庭院深深深几许》。但是由叶嘉莹先生主编的《冯延巳词新释辑评》又认为《庭院深深深几许》是冯延巳的作品。冯延巳略早于宋代，那时大致还没有"蝶恋花"的词牌。但是终归是李清照离作者年代极近，李清照"酷爱之"，明言"欧阳公做蝶恋花……"也应该是有所依，有所本。未必就是一个千年谜题。不过《庭院深深深几许》的意境和水准确是不争的事实。娱悦身心，给人启迪。把人人心中皆有，人人笔下皆无的情感准确而深刻地表达出来了。冯延巳也是一等一的词人。他有一首《鹊踏枝》我十分喜欢：

> 谁道闲情抛掷久？每到春来，惆怅还依旧。日日花前常病酒，敢辞镜里朱颜瘦。
>
> 河畔青芜堤上柳。为问新愁，何事年年有？独立小桥风满袖，平林新

月人归后。

还有比欧阳修小 31 岁的晏殊的儿子晏几道也写了一首《蝶恋花》，大家耳熟能详：

醉别西楼醒不记。春梦秋云，聚散真容易。斜月半窗还少睡。画屏闲展吴山翠。

衣上酒痕诗里字。点点行行，总是凄凉意。红烛自怜无好计。夜寒空替人垂泪。

晏殊也有一首《蝶恋花》，更是尽人皆知：

槛菊愁烟兰泣露。罗幕轻寒，燕子双飞去。明月不谙离恨苦。斜光到晓穿朱户。

昨夜西风凋碧树。独上高楼，望尽天涯路。欲寄彩笺兼尺素。山长水阔知何处。

至于蔡琴唱的《庭院深深》，听了以后，心里就如同看完《少年维特之烦恼》或者《茶花女》滋味：

多少的往事，已难追忆
多少的恩怨，已随风而逝
两个世界，几许痴迷
几载的离散，欲诉相思
这天上人间，可能再聚
听那杜鹃，在林中轻啼
不如归去，不如归去
啊！不如归去

李清照还有一首《丑奴儿·晚来一阵风兼雨》，有人说是"黄"词，在扫黄打非之列也未可知：

晚来一阵风兼雨，洗尽炎光。
理罢笙簧，却对菱花淡淡妆。
绛绡缕薄冰肌莹，雪腻酥香。
笑语檀郎：今夜纱厨枕簟凉。

不知以为然否？还是《庭院深深深几许》，我亦酷爱之。

# 做个山清水秀的梦

最近做的梦，山清水秀。

比如，五月二十那天，下了今年第一场大雨。学生问我："这雨下透了吗？"我说："哪儿啊？现在要下七天七夜才透吧？"学生就扑闪着两只大眼睛不解地看着我不言语。我说："你没看那大杨树，多高啊！几十米，都旱干了叶子。这说明，地下几米都是干的。下透是指地上蒸发干了，下了雨，能和地下的湿接上。你说能吗？"就在那天夜里，天快亮的时候，我做了一个梦。梦见我一个人在离家很远的旷野上，不知是早霞还是晚霞，反正把天空都映得通红。大野茫茫，我在奔走。为了什么，我也不知道。突然绊了一跤，磕得好疼。咬牙起身时，发现一片残碑。我似乎很熟悉那碑叫"赵谦"碑。我的老师就编著过一本书，题目就是《贾德高书赵谦碑》。可是在梦里，我捡到的残碑如今只剩一个大大的"谦"字。我看着那"谦"字，古拙有力。转眼手中拿的就是那碑的拓本，黑底白字，回峰转向，逆入平出，浑身清清爽爽。

再比如，最热的那天，38 摄氏度。白天坐着就出汗，夜晚翻来覆去睡不着。好不容易睡着了，却又做起了梦。梦见地球没氧气了，人们恐惧无比，争先恐后钻进一个大玻璃房子里，说那是高压氧仓。里面挤满了人，间不容发的样子。虽然是氧气房，但还是呼吸困难。大口吸气，大口呼气，还是气不够用。我想，这不是高压氧仓问题，这是人太多了氧气稀薄的问题。这样下去，非得窒息不可。于是就拨开众人，硬往外挤了出来。像第一个吃螃蟹的人一样费了九牛二虎之力钻出了大玻璃房子——外面天蓝水绿！顿时鼻孔像打开了闸门一般，气直通到肺，像儿时擤完了鼻涕一样的感觉！就忍不住一个人往前走。忘记走了几时几里，只记得走过了一片莽莽苍苍的草地。好像是来到了呼伦贝尔大草原。就是黄金大帐那片草原，莫日根河九曲十八弯在茫茫草原上闪着一线曲曲弯弯的银光，晨昏莫辨。鼻孔通透，空气清新。满眼无限风光，让人掬心含笑，全然忘记了缺氧的事，真是面朝大海，春暖花开，三生三世十里桃花心情啊！

又比如，那天晚上热得睡不着，就看了电影《天空之城》。宫崎骏的动画娱悦耳目，启迪人心。希达和巴鲁的勇敢和真诚终于战胜了一切磨难。久石让的音乐更是让人一听入耳，再听入心，三听入魂。心自然就静下来了。心静自然凉啊。看完了躺在床上就安然睡去了。迷迷糊糊之中，觉得自己回到了儿时，变成了巴鲁，在荒原之上，寻找希达。突然，电闪雷鸣，风雨大作。我无处安身。大风吹鼓了我的衣服，我无法控制我的身体，几乎飘起来了。风足够大，我看见一只猪飞上了天，招招摇摇，去了天空之城不见了。我落在了地上，前面是一片水，像青海湖那么大。在水上，一座山美丽晶莹，童话一般的城，快速向我靠近。那美丽的大场景，如同看 3D 电影。我赶紧找手机拍照，想留住这美好的瞬间。等我找到手机的时候，眼前却是一道坎儿，高大无比的土坎。不但挡住了我的视线，也挡住了我的去路。亟待回头，只见高山峨峨，河水泱泱。我只好继续向前走。走啊走，眼看着要碰壁了，正是说的走投无路。想回头，但是感觉脚跟都湿了，背后一股潮湿的风，感觉汹涌的浪涛就要打在身上。空中，一群海鸥在杂乱又急促地叫。心里一阵着急，汗就顺着脸流——心想，这下完了，真完了！那浪涛似乎都打到后背了，无奈又向前走了一步。猛然发现有个高坎儿，踏上去，上面像是几级歪歪斜斜仄仄的台阶，上了台阶，必须拐一个弯，竟然是一扇大红门。推开门，是一孔窑洞。原来那坎儿不是坎儿，不但不是挡住了去路，而是让我找到了一处可以躲灾避难的地方。

醒了，不知多久，在浑浑噩噩，迷迷醒醒的时候，梦又开始了。脑子里盘旋着"欲为诸佛龙象，先做牛马众生"这句话的时候，就想栽一棵枣树。正好，门前来了一个瘦小的老头，胡子拉碴，满脸皱纹。皱纹里面似乎挂着泥巴。两条裤管卷到膝盖以上，腿上也沾满了污物。他倒拿着一棵枣树当拐。背上还背着几棵小一些的枣树。倾斜着身子，一步一步地走着。我问："卖枣树苗?"他说："你不买吗?"不待我回答，他就唱了起来："小酸枣滴溜溜的圆，长在树上真好看。大姐爱它酸，二姐爱它甜。我也爱它色鲜艳，你是根和树，我是红枣尖，两情相依恋，恩爱到百年……"

我想，这老头咋这样呢! 啥岁数了! 正想着，只听见老头说："当年，我一把小酸枣，我媳妇就跟了我呢!"他唱着说着，突然跑过来一条大黄狗，他拔腿就跑。边跑边说："躲狗，不丢人! 哈哈哈，小酸枣滴溜溜的圆，长在树上真好看。大姐……"

我好像醒了。看见我的身边站着我的学生。学生说："老师，我们走吧!"

我说："先做个梦，山清水秀。"

只见盘山道上，清秋红叶，长风入怀。盘山道下，山明水秀，岁月清浅。我素心若雪，踽踽独行……

# 人在顿时

一

八月十四这天晚上，月下，清光弥漫，水乳交融。树影幢幢，几行雁鸣。

男人的窗前，正对着一条大河，河水来自南方，静静地流淌。河面上横亘一座大桥，霓虹闪烁。

河道宽阔平直，过了大桥，向东拐了一个弯，流向东北。大桥的南面，有一处广场。广场周围，是一圈树荫。西边的树荫下，此时鼓点咚咚，一阵紧似一阵。西边的风，在轻轻地吹。吹来唢呐的欢快，像奔月而去的笑声。

吹唢呐的人脖子耿直，目不斜视，腮帮高起，鼓动着凹凹凸凸的老脸。唢呐上的手指，骨节分明，此起彼落。无止无休地变换着动作。

广场上，一队热舞的人，穿着宽衣大袖的戏装，踩着鼓点，两臂一伸，像彩蝶展翅。身体左右摇摆着，手臂上下舞动着，一片五彩翻飞，中间一对舞狮，张牙舞爪地向着舞狮人。

广场上，没人注意到，这个落地大窗的东侧，有一个暗黑的剪影，那是一个高大的男人。在举头侧目向东。东山之上，挂着一轮圆月。月华溶溶，朗照良辰美景，顿时内心快乐无比，听得见青春绽放声音。

二

古代神话，无论中外，大抵讲的都是一个道理。比如对犯错的惩罚，充满了人生的意义。都是讲的一件劳而无功，前功尽弃，周而复始的事。

比如吴刚伐桂的故事。吴刚的妻子与伯陵私通，吴刚一怒之下杀了伯陵。千不该万不该，杀死的伯陵是炎帝之孙。炎帝大怒，以太阳神的权威，发配吴刚到月上砍伐月桂。那桂树高五百丈，有随砍随合的能力。吴刚每砍一斧，砍下些许枝叶，倏地重又长回树上。吴刚日夜不息，都是白费。但是他受的惩罚是他必须做下去。吴刚的妻子心存愧疚，命她的三个儿子分别变成蟾蜍、兔和蛇飞上月亮帮助父亲早日砍倒桂树，也只是陪伴而已。

再如，嫦娥是后羿的妻子，后羿射日成功，得了西王母所赠灵药一枚。这灵药一个人吃，就会身轻如燕，飞上月亮。两个人吃，才会长生不老。嫦娥呢，自己偷吃了灵药，就有了奔月的故事。背叛丈夫，偷吃灵药，就被天神惩罚，让她在月上不断捣蛤蟆丸，以供天神长生不老。

"凉霄烟霭外，三五玉蟾秋"，"碧海青天夜夜心"。捣药是一回事，永远也捣不完是另一回事。我们单知道嫦娥的美丽，却不知道嫦娥是过的这样的日子。

希腊神话中，有一个西西弗斯的故事，比俄狄浦斯王的故事还要悲惨。俄狄浦斯王有个结局，西西弗斯无日无之，没有结局。也是这样的道理。

西西弗斯触怒了众神。众神惩罚他。让他每日要把一块巨石推上山顶，他费尽力气，才推动那巨石。可是刚要推到山顶，就再也推不动了，那巨石轰然又滚下了山去。于是他就只好不断如此往复、永无止境地做这件事。诸神认为再也没有比进行这种无效无望的劳动更为严厉的惩罚了。西西弗斯就活在这样无效又无望的劳作中。日复一日，没有止息。

## 三

吴刚砍下斧去那一瞬间，月桂枝叶掉下些许，这不是快乐吗？嫦娥捣出一粒蛤蟆丸的顿时，没有成就感吗？西西弗斯把巨石推向山顶，就要到达顶点的瞬间，那不就是接近功成名就的顿时吗？

此时此刻，天上一轮才捧出，人间万姓仰头看。看那月上的明明暗暗月海，像一幅幅泼墨山水。

男人在仔细追寻，吴刚在月上的哪里？在哪里砍那棵永远砍不倒的五百丈高的桂树，试图听见那永不休止的乒乒乓乓的声音。嫦娥在哪里？在哪里捣那蛤蟆丸？两条白臂拿着杵臼，不断撞击着，是否也会奏出叮叮当当的乐曲？联想到西西弗斯汗流浃背，伸直双臂，蹬弯双腿，顺着山巅，推着大石，呼喊着哎哟哎哟的号子……

乒乒乓乓，叮叮当当，哎哟哎哟的每一次瞬间，每一个顿时，都是人生的每一个瞬间，都是人生的每一个顿时。只要能够这样认知，每一个瞬间都是美好的瞬间，每一个顿时都是快乐的顿时。神话如此，人生亦如是。包括我们每一个人。只有努力，只有进步，只有信仰信念，只有此时此刻……

快乐都在瞬间，人生总在顿时。

# 边界与时间之矢

这几天，我一直想着两个字：边界。

数学里有个概念，叫作边界条件。边界条件是控制方程有确定解的前提，对于任何问题，都需要给定边界条件，才能有确定解。我想，人生也是，总要有个确定解。那么，人活着，必须设定边界。

可是，矛盾的是，一旦设定了边界，就意味着封闭了一方天地。或者说，设定的边界之内，就是一个孤立的系统。封闭的孤立系统会怎么样呢？

物理学有个定律叫作熵增定律。

1865 年，德国物理学家克劳修斯将发现的新的状态函数叫"熵"。用以度量一个系统"内在的混乱程度"。

他认为："在孤立的系统内，分子的热运动总是从原来集中、有序的排列状态趋向分散、混乱的无序状态。系统从有序向无序的自发过程中，熵总是增加的。当熵增加到一个最大值，系统就处于能量平衡状态而呈现出一种静寂状态。"

简单理解，只要是封闭的孤立的系统，没有外界干预（外功）。熵增就不可避免。总体混乱程度就会不断增大。熵增就是一个自发的由有序向无序发展的过程。在热力学中，熵增加，系统的总能量不变，但其中可用部分减少。在统计学中，熵衡量系统的无序性。熵越高的系统就越难精确描述其微观状态。直观说就是熵增意味着混乱增加，熵减意味着更有秩序。

我一直认为，物理学定律、数学定律也是适合解答人和社会关系问题的。比如很多社会关系就可以用"作用等于反作用"的力学定律来解释。

熵增定律最能解释的是人们常说的"内卷"。现在简称"卷"。这也卷那也卷，大家感到自己也在卷。重温一下熵增定律，是不是就理解了为什么会卷？

首先，每个人为了求取人生的确定解，就要给自己设定边界。有意无意，有形无形地把自己封闭在孤立的系统中。

熵增定律指出，在封闭孤立的系统中，如果没有外界做功，或者说外界干预，随着时间之矢的飞奔，系统总量虽然不变，但是可用的有效的动能越来越少。换句话说，秩序越来越少，混乱越来越多。这不就是所谓的"卷"了吗？

那怎么办？只有两种办法。要么打破边界，开放系统。要么寻求干预，寻求外功。后者受到很大局限，不是所有人都能达到。那就只有更多地选择前者了：打破边界，开放系统。

但是，没有一劳永逸。时间之矢依然会射中熵增，不久的将来，还是要"卷"。只好再次打破边界，开放系统，实现熵减。打破边界不一定等于扩大边界。打破边界的同时，也应该关闭另一些边界。开放系统的同时，也应该关闭一部分系统。不能漫无边际。漫无边际会更加混乱。

分析其中的逻辑，一方面，"卷"来自边界。"边界"呢，来自求得确定解。另一方面，一切都来自"熵增定律"，而"熵增定律"来自时间之矢。无论是物理范畴，还是数学范畴，都符合人性。人性与边界和时间之矢三者叠加，"卷"即出现。

熵增定律是终极定律，它的发现令人振奋，它的结果令人无奈。它在人生的脚步中，在社会运行的过程中，可以通过努力，进行人为改变，以实现美好的目标，享受人生之旅的快乐！

# 因为它就在那里

一

关于对为什么登山的回答，英国著名登山家乔治·马洛里说得最好：因为它就在那里。

然而他三次攀登珠峰，一次都没有成功。最后一次，珠峰成为他的长眠之地，是 1924 年。他安睡的样子第一次被发现，是 1999 年。那时 75 年已经过去。人们才知道，他的安息之地，海拔 8150 米。

成功，是他们的标签。失败，也是他们的标签。说他们，是马洛里还有一个同行者，叫安德鲁·欧文。

安德鲁·欧文也是英国的登山家。他安睡在哪里？至今是个谜，没人知道。

所谓的成功，只在活人眼中。他们并不知道。连一个概念都没有。这样的成功也并不是他们想要的。然而事实转瞬即成历史。历史不可改变。名垂青史，他们做到了。给后来人无限的精神力量，他们也做到了。

失败更不是他们想要的，尽管他们距离梦想只有一步之遥。珠峰海拔 8848.86 米，他们攀登到了 8500 米。在他们之前，没有人类登得那么高。

他们之后，如同暗夜之中燃起了一把火炬。29 年之后，也就是 1953 年。人类才第一次成功登顶珠穆朗玛峰。那次登顶的只有两个人。

一个是新西兰著名登山家埃德蒙·希拉里，另一个是尼泊尔探险家丹增·诺尔盖。丹增·诺尔盖做过多年为登山者服务的搬运工。他是夏尔巴人，天然的雪山之虎。这次他是埃德蒙·希拉里的向导。后来，都这么说。

生命一旦降生，活着就是首要目的。活着是为了命在，但是却要用命谋生。这是一个解不开的叠加态。人生就是叠加态。曾经的夏尔巴人，还有曾经的我们，无一例外。

两人合作密切，终于完成了人类首登的壮举。他们在头上"只有天空，什么都没有"的地方逗留了 15 分钟。站在离天最近的地方眺望了一会儿中国西藏和尼泊尔的美景。希拉里开始拍照留证，又给诺尔盖照了一张。诺尔盖手里举着旗子，猎猎地响。诺尔盖不会使用相机，希拉里遗憾多多，没有留下片鸿只影。回大本营之前，两人想起了一件事，这事需要一个彼此信守的约定。那就是发誓自此以后，对谁是第一个登上顶峰的人这件事永远沉默，永远不告诉任何人。

四天后，英女王伊丽莎白二世登基。她册封的第一个爵位是希拉里爵士。希拉里是迄今为止唯一一个非英国本土获封的非政治人士。1987 年，希拉里被联合国评为全球 500 名环境资源保护者之一。我们有个全球环境 500 佳的称号，是 2002 年。那是在 15 年之后。

诺尔盖呢，镁光灯下走一番之后，有些厌倦。一生坚决反对他的孩子再次登顶。他对孩子说的理由是：我已经替你上去过了。你不必再亲自登。

1986 年，诺尔盖离世，享年 72 岁。13 年之后，1999 年，希拉里打破了约定。他写了一本很畅销的书，叫《险峰岁月》。在书里，谁先谁后之谜布告天下："我们挨得很近，丹增把绳子松了松，我继续向上开路。接下来，我攀上一块平坦的雪地，从那里放眼望去，只有天空。……丹增快步跟上来，我们惊奇地四处张望。当我们意识到登上了世界之巅后，我们被巨大的满足感包裹。"

2008 年，希拉里辞世。往日荣光，已为陈迹。留给人们的思考是俨然与马洛里和欧文不同的成功故事。夜色沉静，临风细想，如果当时马洛里的搭档不是欧文，会是一个什么样的结果呢？我的答案是，如果他也找一个夏尔巴人当向导的话，没准人类首登的纪录会改写——提前 29 年。

一切的关键，是找对人。不仅是登山，是所有的事。专业的人做专业的事有道理，有时候对的人才能做对的事也不是呓语。

在大自然面前，人类没有最高智慧。

二

"珠穆朗玛"是藏语。"珠穆"是女神的意思。"朗玛"一说是"母像"的意思，一说是"第三"的意思。好多人解释珠穆朗玛说是"大地之母"的意思，又有好多人说是"第三圣母"的意思。至于解释为"神女第三"的，是机械的直来直去的思维方式。

"珠穆朗玛"权威的解释是"圣母"的意思。"珠穆朗玛峰"即"圣母峰"比较贴切。

尼泊尔那边称珠穆朗玛峰为"萨迦玛塔峰"。这是尼泊尔语。有的说是"高达天庭的山峰"的意思。有的说是"天空中的女神"或者"天际之仙女"的意思。一个最精练的解释我认为最好——"苍穹之顶"。

珠穆朗玛峰，西方一些国家至今称之"额菲尔士峰"。这一称呼来自英国皇家地理学会，有殖民历史的印记。

我们国家关于珠穆朗玛峰的最早记载，是 1258 年发现的《莲花遗教》。珠穆朗玛峰被称作"拉齐"。五个世纪以远，藏传佛教噶举派僧人桑吉坚赞的《米拉日巴道歌集》里面，称珠峰为"顶多雪"。

清康熙四十七年（1708 年）下令编制的《皇舆全览图》，将珠穆朗玛峰标注为"朱母朗马阿林"。"阿林"为满语，"山"的意思。这是珠穆朗玛峰最早的汉译名称。

清乾隆二十五年（1760 年）开始绘制的《乾隆内府舆图》，首次使用了"珠穆朗玛阿林"的名称。到了清道光二年（1822 年）的《皇朝地理图》和清同治二年（1863 年）的《大清一统舆图》里面则把"珠穆朗玛阿林"的名称改作了"珠穆朗玛山"。"珠穆朗玛"沿用至今，已有 260 多年的历史了。

那时，美国还没有建国，是英国的殖民地。13 年之后，即 1773 年，以波士顿茶党事件为导火索，都想来硬的，导致 1775 年来克星顿的枪声。打败英国，1776 年 7 月 4 日在费城发布《独立宣言》，美国建国独立。

# 三

1960 年 5 月 25 日，3 名中国登山队队员——王富洲、贡布、屈银华，成功从北坡登顶，将五星红旗插上珠峰，这是中国人第一次登顶珠峰，并开创了人类历史上首次从北坡登顶珠峰的历史。

1975 年 5 月 27 日，中国测量登山队队员再次登顶珠穆朗玛峰。首次测得珠峰岩面高度为 8844.43 米。潘多，作为此次登山队副队长，成为世界上第一个从北坡登上珠峰的女性。

2020 年 5 月 27 日，我国专业测绘人员首次登顶珠峰测高，创造了中国人在珠峰顶停留 150 分钟的时长新纪录!

为什么都是 5 月 27 日这几天? 因为珠峰的登山窗口期一年就这么几天。其余的气候条件恶劣，登山风险极大。没有人逆势而动，去白白送死。细想一下"窗口期"这个词，也适用于很多方面的意义。火箭发射就有窗口期。窗口期难得，不可错过。错过了就得等下一个轮回。

近些年来登顶珠峰不再高不可攀，一是装备水平大大提高，二是前人铺路，三是登山越来越商业化，越来越产业化了。众多的夏尔巴人以做向导，当搬运工为业。只要你钱出得够，把你抬到珠穆朗玛峰顶也不是梦。不是未来不是梦，现在就不是梦。据说，好多商业大佬，社会名流都是这样来登顶珠穆朗玛峰的。夏尔巴人登顶珠峰几十次的不在少数。登顶珠峰已不再是很多人终生不可企及的梦想。

但是，成功都有代价。来到此地，来做此事，魂归雪山的也大有人在。原来多，现在也有。据统计，珠穆朗玛峰上的尸体有 300 具。最著名的有三具:"绿靴子""睡美人""休息者"，这些人都保留着当初的样子，多年以来成了后来登山人的坐标参照点。而最古老的尸体就是前面说到的马洛里，他已经在山上冰冻了 99 年了。最近的也有 17 年了。

全球海拔超过 8000 米的山峰有 14 座。意大利登山界传奇人物莱因霍尔德·梅斯纳从 1970 年开始，到 1986 年首次登顶了所有 8000 米以上的 14 座高峰，他用了 16 年。从此，这个目标成了众多登山者的最高目标和终生追求。然而鲜有完全顺利实现者。直到 2005 年韩国登山运动员金昌镐创造了 7 年 10 个月零 6 天的世界纪录。但是 2018 年，他和 5 名登山队员遇难了。

最为传奇的是，2019 年，尼马尔·普贾·玛加尔成功登顶 14 座高峰，举世震惊，用惊奇和不相信的眼睛，然而确是真的。他登顶完全部 14 座高峰，只用了 189 天。还不足别人的零头。他 48 小时之内登顶了珠穆朗玛峰、洛子峰和马卡鲁峰三座高峰，有如神助。其中有一次还喝多了酒，在宿醉状态。他的妻子苏琪说，他每天 11 点睡觉。3 点多起床。然后负重 34 公斤，跑步 20 公里。他登完三座高峰之后，下山又步行 18 公里。不是有图有真相，我真的不敢相信这是真的。

但这确实是真的，他就是尼泊尔的尼马尔·普贾·玛加尔。夏尔巴人。

尼马尔·普贾·玛加尔在登顶珠穆朗玛峰时，比别人快得多。当他在登顶之后下山回望时，发现在通向峰顶的崎岖山路上，人们堵塞了。穿着各色登山服的几百号人拥堵在峰脊那窄窄的小道上，前进不得，后退不得。他惊奇了，顺手拍了一张照片。这张照片瞬间传遍全球。人们在想什么呢？人类的圣母峰也已经喧闹了。

在珠穆朗玛峰的峰顶，氧气不足海平面的 1/3，温度却是零下 40 摄氏度。堵在那里，代价都是三个字：拿命换。

一切皆有可能的另一面是一切皆有代价。以命换命，以命养命。人类熙熙攘攘，无非如此。

## 四

尼马尔·普贾·玛加尔说："生活是荒诞的。但你可以为生活注入奇思妙想，为生活注入热情，为生活注入乐趣。——我选择爬山，这样我可以真正活过我生命中的每个时刻。——我也许明天会死，但是今天不会。当那个时刻来临，你想活下来，你要活下来。"

我的周围也有很多喜欢登山运动的朋友。我很敬佩他们。我敬佩登山的人。看着他们说走就走踩着砾石出发了。留在我眼里，是一串散漫而又蹒跚的背影。我的眼里会含着泪水。我也蠢蠢欲动。必须做点什么。活着就是登山啊！

我要把人类美妙的歌声带到不曾有过的地方。尽管那里很痛苦。但是人必须学会应对痛苦。学会应对痛苦，才能收获尊重和爱。要知道自己内心真正想要的是什么。别说给不爱你的人听，这个世界上，只有爱你的人才会相信你。

登山需要执着坚定的信念。信念就是由想活成什么样的自己而根植于内心的目标牵引。目标需要奋斗实现。今生的奋斗，无非为了两个字，一个是爱字，另一个是情字。

而这里面还有一个转折的三角关系。因为那两个字的基础，又在于一个钱字。此生漫漫，路途艰险钱做马啊。所以，不必耻于谈钱，粪土当年万户侯可以，视金钱如粪土就是假清高假正经了。

当你厌烦你今天要做的事时，你就想一想那白花花的票子。做这么一天就和一沓钱画着等号呢！

钱不是目的，但是钱是活着的保障，是过得好的保障。活着是首要目的，那么钱也就成了首要目的。

所以钱这个基础是必须打的，关键在于打多深。何可而止。

有的人，也许不在少数，一辈子都只在做一件打基础的事。基础打得可以盖高楼大厦，但是在地基上连个房子都没盖。结果，到了生命结束的那一天，才想起打了一辈子基础，房没盖起来。

我们来到世上，买的都是单程票。只有过，没有往。恺撒大帝说的"我来过，我看见，我征服"并不适合所有人。我们都走在回不去的路上。

唯一可待的是爱。爱是博爱，仁者爱人的爱。爱是最大的付出，也是最大的收获。爱是最大的心得，也是最大的快乐。泛爱只是一个态度。真爱才是行动。不要沉重，沉重的爱谁都承受不起。爱在点点滴滴。爱在每时每刻。

说完爱，就是情。少年万里，此情可待成追忆。亲情、友情、爱情，是这个世间金不换的珍宝美玉。那是一生最现实的价值。一切值得你掉泪的都是真情流露。或者说真情的表达方式一是流泪，二是常人所不解的行动和付出。

至情无形。至情只在心里生长。至情在血液中。

我看过几部登顶高峰的纪录片。我不知道，为什么登山者在最困难的时候，妈妈都会病重甚至病危？然而没有一个妈妈在那个时候撒手而去。总是等儿子凯旋，她慈祥的面容，轻轻地在儿子的脸颊上吻一下，然后目光深邃，一片深情，病就好了。这是世间最美好的亲情。

尼马尔·普贾·玛加尔的妻子说那 189 天她日夜惦记，都生出了白头发。这是真挚的爱情。

到你遇到不顺的时候，有人给你打个电话或者过来看你，并向你伸出援手，让你瞬间雨过天晴，阳光灿烂。这是值得铭记的友情。

无情的人是孤独的。情到深处的人是寂寞的。有情的人，都有思念。思念是戒不掉的。如老农的手卷烟。一卷一卷地抽，烟丝袅袅，飘浮着思念，渐行渐远。

总要有几次真情而自由的表达。这是今生来过的名片和见证。

登顶高峰的人是英雄。如登峰人坚毅跋涉在人生道路上的人也是英雄。永远不可嘲笑英雄。永远致敬英雄。都要这样。如此走过，心有英雄。因为，那是力量！

为什么会有奔跑的梦想？为什么会有登顶的渴望？因为它就在那里。

# 光影世界

算算，正好是十五年前，我喜欢上了摄影。开始沉浸在光影世界里自得其乐。因为就是一个玩，没有任何功利目的。一直奉行不投稿，不参赛，不入会的"三不政策"。

大约到五年前，戛然而止，把那些器材都出手了。因为看到摄友群里的一句话："玩单反，要破产。"引起了共情。想想，还有老人孩子，自乐和责任之间，太应该选择的是责任。要知道离场。卖掉的器材，打了个对折。那一半，不能说"赔"，也不能说是交了学费，应该说是买了喜欢的入场券了。那十年，在光影世界摸爬滚打，度过了不一样的人生。十年喜欢，十年欢喜。

有一个外国人写了一本书，题目叫《更，喜欢摄影》。不仅介绍了摄影的一些技巧和方法，也弥漫着天人合一的禅味儿。摄影就是留住光影世界，那个转瞬即逝的影子。构图，用光，意境是处心积虑的事。关于摄影的书汗牛充栋。买到手的也不下几十本。这些书共同的一点是，都把这三者当作目的而大布其道。

当初抱着大部头废寝忘食地啃。浸染久了，才恍然大悟，其实那些都是些皮毛的东西。功夫都在诗外。因为那只是方法。方法哪能当目的？表达才是目的。

所以就简言之，光影世界，方法的问题可以归结为一个词：角度。

构图是角度，用光是角度，意境也是角度。摄影的真实功能是在用角度表达你想表达的东西。这才是主旨。表达是摄影的真谛。方法不是。

百姓说，有一欢就有一蔫。欢乐之后总有一段空窗期。不是空虚，不是无聊，不是孤独，也不是寂寞，而是空灵。每一次行摄之后都是。空窗期过后，总会有感悟。

比如，人生就是光影世界。你能看见东西，是因为有光。有光的地方，都有影子。

又如，真传几句话，假传万卷书。浩如烟海的文字，就如旧社会的学徒，除了给师父当孙子，没有哪个师父真教一二三四。要靠悟性，凡事自己悟。学徒最大的收获是师父的光环投射下来的影子。师徒之间也是个光影世界。

有一阵子，老惦记着玩胶片的事。才发现这早已被数码淘汰的东西竟然成了稀有宝贝。哈苏500系列，动辄上万元。知道是古董，但是实在是太爱好了。因为阿波罗登月用的就是哈苏相机。就忍不住整天"研究"。一次终于下了决心在网上买一台。然而，就在需要点"确认"付款成交的瞬间，改变了主意。

说："哎呀，有急事了，明天再付款啊——"人家说："也好，再问问专业的朋友。"

马上抽身离网而去。结果冷静下来，仔细对比，价格虚高，好坏不知。那台哈苏是1991年的，网上卖的多的是，而且不同网站上的图片竟然是同一幅，断然决定暂停购买。后来还是不甘心，花了半天时间又选了一台，要付款的时候。正好电话响了。一看时间，正好是约定好的去给同事取自行车的时间到了。昨天说好的这个时间送他的。不能让人家等着，于是起身就走，就又没付款。但是实在是太喜欢了！边走边想，中午一定付了，然后拿到手。结果中午想付的时候，又上不了网了。最终热乎劲过了，再也没买这台相机。

人生的事就是有很多奇怪现象无法解释。好像冥冥之中有一种力量。抑或是有一只无形的手在揪住头发。用个词，是发似人揪。这次还好像听到一个声音：不要买。

这种现象已经有过好几次了。想做一件事情，一到关键时候，就会出现意想不到的障碍，甚至发信息都发不出去。事后回头一看，真是万幸万幸。冲动是魔鬼啊！

曾经疑心这神秘的力量来自爷爷，尽管他已经死去四十年了。小时候，那是最亲近的人。

通过这番折腾，得出一句话：很多事情须得麻烦才能放心。但是从另一个角度也发现：积累就是财富。或者说消耗生命就是增加财富。比如这些旧物，还值钱，代价就是溜走的时间。其实时间就是生命，溜走的是生命。这样说。什么都不用做，这些旧物，只要当初拥有，只要不丢弃，只需消耗生命，守着就是财富。命能换钱，此言不虚。循环往复，周而复始。物以稀为贵，只要稀罕，就有人要。

人的文化、收藏、习惯等也一样，善于积累就是人生财富。这种财富是带有时间标签的物证。证明的是生命的存在价值，证明的是生命的流逝的标志。

一切在于坚持。坚持就是胜利。这句话伟大至极！

摄影有两个主体：主导方和相对方。相机这方是主导方，镜头对准的是相对方。主导方总是像苍鹰一样在寻觅。寻觅一个角度，寻觅一个一眼入心的点。

摄影也如人生四季，没有最好只有更好。春草的芳馨，夏花的灿烂，秋叶的静美，冬雪的纷飞，就是人生的四季。不同的季节，换个角度，换个方式会更新奇。

人与景之间，欣赏是最佳基点。人与人之间也是。凡事从相对方的角度表达，才能使之容易接受。欣赏别人就如欣赏风景。风景再差，也总会找出惊艳的瞬间或点位。给别人自尊和信心，才能够娱悦自己。这是锦囊妙计，也是处事良方。

后来买了一台尼康 F6 胶片相机。接着就想买暗房设备。那天又做功课。结果知道了底片扫描仪，叫作胶片数字化系统。那还要暗房干什么？答案只有一个，除非玩儿。

就对摄友说了疑虑。摄友说："就是玩呗！玩就要玩得痴迷。一个人的最大潜力，在于痴迷。痴迷就是力量。力量创造快乐。"

他就对我显摆一堆相机，表现他的痴迷。终于开悟了：光影世界，光怪陆离。同摄友的相机一样。高贵的相机从不干活，只供把玩；普通的相机总是有干不完的活；专业性很强的相机强大却不太顺手，只在关键时候使用一把；小傻瓜相机，几乎被遗忘，扔在一边，不入法眼。

想想，转瞬之间，都是十几年前的事了。现在到了满头飞雪的年龄了。两手空空，没什么器材了。当初的事，如过眼烟云。脑袋里光剩下了一个光影世界的概念。光影世界，多少问题能看透彻？改变测光点，改变焦点，看到的都是不一样的效果。摄影本身是生活的另一个角度。观察生活中的一次次平常的风景，观察生活中的一件件平常的事情，试图看透它不平常的本质或者说核心的因果关联。从而找到一个点，那个点叫作真善美。能够娱情悦性，启迪心智。

光影世界里的每个人，就像蚕房里的蚕一样，作茧自缚之后，只有化茧成蝶，才不被困。

# 启明星，天天有

窗户是正南的窗户，本来不可能看见东面。但是窗户的设计十分高明。面南的大窗到东边沿又直接向北拐了个直角，拐出了一面两扇的窗。

这窗使我能看见东方的黎明。每天早起，不经意间，透过玻璃，总会看见东边天空挂着一颗明亮的星星。那星星就像童年时候玩过的一颗小电珠。

今天，也许比黎明还早，朝霞还没有出来。东边的天际线上边大块小块的朝云飘带状，打着褶皱，一望无际。深邃的天幕下，浓浓淡淡，像二三十年代的老照片。还像哪部电影的开头或者结尾。工业革命时代的城市街头就是这个样子。

从春到秋，从夏到冬，日子一天天过去。这星也缓缓地由东北向东南飘移。细小的变化，放到连续的日子是不容易察觉的。可是从秋起到隆冬，再做对比，就发现了巨大的位移。

物换星移，如同岁月，如同人事。如同花开花落，如同草长草枯。如同时光的老去，心中留个背影。情随事迁，事殊人异。青春不再来，没有岁月可回头。不知是谁说的，但都是扎心的话语。

记忆是走过的物证。物证是历历在目的标签。

起初，爷爷在炕上打跏趺坐，闭着眼，已入禅定。此时墙上的灯窝里，油灯如豆。跳动的光明灭可睹。

早就觊觎爷爷的手电筒。见爷爷已入定，伸手拿过爷爷炕边上的手电筒。安慰自己，爷爷的东西，不算偷。不过终归还是有点做贼一样的心虚。耸着肩，双手下垂，把手电筒放在下腹，夹着双腿，小心翼翼地出了门。

暗夜里，一溜烟跑进房后的驴圈。拧掉手电筒前面又圆又平的大头，小电珠就光秃秃地露了出来。一开电门，漆黑的眼前一片光明。

那头驴突见了光，向后退了几步。当年那头驴怵水又怵冰。别家的驴，拉着车，过河如履平地。这头驴见河横在面前，摇着脑袋打着响鼻儿，就是不走。非得几鞭子打在身上。别家的驴，走冰路，不挂掌，出溜出溜摔几个跟头，费劲地起来再倒下也不惧。摔倒了爬起来就是。起来了，就继续往前走。可是这头驴，老早挂了掌，根本不可能摔跟头，也还是倒着屁股不走。给几鞭子也还是不走。好几个人建议，还不快杀了吃肉？天上龙肉地上驴肉，为大家献身，是它的光荣……

说这话的都是外人。自家的驴，没有功劳有苦劳。养了多年，终归是没有杀它。

但是老家是水乡，东西一条大河，南北一条小河。春夏秋在水上走，冬天在冰上走，这怎么行得了？所以这驴不受待见，比别家的驴不同，虽然也常年拉车，但是还多了一样，常年挨着鞭子。时间长了，给它鞭子，人们多半是为了发泄与它并无关系的怨气。它也是大家离不开的需要。

今天又发现，它还怵光。不过这事只有我知道，好在那时很少走夜路，免了鞭子。否则这也是挨鞭子的理由。我想给它改改"怵"的毛病。就故意把小电珠在它的眼前晃，照见它的眼睛像一层薄薄的亮玻璃包着一个褐色的圆球。我那时发现，驴只会眨眼睛，不会闭眼睛。就更加来了征服的念头——"怵"的事先放下。现在非让它闭上眼睛。就又拧上了手电筒的"电锅"。

"唰"的一下，一条发白的光柱，直来直去。放大的柱状，打到墙上，是明亮的一个圆影。把驴牵过来，对着它的眼睛照它的头。它左躲右躲，草屋里飞起一片尘土。光柱顿时分明了，光里面飘荡着细小白亮的尘雾。驴头的影放大了，照在墙上。在挣扎着晃动。像演电影。我缩短了驴的缰绳，它挣扎不过，终于闭上了眼睛。我想，真是完蛋货，不怨挨鞭子。这点小光，值得那样？看我的！就拿手电照照自己的眼睛，不照则已，一照像看太阳，不敢直视，也只好闭上眼睛——原来自己并不比驴强。

此事印象深刻，后来的谦虚谨慎。就源自这次。源自这颗小电珠。折腾了一个晚上，听见了大门有响动。赶紧跑回屋里，悄悄把爷爷的手电筒物归原处。爷爷还在禅定。好像什么都没看见。只有喉咙里发出细小的点点喉音。

我为了自己以后也可以玩这样的电影方便，做了一个大胆的举动——为了拥有，做一回贼。那时候做那件事，如同身负魔力不可抗拒。

爷爷炕对面地下红红的柜里，有一个小笸箩。那里面放着奶奶攒的鸡蛋。奶奶养了七八只芦花鸡，下的蛋全在那里存放。这是我早就侦察好了的。这些蛋只有三种去处：有时要卖掉买些日用品，有时要谁家孩生娘满月走人情，有时家里来了客人要炒一盘荷包蛋。

我打听好了一个手电筒的价钱，折算了一下，正好是七个鸡蛋钱。就想趁奶奶不在屋、爷爷入定时候下手。

爷爷在炕上禅定的时候，感觉时机到了，就去开柜。怕弄出声音，夸张地蹑手蹑脚着走到柜边。慢慢地伸出手，先把柜盖欠一个缝缝。好在没有发出声音。再慢慢地，把柜盖轻轻地抬起，那时个子小，还不能把柜盖全部开启。只能开到能钻进去我的脑袋的尺度。再开大一些的话，脚就得跷起来了。既不方便也不安全。所以——只能这样子。

柜很大，悄悄伸进脑袋去，里面酸甜苦咸鲜，一股混杂的味道。鸡蛋笸箩在里面。手小胳膊短，还够不着。使劲又往高跷了一下脚，才够着了鸡蛋。右手扶着柜盖，以免发出声音。左手一个一个往外拿，拿一个放在事先斜挎好在左边的书包里。瞬间就拿够了七个，想收手了。又有了迟疑，万一涨价了呢？万一走在路上打了一个呢？还是多拿一个保险。就又拿了一个。这一个，连脑袋一起往回缩，弄出了点点声音，不过没事。看爷爷庄严，还在入定。心里有点高兴得手。一高兴，就忘形。右手一下没拉紧柜盖，还离两三厘米的时候，脱手了。

"砰"一声闷响。汗马上就出来了。心想不好，完了！

屏息转头看，爷爷像一尊佛像，闭着眼睛，一动不动，这世界一切都没有发生一般。还是屏住呼吸不敢动。静了一会儿，只听到呼吸的声音，爷爷的，还有我自己的。确认没事了，才走着猫步，出了门——换了一个手电筒。剩下的一个鸡蛋，换了一只小电珠——万一它坏了呢！那时的得意其实很愚蠢。电珠不好坏。电池的电才易逝。

于是就有了后来。照了几天驴电影。感觉也没意思。就去照天空大地。照月亮，那上面有嫦娥，让她看见我。像探照灯一样照银河系，想找到牛郎织女。照茫茫太空，希望我的这束电光照到宇宙尽头。然而，手电筒不够亮。从这边到那边，算算时间几百上万亿年还不止。想起了一个词：亿万斯年！

不够亮怎么行？亿万斯年呢！就卸下"电锅"——那个像镜子一样凹下去银光闪闪的反射镜。心血来潮，找来毛巾，想把它擦得更亮。结果是，不擦的时候，光亮闪闪的，连一丝一毫的东西都没有。擦了几下，不但马上变得发乌，还横竖都是细纹——更加不亮了。后来想过，亮不亮是擦出来的吗？没有光源，连这个"电锅"不擦也是黑的。长大了，经常听老百姓说越抹越黑这个俗语，从另一个角度想，也是擦"电锅"的道理！

好好的东西，本初就是它最好的状态。擦它干什么？但是不管孩子大人，天性就是爱折腾。折腾来折腾去，其来有自。

直接的结果呢，一地鸡毛，一塌糊涂。间接的结果呢，收获了过程。收获了一个个道理。前进和进步，由来于此。光越强的地方，有一面看得清楚。但是另一面影子也越重，看不见里面是什么。一体两面。古为今用，洋为中用。中学为体，西学为用。正面为体，反面为用。

记得那时，还玩得很起兴。有一天，奶奶念叨少了八个鸡蛋。说有人偷走了？不能吧。家里没来过外人啊。我疑心那是有意让我听到。就很是做贼心虚。生怕暴露了底细。

爷爷听了，马上接过话来说："我拿走了。"奶奶追问："你拿鸡蛋干什么？还拿八个！"爷爷说："我换了手电筒。"奶奶还是究问："手电筒不是好好的有一个呢吗？"爷爷说："那个不中用，就是该换了。我钱不凑手，就拿去换了。"奶奶说："也不说一声，我还以为招贼了呢！"

我听了，低眉顺眼地斜睨着奶奶，大气不敢出。多少年以后，我只要听见别人说"家贼难防"这个词，就心虚，就会想起这件事。

爷爷终没有提起过这件事。我几次想告诉他，他似乎知道我的意思。起个别的话头就打过去了。原来，爷爷看似什么都不知道，其实什么都知道。只是不说而已。

就像我每天黎明见到的那颗启明星。像极了我当年玩手电筒上的小电珠。明亮，但是不发出一点声音。后来知道，不管好人坏人，人人拜菩萨，只是因为菩萨不说话而已。试想，哪天菩萨说了话，是非长短，恨海情天，会是什么样子？

人心即宇宙，宇宙即人心。其大无外，其小无内。

启明星是八大行星的金星。金星炽热无比，覆盖着厚厚的硫酸云。四千万公里以外的地球人，天天在早晨看见它高挂天外，美丽，明亮，宁静。心向往之，赋予了它这个美好的名字。

# 不许人间见白头

一

开始，没想写这一篇札记。一大早，邓丽君歌友会推送过来几段小视频，才知道，今天是邓丽君的诞辰。歌友们在纷纷纪念这位已经 71 岁的天王巨星了。她的人生在 42 岁的时候戛然而止。想来也是 29 年之前的事了。真是时如逝水，事如逝水。"人似秋鸿来有信，事如春梦了无痕"啊。

邓丽君的一生，没有美人迟暮，身后留下的，只有青春活力。

忽然想起近日在读清袁枚的《随园诗话》，里面赵艳雪写的"美人自古如名将，不许人间见白头"的这个名句，用来形容邓丽君，正是这个样子。

二

逝水韶华去莫留，漫伤林下失风流。

美人自古如名将，不许人间见白头。

这首诗是赵艳雪这个清初人写的，诗题是《和查为仁悼亡诗》。三百多年前的事了。

《随园诗话》卷四中记载：

冬友侍读出都，过天津查氏，晤佟进士溶；言其母赵夫人苦节能诗，《祭灶》云："再拜东厨司命神，聊将清水饯行尘。年年破屋多灰土，须恕夫亡子幼人。"查恂叔言其叔心谷《悼亡姬》诗，和者甚众。有佟氏姬人名艳雪者，一绝甚佳，其结句云："美人自古如名将，不许人间见白头。"

此与宋笠田明府"白发从无到美人"之句相似。

赵艳雪是什么人？这要先从佟鋐说起。佟鋐是谁？这要从头捋。

清初的时候，天津市有一座"艳雪楼"。艳雪楼的主人叫佟鋐。佟鋐是佟国维的堂孙，也就是孝懿仁皇后的堂侄，康熙皇帝的表侄。家世是这样论的：佟鋐的父亲叫佟世雍，爷爷叫佟国玺。佟国玺和佟国维是堂兄弟。而佟国维是康熙皇帝的舅舅。

佟鋐字蔗村，号空谷山人。是个一辈子优哉游哉的人。他有一位小妾，姓赵，名艳雪。赵艳雪会作诗。留下了"美人自古如名将，不许人间见白头"之句。可见其人聪慧。"艳雪楼"就是佟鋐十分宠爱她的物证。专门为她修的，后来也有人叫"佟家楼"。

乾隆年间的《天津县志》载："佟鋐字蔗村，已而道人，其别号也。长白人，父某，官河南布政使。兄弟六人，皆通籍仕路。鋐以国学生，例授别驾，不愿谒选，绝意华膴，卜居天津城西，门临流水，榜其居曰沧浪考槃，布衣葛屦，忘其为贵介也。性嗜山水，耽吟咏，早年诗学苏（轼）、陆（游），一变而入大历、贞元之室。"

佟鋐有一个文友，叫查为仁。查为仁即查礼。著有一本书叫《莲坡诗话》。《莲坡诗话》里面有一段记载，写到了佟鋐："空谷山人佟蔗村，家世贵显，不乐仕进。侨居天津尹儿湾，以诗酒自娱。有妾亦能诗，蔗村筑楼居之，名唤艳雪。"

还写到了这首诗："辛丑（康熙六十年，公元1721年）仲春，余遭炊臼之痛，同人和《悼亡诗》甚多。中有佟蔗村姬人艳雪七绝，结句云：'美人自古如名将，不许人间见白头。'用意新异。"

赵艳雪为什么要作这首诗？已经说明白了。因为查为仁。查为仁是赵艳雪的老乡。也是天津水西庄的主人。水西庄是很有名气的一座园林。查为仁的妻子叫金至云。金至云病故，查为仁写了一首怀念诗《悼亡姬》。赵艳雪见后，和其诗，就做了前面那首《和查为仁悼亡诗》诗。

# 三

闲中有味，佟鋐的艳雪楼，在当时如同现在说的高档会所，是名流雅士吟诗作画，附庸风雅，谈古论今，谈天说地的沙龙。其中孔尚任、屈大钧常有往来。孔尚任的《桃花扇》就是佟鋐出钱印刷的。否则，也许世人不知有《桃花扇》。

《桃花扇本末》载："《桃花扇》抄本久而漫灭，几不可识。津门佟蔗村者，诗人也。与粤东屈翁山善，翁山之遗孤，育于其家，佟为谋婚产，无异己子，世人多义之。薄游鲁东，过予舍，索抄本读之，才数行，击节叫绝。倾囊橐五十金，付之梓人。"

屈翁山就是屈大均，是明末清初如雷贯耳的人。他的脸谱是：反清复明之志士。屈大均去世后，佟鋐收养他的儿子明渲做养子，悉心抚育，并改其名为佟湜。

想想，康熙皇帝表侄，孝懿仁皇后堂侄，和反清复明志士过从甚密。这世间事，谁解其中味？

佟鋐虽然家世显赫，但他不是家族中举足轻重的人物。只过了一生恣意逍遥的生活，连生卒年月都没有留下。只知道清初的时候有这么一个贵胄。说他是个诗人，也只能从《莲坡诗话》《津门诗抄》《津门征献诗》中找到五六首诗。

## 四

清道光年间，佟家家道败落，同治年间，艳雪楼荡然无存。但是艳雪楼声名很盛，常有人来流连。

清人汪西颢诗："楼头艳雪莹于玉，每课新诗到日西。不及尚书有盼盼，白杨作注背灯啼。"

清人金玉冈《过佟蔗村艳雪楼故居》诗云："共沿流水到篱根，燕雀喧喧最小村。几点红芳遮破屋，满庭青草闭闲门。缥湘散尽残书帙，樵牧唯余旧子孙。艳雪犹名楼已废，海棠一树最销魂。"

清人梅成栋凭吊诗："水西庄外绿波生，欲访佟家买棹行。春草已芜高土宅，画楼犹溢美人名。"

"雪散黄金近，空传七言诗"，艳雪早已化为尘土，艳雪楼一名亦如浮云散尽。"佟家楼"故地渐成街巷，人称"佟家楼大街"，在今天津市红桥区邵公庄附近。

文以载道，名以载商。落第秀才张问荷到艳雪楼故地开个茶馆棋室。诗人梅小树题名曰"雨来散"。孝廉杨无怪题联曰"吃半杯无分你我，下一盘各自东西"。

# 五

《随园诗话》卷十三中，记载了众多不见正史记载的人和诗。有一个人引起了我的注意。这个人是宋笠田。袁枚抄记了他的 12 首诗。诗的表达风格和差不多同时期沈复的《浮生六记》、蒋坦的《秋灯琐忆》一样清新、闲适，但又夹杂着无奈的哀愁和淡淡的忧伤。用现在的话说，有点"小布尔乔亚"——小资情调，多为呻吟语。村里种地的老汉一准会说，这是吃饱了撑的。也没有错，地位不同，角度不同。就和贾府的焦大如何也不会和林妹妹共情一个道理。人就这样，吃了饱饭，总要捍卫点精神上的东西。

关于宋笠田这个人，记载不多。《随园诗话》载："杭州宋笠田明府，名树谷，宰芜湖，有贤声；罢官再起，补陕西两当县，过随园一宿而别。闻为甘肃案，谪戍黑龙江，年近七旬，恐今生未必再见。幸抄存其诗。"

宋笠田因祸罢官。却不甘心，又用钱捐官。袁枚劝他不要再做官了，他不听。七十岁了，在县令任上又犯了事。被流放黑龙江。甚为唏嘘。

他想起了袁枚的劝阻，给他写了一封信，信中隐晦地夹了一首诗，也一样起了一个很隐晦的名字叫：《别妓》。

诗文是："昨日笙歌宴画楼，今宵挥泪送行舟。当时嫁作商人妇，无此天涯一段愁。"

这是说官场如妓吗？李敖也说过，原来好像是。

宋笠田写过"护篱小犬吠生客，曝背老翁调幼孙""沙外鸥眠闲胜客，竹间禽语妙于诗""猫迎落花戏，鱼负小萍移"等诗句，才情非是一般。然而说到的做不到，做到的说不到。都是人间一理。

"当时嫁作商人妇，无此天涯一段愁。"人间事，可不就是这样嘛！

# 那颗心，隔山隔水会回来

人还小的时候，都会做白日梦。小河边，草地里，大树下，墙头上，尤其是黄昏时分，一个人独坐树杈上，惊诧于满天红霞之际，火烧云迷茫了双眼，顿时定格，眼前只是一个前景，其他都如视而不见一般了。这时候，就在头脑中过电影，阳光在微笑，那电影想啥来啥。

有两三个小伙伴的时候，白日梦就更加不着边际。说完玉皇大帝说西天王母，说完唐僧说孙悟空。大家一起吹牛。真是风大了，猪也飞上天。吹着吹着，吹尽了想象力，没的可吹了，就急眼，谁也不服谁，然后就动了手脚。通常是谁胳膊粗力气大谁占上风，吃亏的含着眼泪还在嘴硬。问："你还不？"答："我就还！"

打死也不服的架势。大人过来了，吃亏的一方总会擦着眼泪说："我们闹着玩呢！"大人走了，就又和没事人一样。只一会儿工夫，和好如初。小时候的伙伴，像农村的夫妻。虽打打闹闹，却不记仇。

小时候睡觉的时候，也经常做梦。那是黑夜梦。黑夜梦与白日梦截然不同。黑夜梦都很恐怖。多半是梦见鬼。那样的梦，有时候心里明明白白的，可就是嘴上说不出声音，手脚动弹不了。挣扎也没用，像受了无形的绑缚，不得自由。大人看见了，顺手推一把，醒了，就好了。这样的事情，每年总要有若干次。大人说，这叫"招丫鬟"。真不知道是哪几个字，就取这几个字的读音吧。也许就是"招魇痪"也未可知。医学上叫作"梦魇症"，老百姓叫"鬼压身"。醒来，心嘣嘣跳，不过，转眼就忘了。

后来呢，长大了，离开了，遗忘了又想起了。

纵向上，时间是一把梳子，终究把人梳理得条分缕析。横向上，社会是一张大筛子，每时每刻都在过滤。从上初中开始，小伙伴的团队就开始分崩离析。不知不觉间，都长大了，突然有一天再看见红霞满天的时候，骤然发现，原来的人都已经各奔东西，自己已经茕茕独立。

再也回不到当年，纵然怀念，也只剩下一颗心。

不再怕鬼，大约在五十岁。敢一个人在一间陌生的房子里睡觉的，就是这时的人。人到五十岁最大的变化就是不再怕鬼。因为已经明明白白地知道，这个世界上，鬼在心中。心中有鬼，自然怕鬼。心中无鬼，自然无鬼。

然而，这颗心，不管岁月多老，不管年龄多长，不管海角天涯。郎心自有一双脚，隔山隔海会回来。不是说羁縻于儿女情长的意思，也不是说贪逐于男欢女爱的意思。而是因为那颗心，是思乡的心。思乡，是思念儿时。思乡，是思念年轻。思念儿时，是因为有梦。思念年轻，是因为敢想敢做，敢于编织美好，追求美好，为美好献身。心在思念，思念在心。羁鸟恋旧林。池鱼思故渊。那颗心呀！

即便如鲁迅，也"冒了严寒，回到相隔二千余里，别了二十余年的故乡去"，儿时的伙伴闰土叫了他一声"老爷"，他也并没有改变童年的那份难忘的记忆，难忘的感情。对闰土，那颗心并未改变。尽管时移世易。

伟人如此，我辈亦甚。那颗思乡的心，是翩翩的蝴蝶，是片片的秋叶，是丝丝的细雨，是默默的雪花。一生真正无忧无虑的时光，一生真正恣意放飞的岁月，一生真正好梦连台的日子，都在那时。

那时所有的梦，都是因为憧憬。憧憬前程远大，憧憬挥斥方遒，憧憬天上掉下个林妹妹。

所有的梦，都是因为生理的快速成长和心理的拒绝成长之间的矛盾而造成。不由得，由儿时走向年轻。年轻的特质是不但有梦，而且善思善行。那时多么好啊！一腔热血，想做就做，说行即行，敢爱敢恨，一日千里，不辞劳苦。

年轻，尽管说，尽管做，尽管发挥无穷无尽的想象力。做，可以为梦想，可以为爱，可以为恨，可以为朋友，可以为正义。但就是没想过"做"这个字本身。一切都是不由自主的行动。那时的做，不是来自认知，而是来自热情。只奔着那个目标，不计过程。人这辈子，自己很是努力，却一点也没有感觉到自己的努力才是真正的努力。这样的努力才有非凡的价值。

后来呢，痛了，苦了，乐了，淌汗了，流泪了。回忆了，怀念了。想回去了——回到从前。

"天上碧桃和露种，日边红杏倚云栽。"没有几个人真正理解一个落第举子的真正心思。然而现实之中，又有谁没有动过高蟾这个唐朝落第举子的心思？

所以后来和后来的"做"，前思后想，前世今生，一面为利，一面为名。不得不装，身心俱疲，疲惫无比。

儿时如梦，年轻是梦。在故乡的田野上，在故乡的星空下，在故乡的春风里，在故乡的暖阳中。风霜雨雪，那是不可撼动的一颗永恒的心。

那颗心是方向，指引前行的路。人生如旷野。前后左右，不管往哪里，只要迈开步，就是往前走。那颗心中的旷野上，有一顶帐篷。要寻找它，是在暗夜。帐篷里面突然点亮了灯。所以看到的那顶帐篷，是橘黄色的帐篷。

大野茫茫，只有那一点橘黄。那是心中不变的希望。那是信仰者的图腾。那是航海者的灯塔。那是蹒跚老者牵挂的故乡。那帐篷里面装着一颗心。那颗心，隔山隔水会回来。

# 年是"做"的开始

过年了!

现在已经是清晨。和往常不同的是,四点刚过,窗外传来了缥缥缈缈如高山流水一样的旋律。声音如冰雪一般纯净,丝丝不乱,全不像往日那样嘈杂。遥想应该是哪个一身银白丝绸服饰的人在河边的树林里开始打太极拳了。今天,没有人跳广场舞。

现在不到五点,仍不如往日嘈杂。也不若昨夜——从午后开始,东南西北,鞭炮声就没个间断——今年不禁。不禁就是人心,放开就是回归。过年了,一年就这么一次,都想闻闻淡淡的硝烟味儿。

新城区,很久以前就有人在路两边的树上挂满了星星一样的彩灯,一条一条的街都挂满了。小年那天,夜幕还没有降临,就已经亮起来了。及至入夜,漫步街头,火树银花,星罗棋布,彩灯如星,繁花似锦。

今早出去,亮着的灯更多,满眼繁华,满心喜悦。一切都在前行,一切都在继续。

小城的人们,习惯早起。但是今天不同,因为过年了。要是往日的此时,早就热闹起来了。下田的,上工地的,上货的,赶早市的,暴走的,散步的,跳舞的,打太极的,人间烟火,此时众生休憩。

就是小时候,在农村,印象当中,过年这一天,也都是要早起的。谁家烟囱先冒烟,谁家高粱先红尖。一年的吉祥顺遂,要取个美好寓意呢!

可是今天,人们没有。除了眼前的小彩灯一闪一闪眨着眼睛,万籁俱寂。小区里家家户户的窗口,还没有亮起来。隐约听见大地的酣睡声。马路上也很静,只有很稀少的几辆车,急急匆匆,像是远归的游子。再忙,大年这一天,也要往家赶。这家的人肯定是早起了。早早地做好了饭菜,等待离家的孩子。

我懂得了，我为了接年，起得太早了吧？或者也许是太累了，人们过年，就想幸福安睡一次。

过年最公平，意味着所有人又长一岁。不管老幼，不管尊卑，不管潦倒富贵，这是个没争没抢的比高考还公平的事。还有一件公平是天下同乐！

年是一年四季的轮回。过年昭示着旧的结束，新的开始。古往今来说得最多的话是："一元复始，万象更新。"

过去一年的辛苦，过去一年的收获，过去一年的拼搏，过去一年的灰心，过去一年的拘束，过去一年的放飞，过去一年的告别，过去一年的相遇，过去一年的奔走他乡，过去一年的欢乐和失去，该留的留下，该舍的舍去，毫不犹豫。一身的疲惫，一身的仆仆风尘，都把它统统抖掉。穿上新衣，倾听钟声敲响，倾听远方的召唤。

人生就是不断地舍啊！人生就是不断地输啊，赢，那是最后的事！

就如登山一样的。因为山就在那里。生命一旦降临，就要得到捍卫。山高水长就是生活，跋山涉水就是意义。如登山一样，因为生命就在那里。

年是最好的人生单位。不长不短，一切都来得及。月太急促，日太短暂。分分秒秒，都是提示。

老百姓的话最平实："庄稼不收年年种""好汉子盼来年"。不回头是最好的告别，向前看是最好的开始。大胆地往前走，莫回头。人生而为人，最关键的标志只有两步，就是"做"和"不做"。

《繁花》上说，人不响，天晓得。为何不做？天晓得呢！只要做，就没有晚这个词。山不厌高，海不厌深。跬步和涓滴，都是最易得而又最宝贵的。

过年的"年"，古人说是一种"兽"的名字。年是个什么东西？年是"做"的开始。

顺着河的右岸奔跑，心情亦如脱缰的野马。出了城，奔跑在北方的雪野上，满天星光，天河璀璨。

微微冒汗的时候，太阳喷薄欲出。霞光映红天际。远远近近的鞭炮也开始响起来了。

# 上帝不响

　　这些天，烟花伴着沉闷的响声，一闪一闪的，总在远处。虽然没看见，但是感觉扭秧歌的队伍还在扭。因为传来了阵阵鼓点和曲调。听着就知道打鼓的乐师浑身都是力气。两把唢呐系着红绳，鼓胀双腮的红脸师傅双手伏动，婉转高丽，如泣如诉。秧歌是农村热闹，甫一进城，热闹了一气。但是怎么也不如两百多年前的徽班进京，秧歌审丑不审美，越来越没有观众。

　　近处，除了熟人见面偶有问好，过年的味道已经不见了。多数，连问好一事也都省略了。生活的仪式感越来越简化。日子越来越平淡。生活越来越不可思议。据说有一天，有一个人爬到楼顶，高喊殉情：某某某，你不来，我就跳下去。结果是那个某某某也没来，他也没有跳下去。中午吃饭的时候，小区的人家有的说了一嘴，当作下饭小菜。饭下去了，也就不再提起。如同大路上总有送亲或者送殡的队伍。喜乐悲涕，转瞬即逝。

　　烟花远去，一切归于平静。人们似乎也不再如原来忙碌。老的又老了一岁，人情也淡了一分。原来热热闹闹的正月聚会，越来越少。人闲口闲，自己还是自己，但是对于别人，已经不再是那个自己。没有了价值和使用价值的东西，可以轻视。

　　没有什么不能交易，关键在价钱。年轻的一代，三观自是不同，更加自我的活法。更加自我的处事方式。游戏和外卖，是生活的标配。现实和自我，远非庙堂之高，更加江湖之远。乌克兰和俄罗斯，以色列和巴勒斯坦恍如隔世，不是热门话题。庆幸自己生活在和平国度。不关心他人，只关心自由和财富。海子的诗说：姐姐，今夜我不关心人类，我只想你。

　　不必同化别人的价值观。不必谈论年轻人的不恋爱。也不必关心别人的婚姻和出轨。事情各有各的道理。唯独感情，没有道理。没人和你生气。所谓生不起气，都是自己太看重自己。在作茧自缚。

四处都是张力。不知道自己想要什么，只知道自己不想要什么。都是这样的人。

想几个假如。看看一生可以完成的事。

假如，你顺着赤道走。不用多走，一天走十公里。还假如，整个赤道有一条一直可以让人通行的路。那么，你只需要 11 年，就可以绕地球一圈，回到原地。一天走十公里，大约两个半小时。并不是什么问题。不耽误吃，不耽误喝，不耽误玩，不耽误睡。假如你活到八十岁，这个蓝色的星球，你能走七圈。

假如，你栽树。不用多，一天只栽一棵。还假如，一年四季都能够栽树。那么，活到八十岁，能栽三万棵树。北京六环可以栽一圈。

但是人生没有假如。时间片刻不能停留。人生没有时间让谁等待。不管干什么，都不是假如。而是实实在在的发生。此时光景，正在溜走。我不知道，人这辈子的终极意义。只知道，活着的每时每刻，都值得认真。时间不会马虎。马虎的只是人。能够做你愿意做的事，可以不做你不想做的事，就是最大的幸福。也是最大的成功。

想起了"三只狗"的故事。一只白狗，一只黑狗，一只黄狗，在一起聊天。白狗说，告诉你们一个秘诀，在我们那里，只要你不停地叫，就会有人给你肉吃。黑狗说：什么是肉？黄狗问：什么是叫？

夏虫不可语冰，井蛙不可语海，凡夫不可语道。

《繁花》的开篇语：上帝不响，像一切全由我定。

# 一个小时

　　大年初一初二初三的清晨，窗外没有乐声。今天大年初四，天还黑黑的，乐声就七拐八拐穿过了窗子，像幽灵一样缥缥缈缈钻进了耳孔。看了看表，才五点二十分。到了六点，天还是黑黑的照旧，却没有了声音。大地天空一片寂静，万物还在酣睡之中。

　　六点二十分，天才麻麻亮。可以算作一天的开始。寂静总归寂静，看见大桥上开上来两辆车。桥灯幽幽，照得清清楚楚，那是一辆货车，一辆轿车。下了桥，货车向西，轿车向东。车灯微茫，如有隔世之感。

　　六点二十五分，东边的地平线上露出了一片氤氲的橘红。先是一点点，然后慢慢变大。像水盆里的一滴鲜血在扩散。像地平线那边的火炬在燃烧。又像天边飞来了颜色窑变的一条红绸巾。又像红色的水墨泼在了宣纸上，不断向外洇染，有边际，但是看不清边际。面积越来越大，光线越来越亮，颜色越来越红。不久，就分出了层次，衍生出了几道斜斜的彤云，南高北低。

　　启明星依旧在天上挂着，下面是一片楼的楼顶。今天的启明星，不如上一次看见的高。也不如上一次看见的亮。似乎在向东南方向退去。

　　河边的健康步道上有两三个人站在那里，传来了几句很吵的说话声。然后就散开了，各走各路。他们应该是偶遇，过了年第一次见面。有年隔着，一天不见也是两年。两年不见，百般惊情。握手相当于作揖，问过年好就是拜年。他们绝不会是同伴，同伴不会拘礼。不一会儿，南边的，北边的，上了彩虹桥的，就又没有了人。世界回归平静。

　　隐隐有机器的声音。像是南边橡皮坝边上防冻的水泵电机突然加大了声音。

桥上一个骑摩托车的人戴着头盔向东开过去。后面跟着一个步履匆匆的行人，转眼间就拉开了距离。摩托车不见了，人还在匆匆地向东走。

天又亮了不少。看见河里的冰上还残存着昨天化出了的水痕。今天微冻，明明暗暗的，像小时候人们说小孩儿尿炕画的地图。

桥上的几道灯光照下来，冰上几条长短的光柱，闪着细碎的金黄。此时，是六点三十五分。

六点四十分，天空开始蓝白，黎明开启。过去的人们，黎明即起，洒扫庭除。现在的人们，还在酣睡。三更不睡，五更不起。越来越成为标配。

有几只黑色的大鸟无声飞过，肯定是夜猫子。

六点五十分，红霞开始消散，此后变化加快，云谲波诡，倏忽早霞不见了，启明星不见了，城市的灯光也不见了。这几天，鞭炮声不断，但是今天是鞭炮声也不见了。

街上行人车辆寥落。河边则空无一人。城市的楼房高高低低，远远近近，像一片寂静的森林，沐浴在金黄的阳光中。黎明过去了，新的一天不等酣睡的人们。

转眼就是七点二十，天大亮了。太阳从东山之上爬上来了，已经映得人睁不开眼睛。太阳朗照人间，光芒万丈。大地没有一丝风，天空没有一片云。远处的天际线模模糊糊，一片黛影。近处，满眼澄澈，风烟俱净。今天最高温度，十二摄氏度。

如果把人的一生等比例折成一个小时，那么刚看到的这样一段时光，虽然变幻莫测，但是只有 0.005 秒，连眨眼的工夫都不够。当然前提是假定一个人活到 80 岁，那么一生是 70 万个小时。在历史的长河中，在浩渺的宇宙中，渺小和短暂，是无以言说的。我想表达的意思，了解吗？

# 月在天边

　　早晨起来，到外面去，天空雾雨茫茫。不仅马路湿乎乎的，而且空气也潮乎乎的。

　　旧历年刚刚过，梦想春意盎然，因为天气预报最高八摄氏度。微微南风和煦吹来，如柳丝拂面，又像撩人的抚摸。一个人往前走，不停步，也不出声。告诉自己，把体验生命当作目的，而不是把生命之外的东西当作目的，一切就会好起来。

　　转眼间，天空像厚厚的毡庐在下坠。仿佛那云里的水汽已经饱和了，再托也托不住了，马上就会坠地有声地掉下来。想到天降甘霖，想到广州的回南天，想到上帝的泪海，心也就跟着潮湿了。似乎飞离了自己的胸腔，飞到天上。又要从天上掉下来。几次忍不住要伸出手去，把心接住，看它放出光芒。

　　风住了，仿佛的电闪雷鸣，倒海翻江，天旋地转也住了。接连打了几个寒战，牙骨咬了又咬。天地一片辽阔的时候，下起了雨不是雨，雪不是雪，而是细小晶莹的冰粒。打在衣服上发出的声音，就像是有一个人在耳边轻声细语。于是耳轮一阵热，心里一阵紧，身上一股暖流，分明是思念已久的那个熟悉的腔调。忽近忽远，像电影的镜头在不断闪回。脑海只翻腾着一个字"霰，霰，霰霰！"

　　果然云收雨散。于是不再犯困，也不再疲惫，那种独有的神清气爽，已经真正出现。

　　下午去迎财神。财神在东南。本来并不相信。但是窗外飞来了两只灰鸽子，站在窗沿上，"咕咕咕"叫了几声，就侧着眼睛向里面看，十分友好。想给它们拍照留念，可是一举手机，它们就突然飞走了。似乎听见一个遥远的召唤：要上东南。如同眼见了上帝说，要有牛顿。

于是一片光明。就开车去了东南，一直走，走了多远不知道，去了什么地方也不知道，反正就是顺着东南方向一直走下去。回来的时候，西山夕阳斜照。一轮红日又圆又大，好像在山顶上要向山背面慢慢翻滚下去。但是有人尽力阻止，所以时间静止。时空如凝固一般。天空布满酱紫色和彤红色的晚霞，一动不动。红日周围，夕晖旖旎，南一抹北一抹，上一抹下一抹，一抹又一抹，织锦绣缎一般。

车，行行重行行。右前方，不远的空中，飘着一记大大的朱砂云，映红了山川大地，还有车，还有人的脸。车走云走，云走红走。不弃不离，相伴前路，直到太阳落下山去。

车里的喇叭唱着那首《传奇》：

只是因为在人群中多看了你一眼
再也没能忘掉你容颜
梦想着偶然能有一天再相见
从此我开始孤单思念
想你时你在天边
想你时你在眼前
想你时你在脑海
想你时你在心田……

突然看见，月在天边。

# 山中有棵山楂树

有人问我，在山里住上一宿，感觉咋样？我说，暖暖的，非常好，还做了两个缤纷的秋梦！

其实这次到山里去，只是为了一个魂牵梦萦的梦。那个梦有关孩子，已经做了两年。直到几天前那个六角木亭立在秋日的林中，我才到了梦醒时分。三阆园彻底地告别了旧貌，脱胎换骨，展现了新颜。

山中的夜晚，并非想象中那样迷人。山中的一夜，没有期待的神奇，也没有失望的情绪。就是平平静静的山中之夜。秋虫多已匿迹，除了花大姐在墙上不知疲倦地爬呀爬。没有鸟叫，也没有虫鸣，只偶有飒飒的风声。

孩子们的晚课是一个游戏。把吃完的罐头瓶子洗好，贴上树叶——树叶是白天按照自己喜欢的形状和颜色自己采摘来的——然后在瓶口拴好细绳，再在里面装一个小蜡烛，点燃了，用木棍挑起来，关了电灯，大家做出造型，变换着，拍出照片。我很喜欢他们做出叶的造型。——孩子们提的小灯，使我想起了小桔灯——我记得，冰心的小桔灯是走在路上照路的，孩子们的不是。一灯如豆，昏黄的光闪动在稚嫩的脸庞上，有些朦胧。光亮是孩子的眼睛——似乎比灯还亮。那是快乐和渴望带来的力量的迸发。那场景，永远凝固在我心中。

孩子们入睡之后，我却睡不着了。在山中的夜晚，总是想起山中的白天。想起白天，秋天的山林，斑斓绚丽。那群孩子在快乐地做着他们的事。一切都不用我来操心。我就一个人独坐树下，感受秋日高远。

白杜树下，人影幢动，于我都是物外之事。此时我只感觉到静静的时光飘在心中。时间不再是时间，而是我持续感知的载体。时间带着感知在心中泛滥，它向四面八方自由流淌。这是无以言表的大快乐。

微风拂过，脸一紧的时候，我听见了一片树叶落在地上的声音。那是一片黄叶。叶面残损半边，有几个小小的黑点和红点。叶柄是淡青的，有几条叶脉也是泛青的。它飘摇着落在地上的时候，发出了轻轻的短而促的"奏"的声音。刚刚落稳，又突然来了一阵风，把它刮向了北边的花丛。它翻卷着摇了几摇，在一片红叶旁边落稳了。一红一黄，宛然绝配。

花丛已经如水中残荷一般，满目萧萧。叶的旁边，只有一簇忘忧草开着一朵黄色的喇叭花。高扬的花脸，望向天空。天空中有一丝轻云，像一条白色的纱巾，向遥远飞舞。遥远和永远不是一回事。遥远是空间距离，永远是时间长度。只有心，可以抓住遥远和永远，此景就是。

不一会儿，地上的叶，天上的云，都不见了。只有那一朵茕茕独立的忘忧草花在风中摇曳。

我不忍视时，却在一隅，看见了一棵山楂树。惊诧在秋色渐深的季节里，只有它出乎其类，拔乎其萃。

那棵山楂树，去年才栽。还不足一人高。平时任谁也没怎么注意它。而今，它不但昂身屹立，而且叶子还是那样湛绿。茂密得像一把绿色的童伞。一点都没有秋天的黄或者秋天的红。一树红艳艳的山楂果，虽然小，但是光滑洁净，断没有大山楂果的斑点和老气横秋的紫。它们像葡萄一样一串一串地挂满枝头。圆圆的、红红的、亮亮的，一个个红宝石样的球球，极具惊心动魄的魔力。我陡然感到这棵山楂树是多么的不合时宜。它是否只知迎秋，不知迎春呢？别树红叶迎秋的时候，这棵山楂树却是绿叶迎秋、红果迎秋的啊。

日暮苍山，静寂之中，一群白色的山羊从栈道上晚归。后面跟着一个穿着大红花棉袄的男子，胸前斜抱着长长的鞭子。他们刚好从离山楂树不远的地方走过。右侧是牧羊人和羊，左侧是绿树红果的山楂树。这是一幅符合黄金构图法的画面。等我找出相机准备照时，山楂树在，牧羊人和羊已经瑟瑟地走在路的远方，只留下背影。牧羊人，还有羊，都回家了。我也该动身了。站起来，不禁又望了一眼那棵山楂树。

我想，那山楂树的绿叶不是绿叶，那山楂树的红果也不是红果，它是一种精神。什么精神呢，大黑山人的精神。

# 生命中的笑

一

春分才过两天，清明还需些时日才来。夜间两点多，一场风雨突如其来，把梦惊醒。那梦里梦见的是科尔沁沙地的黄柳。科尔沁沙地如大海般浩瀚，波浪起伏。

三十年前，防沙治沙，在科尔沁沙地，知道了黄柳，认识了黄柳，栽植过黄柳。一直以来，总是把科尔沁沙地和黄柳紧紧地联系在一起。似乎科尔沁沙地和黄柳是分不开的一个所指。因为沙地干燥，生境险恶，黄柳顽强，以它特有的与时光同在的韧性宣示着坚韧不拔的精神。

静听窗外，风雨交加。起身窥视窗前，路灯橘黄，雨雪纷纷。有一辆车飞驰而过。竟然还有一个人踽踽独行。因为明天要去参观科尔沁沙地歼灭战。竟然一下子把那人和黄柳联系在一起。风雨中的夜行者迈着匆匆的脚步，有着黄柳一样的精神。

生命中的笑最值得敬佩。顽强、勤奋、努力、豁达都是最宝贵的品质。不要仅说人生就是一场旅行。旅行更重要的事是要先挣得足够的路费和踏上最向往的线路，搭上最好的列车。

风突然横冲直撞，拉着宽广的哨声，没有方向。顿时急雨敲窗，视线模糊，只看见雨雪化水，在玻璃上七七八八地向下流。如此紧一阵慢一阵，好一阵坏一阵，如同老天气喘吁吁。那个孤独的夜行者变得模糊，和风雨交织在一起看不见了。

躺在床上，似乎呼吸到了又凉又湿的空气。不知过了多久，一切又安静下来，大地阒然无声。

想今天凌晨的这阵风雨，让科尔沁沙地一定会很湿润，天时地利人和具备，科尔沁沙地歼灭战指日可待，胜利在望。

而这一场风雨，可以让黄柳吸饱水分，迎接春天的到来。

二

在科尔沁沙地的腹地一处地方，有一条小路。路北铺着一道绿丝网，有点红毯的意思，形成一条通往高包的小径。高包之巅，有几个人在忙碌。头顶有几架无人机。翅子发出很大的声音。

站在高包上环视，可见全是连绵起伏的沙海。西北一片红旗招展，人影密集，在用专用的工具把稻草埋入沙里，做成一米左右见方的小方格格。这样就能够把流动的沙固定住了。东北那边已经完成，一片红旗猎猎，只有几个人在收尾。

顺着沙丘下坡，一直向南，走到半腰，那里有一男一女，立在很陡的坡面上。女人在一趟一趟地抱稻草。每迈一步，脚都陷得很深。很费力地拔出脚来，前进一步，又陷进去，再拔出来，再陷进去，如此艰难而缓慢地劳作着。男人则站在近乎直立的沙面上。由于陡，都是流沙，很难站住。只见他一脚踩下去，想站住，却又向下溜出一两步，像重车急刹一样才停了下来。停住后两腿叉着，脚都被沙埋住，小腿被埋了半边。脚边的沙湿湿的，黄中带黑，呈现出大脚状的又深又长的沟痕。男人开始直了直腰，晃了晃身子，找到了平衡，就开始一把一把地均匀整齐地散开稻草。女人这边一失手，一捆稻草溜下去了。男人就下去捡那溜到谷底的稻草，再挣扎着爬上来。女人就去接，刚伸出手，向前一倾，也在陡坡上溜下去两三步……

"站不住！"男人说。

"站不住！"女人接着说。

"递给我铲！"男人说。

女人就把一把一尺多宽的闸门状的木把铁铲递给男人。那铁铲的木把有齐腰高。男人两脚站定，把铁铲对准散好的稻草，双手用力猛然一击，那稻草就瞬时被拦腰扎进湿湿的沙里。稻草两头撅起并拢，沙面上也就只剩二十多公分。

一下，两下，三下，四下……一横一竖，沙面上三格四线般的稻草格格就出来了。此为固沙新法。稻草取代了黄柳，一男一女传承了黄柳的精神。

## 三

黄柳总在沙包顶上长得最好。一丛丛一簇簇，细柳高挑，像是沙漠的头发，怒发冲冠一样迎风傲立。黄柳的茎已经长到手指头粗。是白色的，泛着亮光，四季轮回的新一个年轮已经开始萌动。黄柳只有头年的新枝是黄色的。那黄色是鹅黄，柔嫩可爱，透着勃勃生机。新枝茂密，都在主干的上半部，像是主干的手指。现在，叶芽已经鼓胀了，黄褐色，隐约可见星星点点的绿意。花芽已成花蕾。满布新枝。每一个花蕾，都有两粒黄豆大小。仔细看，是浅灰色的，毛茸茸的，像猫咪的耳朵。因此，黄柳又得了一个名字叫猫柳。怎么也想不到，黄柳是先花后叶的植物。那小猫耳乍看并不像花，而是像挂满枝头的小果果。黄柳的枝条密如发丝。黄柳的花蕾多如芝麻。于是，视野所及，那一丛丛一簇簇的黄柳，此时的花蕾就如满天的星星一样。风在吹，它在摇，看不清哪一朵，俨然，满天繁星在眨着眼睛。

黄柳在沙地的生长力极强。它的根系十分发达。顺着松软的沙地一拉，能拉出几米长。主干连接的主根十分粗壮，紧紧地把在沙里。并斜着向外伸展。纵是裸露的老根也不会死掉，而是向更深处伸展。向有阳光的地方，向有水的地方，向更远的远方……

## 四

坐在一处茂盛的黄柳边，让黄柳抚摸自己的头脸。凉凉酥酥，内心对黄柳的亲热和礼赞油然而生。

气温不高，风很大。但是太阳很好。今天穿的是黑色户外运动裤子。坐了一会儿，大腿小腿，只要是太阳照到的地方，都有了微微的灼热感。脸被风吹，是冷的。腿被日照，是热的。上身穿的是冲锋衣，不冷不热。

一身有四季啊！黄柳就在这样的四季中生长。

眼前，前后左右都是高包。黄柳在风中屹立，抗争着风的力量。它们是沙地的头发，更是沙地的儿女。

突然，眼前出现那个孤独的夜行人和刚才的一男一女的影子，融入黄柳丛中。黄柳白色的主干包围在黄黄的新枝里，仿佛手拉着手，像长城一样。再举目看时，又仿佛铺天盖地，连成了一片，像大海一样。

不由得想起了伟人的那句诗：待到山花烂漫时，她在丛中笑。

# 留　白

　　Monroe，这个英语姓氏，称呼美国第五任总统，翻译为门罗。James-Monroe.詹姆斯·门罗。冷峻了不少。而称呼好莱坞明星，就变成了梦露。Marilyn Monroe.玛丽莲·梦露。香艳了不少。

　　我想，翻译和理解先秦的好多典籍，还有读书，也大体是这个意思。越是说博大精深的，越是能够让人见仁见智，乐山乐水的。可以达到公说公的，婆说婆的。公说公有理，婆说婆有理。大家都能闭环，自圆其说。

　　多少事，如同眼前一盘盘炒菜，都是喜欢哪盘端哪盘，能端哪盘端哪盘。没人能吃下一个完整的宴席。

　　比如人们经常引用《论语·里仁》里的一句："子曰：父母在，不远游，游必有方。"通常的解释都是，父母还在世的话，就不要出远门。如果要出远门，必须告知自己所去的地方。这里的"方"理解成去处、方向。

　　还有一种解释。把这里的"方"理解为方法。解释起来就是父母在世，为人子的要是外出的话，要有方法安排好在家的父母，以让父母心安，感受孝道。

　　其实，鲜为人知的是，"方"还是一个通假字，在这里通的是"谤"。《汉典网》解释"方"除了本意之外，详细字义还是三个字的通假字。即通"放"，通"仿"，通"谤"。

　　在通"谤"的词条下，举了《论语·宪问》中的例子："子贡方人。"这里的"方"就是通假字"谤"。意思是说子贡说别人的是非长短。孔子接了一句："赐也贤乎哉？夫我则不暇。"意思是说，你端木赐就什么都好吗？我就没有这种闲暇去议论别人。子贡姓端木，名赐。

所以"游必有方"的"方"也可以按通假字"谤"来理解。"远"也可以理解成偏远险恶的地方。"游"是"游学"的意思。如此，"父母在，不远游，游必有方"这句话就可以解释为：如果父母还健在的话，就是游学这样的事，也不要到偏远险恶的地方去，如果去了那样的地方，是会招来诽谤的。这是和通常的理解截然不同的。

再如，《红楼梦》，其实那就是一部伟大的小说。作者肯定是在表达一种立场或者发泄一种情绪，或者叙说社会惊变，感慨唏嘘人生际遇。每个人读了，总要有个人的理解感受和启迪思考。我看《红楼梦》，看到的是荣辱盛衰，还有悲天悯人。但是抛开文本，去演说历史，去探幽索隐，过度解读，那就有点缘木求鱼了。如果再预设个臆想的结论，那就更是削足适履。不免差之毫厘，谬以千里的了。

每一个读者面对文本，都会根据自身的经验和境况、学识来理解，来感受，来沉思，难免这山那山，这水那水。难免读出一百个贾宝玉，一百个林黛玉，一百个薛宝钗，一百个王熙凤，一百个晴雯袭人史湘云什么的。

就像有人问余华《活着》写的什么意思。余华说，我要知道我写什么，我就不写这么长了。只用一句话告诉你。

那还有什么意思？其实，世间事，如同国画的留白。画满了，反而没有滋味。留白就是给别人空间的意思。让别人自己体悟，自己感知和体验，那个过程，才是最高境界。

古代典籍的光辉，在于留白。它们能够给不同的人以不同的启示。所以伟大。

用留白的方式理解他人。通过理解他人来理解自己，理解社会，理解生活，理解生命。对待负面的东西，不能有负面的情绪。要引起深思，寻找改变的方法和勇气。这就是留白的力量。

# 一个角度一句话，都是山歌

突然想起苏小妹，是因为众生喧哗。尤其在网上。

苏小妹在我心里没有音容笑貌，印象最深是那个"佛印与牛粪"的故事。

都说她是苏轼的妹妹。苏轼信佛，写过《召请焰口文》，广泛沿用。他有一个高僧朋友，法号佛印。有一天，苏轼和佛印在林中坐禅。引磬出定之后，佛印说："观君坐姿，酷似佛祖。"苏轼很喜悦。注目看看佛印，只见佛印像大肚弥勒，穿着褐色袈裟盘坐一团，地上似好大一堆。就说："上人坐姿，像一坨牛粪。"

佛印微笑着，看了一苏轼一眼，又说了一遍："观君坐姿，酷似佛祖。"

苏轼窃喜。以为愚弄了佛印。心喜有话憋不住，就告诉了苏小妹。

苏小妹据说叫苏轸。冰雪一样聪明。秦观秦少游施尽才华，才娶到她。故事在后面。

苏轸听了苏轼的话，"咯咯咯"笑了一气。笑得苏轼不知所以。才说道："兄长，你又输了。佛家有经云：心有所想，目有所见。一个人心里有佛，他看别的东西都是佛。一个人心里装着牛粪，什么东西在他眼中都是牛粪。佛印心中有佛，所以看你像佛。你说他像牛粪，是因为你的心中，只有牛粪的呀！"

心有所想，目有所见。这两句话出自清代周希陶的《增广贤文》。这个故事，显然是杜撰的。宋代人怎么会引用清代人的话呢？

"心有所想，目有所见"改用"相由心生"比较好。"相由心生"出自佛教《无常经》："世事无相，相由心生，可见之物，实为非物，可感之事，实为非事。"

其实历史上苏小妹并不存在。倒是有个秦少游。秦观是也。秦观，字少游，又字太虚。北宋词人，深得苏轼赏识，是苏门四学士之一。

"两情若是久长时，又岂在朝朝暮暮"，就是秦观写的。

秦少游确实娶有一妻。姓徐，名文美，是谭州宁台主簿徐成甫的女儿。秦观的《徐君主簿行状》中记载："徐君以女文美妻余……"据记载，秦少游18岁时与徐文美成婚。

苏轼也不曾有个妹妹。倒是有个姐姐。史料记载，苏轼的母亲程夫人共生育6个子女，三男三女。其中长女、次女、长子早夭。而三女比苏轼还大一岁，小名"八娘"。苏轼只有苏八娘、苏辙姐弟三人。

司马光给苏洵夫人写的墓志铭《苏主簿夫人墓志铭》中说，"幼女有夫人之风，能属文，年十九，既嫁而卒。"苏八娘18岁时，与舅舅的儿子程子才结婚。遗憾的是，婚后仅一年，她便去世了。

秦少游29岁时，才与苏轼第一次相见，而此时，苏八娘早已经去世多年了。

现在河南郏县三苏园景区内有个"苏小妹墓"，考证是苏辙长子苏迟夫人梁氏的墓。并不是苏小妹埋在那里。

关于秦少游和苏小妹苏轸的传说，最经典的是洞房花烛夜互对。苏小妹要试才秦少游，将秦少游挡在门外，说先对一联方可进门："东厢房，西厢房，旧房新人入洞房，终生伴郎。"

秦少游听了，张口就说："南求学，北求学，小学大试授太学，方娶新娘。"

苏小妹又说："小妹虽小，小手小脚小嘴，小巧但不小气，你要小心。"

秦少游见苏小妹粉面含羞，心动情发，挠挠脑袋就对出了下联："少游年少，少家少室少妻，少见且又少有，愿娶少女。"

历史上虽无苏小妹，但是几百年来，也是当红女星。

世界参差多态，个人看到的都只是一个角度。心里有啥，看到的就会是啥。个人角度不同，所见所得也不同。从哪个角度看就会有哪个角度的东西。没有人会看到全貌，知道一个完整的世界。就如大海里的一条鱼，不知道风浪从何而起。它只知道不停地遨游。

　　世界是一个角度。网上世界也是世界。更加参差多态。鲁迅曾说："一见短袖子，立刻想到白臂膊，立刻想到全裸体，立刻想到生殖器，立刻想到性交，立刻想到杂交，立刻想到私生子。中国人的想象唯在这一层能够如此跃进。"1927 年，他写了这几句话，是在讽刺时人，是想骂醒世人。然而，九十七年过去了，现在的网络，还流行这样的病。世间再无鲁迅。网络任凭说话，一个角度一句话，都是山歌。

# 风在徘徊

因为人们往往对异地充满世外桃源式的幻想，大脑无端地预设游离于尘世之外的立场，认为不是自己生活的地方都是天堂。所以就十分憧憬到别的地方去逛逛。换了地方，对未知世界的好奇心使多巴胺旺盛起来，经常夜半不眠。我也一样，睡得很晚，起得很早。

那年在南阳就是这样。我在诸葛亮躬耕陇亩的地方住了几天。那里有一条大河，叫白河。记得晚饭在酒店自助，草草吃过，惦记着到大街上游走。

陌生的城市陌生的夜色，还有陌生的人脸，陡生别样的心情。既不是万人如海一身藏的感受，也不是自喜渐不为人识的心情。背负青天朝下看，都是人间城郭？也不是，没有那样如星辰大海般的广阔胸怀。天外来客，冷眼旁观，看客心态？也不是，不似那样的无动于衷。太阳初升，霞光万丈，豪情似火？有点，但不全是，岂有豪情似旧时？是孩提时代看北斗七星和三星斜照，天外天上天无涯的遐思？也不是。一道银河横亘天上，阻断牛郎织女，那时还没有不平和惋惜，有的只是好玩。对了，是初生婴儿初看世界的那种陌生、喜悦和平静。

到了陌生之地，做一个匆匆过客，与世无争，与物无待，与人无识，与事无求，与时无竞，只是好好享受一段静置的时光。

街景霓虹闪烁，缤纷摇动，一派魔幻。由北向南日夜不息逝者如斯的白河，就在对面。那面灯光不似这边旖旎，有些暗黑，树影幢幢，轻摇曼舞，婆婆娑娑，窸窸窣窣，风在徘徊。隐隐约约听到了拍岸水声。又有缥缈的歌唱。

于是走上天桥，横跨大街。大街宽阔。这条街应该是贯通东西的一条大路。彼时正是晚间有进无出的时候——只有进街的车辆，少有出街的车辆。从左向右，只有一侧的车流。左边的车流，前大灯亮照天桥。天桥湛蓝，人影络绎，脚步匆匆。右边的车流，后尾灯红透半边天际。跨过了大街，走进密林，想起了南阳八景。每一景的名字，怎么都是那么诗意浓浓。是不是名实不副，言过其实，加进了美好的意象？我还没有领略，不能乱讲。

想起避暑山庄的三十六景。康熙在先，都是四个字，乾隆在后，都是三个字。用尽了人间好词。

据说，旧时修志，朝廷有硬性纲领，每个县都要有八个景点。每个景点必须用四个字命名。这四个字必须诗情画意。还必须由当任县令用一首七律来描述，并手书，再延请画师附上丹青。南阳八景是：卧龙隐迹、丰岭霜钟、钓台烟雨、孤峰独秀、淯水湍波、潦水寒潭、丹霞晚照、骑立晴峰。心想，没看过，就先品品意境再说。想着，就到了林中一块旷地。几个老汉，拉弦的拉弦，敲钹的敲钹，扯着嗓子唱着铰子腔鼓子腔。问一个散步的人，才知道这是"南阳三弦书"，唱的是《百里奚认妻》。就坐下来，一直到曲终人散才回酒店。

第二日一骨碌爬起来，天刚蒙蒙亮。走出去去找南阳的经典小吃"胡辣汤"。转了几条小街，还都没开业。于是就沿着白河边走。繁华渐渐远去，眼前是一片半拆未拆的乡间。有一处平房，烟火正盛，门前摩托车成排。陈旧的房门前，写着几个模模糊糊的字：正宗胡辣汤。

如获至宝，几步进去，屋内低洼，像迈入了一个坑。窗户光线暗淡，人声嘈杂，烟气泱泱，几张看不清颜色的桌子，几张看不清长相的面孔。听说话，才知道都是赶早上工的民工。我加入民工行列，花了七元钱，要了一碗胡辣汤，一根油条。看墙角的一桌有一个空位，就悄悄坐在那里。闻着民工的浓烈烟味，默默地吃完了一碗胡辣汤。味道真好！

有几个人看了我几眼，有些惊疑的目光。我默不作声，也抬头看看他们，友好地朝他们笑笑。他们也报我以微笑。

时间还早，酒店还不到吃饭的时候。就坐在白河边的一片绿林里。霞光照彻半边天际，斜穿过林间的缝隙，满地是金黄的光斑，像一枚枚金币闪闪发光。风在徘徊，白河水在眼前流淌，水面平静，波澜不惊。只有一条机船缓缓开过去了，尾随着一道白浪。之后白河归于沉默，流向远方。林间有一个舞剑的老人，目不斜视，旁若无人。酷似金庸武侠小说里面的某一个人。我看他时，正好他一剑指来，刺向我的目光。我心里本能地缩了一下，正要起身，他的剑又瞬间收回，画个弧线，改了方向。

这边是丘林绿地，下几个台阶，是河边步道。步道那边，是等距的石柱，石柱与石柱之间，拉着粗大的铁链。我顺着步道走，恰好看见几个绿色大字：健身步道。一个箭头，所指南方。走着走着，心情宁静无比，有隔世的感觉，仿佛走出了时光。

前方有一处豁口，下面是几个台阶。直通进河里。忽然想下水，就脱脱鞋袜，摆在一旁，光脚坐在最下的一级台阶上。河水冰凉，沁人心脾。

白河发源于伏牛山的玉皇顶。一路向南，过了襄阳，注入汉江。汉江是长江最大的支流。滚滚长江东逝水，浩浩汤汤，流入大海。大海浩瀚，多一滴水不多，少一滴水不少。一滴水在大海里，找到了家，却找不到方向。我撩动双脚，溅起朵朵水花，那水花因我而起，因我而生，又因我而归于平静。

我只是想，大海美吧？你跳进去试试？所有的感受，都是预设的。欲望使人在心中预设某种期待，觊觎之心则强化相同的部分，淡化相反的部分，最后都是夸张了结果。

电话响了，叫我回去吃饭。我不想告诉他们，我已经吃了一碗最纯正的胡辣汤，还有一根油条。回到酒店的餐厅，只取了一点点。坐在桌前，若有所思。一个关键的问题是：刚才白河的水花，要几时到达汉江，越过长江，到得大海呢？

三口两口吃了饭，三步两步出了门。迎面河风拂面，一阵紧凑一阵舒缓。心想宁静，风在徘徊……

# 厦 门

知道厦门这个地方，是因为陈嘉庚。小时候，快过年的时候，家里大搞卫生，叫"扫房"。"扫房"不仅仅是扫扫房子的灰尘，还要让家里焕然一新。糊墙糊窗户，还要做些装饰。再困难的家庭，也都要"见见新"。糊窗户用的是毛头纸，糊墙用的是旧报纸。旧报纸要到公社的集上去买，上秤论斤卖。年画代销店里只是三几样。这么多年还记得清楚，那年家里买了一张竖幅叫《渤海之春》。墙上糊完旧报纸的时候，大人就去贴那张画。让我打支应。我站在那里，看新贴在墙上报纸的字。那上面写的是陈嘉庚捐建厦门大学和集美学校的事。当时如在夜航中看见了灯塔，心里一亮，陡然敬意丛生。血管顿时充满了力量。文章的题目忘记了，文章的最后一句话还记得："这是永留世间的光辉。"

知道厦门这个地方很美，是因为《鼓浪屿之歌》。1984年春晚，张暴默唱了这首歌曲。"鼓浪屿四周海茫茫，海水鼓起波浪……"品味着歌里面唱的意境，心驰神往。尽己所能想象着是什么样子的美不胜收。

在那之前，根本不知道世间有个鼓浪屿。更不知道鼓浪屿在厦门。也不知道厦门的"厦"念"xià"。

知道厦门真正的样子，是春晚听过这首歌的二十年以后。那一年，第一次去了厦门。迫不及待地去了鼓浪屿。然而那次对于鼓浪屿的印象，早已漫漶湮灭，记不起了。只记得在海滨大道上，右侧是山，左侧是海。山海之间，天空漫阴，像雾像雨又像风。一个小我，坐一辆敞篷飞驰。耳边海风呼呼作响，潮湿的空气把脸打得湿润润的，鼻孔吸入的是又咸又鲜的味道。那时很是腼腆，不好意思说爽极了。但是感觉爽极了应该就是这样的滋味。

知道厦门的对面是金门，也是这次。大担岛二担岛，坐在船上就能够看见起伏的身影。知道金门的高粱酒闻名，也是这次。那种俗称"金门大高粱"的酒，58度，入口醇香，难逃一醉。同行都是酒鬼，从厦门回来，一人背回了两瓶"金门大高粱"，强调了好几次是在厦门外贸公司的门市买的。这是二十年前的事。前后二十年，悠悠四十年光景，倏然远去。

第二次去厦门，是十六年前的事。鼓浪屿上，钢琴演奏《鼓浪屿之歌》的曲子有些印象；日光岩，白沙滩，凤凰花有些印象；卖劳力士手表的，卖炮弹壳菜刀的男女也有些印象。

总归是熙熙攘攘，店铺林立，花伞的海洋飘动的裙，女郎的长发路边的花。红尘繁华如梦，红尘繁华入梦。

第三次去厦门，是十年前。厦门大学有一个短期培训班。三生有幸成为学员之一。记得是下午到的学校，走了很远的路，又上了好多台阶，在绿树掩映中，找到了那个属于我们班的教室。老师是女的，在那里等我们。她是赤峰的老乡。看见赤峰人来，特意申请当了班主任。大家似乎心里都有了底，就自信起来。满屋里流淌着赤峰人特有的方音。我见没事，就去找陈嘉庚的雕像。刚刚远远地看到背影。领导来了电话，让我马上飞去北京。这样，厦门大学的梦前后不到两个小时。

马上打车急奔高崎机场。当夜，就到了北京。在首都机场下机的时候，快到凌晨。东南一望，梦断厦门。

第四次到厦门，是一年前。三年疫情解封之后不久。算来时间从容，就做好了好好地亲近厦门一回的思想准备。然而，这是一次学习，纪律严明。一到酒店，先发了《学员手册》。赫然入眼的是一句话："不管你是什么身份，到这里来，都是普通的学员，要遵守……"排列了十几条之后，附着的是红头文件。心想，无缘的厦门，无言的厦门，啊！

晚饭在明月京华酒店吃。餐厅的各种分寸拿捏得十分得体。菜品不多，但是你又不能说少。档次不高，要荤有荤要素有素，你又不能说低。想起家本地的自助餐真是不同，一个大堂装得满满的，满目琳琅，吃也吃不过来，看也看不过来。说低不低，说高又不高。只告诉食客高调奢华这样一个意思。

今天是初到的晚上，不讨论，有一段自由时间。就匆匆吃了饭，想一个人在酒店附近转转。

出来不远是一座天桥。一桥横分南北。天桥那边，好像是一切才刚刚开始。到处是灯红酒绿，旋转的霓虹，迷离的缤纷。天桥这边，好像一切都已经结束。有店铺，也有行人，但是路灯门灯都很朦胧，人们也行色匆匆。所见沉沦。想见繁华，就得先上天桥，过到那边去。到得桥上，又突然改了主意，不想下去。何不站在天桥上看风景？想起了卞之琳的《断章》：

你站在桥上看风景，
看风景人在楼上看你。
明月装饰了你的窗子，
你装饰了别人的梦。

抬头看天，天上没有明月。只有灯红酒绿那边，一片快活的空气。沿着街边，一溜的小吃酒肆。高高的吧凳上，坐满了跷着脚的红男绿女。红男绿女的面前，滋滋啦啦冒着热气和香气。桥上飘过来一阵羊肉炒芹菜的香味。

路边是高大的凤凰木，叶如飞凰之羽，花若丹凤之冠。突然看见树上无声无息飘落几片叶子。就下桥去捡。看见已经叶落满地。选了又选，捡了四片中意的叶形，放在左掌心上，用右手翻看。准备回去夹在书里，做个厦门的书签。

正在小心翼翼地拿着，赶巧过来一个人，发给我一本厚厚的《厦门演艺资讯》。我目送他远去，心说你可真是及时雨。然后随便翻书，一次放进一片叶子，翻了四次，收藏了四片鲜鲜的大大的叶子。合上书本，心情像香山红叶一样美丽。

然后重回桥上。流漫陆离的厦门之夜，是此身安处。五彩争胜的厦门之夜，是此心安处。再回首，春梦秋云。

昨天在高铁上听见两个人侃大山说：宇宙就是一台电脑。这台电脑的主人就叫上帝。每个人都不过是上帝电脑里存储的文件。想怎么改就怎么改。想存什么格式就存什么格式。想用什么软件就用什么软件。想视频就视频。想语音就语音。想发文字就发文字。想删了也就删了——

《百年孤独》里有一句话：生命中曾经有过的所有灿烂，终究都要用寂寞偿还。人生终将是一场单人的旅行。孤独之前是迷茫，孤独过后是成长。

厦门之夜，我看见一个袅娜娉婷的女子，独自一人慢慢地从灯红酒绿那边的桥下走上来，胸前抱着一个玲珑的笔记本电脑。像是电影里三四十年代岭南大学的女生。

她的前面，是夜的眼睛。她的背后，一片欢声笑语，半句也听不清。

# 西行旧事

## 一

到达广宗寺的时候，是下午。

东边的天空蔚蓝，一弯清浅的白色月牙挂在贺兰山顶上。山坳里长满了挺拔的青海云杉。密密麻麻，透着一种精神。

我是从去年一个公众号上知道的广宗寺。引起我注意的是说六世达赖仓央嘉措并未在青海湖圆寂，而是自遁。之后化名阿旺曲扎嘉措游历十年后，又在阿拉善布道三十年，圆寂后在这里。广宗寺原来供奉着他的法体，"文革"时遭到破坏，现在供奉着他的舍利和骨灰。

当时我认为是一家之言。因为《饮虹乐府》卷八有仓央嘉措《雪夜行》，小序记载："事以败泄坐废，走青海坐病死，藏之人怜而怀之，至今大雪山中未有不能歌六世达赖情辞者。"

一家之言也是有言，比没言还是丰富了人们的认知。

见景生情，在广宗寺，我想起了仓央嘉措的一首情诗《地空》：

好多年了
你一直在我的伤口幽居
我放下过天地
却从未放下过你
我生命中的千山万水
任你一一告别
世间事
除了生死

哪一桩不是闲事

身处贺兰山的山谷里，心生激动。还是因为那句"驾长车，踏破贺兰山缺"的缘故吧。

## 二

这里都是八点开早餐。我去的时候，人们都已经吃完。早餐简陋，并无太多可选。但是比起 E 宾馆，已上重天。

很喜欢宾馆早餐的水煮青菜的味道。因此盛了半小盘，主食则只吃一点点。之后喝了一大碗奶茶，加了几片羊肉。肚子暖暖，全身通热，额头微汗，得意满满。

在贺兰山的西坡，参观了一大片玉米地。老板介绍亩产达到 2800 斤。我一下想到密植。老板说每亩 6600 株。有人问："不是你的亩大吧？"答："那不是。"在车上，有人还是说："一亩 7000 株，不可能。"又一人说："怕是公亩。"

但见路边还有未收割的玉米地，果然是密植到了不可想象的程度。有人又说："一个是品种，一个是水肥，都得上去，才能这么密。"

我记得老板当时介绍说："这个品种好。再加上我们无霜期一百五六十天，比你们长一个多月。"就重复了一遍，有人又接说："无霜期长我们二十多天，也是原因。"

满场的玉米棒并不惊人，甚至比家里种的还要小一些。但是拿起一个，掰下几粒米的时候，才发现籽粒硕大饱满，个个都像人的门牙。才有人又说："怪不得打这么多，你看这粒子多大！"

眼见为实，只有相信。相信才有崇敬和力量。

## 三

几千亩地，全是绿色的围栏。车在前行，总也不到边。这是一个万头养牛场。

我说："光这围栏，得多少钱？"

有人说："项目。"

另一个人说："啥事别往根儿上整。"

我说："啥事都往根儿上整。"

她说："太痛苦。人活在想象里，才快乐！"

就没人接茬了。都在透过车窗看那绿色的围栏。

我就胡思乱想起来。所有事，不要幻想别人不想，不知，不做。你想的，别人都会想，你知的，别人都会知，你做的，别人都会做。也包括那些不堪的事。

## 四

一方一方的牛栏，都很大。除了主打的西门塔尔牛，还大批地养了海福特牛和安格斯牛。安格斯牛他们又叫无角黑牛。

有人说："安格斯牛、海福特牛个体都小，得有订单才好卖。"也没人接茬。

进门参观，要先进一间房。在里面正对门的高处有一个闪着红光的方盒子，不断向外喷雾。人们务必戴上口罩站立足够的时间。雾气蒙面，看不清别人，还有一点味道。我想起了纳粹的毒气室肯定不是这般温柔。

时间到了，只听见里面的一扇门"啪"的一声响就自动打开了。我们鱼贯而入，进了广大的牛场。没有几个工人，大多数工作都是自动完成。有一个牛栏是新见的利木赞牛。

老板介绍，他们的牛都有广州那面的活体订单。尤其是安格斯牛，肉质好，雪花纹和大理石纹明显，是高端食材。广州的一家涮肉连锁店活体运去后，四个小时就能够到餐桌。

这牛活体重量可达900公斤，也有超过1000公斤的。活体现价36.5元一斤，出肉率超过55%。公牛犊育肥5—12个月。母牛性状，产犊前生长缓慢，产一犊后，生长十分迅速。我想哪国姑娘未婚时又苗条又漂亮，结婚后，就迅速肥硕起来，是一个道理吧。

西门塔尔牛是黄白花的，比较大。安格斯牛是纯黑的，无角。海福特牛是通体深棕色的，只有脑门有一片白。我记下了它们的特征。

快到路的尽头的时候，一个黑色的脑门一片白的小牛在栏外，站立着张望着我们这些人，很可爱的样子。十分引人注目。老板说："这头小牛，天天都要跑出来，站在这里。谁也抓不住它。它的来历不太寻常。是在船上运输的时候，大牛淘气怀上的，回来生出这么一个小家伙。"

老板说完的时候，这头小牛犊撒腿跑了。它顺着牛栏间的路，跑向深处不见了。我忽然看见，一大群西门塔尔牛一起向我们这边走来，声势浩大，像古战场上的兵卒迎面而来。踩着电影《金陵十三钗》演唱秦淮景一样的节奏。

## 五

午饭在一农家院。这里的城市乡村都干干净净。小院里栽了不少果树。别的果都没有了。只有茂盛的兰西梅树还有果子挂在高高的枝头。比鸡蛋略小，蓝紫的颜色上面有一层白醭。摘下来，用手轻轻一擦，就掉了，果子十分好吃。有人说："蓝莓。"我说："西梅。"有人又说："蓝莓吧。"我说："兰西梅。"

吃饭的时候，老板突然对我俩说："兰西梅！"然后就大笑起来。笑得意味深长的样子。

另一人说："不是蓝莓。蓝莓是浆果。这个是核果。"

老板听了，又笑了。说："折中一下，西蓝莓吧。"说完了就用异样的眼光看着我们。

## 六

老板的助手是个大学刚毕业的姑娘。眉心下左眼一侧有一颗大大的美人痣。圆脸，两只大眼睛，目光炯炯。皮肤白而细腻，让人想起肤如凝脂这个词。穿着很随便，是松松垮垮的运动衣。黑色带网的运动鞋。不断地忙前忙后。我们参观的时候，她给我们照相。我们吃饭的时候，她给我们倒水。

我忽然想起《乌合之众》里的一句话："人一到群体中，为了获得认同。个体愿意抛弃是非，用智商去换取那份让人倍感安全的归属感。"

我不惮以最坏的心揣测，这姑娘，在家时，怕是连喝水都是要妈妈给倒的。

可见人是必须要独闯的。

# 七

老板为我们送行的时候，对我们讲，他们这里条件有限。不过现在还好。若是春天过来，只怕是只有苜蓿芽芽、苦菜、胖娃娃菜和榆树钱泼辣子可吃了。听着像抱怨，理解起来又像是炫耀。我们听了，紧紧握着双手，愉快告别。

到银川的时候，是午后两点。

住的地方不远，是一面大湖。有人和我坐在湖边的石墩上，看着对面的罗马柱和足球场，聊了很久。多次提到孩子，都很坦诚。直到那边招呼开餐了，才起身，我想，此生未必重来此地。就又回望两眼，环视一周这地方。

饭后，就要急匆匆登机，坐红眼班机，结束此行。

飞机上，窗外漆黑一片。我眯着眼假寐。总是想起那个画面：东边的天空蔚蓝，一弯清浅的白色月牙挂在贺兰山顶上。山坳里长满了挺拔的青海云杉。密密麻麻，透着一种精神。

# 三坊七巷记历

去福州，有人说不能不去"三坊七巷"。我就去了。

三坊七巷以南后街为轴线，分列两侧。南后街为南北向的街。我从街南口进去，东边是吉庇巷，正对光禄坊，连成一条大道，已经有名无实。

其下依次是宫巷、安民巷、黄巷、塔巷、郎官巷、杨桥巷。杨桥巷也是一条马路，有名无实。

西边呢，依次是光禄坊、文儒坊、衣锦坊。文儒坊基本和安民巷相对，衣锦坊基本和黄巷相对。

三坊七巷始建于西晋末年。在王审知建罗城之前，唐代福州人使用的是晋代建造的子城。"安史之乱"，中原混战，以士大夫阶层、文化人为主南迁避难队伍，选择了这片平整的土地，建立了家园，就是今天的三坊七巷街区。

我整整一天都待在这里，是冲着"福州三坊七巷，半部中国近代史"来的。

上起魏晋，下至明清，这里名人辈出，历史重大事件频仍。但是很难用一条线穿起来。如果非要穿起来，那就是历史的沉重和历史的破碎和零落。

三坊七巷现在好多都是私人住宅和企业，开放着的也都很寥落，有的要收门票。这里，只能看见历史若隐若现的影子。并不能在头脑中形成一个完整的印象。也许，人生、社会、家国、历史都是如此的吧！那天看到的一句话："人类社会是一个草台班子"，也许这里就是明证吧。

我逗留时间最长的是黄巷4号的郭柏荫故居。由新加坡文物局、新加坡晚晴园——孙中山南洋纪念馆、福建省档案馆联合主办的"无限江山笔底收——新加坡早期中文报业与星闽记忆"展览。我喜欢创业的故事。我敬佩执着创业的人。所以我认真参观了《叻报》和"侨批"。对南洋华人的勤奋、智慧和商业头脑真的是油然而生敬意。我从"侨批"上看到了南洋华人的家国情怀。想买一本关于"侨批"的书，但是未遂。

从衣锦坊出来的时候，已经午间一点。看见南后街北段西侧有一家写着"同利肉燕"的小吃店，以为是与燕子有关的食品。又见到上面写着一行小字："始创于清光绪二年（1876 年）。"就走进去，花了 15 元，吃了一碗肉燕。感觉就如同馄饨。不同的是，皮薄薄的，是用猪肉捶打而成。所以叫"肉燕"，是薄薄的猪肉做的皮，有如燕翼，包着一个肉丸，外形有点像羽毛球，也可以说像燕子吧。我臆测如此。看它墙上的简介，只说了年代，并没说来历和做法。只可从门店两侧的对联"巧手飞槌打就传统闽都美馔，丹心献艺捧出民间太平佳肴"略见端倪。

刚刚出了这家店，找到了一处廊道小坐。抬头却看见又一家店：古蒸燕。旁边写着"百年非遗小吃店"，就起身进去，花了 16 元，又吃了一碗"肉燕"。味道和前面的大不相同，很合我的味蕾。店员是一个满脸沟壑，清瘦有神，身着青衣白帽的中年男子。他介绍说："这里的肉燕叫鱼燕，是用海钓青鳗鱼做的燕皮，用土猪肉、青虾、土鸡汤为馅的。真正的古燕。"我就慢慢回味着，果然不同的味道，用了很长时间，才出了店。

进了文儒坊，转了几个小院子，随意闲坐一会儿。独享清闲，独享一段散淡的时光。

街对面有一家"匠铸"的银器店。我随意走了进去。看见一把梳子。店里的小姐看我在看那把梳子，就说："你给女儿哦？"

我说："我没有女儿。"

她就说："那可以给你的儿子，你的儿子再传给你的孙子。带上吧！"

我不想买，只是闲逛。就随意砍了一个我想脱身的价格。不想我失了算，她犹疑了一下，竟然答应了。我无路可退，只好带走。她给我包好，站在那里，我发现她表情有些不自然，心事重重的样子。

我想对她说：如果卖贱了，我可以退回去。因为我本来不想买。然而我回头想说的时候，她却进到里面去了。我只好出来，打消了念头。

从三坊七巷出来，我想：世间事，多少都是歪打正着的事。世间人，都是通过做事，谋得社会价值。用货币量化之后，换得相应的物质财富和社会坐标。大成者呢，给别人带来坐标原点和生活材料。小成者呢，则被裹挟在大成者的参照系里。无论是谁，都会被时间改变坐标，最后和参照系一同消失。

然而，这样的想法，不免消极。人活于世，还是要像小草一样如何从石缝中生长出来……

# 中原散记

汽车在奔驰,窗外满目苍翠,片片青黛闪过。

手机忽然收到了两个祝福微信,才知道今天是父亲节。就是这天,我们开始了中原之行。

## 晋祠和周柏

说晋祠和周柏首先说说晋祠的来历。

晋祠的历史悠远。悠远得让人遥想西周。西周的历史纪年是公元前1046年—公元前771年。3070年以降,2795年以远了。

我初到晋祠,第一感观就是晋祠的样子是真的古。300年以上的古建竟然有98座。以至于古建的样貌与葱郁茂盛的参天大树反差极大。如同一幅照片,古建曝光不足,古树曝光过量。

3000年的历史时光有多么绵长?3000年的历史故事多如牛毛,又是怎样的色彩斑斓和遥不可及?

立在每一座斑斑驳驳,又老又旧又可见精美的古建面前,难免发思古之幽情。不禁感叹古人的智慧,也似乎看见了古人的杀伐征战以及由此带来的悲欢离合。

晋祠始建于西周成王时期,距今已经3000多年了。周成王是周武王之子姬诵。周朝的第二位君主。生年推算的结果有好几种,较多的说法是生于公元前1055年,卒于公元前1021年。史上说他是一代明君。

他的胞弟叫姬虞。他封姬虞于唐,即今山西翼城,称唐叔虞。后来唐叔虞宗族的一支迁到晋阳,为纪念他和母后邑姜后,在悬瓮山麓晋水发源处建了这座祠宇,称唐叔虞祠。

姬虞的儿子燮因境内有晋水，就改国号晋。追封他为晋王。唐叔虞祠就改称了"晋王祠"。1949年后，有领导人来晋王祠参观，说如今人民当家做主，当把晋王祠中的"王"字去掉。于是"晋王祠"成了"晋祠"。值得一提的是，姬虞生于何时，死于何地，无从查考。我感到了历史长河的浪花都很神秘。

西周的柏树、春秋的水渠、隋朝的槐树、唐朝的御碑、北宋的彩塑、金代的大钟、元代的雕像、明朝的石桥、清朝的建筑、民国的凉亭使绵延3000年的晋祠，成为一部3000年的中华文明史。

再说周柏。我平生所见到的最古老的树，就在这里。这树是周柏。周柏是西周时代在圣母殿北侧种植的柏树。有2800多年了啊！介绍说本来有两株，叫齐年古柏。

但是我见到的只有一株。另一株，今时今日，难觅其踪。但是，这一棵柏树树干灰黑，没有树皮。从根部分为两杈树干。粗粗的像是两棵大树。辽远的时光记忆，让它负重太多了吧！我看见了顽强、不屈和努力仍然写在它的身上。因为它虽然不能直立而生了，但是仍然保持着卧地欲起的样子。

它的主干已经干裂，并且折断了。原本的树头早就不见了。剩下半截主干，参差不齐的茬口像一束锋芒一样尖锐。从根部看过去，又像握紧的拳头伸出了食指和中指，斜点着苍穹。

两杈树干朝上的一面顶端，如同人的脊梁隆起着肌肉一般，簇生着墨绿的枝枝叶叶，于黑灰之中显见生机。

右边的酷似中指，擎着两条向上的新枝，同树干成直角，似乎主干就是它生长的大地。大地孕育生命，蓬蓬勃勃。左边的肖像食指，顶端宛如一片柏林，辨不清枝叶，只是蓊蓊郁郁地像一把大大的伞冠高高挺立。

快三千岁了啊！

据说，地球上生活过一千亿人。周柏的一生，见证过地球上多少人的生存呢？反正我是其中之一。

平生见到最古老的树，让我无比兴奋。那卧地欲起的样子，至今常在眼前浮现。想到它，不但陡然增长力量和信心，而且新生顽强和勇气。

# 洛　阳

　　山南水北为阳。洛阳市名字的由来，推理应该是此地地处洛河北岸。

　　其实，这次到洛阳来，是奔着龙门石窟来的。

　　这么多年，走过很多地方。还真是第一次来到洛阳。住的地方，叫古都酒店。酒店附近，有一条"十字街"，颇有历史。

　　十字街是一条古街，自古繁华。傍晚，街灯招摇，光怪陆离。熙熙攘攘的人群，似乎都在踱着方步，气定神闲。手里拿着什么东西，边走边吃边玩。其间不乏穿着汉服的女生，按着人像摄影的"五疼"原则，搔首弄姿，尽量摆出变化的线条。

　　我看了半天，才知道，现在很流行的一个词，叫做"旅拍"。前面加上"汉服"或者"唐装"二字，是热门的旅游生意。

　　十字街的尽头，在暗黑的天幕之下，几盏灯火好像硕大的星星，明明灭灭。那是丽景门。

　　洛阳的丽景门最早建于隋大业元年（公元605年）。但是当初的位置不在于此。此处是十字街的丽景门，建于金兴定元年（公元1217年）。两个元年，相隔了612年。其间多少事，都付笑谈中。

　　1217年距今，也807年了啊！八百年往事，湮灭在这灯光人海和音乐声中。今年《罗刹海市》那首歌火了一阵又悄无声息了。几十年前，《千年等一回》《新鸳鸯蝴蝶梦》也曾经火了一阵。那旋律是我们一代人的记忆："是谁在耳边说爱我永不变？只为这一句啊哈断肠也无怨。雨心碎风流泪梦缠绵情悠远……""看似个鸳鸯蝴蝶，不应该的年代，可是谁又能摆脱人世间的悲哀，花花世界，鸳鸯蝴蝶……"

　　我们漫步在十字街上，浏览琳琅满目的特色吃食和文创产品。这一条街八百年间人们都说了什么，做了什么，火过什么，又湮灭了什么，不得而知。

　　于是我问儿子，八百年来，这条街一直有这么多人这样的来来往往吗？答，也许当初比这还热闹。

　　一条街，八百年，浮动过多少人的谋食面目，又发生过多少爱恨情仇，悲欢离合呢？

那一晚上，我们在十字街吃了一餐"水席"。我不明白这里的饭店招牌为什么都有"水席"二字。就进店去问。一个蓝布素装的老妇人答，水席水席，汤汤水水的样子就是水席。

她的回答，显然不能使我满意。一探究竟，还真是不得了！

原来，洛阳水席自打唐代就有了，一千三四百年了呢。中国迄今保留下来的历史最久远的名宴就是洛阳水席。大唐盛世，就那么百十年，人们不但是真的会玩，也真的很会吃。

细查，洛阳水席是豫菜系，因两个特点而名。一是热菜都是汤汤水水的做法；二是吃完一道菜，撤下去再上下道菜，所谓流水席。2018 年"中国菜"正式发布，河南十大主题名宴之中，"洛阳水席"榜上有名。

突然联想到那一年大人物到来，用餐的要求就是八个字"汤汤水水热热乎乎"。是不是含着洛阳水席的精髓呢？

杏花园的水席是六个大碗，外加 4 个馒头，92 元。吃的喜滋滋，感觉捡到了一个大便宜。

龙门石窟开凿于北魏孝文帝迁都洛阳之际（公元 493 年），之后历经东魏、西魏、北齐、隋、唐、五代、宋等朝代 400 余年的营造，其中北魏和唐代大规模营建有 140 多年，从而形成了南北长达 1 公里、具有 2300 余座窟龛、10 万余尊造像、2800 余块碑刻题记的石窟遗存。

龙门石窟的精华在"奉先寺"。它是龙门石窟规模最大、艺术最为精湛的一组摩崖型群雕。之所以称为奉先寺，是因为它隶属于当时的皇家寺院奉先寺。

此窟是皇后武则天用两万贯脂粉钱凿建的长宽各 30 多米的洞窟。始于唐高宗咸亨三年（公元 672 年）开凿，四年之后，即上元二年（公元 675 年）告竣。

洞中的佛像，都是面形丰肥、两耳下垂，形态圆满、安详、温存、亲切，极为动人。明显体现了唐朝印记。

莲座北侧的题记称此窟为"大卢舍那像龛"。这里共有九尊大像。初见，让人顿感一顾倾城，再顾倾心的视觉冲击力。

正中那座大佛就是卢舍那大佛。卢舍那大佛是释迦牟尼的报身佛。据佛经讲，"卢舍那"是光明遍照的意思。

大佛高 17.14 米，头高 4 米，耳朵长达 1.9 米。佛像面部丰满圆润，头顶为波状形的发纹，双眉弯如新月，附着一双秀目，微微凝视着下方。高直的鼻梁，小小的嘴巴，露出祥和的笑意。双耳长且略向下垂，下颏圆而略向前突。圆融和谐，安详自在，身着通肩式袈裟，衣纹简朴无华，一圈圈同心圆式的衣纹，把头像烘托得异常鲜明而圣洁。整尊佛像，宛若一位睿智而慈祥的中年妇女，令人敬而不惧，乍见即是惊心。

龙门石窟面对着日夜不息的滔滔伊河，千多年来，静视着岁月随着流水无声而去。

河对岸是香山寺和白居易墓。要走过一道桥，方能尽游。香山寺竟然有蒋孝严题匾的"蒋宋别墅"。我真是孤陋寡闻！

我记得当年在庐山上，看见过蒋介石题写的"美庐"，也是蒋宋别墅。在重庆，也见过蒋介石的黄山别墅"云岫楼"。在南京有"美龄宫"。在青岛，参观过"花石楼"。华夏大地，总共有多少蒋宋别墅，我只知道这些，还有哪些，真真的孤陋寡闻。

香山寺的下山门旁有一副对联："乐天到此多旧感，渊明归来有新辞"。那旧感的"舊"是个繁体字。写的书法体，就和"奋"的繁体字"奮"差不多，同行念到这个字，有点不认识。儿子脱口而说"多旧感"。我却说"多奋感"。本等着儿子纠正，他却没有反驳，也没有坚持。我是想试试他。但是有点失望了。也就没再说什么。通过这段文字，告诉他吧：自信需要坚持。

## 老君山

美美地睡个懒觉，从容地睡过一个阳光灿烂的早晨。躺在床上斜眼外望的时候，所见像一川淡紫色的瀑布。那是透过酒店窗户从窗帘经纬线间渗透过来的朦胧光亮。

这次出行，最大的不同，是没有了恋家的感觉。不管走到哪里，都能安住。父母没了，心理意义上的家也就没了。自然也就没有了牵挂。身到哪里，心到哪里，此处心安此处家，处处心安处处家，再也没有了身家离分的感觉。永久放弃了回头追寻来处的念想，天外天上天无涯，突感此身孤悬。

古都酒店的早餐在三楼。三楼装饰了好多牡丹，一派富贵气。明亮的大窗外，不远处有一巨大长条灯箱招牌，此时从里面放出的光依然洁白耀眼。灯箱左侧两个大大的黑字格外古拙厚重。那两个字是："何年"。旁边上下两行小字写的是："悠悠洛阳道，此会在何年"。

上了车，大家才相互问：上哪去？我想起了"此生必驾318"那句话，说：此生必去老君山！

华夏大地，以老君山名之的山有 15 座之多。我们所去的是河南老君山。不必说老子在函谷关受关令尹喜之求写完《道德经》后倒骑青牛西出函谷关来到老君山归隐。老君山成为"道源"和"祖庭"。也不必说老君山本来不叫老君山，叫景室山——集天下美景于一室啊。后来有了唐太宗的赐名，才叫了"老君山"（贞观十一年，公元637年）。明神宗万历三十一年（公元1603年），又诏谕封老君山为"天下名山"。老君山山上的老君庙，北魏始建。唐太宗重修成为道教全真派圣地。万历皇帝也曾发帑金建殿。千年相隔的两位皇帝如此加持一座山，可见非同小可。

老君山的惊艳，出乎我的想象。八百里伏牛山脉，老君山是顶峰。三山五岳除了南岳衡山，我都去过。曾经对五岳归来不看山，黄山归来不看岳那句话坚信不疑。但是在老君山面前，我有点动摇了。

老君山从山下到中天门的索道有并行的两条：云景索道和中灵索道。儿子做了功课，决定从云景索道上山。到中天门之后，还有两种选择，步行或者坐峰林索道直接到十里画屏。我们在中天门做了少时浏览，然后坐峰林索道上山。

中天门前是老子仰面长啸，身披黄衣骑着青牛的雕像。对面是一道花廊，走过去，通往十里画屏的峰林索道。

自然风光的壮丽总能让人怡神，而人文风光的绵延只能让人沉思。十里画屏全是架空的栈道，一侧紧挨壁立的崖树，另一侧则是雄踞万丈，一览无余的美景。人在这里，完全超越了登东山而小鲁，登泰山而小天下的视野。我对儿子说，老子的眼光自是不凡，选了这样云雾缭绕的人间仙境。他就笑着点头。

不知不觉间，沿着这样的栈道走着走着却被一处上书"无为"横额的深灰色的重檐石亭挡住了路，那石亭腾空出世，矗立当前。

仰头再看，还有两句似联非联的竖匾挂于石亭的两侧廊柱：没有比脚更长的路，没有比人更高的峰。这是诗人汪国真的题词。

上去，绕到亭子的另一面，才见大观。横额是两个大字：观海。两侧联语是：西瞻秦岭，东望龙门，百里平川堪跃马；南极武当，北收熊耳，群峰时景似伏牛。

观海亭前是一处空场，中间有一不规则石柱峰立于场中。上面刻着贾平凹题写的五个红字：伏牛山主峰。

此峰竟是长江黄河的分水岭。海拔 2217 米。和华山海拔仿佛。云雾荡胸，四周了无遮拦。天地之间突然大开大合，是上帝视角。

我认为，中鼎云海是老君山的大观。在观海平台上，人们都在惊诧莫名地极目远眺。我和儿子没有加入观景台的人群。而是站在更高处，把观景台也一样当做观海风景一并眺望。

开始，所见总是雾茫茫一片，不知是云海雾海。偶有水珠打脸，细细的凉。儿子惊呼一句"打开了！"再看时，突然云开雾散。大地上连绵无际的山峦和几处拔地而起的高峰，在飘动的云中始见真容。云海翻滚间，凌空飞峙，清翠挺拔，满眼新奇，是人间仙境。朱熹说半亩方塘一鉴开，这里不是。这里是半天雾海一鉴开，天光云影共徘徊。

一切都在脚下，包括观景台上的红男绿女。云雾飘渺间，山色有无中。是云在动？是山在动？还是心在动？眼前的美景像八卦太极图在演绎，变幻莫测，瞬息万变。人不能两次踏入同一条河流。此景亦然，不可复制。

看久了，方知动中有静，静中有动。此时心定神止的时候。一切豁然开朗，辽阔无边。一抹抹云雾从脸上撩过，纱绸过脸般的轻柔；一缕缕清新钻进鼻孔，仿佛在林间听鸟叫一般的快意。无边无际，景色在动，情丝几缕，如脱红尘。一切静止。仿佛我即是山，山即是我。天人合一，道家不虚。

十里画屏和金顶道观群还很辽远。前路茫茫，栈道仅可见十几二十米。好久上了木质台阶和水泥台阶。沿途山峰奇秀。有时山体完全暴露出来，莽莽苍苍，潦潦草草的并不美极。美在云遮雾罩。像少女脸上的一抹红云，被青丝半遮半掩，美出了意蕴，才大不相同。快到金顶道观群的时候，又转入那长长的凌空栈道，除了大雾弥天，什么都没有。除了眼前的人和物，什么都看不见。越走越远，想象着我已变成后来者眼里的一个小小黑点，慢慢消失得无影无踪。再后来，只剩一片灰白的亮。人在飘摇。突然有点头晕目眩的感觉。似乎身体要一下子掉进无边无际的云海里去。是雾海还是云海？也许，现在地上的人们，看见的就是飘在天上的云。我坐飞机，多次看见过云上的景象。现在，有相似之处，但也并不完全相同。我坐飞机，多次感觉到飞机穿云的时候，就是这个样子。

到了天宫剧场，一切都大变样。想起在伏牛山顶峰的时候，远观金顶道观群，如同飘浮在云海之中的样子，俨如神话电影中的仙境画面。也许天上的神仙住所，都是应该这个样子。天宫剧场到处都画着《知道·老君山》的海报。

我们只登了一处金顶。费了力气，爬上那高高的石阶，再也看不见了天涯渺茫，从此处，只能俯视下面。下面人头攒动不止。孤绝的金顶下面，是茫茫人海，众生万相。人们忙着在老君庙那边，在道德府那边，在圣母殿那边烧香膜拜。青烟袅袅，飞入高天，无踪无影……

人心生来自有万丈丘壑，世间俗事烦恼皆如过眼云烟。海到天涯天为岸，山至极顶人为峰。此是老君山感受。

## 红石峡

离开了八百里伏牛山，来到了八百里太行山。

巍巍太行，山高水长。东部有一座山，常见白云缭绕，那就是云台山。此在河南省焦作市修武县境。

我们从老君山到云台山，一路向东又北，其间六百余里，没有千回百转，只有一路坦途。

云台山的服务区叫"岸上"。我们到的时候，已经上午十一点。我想，既然名中有"岸"，那么此地必然有"水"。因为，有岸必有水，有水必有岸。

一个判断掠过大脑：老君山看山，云台山看水。

找到景区导览图一看，上面醒目的标注是红石峡，泉瀑峡和潭瀑峡还有茱萸峰。三水一山啊，判断有效。

坐大巴走了很远，才到了红石峡的景区入口。

入口处赤日炎炎，沿着峡谷步步向下，红石峡的标志性景观"赤壁丹崖"就越来越突出。那密布的一层层磨去棱角的赭红线条样的摩天崖壁，最早形成于14亿年前。在张掖看过丹霞地貌，形态颜色和这里很是相似。但是如此的奇绝和险峻那里不能比。

14亿年前啊！我对地质年代不甚了了，说不清是震旦纪、寒武纪还是奥陶纪，但是感觉概念远古，像是洪荒岁月的一个岩画上的一个同样不甚了了的符号。

介绍说，14亿年前，这里是一片汪洋大海。地壳运动造成了现在的地震遗迹。在喜玛拉雅造山运动影响下，又使山区激剧上升，河流迅速下切，形成又深又陡的峡谷。其后，地表、地下水沿裂隙对岩石进行溶蚀，再加上其它风化营力的影响，就造成如今的山、石形态。取个美好的名字：红石峡。因为四季温暖如春，又叫温盘峡。红石峡全长两公里，最宽处约30米，最窄处仅有几米，是真正的一线天。

此来红石峡的感受，在于它无法用语言描述的美。简单说呢，眼前就是"一峡一涧"。但是又不止于一峡一涧。峡中有山，山中有水。山水重重，绝无仅有。山是山下之山，水为水中之水。我琢磨了好久，只想到了这样几个词：泉奇、瀑险、溪秀、潭幽、峰雄、石怪。

万种风光，千般美景深藏于地下68米。想想，二十层楼有多高？它却藏于那么深。难道造物主也"事了拂衣去，深藏功与名"？

红石峡的树不很高，草不很深，多数地方，不可蔽日。但是凭着一溪碧水的清凉，陡增无限的精神和动力。

也是沿着山下之山的山腰栈道游走。要上下968级台阶。全然忘记了疲惫和辛苦。栈道弯弯，峰回路转。还在烈日之下，却听见了溪水隆隆的轰鸣，闻见了湿湿的水雾。可是却见不到一滴滴的水。走呀走，在这惊心动魄的轰鸣声中走呀走。急切地东张西望，找寻瀑水的踪影。然而怎么也找不见。向下望去，沟谷深深，左遮右挡，深不见底。只好一边继续往前走，一边循声望迹。

声音越来越大，雾珠越来越多。突然，前面像一堵石墙，那角度遮挡住了所有可以窥视的可能。正迟疑中，沿着栈道向右前一探，接着拐一个急弯，所见如同"禅关万一蓦然破，美人如玉剑如虹"！

是一道天瀑挂在眼前！

及致寻找那飞珠溅玉形成的七彩虹影时，轰隆隆的声音却陡然小了下来。动静对比，格外惊人。

游人如织，有的树下乘凉，有的闲坐养神，有的戏水正欢，有的快乐旅拍……

此后的路线便是三步一泉，五步一瀑，十步一潭，不可胜记。

云台山的山水，看山不是山，观水不是水，令人叫绝。看山不是山，观水不是水，此乃大道。想起老子倒骑青牛归隐老君山的事情。大道，本来就是云雾茫茫之中的感悟和探求。大师，就是在这里拨云见雾的人。然而，道可道，非常道。雾散云开，云开雾散，几无常形，捉摸不定。僧不打诳语，大道的话语，关键在于能不能让人相信。相信就会接受，接受一切成真。人的一生回头看，总是云雾茫茫，是因为似懂非懂。

午饭在子房湖大坝下面的平台处吃。这里是景区设置的给游人小憩的地方。此处分两区，这边是长亭一般的凉棚，对面那边是三家小吃摊。我们对面的柜台上写着三个绿色的大字"老潼关"。我们点了河粉和肉夹馍。花费60元。良心的老潼关啊！但是，潼关距此地八百里，此名何来？八百里秦川，赳赳老秦人啊。

此记只说红石峡。

## 直隶总督署

到了直隶总督署门前，我又第一眼看见了那两杆高高的红红的大旗杆。

总督署大旗杆不叫总督署大旗杆，而是称之为保定大旗杆，600多年了，如雷贯耳啊！

上一次来的时候，在两杆旗杆的顶端，一面落着一个花喜鹊，一动不动地注视着下面的总督署和下面的人。这次来看上面什么都没有，只是格外鲜艳。是雨过天晴的缘故还是重新油漆过？

我想距离上一次来，倏忽间有七八年了吧？到底是七年还是八年，要想好一阵子。索性不费那个神了。

说来奇怪，这次只对总督署前的大旗杆和院里的古树感兴趣。

先说从前，保定大旗杆。六百多年前，直隶总督署的基址是元朝顺天路总管府的院子。确切到元世祖至元七年那年，也就是公元1270年，顺天路总管府有一个官名为"治中（六品，大约三把手）"的官，他的名字叫周孟勘。那年他主持修建了衙署的公堂。《宣化堂记》有这样的记载："（周孟勘）尝于时丰政暇之际，新其府之公堂，谓是堂者一道听政之所也，上之化由是而宣，乃大书其扁（匾）曰宣化。"

当时此地叫"宣化堂"。这就是直隶总督署当年的基址。五年之后，也就是至元十二年（公元1275年），皇上取永保安定之意，顺天路不再叫顺天路，改称保定路。保定始有保定之名，从这一年开始。

洪武元年，即公元1368年，朱元璋在南京登基，国号大明。新朝肇建，一切新造。便改元朝的保定路为明朝的保定府。署址仍在这个宣化堂。所不同的是，保定府署衙门前刚刚竖起了一对木制的红旗杆。据记载，旗杆高六丈六尺（有说18米）。当时，保定没有比它更高的人造物。于是开始即封王，它是保定的唯一地标。

有意思的是，旗杆挂斗。在旗杆的大约三分之二高处造了一个方形旗斗。谁的意思呢？传说是朱元璋。

朱元璋小时候曾经乞讨过，风餐露宿，和鸟雀争食过稻壳。当了皇帝之后，想起那段历史，怜悯鸟雀，就命令所有旗杆必须加设旗斗。要在旗斗上放满稻壳，供鸟雀来吃。鸟雀吃了没？不知道，但是据说江洋大盗燕子李三飞檐走壁，经常在旗斗里面安寝。保定人说是小偷在那里睡觉。

风云转眼飘过550多年。到了1920年，直鲁豫巡阅使曹锟坐拥保定。他拆掉原有旗杆。从外国买回了钢筋水泥，在原位置重筑钢筋水泥旗杆。这次，他加高到十丈五尺（33.6米），正好比九丈九尺的北京前门楼高了六尺。保定大旗杆一时名冠全国，人们后来才知道，这里面包藏的是他的野心。天时地利，他终于坐上了一心觊觎的大总统宝座。

1971年，保定大旗杆在那场浩劫中被"破四旧"动用一伙建筑公司的人倒掉了。一起倒掉的还有几百年的历史唏嘘。

现在我们见到的高高的红红的两杆大旗杆，是1994年政府参考原物、原位置、原材质、原形式和原高度复建的。复建找到了当年"破四旧"倒掉旗杆的那几个人，让他们寻找到了残体，确定了形状结构和位置。由他们带头，让他们所在的建筑公司承建，竟然都巴不得，像了却一桩心结一样积极。人这一生啊！

复建的大旗杆旗斗上比原来多刻了几个字："神观其至，福禄既来"，无从知道究竟。这是大旗杆秘密之一。还有一个秘密：保定市的城市原点标志，就设置在了两根大旗杆中间位置。第三个秘密是我说的，保定人有句话说，两个人要辩论，到了大旗杆下，就到头了。

再说现在。总督署内的树种不多。我粗略数了一下，大约五种。进院就看见古树参天，阴翳蔽日。那是高大的侧柏和圆柏。树牌上都写着500年的树龄。中原多槐树。保定不属于中原，但是也种了很多槐树。总督署院里的槐树和柏树仿佛一般高大，但是写着树龄只有200年。槐树不但院里前面很多。在后面西出口往东看，也有几棵高大的槐树。其中有一棵在树的半身腰分权处，一截树干断了，可见里面是黑黑的空筒。但是奇怪的是，那空筒外面的枝干上长满了新枝，莽莽苍苍地向外伸展出老远，形成一个露着黑洞口的树冠。生命是如此的顽强啊！

前院东侧和柏树比肩的，还有一棵高大的枣树，十分奇怪。鹤立鸡群的样子。旁边还有一棵比肩的大树，树身爬满了爬山虎，看不出树的本来面目。是鸡立鹤群的样子。同行问我这是什么树？我说，这不是树。这是爬山虎。只是它缠绕在枯树上。植物学有个名词叫"绞杀"，不知道这棵树树不是这个原因。不敢多言，因为不懂。

内宅西房前长着两棵石榴。一棵正茂，结了不少桃子一般大张着喇叭口的绿石榴。另一棵则枯死了。树干上随风飘动着输液的绿管子。看来是树生了病，想救没有救治过来。

内宅东房前是两棵海棠。一棵叶子很茂密。叶子有点发黄。另一棵小了很多，叶子也有些泛黄。但是这树十分神奇。它的主干，在离地面一尺多高的地方断裂了。大约只剩四分之一的树表皮连接着上面的枝干。上面的枝干用一根铁管支撑着。

断裂的截面，可见地下部分，是一个树洞，像一个笔筒。边沿只有表皮，直接通到地下去了。不知是里面碳化了还是刷了黑漆，里面黑黑的。这棵海棠，捍卫生命的能力无与伦比，生命力强大到不可理喻！树生是不是人生之影呢？

中国保存最完整的一所清代省级衙署是哪里？是直隶总督署。直隶总督署在哪里？在保定。保定是个不小的城市。论历史地位，绝对够"腕儿"。因为直隶总督的历史。现在，长城汽车也出自那里。

同行说，要么读书，要么旅行，让心灵总是在路上。

这次中原之行，每到一地，住下酒店。在早晨，在午间，在黄昏，在夜晚，我总喜欢站在窗前看窗外。看窗外盛开的鲜花，看窗外高大的树木，看窗外飞翔的小鸟。看窗外发光的招牌。人生有情泪沾臆，江水江花岂终极！物本无情，人乃情种，一切都是心印。在红石峡感悟到，只有下那深深的石阶，才只顾脚下的路，不想其余。那种状态，叫心无旁骛。它让你能够安全走过最艰难危险的地方。

小儿子长大了，他要飞走了。要飞到很远的地方去。小时候，他去过南方很多地方，唯独没有去过中原地区。这次，实现他的小小心愿，是为了和他在一起多一些时间。已经六年了，这是一家人在一起最长的日子。也是一家人充满快乐的日子。

也许，若干年后，我已白发苍苍，一个人枯坐窗前，看见远方一轮圆圆的月亮，大白天在天上挂着，就很担心它掉下来。

### 附录：上次我来总督署写的文字：

直隶总督署的大门牌匾是"直隶总督部院"。始建于元。有"一座总督府，半部满清史"之说。四进院落中，前三进是办公区，最后一进是内宅。总体感觉清代风格全部保留着。

印象最深的是"公生明"的《官箴》牌坊。这是《荀子·不苟》上的话："公生明，偏生暗"。此前三字成为明清两代一些官吏的官箴，最早刻石勒字者是明代山东巡抚年富，最先立此碑者是明代泰安知州顾景祥。他一生清廉，在公元 1501 年（明弘治十四年）8 月，将此官箴刻立于泰安府衙内。此后清代的名臣颜希深、颜检、颜伯焘祖孙三代乃是《官箴》广泛传播的继承人。公元 1822 年（清宣宗道光二年），颜检携其父所刻《官箴》石上任陕西延绥道台，一时流传。

牌坊背面刻的是"尔俸尔禄，民膏民脂，下民易虐，上天难欺"这 16 个字，我查了一下，是宋太宗依后蜀末代皇帝孟昶《颁令箴》缩写的。于公元 983 年（太平兴国八年）颁示天下。1132 年（南宋绍兴二年）宋高宗又令各府州县刻石立于大堂前，称"戒石铭"。明太祖朱元璋则明令将此立于甬道中，并建亭保护，称"戒石亭"。清俞樾《茶香室丛钞·公生明坊旧是立石》上说：古代府州县衙门大堂前面正中竖立一石，向南刻上"公生明"三字；北面刻上"尔俸尔禄，民膏民脂，下民易虐，上天难欺"十六字。后因出入不便，改为牌坊。称为"戒石坊"。坐在大堂上，抬头即见，时时刻刻警醒之意。自有一番深意。

在二进院，则有孙嘉淦的"居官八约"，很有启发。那上面说："事君笃而不显，与人共而不骄，势趋其所争，功藏于无名，事止于能去，言删其无用，以守独避人，以清费廉取。"

最引起我注意的是内宅卧室所挂条幅，都离开了，还惦记着，又回头跑回去照了几张相。所挂条幅都是时刻提醒自己，为官如履薄冰的意思。我想，官衙正厅是"正大光明"，内宅却是"如履薄冰"。这是不是旧时为官之人的心理写照呢？

# 武汉散记

## 一

深夜十一点多，侄子亮仔发来微信："大爷，下车了给我发个微信。我在出站口这儿等你。"

我回："好。"

及至十一点二十八分，又发："大爷你到哪儿了？"

"马上到南出站口。"

"嗯。我就在这儿呢！"

我远远看见亮仔在栅栏外面向我招手说："大爷！"

"亮仔！"

他接过我的拉杆箱。几次弄反了，拖不走。我说："两个轮子的，翻过来拉。"可见他的激动。

昨天我问他："房间多少钱？"他说："三晚一共400元。"

我给他微信转账2400元。他说："转这么多？"我回："那两千元是大爷给你的零花钱。"

"嘿嘿嘿，谢谢大爷！"

现在他带着我不一会儿就到了房间。给我一张卡说是"武汉通"，可以刷地铁。明天导师要找他，上午还有一个实验，就坐公交回学校了。说我们明天中午再联系。走了不一会儿，又敲门，给我拿来了一把伞。递给我，说："这地方雨多，用得着。"就走了。

## 二

早晨睡梦中听见砰砰的敲门声。边敲边喊着"老田老田！"睁眼一看，八点多了。细听听，是对门。这一觉睡得可真香。

似乎有个梦值得回味。梦见大哥我们几家在冯总家吃饭。大哥说有事晚来。我在外面屋里看什么报纸。忽然听到招呼说"来了来了"。我转身进里面屋，大哥一见面就笑着问我："没上你那里去吗?"我说："这个你放心。不会到我这儿来，也不会到你那儿去，不必当心，不必理会。"但是说的是什么事，我却不知道。

早餐在十一楼。28 元一位。武汉的热干面，还是很喜欢吃。

外面真的下雨了。雨点不大，也不密，却不停。决定就在房间休息。开始写东西。写到午间一点半，腰有点酸。到地下美食城吃饭。负二楼正在举行少儿模特大赛区域海选。看了一会儿，觉得对小孩儿也是一种锻炼吧。但是又总把"模特"一词和三十年代的上海百乐门的灯红酒绿联系起来，还有那些爱恨情仇。转到覃家小菜馆，老板娘说："今天冬至了，吃点饺子?"我一惊，都冬至了? 是该吃点饺子了。老板娘推荐瓦罐焖鱼，正合我意。说这个优惠，58 元。又推荐韭菜猪肉馅的汤饺，说也优惠，只要 15 元。我说："那就来一碗。"又要了一包餐巾纸，收我 4 元。边吃边休息了二十多分钟。"77 元。"老板娘边说边递过二维码纸板。我掏出 100元。她说："现金啊?!"

出门去看，雨还在下。心想在一个陌生的城市一个人待在宾馆里也是很好的享受。一个人在一个陌生的城市雨中行走也是很好的享受。一个人在陌生的城市穿行在茫茫人海中，身边都是匆匆过客，都是你眼中的风景，由此而生的那份寂寞和孤独也是很好的享受。

武汉是我最后来到的省会城市。至此，三十一个省会城市我全部走遍。

回到房间，亮仔发来微信："大爷，我晚上再约你吧。PBL 没查完，现在还在图书馆查资料，估计要到下午才能完。"

我回："好的好的。你忙完了。晚上时间充裕，请你吃武昌鱼，你看有没有老店名店?"

"我问问同学吧。"

窗外远远传来浑厚的音乐声，还是在选少儿模特吗?

# 三

躺到四点，决定到江汉路步行街去转转。据说这是来武汉必去的四个地方之一。

雨还在下。拿着亮仔给我的伞，出了宾馆。不远处就是地铁 2 号线。用了他的武汉一卡通，坐五站到循礼门下车。江汉路步行街此时人不是很多。都打着伞，奇怪的是没有很鲜艳的伞，都是很陈旧的颜色。江汉路走到尽头是江汉关。亮仔说可到江汉博物馆一看，但是这里四点就关门了。

我就打着伞，在雨中，在步行街上如同闲庭信步。发现这里的叫卖方式极特殊。有人左手兜着大方招牌，右手拿着塑料掌，呱唧呱唧地敲打那个大方牌。声音极不入耳，他却敲得很来劲。像是发泄着什么不满和怨恨一般。

亮仔又发来微信："晚饭已预订。在和记武昌鱼风味馆。这是江汉路附近人气第一的餐馆。"他又告诉我："汉口江滩对面有个黎黄陂路，有很多租界时代保留下来的建筑，可以看看。"

此时我正在江汉关看那里的建筑。包括江汉关，那里的建筑虽然个个古老，但是风格一样。外面一根根高大粗圆的大柱子。厚厚的墙体，不大的窗户。一个一个的建筑都显得高大结实，庄严厚朴。我在一建筑前驻足观看，看见有个介绍的标牌。知道这是日本人 1917 年建的，属于文艺复兴风格。百年建筑，文艺复兴风格，是这里建筑的两大特点。

我仍一个人在雨中撑着伞，开始沿着江汉路漫步。心里是在漫步，实则步履匆匆。因为不一会儿就走到了南京路口。向左转，沿着南京路走不远，看见了邓小平题字的"八七会议会址"。再往前走就是中心医院第二分院和摄影器材城。到江汉二路交界口，看见了亮仔预订的饭店。看看时间还早，又沿着江汉二路往前走。到一商场，去完洗手间，找了个凳子坐下来，看街上雨中熙熙攘攘的行人。

武汉的餐厅，不提供餐巾纸。亮仔说，有的还要每人收两元的座位费。我和亮仔商量着点了四个菜，我几次问服务员够不够吃，她总是不正面回答我。却说："要不你们再点一个青菜？"我说："拿来，我看看点的菜单。"上面写着："清蒸武昌鱼 68 元，莲藕龙骨汤 39 元，外婆红烧肉 49 元，蟹钳面 58 元，樱花酒 30 元，餐具费 2 元，合计 246 元。"我说："这样，我们先吃着，不够再点，可以吗?"

她点点头，就走了。

我和亮仔边吃边喝边聊，这顿饭足足吃了两个小时。主要听他说他们学校的事情。

饭毕，亮仔提议坐船到武昌那面看看黄鹤楼的夜景。还可去户部巷看看。黄鹤楼在长江那边，夜景只在船上看到了顶部的灯影。而长江这边的"晴川阁"却十分醒目。户部巷就是小吃一条街。我俩转了一圈。问他："再吃点什么吗?"他说："吃不下了。"

就往回走了两公里多，在地铁积玉桥站道别。他不久又来微信："大爷到宾馆告诉我一声。"

## 四

上午 9 点多出发，一个人去看黄鹤楼。坐地铁从汉口火车站到积玉桥站下车，再打出租车到黄鹤楼东门。门票 70 元。

一进大门，气势磅礴大牌坊上四个大字"三楚一楼"。不少人在争相照相。牌坊的背面是大书的匾额"江山如画"。再往里走，是元代的殊胜塔。是黄鹤楼内唯一的古老建筑。过了此处再向前，高大的黄鹤楼惊现眼前。外面五层檐，里面实际是九层，有四个暗层。

1957 年修建武汉长江大桥武昌引桥时，占用了黄鹤楼的旧址。1981 年重建黄鹤楼，选址在距离旧址 1000 米的蛇山峰岭上。自宋以来，黄鹤楼屡毁屡建，形制和规模都因朝代而更迭。细想一下，只是个"黄鹤楼"的名字和传说还有诗文千古流传而已。而黄鹤楼呢，早已"诗是楼非"了。所以，黄鹤楼和滕王阁的命运是一样的，时代变迁，屡毁屡建，早已不是原有的模样。我想起了纪念要有个牌位，祈祷要有个塑像，都是寄托而已。否则，话和谁说去?

"黄鹤楼"三个大字在最高一层的歇山檐下。是时任全国书协主席，著名书法家舒同所书的。"气吞云梦"四个大字则在最底一层歇山檐下，是佛教协会会长，著名书法家赵朴初所题书的。

我并不着急上楼去观赏。就有意在楼下转。在各个角度看，寻找最好的美点和光点。今天虽然是晴天，但是光线朦胧，散光特多。所以从正面角度150度以内都有侧逆光。这楼本身并非惊世骇俗，重要的是它的文化意义给人带来的心情和感受。

进到一楼，是《白云黄鹤》陶瓷壁画展。人间天上融为一体，一片歌舞升平气象。二楼是题诗和书法展。相对的两面，一面一个文化商店。我买了一本唐诗赏析画册。10元钱，感觉如同捡了个宝贝。三楼是历代黄鹤楼形制模型展。从宋到今，六次变迁，时代性是谁也冲不破的局限。四楼是"留下墨宝"。一个年轻女子，真的在那里留下墨宝呢。她笔法谙熟，一看就知功底非浅。我走到近前，站在她的后面。看她写的是"醉后不知天在水，满船清梦压星河"。春葱一样的玉手，回锋转向，逆入平出，颜筋柳骨，力透纸背。很长时间才顿下笔来，然后又迅速落下名款。旁边的工作人员马上把大印钤上。仔细看，印文是"黄鹤楼"。然后这工作人员轻轻蘸一下墨印，又轻轻地叠起，熟练地装在一个塑料袋内，双手递给这个写字的妹子。写字的妹子轻盈地接过来，转身递给了她的同伴，轻轻地退出来，一言不发，往门廊去了。有人向她求赐墨宝，她回眸一笑。我看见她的脸，长了不少青春痘。多年轻啊！以她的年纪，能有如此功力，自然不是凡夫俗子。我心下暗暗佩服。及至再抬头寻觅她们的背影，已经消失在人流之中不见了。

这两句诗出自元末明初诗人唐珙的《题龙阳县青草湖》。全诗是：

西风吹老洞庭波，
一夜湘君白发多。
醉后不知天在水，
满船清梦压星河。

五楼到顶了，几乎没有什么。这五层楼，我每上一层，都在外面逆时针转一圈，360度观看一下武汉的可及市景，才再到里面去。武汉，九省通衢之地，气吞云梦之象。

下楼，出了楼梯口，有好大一片开阔地，通向一处山脊。沿着山脊正中的石铺小路往前走，是接二连三的小牌坊。一直到岳飞广场，听见广播说有演出节目：《楚风鹤韵》。门票40元，就去看。坐在前两排需要消费不低于20元的茶饮。我买了票和茶饮，坐在一排正中的位置。第一次现场观赏编钟演奏，十分激动。节目虽然只有半个小时，但是水平很高。至今想起来，编钟一会儿空灵清越，袅袅而来，回肠荡气；一会儿雄浑悠远，贯天动地，黄钟大吕，宛若远古之音。

演出厅外是"落梅阁"和"紫薇苑"。此时冬至天气，既不开花，叶也落尽。紫薇花树好像没有树皮，只剩一株株光秃秃的枝干静立在阳光下。再往前就是后面的大门。我犹豫一下，走出了大门，告别了黄鹤楼的院子。见一老者在树丛中的椅子上养神，也想坐。但是抵不住风寒。看见703路公交，正好到汉口火车站……

# 五

欧亚达大楼有一家"户部巷"快餐。点了一份"三鲜豆皮"。这是排在武汉第一名的特色小吃。只要8元钱。三鲜豆皮其实豆皮只有薄薄的一层。里面包的是糯米，杂有葱花，还有蘑菇，还有好像咸菜丁一样的东西。一份里面有三片，能吃得很饱。想不到还有这么好吃又便宜的小吃呢！

晚上亮仔过来一起吃晚饭。在楼下覃家小菜馆。点了湘江鲩鱼，小炒肉和爆炒红甲。我到旁边的小商店买了一瓶半斤装的枝江大曲。我和亮仔说话喝酒，亲情融融，其乐发自心中。见亮仔胃口大开，我让老板上了两份饭。

亮仔给我预订明早去机场的车，无人应答。我看地铁早班六点，也来得及。就叫他不要费神了。

一大早，我一个人收拾好东西，拖着陪了我快二十年的拉杆箱，离开酒店。回望一眼街景，灯光寥落。"海友酒店"几个绿字似乎在眨眼。冷不丁来了一辆出租车，坐上直奔机场。真是得来全不费工夫。两个多小时后，到青岛。停半个小时又起飞。一小时后到大连。停留三个小时后再起飞到赤峰。在大连机场，找个僻静地方，要了一碗面，慢慢吃。打发候机的漫长时光。

一红衣小伙子在我的对面跳着凳子不断地挥动着长杆擦墙壁。边擦边唱："太阳落下山，秋虫闹声喧。日思月想的六哥哥，来到了我的门前……"

我坐的这个地方，在机场的一角。小伙子似乎忽视了我的存在，抑或是真的没看见我。他舞动的红色身影在我眼前上下跳动着，稚嫩的男声不断传进我的耳鼓……

突然，我听到他自言自语："谁是谁的奴才，是天注定的。去他妈的吧!"

只见他跳下凳子，头也不回，大步流星走了，扔下一堆横七竖八的工具。

# 阿拉善四记

## 一　天下胡杨

那年的那天，12 点 20 分，我该走了。妻就送我下楼。楼下有车，我拖着箱子，登车而去。去神往已久的阿拉善，只为举世闻名的胡杨林。不仅是去悦赏胡杨黄叶的醉心之美，而且要领略胡杨"三千年不死，三千年不倒，三千年不朽"顽强坚韧的精神。如是，此行足矣！

火车略晚了点，到额济纳的时候，街上寂无车人，只有秋风扫地。家里显示 14℃，这里只有 4℃。差了整整 10℃。

客房的窗子不很明亮，最上面的一格贴了一张蓝膜。是这里阳光太强的原因吗？我不得知。但是阳光照进来，十分温暖。斜着一抹白亮的光照在床上，就有了躺上去让它暖暖地照在身上的冲动。或者有一个小凳也好，把它搬到窗下，坐在上面，让日光浴面暖心。——接着就想起了那年格尔木的阳光。

外面树影婆娑，摇动不止。屋里寂静无声。只有这暖暖的阳光叫人平静欣喜。都说春日暖阳，我想冬日暖阳的享受更是幸福如意。你想啊，外面寒风凛冽呼啸，屋内，正午的秋阳挤进窗来，何异于严冬向火？屋内只有自己一人。听不见任何杂音。脸上，身上，只感觉到阳光流淌的压力和温暖的抚摸。

来到额济纳，先享受了一通阳光。就想知道"阿拉善和额济纳"的意思。查"阿拉善"一说是古突厥语，是"贺兰"的另一种音译，指的是古代传说中的一种怪兽"驳"；一说是蒙古语，意为"五彩斑斓之地"。出于此时心情充满诗意，我便相信了后一种说法。"额济纳"呢，是党项语，"亦集乃"的转音，黑水或者黑河的意思。也有一说是蒙古语，"幽隐"的意思。但是"居延"是匈奴语音译，"幽隐"的意思。只能说明，这里是民族杂合之地。

午饭后，我们去了黑城弱水的胡杨林。然而，并非如我所期待。叶子并没有黄。高高的胡杨树连三接四，干粗枝短，弯曲之中透着倔强。阳光照耀下的这片大胡杨林，枝头片片点点，不黄不绿。天下胡杨，本来仪态万方。浩瀚沙海，更加沧桑风靡。沿着林中小道漫步，走在软软的沙上，红男绿女，老老少少，人是林中景，景是林中人。

同行多有遗憾，说叶子不黄，来得不是时候。我说："时候也是时候。天下胡杨，不黄守绿，别有风韵。何其壮哉！"

同行说我："你再弄词，我就倒牙了。"

我说："反正今年是黄不了了。霜期已过，接着就上冻了。上了冻，叶子就掉了。霜叶红于二月花，无霜之秋，何来红叶黄叶？"

同行就笑。笑完了，此行就有了口头禅。说起话，就时不时接一句"今年是黄不了了！"演绎了好多意思。有我懂的，也有我不懂的，天下胡杨哎……

## 二 黑城

黑城是当代复建的，充满无尽的历史感。满眼都是旧时的样子，满心都是大漠孤烟直的苍凉和辽远。城墙是夯土筑成。里面的房屋，街道也都是土为基色，与大漠浑然一体。黑城蒙古语称"哈拉浩特"，在西夏称为"威福军"，传说是西夏的古都黑水城，是"丝绸之路"上现存最完整、规模最宏大的古城遗址。14世纪中叶，因水源枯竭，黑城成为茫茫大漠中孤零零的残垣断壁。在屋檐大得有些夸张"亦集乃总管府"的两侧，一面有一处木制的告示栏，引起了我的注意。

一面的告示栏上歪斜着贴满了"告示"。有画着头像的汉字版《缉拿公文》，还有画着武士模样写着西夏文字，只有"缉拿"两个汉字的告示。内容应有来处。看起来都做了旧，层层叠叠，纸张残破，字迹漫漶。

这面的一栏只有《重金寻人告示》，尚可卒读。那文字是"宁都城城主之孙呼□□□十八年前失踪右臀部有一块心形红色胎记如有知情下落者或护送其回宁都城者赏白银千两宁都城城主……"

另一栏可看清的有两张告示。右面的画一老媪，下面写着"奥斯古里女孤寡年七十住惠通区蒿河庄因丈夫英年随可汗征讨乃蛮部就义所生二子都在攻打西夏兴庆府时同日牺牲总管府今定从惠通渠岁税中每年支付白银二百两给奥斯古里至终生至正二十七年九月黑水城总管府告"。

左边挨着是一个"缉拿令"。上书"站户帖木□的驱口王包增反叛主人帖木□逃向额迷渠方向凡知其踪迹者不得隐瞒配合官府缉拿王包增协助有功者站主帖木□赏肥羊一只黑水城总管府八月令"。细细琢磨比较有意思。

黑城城不大，方圆不到一里。城内店铺不多，但是五行八作俱全。门口都挂着黑漆金字对联，也很有意思。药铺是那句都知道的"宁可架上药生尘，但愿世间人无病"。"西城酒馆"挂的是"美味招来天下客，酒香引出洞中仙"。旁边这个不知是什么门面，挂着"益智崇义道冠古今，为仁尚礼德配天地"。"天龙客栈"的是"笑迎五湖四海逍遥客，喜接九州八方悠闲朋"。唯"飘香楼"三个大红字下没有一字。有一处院，与其他院门间隔较大距离，有点伶仃，显得格格不入，不知何所用。这处院，门上有门楼，是唯一有匾有联的院落。而且字与联匾都比其他的要大很多。门楼下横匾字为"看透世界"，两联为"只要银子够，世界都看透"。字为行楷，遒劲有力。

## 三　怪树林

出了古城，沿着黑河走了一段路，就是怪树林——一片死了几百年的古胡杨林。站在一边望去，像刚刚厮杀过的古战场，奇形怪状的，都像是战士。站立着的，像刚刚受过伤的样子，举着残损的臂膊，蹒跚地拿着武器，和战友抱在一起，在呼喊胜利；蹲坐着的，弓着腰，蹬着腿，似乎还要挣扎奋起，冲锋杀敌；倒下的，有的用力做出桀骜不屈的样子，有的安然睡去……虽是枯树，但是我看到的是力量，看到的是涅槃重生，看到的断臂维纳斯的美。

这片枯树林很大，走了好久，看了好久才到尽头。右侧是连绵高大的沙丘。刀锋之上,红男绿女,一字排开,挥动纱巾的,相互嬉戏的,举起相机的,高低错落,动感十足。恰好夕阳西下,落日压山。抬眼望去,一片逆光,远远的像一尊尊雕像的剪影。

一个横斜的古树边,一个女生正在树边摆一个穿牛仔裤的洋娃娃。然后给她拍照。这样的摆拍,我第一次见过,就走过去看。夕阳恰好从右侧斜照,那个洋娃娃皮肤白皙,侧着脸顺着古树干直立着,两只大眼睛似深潭秋水,眸子明亮,至真至纯。我对那女生说:"我拍一下,可以吗?"她说了句:"可以。"向后退了几步,给我让开位置,依然摆弄她的相机。我用大光圈拉近,模糊了背景,只照洋娃娃和古树干。回看了一下,效果竟然非常好,像真人一般,说不出的意境。我给那女生看了一下。说:"谢谢,你真有创意!"那女生看了一眼,说:"这没什么。"脸上有些喜悦的表情。

## 四　阿拉善英雄会

明天去参观阿拉善英雄会。"阿拉善英雄会"是什么?我从前一点不知。尽管我也喜欢越野车,但是没玩过越野。听到"英雄"二字,我就不免心潮澎湃。因为我不但崇尚英雄个人,而且更加崇拜英雄的不折不挠不屈的精神。记得哪个大人物说过一句话:"一个民族不能没有英雄。一个民族也不能不崇尚英雄。"

由于不是赛季,我只是领略了闭会时的现场,场面十分宏大。每年十月,全国的越野人齐聚大漠,浩瀚无边的金色沙漠,彩旗随风舞动,马达轰鸣响彻天际,是何等壮观!是何等气势!

说到"阿拉善英雄会",就不得不说越野e族。朋友介绍:越野e族起源于2000年,正式成立于2002年。它本是一个车友论坛,但是它们线下组织非常严密,各地都设有大队、中队、分队,每个板块都有版主层层管理。会员之间经常组织线下活动。成员联系非常紧密。可以说越野e族是国内越野领域的第一媒体和互动中心。在国内SUB、旅行、越野、改装、赛事等领域拥有绝对权威与领导地位。2006年7月1日,由越野e族和翁牛特旗人民政府联合主办翁牛特英雄会在科尔沁沙地隆重开幕。2007

年到 2010 年，英雄会辗转各地，去了库布齐沙漠，去了崇礼河谷，直到
2011 年，英雄会才来到了腾格里沙漠——阿拉善英雄会。2013 年永久落户
阿拉善并命名为越野 e 族阿拉善英雄会。阿拉善英雄会有六大经典赛事：
T3 沙漠挑战赛、腾格里沙漠挑战赛、岩石挑战赛、全地形车大奖赛、KOH
雷神之锤中国赛、疯狂大脚怪 &SST 极速超卡。

　　阿拉善英雄会坐落在阿拉善梦想公园内。我在那里观看了赛事的专题
片。场面宏大，让人感慨人生在世的能力和过程。试想，每年的十月一
日，这里如天降一般，忽聚 100 万人，十几天的工夫，又骤然散去。须知，
整个阿拉善才 20 多万人啊！十几天的时间，忽来一座城，又忽去一座城。
十几天的时间，人们尽情释放，尽情狂欢，尽情发挥，尽情欣赏……

　　越野 e 族已举办 17 届赛事。阿拉善英雄会已投入数十亿元。阿拉善政
府并无直接经济收入。据说，今年，赛事远不如 2018 年和 2019 年火了。
就有人说："阿拉善英雄会，为什么凉了？"

　　我深不以为然。疫情不疫情先不说。什么是凉热？什么是真假？什么
是意义？非得高大上的宏论吗？那是政治家的事。人生而为人，意义就是
"创造"二字！哪怕昙花一现！有什么东西是长生不老的？创造的动力和
精髓就是欲望和刺激，就是成就梦想，就是和志同道合的人成功自己想做
的事！然而，创造不与商业为伍，难以为继。商业不带创造目的，难以为
继。难啊！人生在世，远不是吃喝二字。远不是简单的线性思维。

# 深圳深圳

## 一 大梅沙

大梅沙是大梅沙海滨公园的简称。深圳市 1999 年为民办的十件实事之一。我们去的时候，不收费，但是要预约，每天八万人为限。凌总说，深圳没什么旅游景点，还有一个世界之窗。再就是莲花山公园，总设计师邓公的塑像就在山顶广场上。他有意强调了总设计师和邓公两个词，言外之意，是深刻的敬仰。还有深南大道，号称亚洲第一大道。

白马帮我们预约，每人手机收到一个二维码，过闸机的时候，扫一下二维码，闸门就自动开了。

这里是大鹏湾畔，三面环山，一面临海。山海之间是平缓开阔的沙滩。1200 平方米的沙滩就在环梅路的边上。人不拥挤，都很惬意。我们沿着沙滩漫步聊天，看见高大的人像雕塑散布在沙滩上。这些雕像，动作夸张，动感十足。赤橙黄绿青蓝紫，一像一色，十分醒目。共同的特点是都用张开的翅膀代替了双臂；不管雕像什么颜色，翅膀都是洁白的颜色；雕像形神毕备，做拥抱状的，做飞翔状的，做起舞状的，做奔跑状的，充满青春气息，给人一种向上的精神。白马却说："怎么不是像醉汉，就是像憨汉？"真是人多嘴杂，坏事自不必说，就是好人好事，也是见山见水，见仁见智，说啥的都有。可见人心之难。

直到天黑，建筑群中的一个高高的铁塔开始霓虹闪烁，我们才结束话题。凌总说，去吃海鲜吧。这里有个"师公会"最好，是他常去的地方。

于是就去师公会。走走停停，路上堵车。我们前面是一辆港牌的敞篷宾利，就成了我们消磨等车时光的话题。一个多小时之后，到了师公会。原来是个大排档，人多得如同抢饭吃。凌总去安排，我在外面等。摩肩接踵的路边，站着一个直挺挺的年轻胖小伙。他手里拿着一把吉他，穿着紧巴巴的白衬衣，戴副眼镜，直视前方，一片苍茫都不见的样子。嘴前支着一个麦克风，在深情而投入地唱着"妈妈啊……妈妈!"，唱的时候，手似乎无意识地不时地弹几下琴弦，倒也合音。他声音粗喉大嗓。凌总叫我的时候，我便挤进人群。回头看的时候，他不唱了。不知从哪里出来了一个小女孩站在他那里唱，听不清在唱什么。

凌总点了七样菜，问大哥喝酒吗，大哥摇头。我不待问，说我喝一瓶青岛冰啤。

## 二　热情和人情

怡人客栈是凌总自己开的。800 多平方米，上下两层，每月租金 27000元。他才刚刚租过来，装修投入了 195 万元。原来一晚 138 元，现在涨到188 元。凌总计算，一年利润应该有 60 多万元。如此，三年多回本。大哥说:"投资还得到这地方，回报多高!"

也许是还没正式营业的缘故。"怡人客栈"并不怡人。一是极简太简。房间太小，十分局促，心里压抑。二是热。尽管有空调，也是感觉热。三是有蚊子相伴依依，如胶似漆。尽管白马第一时间就到我房间点了蚊香，可是蚊子仍然飞来飞去，大唱欢歌。四是卧具不合季节，竟是厚棉被。不盖蚊子咬，盖了汗涔涔。只好想个法子，把空调调到 20 摄氏度，再盖上棉被。尝一尝冰火两重天的滋味。脖子后面一夜就起了一个疖状的大肉包。如此，也还是没有阻挡住蚊子吻我的爱意。不知什么时候，手脚鼓起了几个大包。刺痒难耐，就不断地挠。挠重了，就破了，火辣辣地疼。凌晨四点，实在睡不着。难耐如此春宵一刻值万金之夜，就起床。出房门下楼，走廊和楼梯上堆满了装修材料，满是涂料的味道。

城市还不到睡醒的时候。我也不知道我为什么往西走。边走边想:这是何苦? 我们还差这点宿费? 不如……然而转念一想，人家是一种热情，是一种待客之心。从此还欠人家一份人情呢! 凌总不在这里住，怎么会知道呢? 凌总是大哥的朋友，我第一次见，能说什么呢，只有满心感谢! 再说，说出去，这是咱有面子呢! 凌总还会招待谁? 不过我想，一旦提起开店的事，我会对他坦言陈事。

过了十字街，穿过天桥，有几家小吃店已有烟火。绕到后街，是居民小区。深圳是千万人口大城市，不能这样人不多车也不多吧。难道这里是郊区？盐田区，不是啊。路边有几个工人在往围挡上贴广告布。走到拐角，是一处天主教堂。就在一幢高大的居民楼的一层。不见尖顶。大门两侧一侧写着"天主母无玷始胎"，另一侧写着"救世主耶稣基督"。门斗正中挂着一方牌匾，正上方是十字架，下面写着"天主堂"三个字。再下面是一行英文"MOTHER CPGOD CHURCH"。

不远处竟然邂逅大哥，他也早起出来了？想必和我一样睡不着。我和大哥笑脸相迎的地方，近旁是一家小吃部。上面写着"杂酱面"。大哥说："咱们在这里吃早餐吧！"

## 三　自由的上午

进去，只有两个人在吃饭。一个老妇人在外面忙活着。老妇人不知说的什么方言，我们连说带比画才明白意思。要了两碗"杂酱面"，一碗 5 元；两个茶叶蛋，一个 1.5 元，两个咸鸭蛋，一个 2 元。先交钱后吃饭，花了 17 元。

杂酱面无酱，谁说谁不信。然而确实没有北方的酱。只是一些酸豆之类，外加不知名的什么汁。这东西搅在一起下肚，太能调动味蕾的活力，出奇的好吃。我认为，这面虽然性价比极高，但是良心说话，"价"只与老妇人和她的门面相称，而"性"，与价极不相称。

早餐吃毕。正好看见外面停着一辆比亚迪电动出租汽车。和司机商定，200 元在深圳市区主要街道转两个小时。于是就沿着深南大道由东向西，过市民中心、市委大楼、市政府大楼、赛格电子、深圳大学、皇岗口岸、罗湖口岸、蛇口口岸等绕来绕去。特意嘱他从"总设计师邓公"的塑像那里一过。竟然不堵车，也不拥挤。司机说，今天是周日，人们都在家。再说深圳这地方，夜生活丰富，白天冷淡。

到赛格边上，大哥对司机说："我们修改一下路线。两个小时不变，两百元也不变。终点由原来的'杂酱面'改到赛格。好吗？"司机爽快同意。司机也是外地人。当兵转业后就来到了深圳，转眼已经 12 年了。他说："那时的人来深圳，其实不必创业，买房是最好的创业。10 年前，最豪华地段 1 万元 1 平方米。现在 10 万元 1 平方米。昨天沙头角那边一个朋友在别墅区不到 1 万元 1 平方米买了 75 平方米，现在 20 万元 1 平方米卖了！"话是这么说，可是不创业来深圳干什么？不创业买房的钱从哪里来呢？人生充满悖论。人情是第一悖论。

大哥给凌总发了微信：上午自由活动。凌总昼伏夜出惯了。正中下怀，回说："好，你们从容点。下午一起去世界之窗。"

确实这一上午无比从容。在赛格转了半天，又去华强电子大厦。大哥想买点设备，详细做了考察。午饭在华强五楼美食城最里面的"十年只做一道菜"吃了酸菜鱼。要了四罐冰镇青岛啤酒，一杯下肚，直接到胃，透心凉，爽啊！

## 四 世界之窗

坐地铁 2 号线去世界之窗。最近的旅店是阿尔卑斯 ALPS 冰雪大世界外面的"城市人客栈"。大哥说："我们就在这里开房。休息一下，晚上也住这里。"一问，大哥嫌贵。说："这离机场太远。我先去卫生间。"我还傻等，他来电话。只说一句："上二楼喝茶！"

原来，二楼有个月光酒吧。他已经要了一壶伯爵红茶了。酒吧完全是西式风格。然而这英国的伯爵红茶我却不敢恭维。照王博士给我从英国带回的伯爵红茶差远了。

旁边有一家人，有老有小在吃饭。吃的是西餐，谁都不出声。是贵族的修养吗？还是在怄气？不明就里。我们找了最里面靠近吧台的桌位。对面是一对中年夫妇模样的男女，在慢慢地用小匙搅动着咖啡，悠闲极了。

外面很杂，这里很静。是个如意的地方。我和大哥在这里说了不少话。但是说了些什么，现在没有什么印象了。可见是闲扯，无关要紧。这样坐到三点多，大哥说："凌总来了。"

我结了账。只消费了一壶伯爵红茶，68 元。楼梯的栏杆上挂着淡粉色的串花，我们身在鲜花中间，沿着仄仄的外楼梯下去，摆摆手，就像电视上走下飞机舷梯的某个场景。

凌总已在眼前，意外地和我握了一下手。就往冰雪大世界方向走。我忽然想方便一下，大哥说在客栈里面。

我出来的时候，二人不见了。我以为他们先进里面去了。就进了冰雪大世界。外面赤日炎炎，里面倒吸一口冷气。人们进进出出，不少在滑冰的，更多的是看的。我逡巡了几圈，并不见他们两人。只好给大哥打电话。他说："我们在二楼酒吧呢！"我说我也过去，大哥"哦"了一声。

还是那个酒吧，还是那个座位，还是那壶茶。只不过大哥的对面不是我，而是凌总。他们在一页纸上比比画画，商量着什么。大约是投资一个什么项目的事。是已经投了，还是没有投正在规划呢？不得而知。

我感觉有点不识时务，打了个招呼，就又沿着花梯下去。楼梯下面不远有一把白底深蓝条的大阳伞。伞下一桌，桌边两把休闲椅，没有人。我面朝西坐下，背对着花梯。对面是冰雪大世界的台阶，上面是广场。不时有人进出。有一对四十岁左右的男女，女的向东跑着不时回望，男的手持相机在后面追拍。如此两次，十分开心。

广场西侧，是一座欧式格调绿的尖顶洋楼。正中门上写有汉英对照的"香蜜轩"字样。阳光照不到那里，也没有什么人出入，显得神秘又静谧。

我独坐此处。想起了那年在南阳的一个市民广场上，也是一个人这样独坐了一个下午的时光。那天早上，不知为什么，总是想品尝一下民间味道的胡辣汤，就放弃了酒店的招待餐。早早起来，独自走过宽阔的马路，来到一条小街边的一个促狭的小店里。店里的地面坑洼不平，窗户上挂着褪色的挂钱。那时还不到 6 点。吃饭的都是要出工的民工和早起的老年市民。我就同民工和市民对坐一桌。在烟气缭绕中，在听不懂的叽叽喳喳的南阳话中，吃了一餐民间版的胡辣汤和一根油条。只花了 4 元钱。味道真好，至今还能想起来那些人的样子和那些味道。

此时，眼前的众生熙熙攘攘，络绎不绝，走在通往冰雪大世界的路上。他们于我，只是我眼前风景的一部分。风景永留脑海，人却过眼烟云。我的心，如同一缕魂魄在天空中飘荡。又如大海上的一叶孤舟，一会儿蓝天白云，一会儿乌云翻滚，一会儿潮起潮落，一会儿海鸥翱翔。别人，他事，此时此地，全不关我的事，我只是一叶孤舟而已。我只是天涯孤旅而已。

享受时光就是享受生命。时光不都是用来珍惜的，有一部分就是应该用来浪费的。岁月也不都是用来奋斗的，有一部分就是应该用来享受的。奋斗是为了更好的生活。为自己，也是为别人、为所有人更好的生活。更好的生活本身的题中应有之义，就是更好的享受。这个并不矛盾。当然，先得奋斗，通过奋斗拥有资格或资本。

左侧不远的墙上有一个球状的电子眼。里面的摄像头我一抬头看它，它便转向我，过一会儿又转向东方。此时，它看到的人只有我，一个孤独的旅人。它看到的世界很大。白底大蓝条阳伞下，一桌一人，在悠闲地独坐，这是近景。远景则是那个花梯和欧式酒吧。它看到的只是桌前不断变换的人，其余的经久不易。

时光在静静地流淌。似乎一切都变得遥远。似乎也不再有任何声音。似乎我的存在只是一种感觉……

大约过了一个多小时。凌总和大哥下来了。沿着粉色的花梯，仍然在说着什么。

凌总说：“我们进去吧。”我就起身。凌总并未向冰雪大世界方向去。而是向东穿过一个小小的门洞，便到了世界之窗的正门广场。可见凌总路熟得很。凌总亲自去买票，200 元一张。

散漫地过了闸机。“埃菲尔铁塔”就出现在眼前。我们慢慢踱着步。凌总和大哥还是说着生意上的事。大哥边说边举起相机照相。我故意走向一边，专心观景照相。

这里黑人很多。凌总说，这里还好。广州要有 30 万黑人呢！黑人也玩摆拍，有恋人还有朋友，都在开心地摆着姿势。

凌总是个严谨的人。拿着一张导览图。一会儿就打开看看。说我们现在在哪里在哪里。他来过不知多少次，应该是指点给我们。

我想，这世界之窗，就是找个主题。做这么一件事的背后首先是财力，其次是创意。就是让大家花钱找乐子，有这么一个可以放松休闲的地方。至于什么什么洲啊，什么什么国啊，什么什么事啊，并不重要，只需让人们似是而非就可以。重要的是存在。重要的是有这么一个地方。当然，这个存在的前提是有钱做。有钱做，有人心甘情愿，才有钱赚。最后一站是总统山和尼亚加拉大瀑布，还有纽约城微缩景观。真正的双子座2001年早成梦幻。这个地方依然还在。

天已近黑。凌总带我们到恺撒宫门前的小摊吃饭。一人一只鸡翅包饭，一人一张肉夹馍，又买一盘蛋卷青菜。很好吃。他又一人点了一大纸杯热红茶。我几口就喝下去了，直达胃，暖暖的。

七点半，到恺撒宫看节目：《一路阳光》。

## 五　午夜街头

凌总替我们预订了机场附近的酒店。叫作"维也纳好眠国际酒店"。也许他知道了昨晚"怡人客栈"的事。今天非常热情，直把我们送到了房间。他说，今晚要去广州。两个多小时的路，就此别过。

我正准备睡觉。大哥过来了。兴致勃勃的样子。说："不想喝点啥吗?"我明白了意思。说："走!"这里是机场附近，距离深圳市区32公里。其实这里离草围村只隔了宝安大道。但是服务生说，这么晚了，你们往硅谷那边去吧。我们就在黑夜中奔寻远处的灯光。大哥边走边漫不经心地吟唱："午夜的街头，潇洒地走……"

真的好远，才走到了一个叫什么硅谷的小区。几家饭店灯火通明，却都说打烊了。又沿着他们的指点往前走。这回不远，到了一个镇子模样的地方，消夜正浓。我们走过两三家饭店之后，在一家叫作"棕榈夜色"的地方停了下来。老板勤快地出来招呼。指着路边棕榈树下的一个沙滩桌说："坐这里吧。"对面的一桌有一个年轻的女孩一个人在低着头喝着什么。听见声音，抬头注视我们一眼，又低下去，一个人，继续喝。

点一个"猪肚鸡"，又点一个炒笋尖。四瓶青岛冰啤。我们举杯相碰。声音那个清脆。我说："午夜的街头，俩老哥喝酒!"大哥又说："午夜的街头，潇洒地走……"

一切的味道都是那么的好。连灯光也分外的迷人。

三十多年的一对老友。在那个老人画个圈的地方，对坐在棕榈树下的午夜街头。悠悠然地品着美味，聊着心情，热风中喝着冰啤酒。千金难买啊！是"人生天地间，忽如远行客"的境遇？还是"登高壮观天地间，大江茫茫去不还"的苍迈呢？

午夜的街道是暧昧的。灯光昏黄，树影婆娑，人影幢幢，都是暧昧的符号。心，暧昧吗？却不。完全是天外之心。

四瓶冰啤下肚。我意犹未尽。又要一瓶。"咣"的一声，两个酒杯碰在一起，棕榈树下，对影成四人。大哥说："喝！"

真的不想走了。

老板告诉我们："逸杯茶室"的胡同里有出租车。果然，只有一辆，像是在专等我们。问他："这是什么镇？"他说："哪里是什么镇哦，这是后瑞村，深圳的一个村子而已。"

维也纳好眠国际酒店是此行最好的酒店。凌总用了心选的。房间有按摩椅，还有好几种助眠卧具，我都无意使用。冲了个澡，打开舒眠音乐，不久就忘记了一切，安然睡去。

# 走进西藏

## 一

六月十三日中午，去西藏。

妻子说：一场奋不顾身的爱情没有过，一次说走就走的旅行真有了。这是酝酿了两年多的梦想，昨晚喝下了壮行酒，强烈地感到是实现的时候了。

去西藏，自驾游。走 318 国道，多么引人向往的字眼。人必得这样，想做什么，前半期不能着急，要耐心做足功课，要等待时机，一朝成熟，毅然决定。瓜熟蒂落也好，十月怀胎、一朝分娩也好，都是一个道理。

我想今晚住北京就行。再波说，北京没事吧？我说没事。他说，一使劲儿到保定住得了，明天松快些！我说，住保定，吃驴肉火烧，好！但是后来才知道，导航未按高速优先设置，结果一直进到北京城，在四环上绕了一个半小时。从 301 医院边上开过去，才上了 G4 高速。保定到北京 146 公里。下高速保定北口走 13 公里进城。到保定已是晚上九点了。没找见驴肉火烧，找个驿家 365 连锁酒店，179 元一晚，住下了。

## 二

早晨起来，还在坚定对保定驴肉火烧的向往。昨晚上只在一个叫"无穷花烤肉"的地方糊弄了一顿，花了 43 元。为补此遗憾，顺着保定市教育局那条街向东走，一直走到火车站西广场，途经保定市儿童医院、保定市第一医院，百花小镇，再往前走就是一家驴肉老店。先往那边走的时候，什么都没发现。回来的时候，才猛然发现门牌上写着"驴肉火烧"。

店面挺大。因为早，没人吃饭。但已经开门营业了。进去，一个高个子男子狐疑地看了我一眼，就继续为营业做着什么准备。我问："能吃驴肉火烧吗？"他看着我，说："能啊。"我有点高兴，退了出来。

到旅店，洗个澡。退了房，就去那个店。最好的驴肉火烧十元一个。再波要了三个，两碗紫菜汤。看起来，这驴肉火烧和赤峰对夹相类似，但是比赤峰对夹大。赤峰对夹是熏肉片，有肥瘦之分。这驴肉火烧里面夹的是驴肉。是碎肉，没有肥瘦之分，似乎还有肥瘦比例搭配。但是原理还是差不多，不知是谁学的谁。吃起来，驴肉火烧的皮儿和赤峰对夹有点不同。赤峰对夹讲究酥脆，这个却是绵软的。总的感觉驴肉火烧味道很好，一点不腻。

吃过，去直隶总督署。正好赶上八点开门。再波买票的当口，发现门前立着两根高高的铁红大旗杆。仰头看去，有三十几米高。在最顶尖，一面落着一个花喜鹊，一动不动，注视着总督署和下面的人。

直隶总督署的大门牌匾是"直隶总督部院"。始建于元。有"一座总督府，半部清朝史"之说。四进院落中，前三进是办公区，最后一进是内宅。总体感觉清代风格全部保留着。

印象最深的是"公生明"的《官箴》牌坊。这是《荀子·不苟》里的话："公生明，偏生暗。"此前三字成为明清两代一些官吏的官箴，最早刻石勒字者是明代山东巡抚年富，最先立此碑者是明代泰安知州顾景祥。他一生清廉，在1501年（明弘治十四年）8月，将此官箴刻立于泰安府衙内。此后清代的名臣颜希深、颜俭、颜伯焘祖孙三代乃是《官箴》广泛传播的继承人。1822年（清宣宗道光二年），颜俭携其父所刻《官箴》石上任陕西延绥道台，一时流传。

牌坊背面刻的是"尔俸尔禄，民膏民脂，下民易虐，上天难欺"。这16个字，我查了一下，是宋太宗依后蜀末代皇帝孟昶《颁令箴》缩写的。于983年（太平兴国八年）颁示天下。1132年（南宋绍兴二年）宋高宗又令各府州县刻石立于大堂前，称"戒石铭"。明太祖朱元璋则明令将此立于甬道中，并建亭保护，称"戒石亭"。清俞樾《茶香室丛钞·公生明坊旧是立石》上说：古代府州县衙门大堂前面正中竖立一石，向南刻上

"公生明"三字；北面刻上"尔俸尔禄，民膏民脂，下民易虐，上天难欺"十六字。后因出入不便，改为牌坊。称为"戒石坊"。坐在大堂上，抬头即见，时时刻刻警醒之意。自有一番深意。

在二进院，则有孙嘉淦的"居官八约"，很有启发。那上面说："事君笃而不显，与人共而不骄，势趋其所争，功藏于无名，事止于能去，言删其无用，以守独避人，以清费廉取。"

最引起我注意的是内宅卧室所挂条幅，都离开了，还惦记着，又回头跑回去照了几张相。所挂条幅都是时刻提醒自己，为官如履薄冰的意思。我想，官衙正厅是"正大光明"，内宅却是"如履薄冰"。这是不是旧时为官之人的心理写照呢？

一小时后出发，行程993公里，到西安。大哥他们也刚入住，西安见面，高兴之情自不必说。在途中，就相约晚上去吃"老米家羊肉泡馍"。安顿一下，就过去了。在小吃一条街当头是老孙家、老金家，就是没有老米家。真是众里寻他千百度，正失望间，突然发现有一条叫西羊市的巷子，里面赫然入眼一个大牌子：老米家羊肉泡馍。欣喜若狂，叽里咕噜就进去了。

人很多，几无空座。幸而有刚吃完者起身，店员还没来得及收拾，就坐下了。点了40元的羊肉泡馍。又点了羊肉串和牛肉凉拼。想喝酒，可这是回民区，没有酒。

十年前来过西安。在哪儿吃的羊肉泡馍忘记了。当时，并没觉得好吃。今天来的是西安人最爱来的店。也许由于个人口味的原因，也许因为个人生活习惯不同，并没感觉如何的好。世上好多事，名声在外的多了，却不适合自己。墙里开花墙外香也是一样的事。

我结账，大哥也从兜里掏钱。我说："不行，我请。"大哥就有点不自在起来。同行的老王抢说："我们早就说好了给你们接风的呢！"大哥才安慰地笑了一下，像欠了我们什么似的。大哥，就是这么个厚道人。

夜里做了一梦。梦见打孩子。真是无来由。忽然醒了，已是6月15日早晨6点15分。

# 三

早起去咸阳机场送老王飞乌鲁木齐。以为很快，结果九点多了才出机场奔成都方向，目的地雅安。

路过户县。想起了户县农民画。大哥说，户县有农民画博物馆。应该一看。户县，即鄠县。陕西西安管辖。20世纪70年代，曾以农民画闻名全国，风光一时无两。博物馆是俗称，真正的名称叫"中国户县农民画艺术中心"。面阔九间的二层小楼，在县妇幼保健所对面。宽大的台阶两侧是汉白玉栏杆，直接通向二楼。里面大致分三个展区。展览的是几十年当地农民画的画，从70年代起一直延续到如今。大红大绿的色彩，多表现当家做主的新生活。有的写实，有的夸张。我的感觉是70年代的画写实，八九十年代的夸张，现在的抽象。

一张"斗地主"的画引起了我的注意，画面正中是一个灰衣白裤的中老年男子，戴着黑瓜皮帽，缩着脖子，肩显得特别的高，以至挡住了半边脸。双手奉拉着，十分谦卑恭顺，低头认错的样子。后面是一张桌子，坐着一个秃顶的当官模样的人，侧面一人在写着什么，一人站立，左脚迈出半步左手攥着拳头。右手抬着，拿着什么，表情窃笑着，下面有几个大人小孩。我不但想起了那个时代。还想起了小时候我们村那个出了名的怕老婆的男人，媳妇一瞪眼就十足是这个样子。

"学大寨要以阶级斗争为纲"这幅画，是一个挽着裤卷，梳着灰白背头的技术员，左手接着电话，右手用大大的自来水钢笔往支起的右大腿上的笔记本上记着什么，旁边斜放着一个塔尺。十分传神。

还有一幅画，高高的脚手架上下，彩带漫天飘舞，人们热火朝天的样子。一条大大的标语从天而降，上面写着"把'四人帮'造成的损失夺回来"。极具时代感。

一幅叫"生日颂党恩"的画，十分感人。一家祖孙三代，围在炕桌前，端着杯，老汉右手捏着四指，面带微笑，眉目传情讲着什么故事，个个听得喜笑颜开。让人看了，幸福温馨。

"外出务工相别难"那幅，诗意浓浓。小桥上，一男一女两个青年，女的在给男的递一个布兜，像是说着悄悄话，有点难为情又依依惜别的样子。远处是高高的茂密的白桦树，近处是农家小院。几只羊在吃草，旁边几株红叶大树，掩映着红顶白屋。

我只记住了这几幅。还有"默契""秦风""老头乐"等就是抽象的了，表达着深刻的思想和感情。

# 四

中午在宁陕高速服务区吃饭。即去即食，每人 35 元。饭后奔石门栈道，由于修了石门水库，只看到了拼盘式的人造景，耽误了好长时间，也只能看个大概意思。

果断决定奔葭萌关，昭化古城。傍晚，到号称天下第一县古城昭化。这是刘备刘皇叔蜀汉帝业的肇造之地。初见街容，比较规整。

天阴着，下起了小雨。雨中的太守街，人不多。两面全是商铺，挂着鲜艳的大红灯笼。雨中，发着点点如豆的红光，照在已经磨得凹凸不平的青石铺就的老街上，一道道红，一片片湿，悠悠地泛着光芒。远望去，黑黢黢的天幕之下，像有无数双黑亮深邃的眸子，沧桑和遥远。老街的路面历经千年风吹雨打，历经亿万杂沓的脚步，挂着一层像古董的包浆一样的光泽，满眼都是历史感，满心都是质感。

太守东门餐馆，是临街全敞的饭店。此时，只有我们三人吃饭。古城昭化白酒，一两装的景德镇白瓷口杯。杯上深蓝的画图，看着喜人。我们一边喝着，一边聊着，一边看街上的细雨，浇着幽明的灯光，浇着匆匆的打伞的行人，浇着湿漉漉的反光街面。竟然忘记了时间。直到主人提醒，我们才吃了饭。又雨中踏着古街，听着无边的寂静，住进了街头的杨家客栈。

# 五

《三国演义》第六十五回："马超大战葭萌关，刘备自领益州牧。"说的是张飞挑灯夜战马超的故事。就发生在这里。这是《三国演义》里的经典之战，多少人为马超和张飞的英雄气好不快意。我惦记着这事，天刚麻麻亮，就起来，在昭化古城转了一圈。找到葭萌关和葭萌关下的战胜坝。这地方是不是史实，我有疑问，但又告诉自己：何必纠缠？

我没找到关于葭萌关指向性明确的史料。只是《昭化县志》有载："葭萌治地四面环山，三面临水，以天雄关为屏障，则上接朝天声势联络，下接剑阁首尾呼应……关之地势雄险而扼秦蜀古道要冲，峰连玉垒，地抱锦城，襟剑阁而带葭萌，距嘉陵江而枕清水，诚天设之雄也。宋、元改修驿道时于牛头山北麓设关，因名天难关。"可见葭萌关是一治地之名。葭萌关实际上是一座城，又是一座关，少有的关城合一。它源于古蜀国的一个诸侯——开明葭萌。他建立了自己的诸侯国，叫苴国。苴国遗址现已发掘，离此二十余里。但现在葭萌关搬到了今天的昭化古城，成了昭化古城的西门——临清门，不知为何。为何不知？根据《三国演义》，当地人还设置了张飞挑灯夜战马超的地方——战胜坝。我在这里转了很久，无论如何，都忍不住发思古之幽情。

当初，也就是公元211年，刘备抗击张鲁，从荆州入川，驻兵于葭萌关。成就蜀汉帝业。民谣说"蜀汉兴，隆中谋，葭萌起"。遂将此地改名"汉寿"。972年（宋太祖开宝五年），为"昭示帝德，化育人心"，改称昭化。葭萌关现属于四川省广元市昭化区昭化镇，镇政府就在城内。真是往事越千年。历史的烽烟远去，也真的暗淡了刀光剑影。然而，人却生生不息，代代相传，绵绵不绝。勉力地创造着现实。未来的人回过头看，又是一段历史。从历史汲取精神力量，而后建设现在，创造现实，憧憬未来。这是从宏观角度看见的绵长历史。

此时，我看见两段残存的城墙，正在抚摸着其中的一段。想感受历史的温度。但我看到的是现实人生的琐碎，悲悯一个个平庸的个体，尽管我自己也是其中一分子。历史都是宏观的概念，具有抽象性。它忽视平庸的个体。然而现实，芸芸众生都是平庸的个体，是生动的、微观的、实在的，具有形象性。杂乱无章，且琐碎无比，这是平庸的个体即普通人的生活形态。在历史书上，亿万个平庸的个体都只被抽象浓缩成几个字。甚至，多数时候，一个字都不值得提。纵观人类历史，战乱，瘟疫，疾病使多少人，其生也短，其命也悲。才有几天好日子？

我看到其中的一段残墙，长着一棵核桃树，树上挂着一块木牌，木牌左边挂着一串红绳穿着的钥匙，不知何意。木牌上写着："警告：偷摘核桃五元一个。"这意思，是偷还是摘？是罚还是卖？我没看懂。

假定我看懂了呢？

许多假定都是为了假定而假定。假定的假定存在，假定并不存在。

我知道这里的人很纯朴，就是方言听不太懂。

# 六

早晨 5 点出发，去牛背山。到了冷碛镇，发现了贴出的公告，牛背山封山，进不去了。当地人则上前搭讪说，牛背山去不了，四同山是可以去的。四同山是从另一个角度看贡嘎雪峰，景色是一样的。条件是每人收300 元。我们没咋搭理。

到了冷碛镇，说明我们已经进入了康巴藏区。冷碛镇隶属于四川省甘孜藏族自治州泸定县。很小，只有几千人。在镇子里兜了一圈，才找到了一个叫"于三妹"的小店，要了一碗面吃，早餐就完事。

决定去泸定桥。到飞夺泸定桥纪念馆和二郎山纪念馆参观。走了一遍泸定桥，摇摇晃晃的，想见当年战士的英勇艰难。由衷而生敬意，创业艰难，幸福生活来之不易，我辈当崇敬英雄，倍加珍惜。再波走到一半，腿即瑟瑟发抖，像受到生死惊吓一般，打晃了。尤其不敢睁眼，一睁眼就天旋地转。在人的搀扶下，闭着眼挪到了桥头。

泸定到康定，沿途有个观景台。山中云海，从未见过。天半阴着，没有阳光。那云说云不是云，是凝固的海浪，是缥缈的轻烟，是童话里的天国。那山说山不是山，是美女的倩影，是神秘的老妪，是《聊斋志异》里的神鬼故事。美国大片多有暗调场景设定，很有意境。现在，好有一比。BBC 纪录片都是纤毫毕现，美到心底。这里，亦如是，眼前的景色，真切震撼，魅力相似。

# 七

想去"跑马溜溜的山",大哥说,"跑马溜溜的山"是歌里唱的,就叫跑马山。那"溜溜"是个副词。你看,城那边就是跑马山,藏名叫"拉姆则",意为仙子。我顺手指方向一望,那仙子山并不高大。还真飘着几朵白云。有了《康定情歌》的情怀和热爱,顿时亲切起来。我说,那民歌唱的就是这里吗?我们就登登吧,我们就唱唱吧。

康定河水大流急,雪浪滚滚,穿城奔涌,轰鸣而去。康定城不好停车,车太多了。寻来寻去,寻到了康定宾馆,临时停业,它的后院,可以停车,不过要收费15元。找吃饭的地方也很难,人太多了。找来找去,在老字号"康定味道"等了半天,方得落座。

# 八

木格措景区也叫康定情歌。门票105元。观光车90元往返。溪水滔滔,山峰耸峙。木棉花正开,红的白的,片片如海。木格措是藏语,野人海的意思。一路走去,不忍离去。转眼之间,一个多小时。

今天翻越了折多山垭口,海拔4200米。车的高原反应比人厉害。油门踩到底,也是没有劲。像老牛一样发出巨大的哼哼声往前去。仔细查看地图,还要翻十几座这样的山,最高的5000多米。有点害怕和后悔。不过有几座高山,已经修通了隧道,又放了不少心。但是事情一体两面,路好走了,风景却没了。又有点惋惜。

晚上到新都桥,在锦城酒店刚住下,天就下起了雨。雨中,在"一念向西"饭店吃饭。竟然遇见了一辆赤峰的旅游中巴车。车上竟然有一个古鲁板蒿的年轻女子。再波问她,说看见了拼车广告,就来了。问她就你一个人?她点头称是。一点看不出孤独和害怕的样子。这是向往和信念的力量,脑袋中只有"实现"或者"必胜"二字。和司机搭讪,司机说明天就能到林芝。我在一边听了,打死也不信。那司机口若悬河,说常年跑这条线,一周就一次。我想到"咋呼"这个老家的俗语,确认这是不靠谱的人。这顿饭后，以后的十几天，再没见到过赤峰的车，更没见到过这辆车。唯一一次，一辆"蒙B"号牌的车擦身而过。

## 九

我睡不着。想起有天路过定州。路边的大标语"定州当自强"。谁不当自强呢？当自强就自强了？当自强是愿望，怎样自强才是问题。人都有天然的惰性。必须都不行，只要不是强制的必须，边界条件就会多起来。只有强制的必须，才可以什么都不讲。讲了，心里知道代价付不起。

又想，只要有两个人，就不会有不折不扣的事。行政也好，管理也好，组织也好，一眼不到，脱节现象就会发生。有些是熟视无睹的，有些是习以为常的，有些是意料之外的，有些是无可奈何的。就和供给和需求一样，总有错位。社会的发展进步，就是减少或者消除这些错位。

## 十

早餐酒店给免费，10 元一位的标准。有点难以下咽。吃了匆匆启程。今天，大哥确定了两项内容。一是去甲根坝，看贡嘎雪山的雄姿。二是去从营关（瓦泽乡）到白塔的"摄影家十里天堂"。

一大早又下起了小雨。我问老板一会儿天会不会晴。他说，谁知道？这高原地区早晨哗啦哗啦下大雨。中午太阳就晒得不行。经常事！还好，话没说完多久，雨就停了。但是天还阴着。去看贡嘎雪山，要到雅哈垭口。车的导航，手机的导航都找不到。这里走的是 215 省道，新修的路面，很好走。大哥说，再向里开 20 公里。过甲根坝乡不远，有一个村子，在远山和云雾之中，景色非常不错。整个村子是典型的藏式建筑。每家都是三层楼。紫红的颜色，点缀着金黄和奶白。村子里静悄悄的，见不到一个人。连一只狗也没有。村边有一条河。河不算大，但是水流湍急。河上有一座小桥。车开过去，看见公路傍山远去。不远处，路面上堆着几块刚刚从山上滚下来的飞石。再波说，这里不安全，有飞石。就找开阔地，想掉头返回。正开着，一头野猪，干草黄色带点黑斑，"扑棱"一声，从路边蹿到山坡上的灌木丛里去了。大家正齐说"野猪"的当口儿，却见前面又滚下了几块飞石。

果断返回。走了一段，心情才平静下来。发现不远处绿草茵茵的山坡上，有几处藏家村落。一家一家都很独立地散落在绿茵之上，像山水长卷。我突然想到：宁静。也许藏家的特点就是宁静。近处有个院落，三层藏式小楼，在格局之外。门前一个老奶奶，坐在那里，双手抱在一起，挂着一根短棍，一动不动地凝望着远方……天地间的宁静与心灵的宁静融为一体，天人合一，这是怎样的境界呀！在这如画的美景之中，何尝不是久居闹市之人的向往呢？在甲根坝乡的路边，也曾看见两个老妇人，在街边的房下并坐，也是静静的，两人并没有什么交流。这是怎样的生活呢？

从营关向西，只见到一块"新华社摄影培训基地"的牌子，唤起了我对十里摄影家天堂的强烈向往。但是却没找见光与影的世界。倒是在318路边，看见了都江堰对口支援生态农业基地，还有雪域高原农业观光园的标志。是不是这里的宁静终将被繁荣打破？宁静终将远去，是不是早晚的事实？我不知道。

## 十一

一念向西。到雅江，过理塘，住巴塘。

雨像是在追着我们走，我们一直在海拔4000米以上盘旋。我们曾在海拔4200多米的云海穿行，时有飘泼大雨相伴。

在理塘和巴塘之间的318线，有一处拍不出大片都难的美景。那就是有上帝的眼泪之称的"姐妹海"。来的人见了，都是一片惊呼。怪石嶙峋的海子山，戴着白雪皑皑的山帽子。山间则是云雾缭绕，风卷云动，变幻莫测。山底下五彩起伏的大地上，里面是一潭碧蓝的湖水，外面又是一潭碧蓝的湖水。两湖相依相偎却并不联通。中间隔着一条五彩缤纷的彩带——窄窄的土带上，长满了不知名的花草。里面的湖略大，像一弯新月，又像衔在眼里马上要掉下来的大颗的眼泪。我想这应该是姐姐。外面的湖略小，圆圆的，俨然已经掉下来的大颗眼泪。我想这应该是妹妹。两颗眼泪蓝绿又晶莹，深邃而剔透，似脉脉含情，又似幽怨无尽。也许，姐姐的爱情亦悲亦喜，所以眼泪欲滴未滴。妹妹的爱情满心欢喜，啪的一下，眼泪就掉下来了。

这里人不多，我们支上了三脚架，引来了当地的几个人的观看。他们告诉我，姐妹海，还有一个很好听的名字，叫爱情海！

# 十二

中午到达红龙乡的"成都川菜馆"休息就餐。人很多，我们遇见一个廊坊的摩托车独行侠。骑行去西藏，从家里独行到成都临时组队去拉萨。然后从滇藏线回返。滇藏线极其难走，却是探险家的乐园。再波说，那里扔弃的汽车多了。车坏了，出事故了，就扔在那里不要了。因为拖回去的费用比买新车还贵。我不知真假。

一路上，我们不时遇见骑自行车、骑摩托车的驴友。有结伴的，也有独行的。时常冒着大雨，艰难地上坡下坡，真的不好理解。更不好理解的是徒步行者。拄着双拐，背着行囊。戴着大沿布帽，头巾把脸包得严严的，只露墨镜，也有的是大大的骑行镜。两腿僵硬的样子踽踽而行。有独行的，也有双行的，包得太严，不辨男女。或是夫妇，也未可知。这一座连一座的高山，盘山路七拐八弯，蜿蜒远去。就靠双脚跋涉，动辄几百上千公里，何以如此自虐？

也许，看问题角度不同而已。站在旁观角度看是自虐，而在当事主体角度看，是征服感，是大快乐呢！我们可以用自己的视角打量别人，但是绝不能用自己的视角衡量别人。更不能用自己的视角褒贬别人。没有利害相关的时候，尤其如此。要有理解和包容的胸怀和境界。

原打算过金沙江，今晚上住在芒康。过了巴塘县城，沿着金沙江继续走了23公里，目睹了"金沙水拍云崖暖"的磅礴气势。到了竹巴龙，就要到金沙江大桥过江的时候，堵车了。一眼望不到头的车龙，不知发生了什么事情。再波下去打听了很久，才弄清楚是西藏那面的路塌方了。不远处有个汽车大本营，挤满了人，368元一晚，都在排长队准备入住，明天放行时好"近水楼台先得月"。我们看样子即使排到了，也未必还有房。于是毅然决定返回巴塘县城去。我们返回算比较早的。到一个酒店，停下车打听酒店价钱的时候，后面的车还没有返回，酒店静悄悄的，并没有车和人。这里挨着几家都是酒店，我们自恃先来一步，就想到选择。旁边的一家是 160 元一晚，另一家是 180 元一晚。都带早餐，不吃的话，减 20元。等这些都弄明白了。再回去想住的时候，人住满了。我们先来的，却因一个念头，被挤出局了。想来都是个哲理：机会稍纵即逝，没有选择，只有判断。

巴塘县城不大。我们开车又拐了几个弯，到城边了，远远见到一家"金弦子大酒店"的招牌。向右一拐，到停车场上。再波去问，240 元一夜。赶紧冒着雨，走过泥泞的路，住下了。

这里海拔 2550 米。再波打听小商店主，问什么时候通车。答，晚上就通。过检查站登记时，问警察，说最快也得明天下午。谁知道到底什么时候呢？

## 十三

昨晚不知吃什么吃坏了。半夜就起来拉肚子。怀疑是饭馆赠送的花生米超储了。他俩吃得少，没事。我好这口，就出事了。

一直惦记着什么时候通车。见别人谈论此事，就在旁边侧耳倾听，装作漫不经心的样子，也听到了只言片语。早餐的时候，吃饭的人在打电话，说 8 点就通。我们决定 9 点半走。还有一段时间，我便下楼去转。遇见一个特警，问他，说不清楚，要去问检查站。于是就沿着街转。巴塘县城就在金沙江的一个支流边上。藏民居多。街里有武警和特警巡逻。似乎告诉人们治安问题。这是川西最后一个县。从这里过了金沙江，就是西藏昌都地区的芒康县了。

等我转回酒店，发现人群都在做走的准备。有的在打着电话大声说通了通了。马上上楼招呼二位。等我们再下楼的时候，空荡荡的，人车不见，都走了。有点兵贵神速的意思。

一路顺利。只是过了竹巴龙，离金沙江大桥 3 公里的时候。车又排起了长队。说是等待放行。我们停车的地方，是 G318—3324 公里路标附近。我们下了车，看右侧的金沙江水汹涌而去。人烟稀少之地的自然景观，遍布荒烟蔓草的意味。我看无可看，就看路标。不知是谁，在 33 和 24 之间分别写上了一个黑色的"＋"号，又在它们中间写上了一个"＝"号。组成了一个简单的算式。想来这里经常堵车排队。

12 点才放行。过了金沙江大桥，又排队。是检查站。又等了很久，才排上。验毕，出发。这是 318 线最易塌方的一段，也是秩序最差的一段。大车小车掺杂。又躲车，又躲路，速度很慢。路上有个黑色奥迪 Q7，还有一个拍摄车队，还有一台白色丰田霸道，最不守规矩。强行超车，强行压车，横冲直撞，见缝插针。愤愤然，但无可奈何。秀才遇到兵，有理说不清。谁要想说清，先吃乌眼青。

然而，时间不是多久。我们路过一道山湾的时候，左面一辆黑色奥迪Q7，右面一辆白色丰田霸道，一个撞在山崖上，一个栽在河沟里。旁边，几个人慌手慌脚，有的打着电话，有的似乎要拦车……

"知道就不是好事！"再波说。我想，事儿是这回事儿，话别这样说。不是假慈悲，而是真怜悯。

# 十四　觉巴山

提到觉巴山，我的腿现在还打战。

从四川巴塘到西藏左贡这段路，是 318 线最艰险、最心惊胆战的一段。网上的攻略少有提到觉巴山，我想一定是因为谁到这里，顾不上别的，只有逃生之念。

觉巴山东边，是经常塌方路段。尤其在七八月份雨季，随便一场雨，就可能把路截断。不是路修得不好，而是那山遇雨就塌陷，属于泥石流地质。堵路的时间，则视雨情而断。大雨大堵，小雨小堵。

过了这段堵，"险处不须看"，就到了觉巴山。

这里的路，远处看，就像高高的山腰间挂着一个凹进去的槽儿。下面就是怒吼的澜沧江。这路，顺着大江，在峭壁上"之"字盘旋。一直从江的这岸又绕绕拐拐到江的那岸。

车在壁立万仞上行走，侧眼就是万丈深渊。车行在这岸，可见那岸。车行在那岸，可见这岸。一辆接一辆的车比蜗牛还慢。当年，伟人一挥手，才有了这条318线。路面全是人工开凿出来的。弯弯曲曲又窄窄的双向单车道。走里侧的车尽量往里靠，走外侧的车，则往里紧靠。两车之间，只剩拳头距离，有谁敢说不腿软心悬！

再波说，对岸那面是老318线，幸亏没走，如果走了，可咋办！谁知拐来拐去我们也拐到了那面。大哥事后说，再波这是走夜路吹口哨，自己壮胆呢！麻秸秆打狼，心里害怕呢！

30公里的路，走了整整大半天。人在车里，听着江水轰鸣，一再嘱咐自己，别往下看，别往下看。可是还是忍不住斜了一眼。我的天！真眩。

忽然，车不走了。原来是成都的一个轿车，就在我们前面。几个闺密自驾进藏。走到这里，谁也不开了。你推我，我推你，谁也不开。都吵起来了，还是没人开。于是发扬民主，大家公推，说那个姐妹儿车技最好，你开。她不开，就异口同声说，谁让你车技好来？那姐妹儿还是不开。说，我倒是没事，就怕掉下去你们受罪……边说着边在那里站着流眼泪。

若干天后，说起这路，再波还说："我当初就是不该往下看那一眼。看了之后脚都不敢踩油门了。"

恐惧可以治疗疼痛。这是在觉巴山的发现。早晨刚上车的时候，我肚子突然拧劲儿一样疼起来，以致虚汗不止。可是上了这路，紧张加害怕，竟好了。整整大半天就没感觉疼。过了这路段，就又疼起来了。

## 十五　然乌湖

中午没吃饭，晚上到左贡。大哥预订了"吉安东日大酒店"。老板娘说，后面的路好多了。大哥说，还有72道拐，还有怒江峡谷，好不到哪儿去。我示意了大哥一眼，就跟着老板娘往好了说。是让再波听，消除他的紧张。

早起，在对面小馆吃了饭。果然路好很多。新铺的柏油路，很平整。就是路窄，弯多，车野。中午到然乌湖。景色美得没法说。山水之间，蓝天白云。仁者智者，乐山乐水，各得其所。有山有水的时光，对谁不是奢侈品呢？

湖边有个"云来大酒店"，名字很贴合此情此景。老板娘说，你们多玩一会儿。波密那边在修路。要么中午一点到两点半放行，要么晚上七点以后放行。反正去了赶不上点儿也是白等着。

然乌湖是藏东第一大湖。海拔3850米，面积约22平方公里。位于西藏昌都地区八宿县。湖畔西南、南、东北三面依次是岗日嘎布雪山，阿扎贡拉冰川，伯舒拉岭，三面山川环伺。乍看，它一尘不染，如同一面刚刚拂拭过的大镜子。碧蓝的湖水、皑皑的雪峰，碧绿的草地，五彩斑斓的卵石，五颜六色的小鸟。你看哪里，景色就在哪里。景色在哪里，倒影就在哪里。倒影在哪里，心就在哪里。心在哪里，哪里就如幻如梦，如影随形，如入无人的仙境。

因为然乌湖如此，所以让人一见倾心，再见倾城。永远不能忘记它是那样的蓝，它是那样的静，它是那样的新，它是那样的净。一到这里，任凭谁，要么不自主地屏住呼吸，要么就呼吸不匀，心跳气急。一到这里，任凭谁，都顿时英雄气短，儿女情长。这是不是少男少女钟情怀春的那种感觉？任凭谁！

## 十六  波密家能卖吗

到波密还有30公里。我们四点半出发。果如老板娘所说，堵车。几公里的车在排队。我们的车正好赶到一座桥上停下。无事做，就下车照了几张相。波密这边的风景明显整体化好起来了。我一直顺着帕隆藏布江转悠。一是听涛，二是捡石头。我看到了一块很好看的花纹石。上面的图案像是一只可爱的小兔子。把它捡起来，坐在江边的一块大石上，仔细地揣摩把玩。决定拿回家去，作为纪念。

在石上静坐，观水听涛。心情放松无比。不知多久，招呼上车。车子启动，走走停停，直到天大黑了，天上飘起了小雨，才进到波密县城里。在"冰川临江商务酒店"住下。雅鲁藏布江在酒店前穿城而过。水势凶猛，涛声隆隆。小城不大，稀疏的灯光，在这涛声里明灭，别是一份意境。

"圣地卓龙藏家宴"就在旁边。醒目的招牌上汉字最后一笔都是藏文样子，也是一奇。

这是我平生第一次吃藏餐。点了一份藏式烤羊排，198元。味道非常好，我们一扫而光。又点了一份牦牛肉包子，也很好。还点了什么特色，记不清名了。总之，这顿藏餐，十分受用。

"圣地卓龙藏家宴"老板的家是一个藏式大院。前面二楼是饭店，后三楼是自己住宅。老板是个紫红脸膛的藏族汉子。很热情豪放。见我们是外地人，主动邀请我们吃完饭参观他的家。

我们出了饭店，进了他的大院。灯光昏红，像暗夜的眼睛。养了几只藏獒，才八个月大。他对着藏獒喊了句什么，顿时肃静下来。大哥问："二十万卖不？"老汉说："不卖！这是心爱物！"说着示意我们往前走。让我们左右看看，说："这院子，有人给我四百五十万要买，你说我能卖吗？家能卖吗？"

一楼是客厅，铺着地毯，豪华的藏饰摆满了屋。二楼三楼都是三间卧室。总计六间。他家只有四口人。我问他："这么多卧室给谁住？"有点调侃。他不以为意，说："我原来是乡下人，乡下亲戚多，亲戚来了住。"我对藏族的民俗文化一窍不通，所以尽管跟着他楼上楼下，也没听得懂他不厌其烦的介绍。只是看到了海棠木的家具和藏族风格的奢华用具。

"波密归林芝地区管，林芝是塞外小江南，"他说。"林芝百分之八十的美景都在波密。这里海拔低，只有2700米。林芝是个好地方，波密是个更好的地方。"他又说。

我们下楼，出了院子。他跟在后面，侧身略一躬腰。"扎西德勒"，他最后说。

## 十七　鲁朗之行

下一站最好的景区是鲁朗。鲁朗景区位于林芝市巴宜区鲁朗镇。鲁朗是藏语，"龙王谷"的意思。有说是"神仙居住的地方"，也有说是"叫人不想家"的地方。去过没去过瑞士的好多人，说鲁朗和瑞士好有一比。

波密城西也在修路，我们7点多出发。趁未施工时出城。路面不错，车也少。到路边"通麦农家"吃早餐。只有面，18元一碗。

鲁朗景区门票70元，观光车票80元。开观光车的是个藏族小伙子。

说好了三个景点。第一个是"经幡"。坐在观光车上，置身于高山牧场之中，远处是棱角分明的高峻的雪山。雪山之下，是茫茫林海。茫茫林海之下。是碧绿碧绿的，起起伏伏的连绵的草原。草原之上，弯弯曲曲的河流哗哗作响。河面之上，一只野鸭，飞向辽远。整个草原，散落着马牛羊群，红的，黑的，白的。七彩明珠一般。

经幡就在高山牧场旁边。说是经幡，其实是一个巨大的经幡阵。经幡圣洁，铺天盖地，五颜六色，猎猎飘动，渐迷人眼。这是"风念经"，日日夜夜，无休无止，永怀不忍之心。无数次，无数次，唯愿众生，从苦海中脱离。千万遍，千万遍，祈福众生，从不幸中告别。——茫茫大地，请慈悲众生，安息每一个不安的灵魂吧；渺渺苍天，请怜悯众生，解脱每一个人的苦难吧；滚滚红尘，请善待众生，祛除每一个生而为人的病痛吧！

那两个点，小伙子横生枝节，在此不记。

我们出景区大门的时候。碰见一个三十几岁的年轻男子。印堂发亮，正好夹着包出来。他狐疑地看着我们。问："你们找谁?"

他是景区的负责人。我们就叙述了一遍经过。他和蔼地说："我找他们！"说着就用对讲机问："刚才拉两个人下来的是谁?"大哥拍了拍小伙的肩说："算了。我们也要赶路去。"那人说："那不行，我们就是服务的！"又说："这样吧，路上还有个田园风光观景台和林海观景台。正常都是收费30元的。你们一会儿过去看，不收费了。"说着拍下我们的车号。一看车号，说："你们内蒙古哪的? 我也是内蒙古，鄂尔多斯的。"我们同说："老乡呢！我们赤峰的。"于是握手告别。

走出一段路，果然有个田园风光观景台，非常漂亮。又走了一段路，就是他说的林海观景台。两处确实给都免费了。

此两处景观，犹如天上人间，为我平生首见，平生仅见。大自然如此馈赠世人，无以言谢。

我不崇尚斗争哲学，虽然知道斗争才会有成果。但是今天证明，有时不用斗争，张嘴就有成果。不过一般张不开而已。

翻过业拉山垭口，不远就是怒江七十二道拐。给我的印象，现在的七十二道拐虽然并非像传说中的那么险，却是比觉巴山出名的多。这段路两边多是荒凉而嶙峋的岩石，却也有两次亮眼。一次是从山上下来突然看到高高低低的台地上，种满了绿油油的青稞，旁边是一个美丽的藏族小村庄，叫同尼村。另一次是继续往下走，突然就像看见了沙漠里的一点绿洲，也是一个村子。这个村太小了，来不及细看就过去了。查地图才知道叫噶玛村。

怒江的两岸全是高大险峻的光秃秃的岩崖，枯燥冷峻。大江水流湍急，携沙带水，逶迤前后。但是，尽管如此，通麦天险不险了。因为修通了隧道和通麦大桥。所以，还在期待着凶险呢，就过完了。

凶险岂是可以期待的？有时是。有一座铁桥，我不知名字。过的时候，下起了大雨。前路难见，又不敢停下来。只好顺着道路，打着双闪，缓缓前行。高山峡谷之间，莫测高深。大雨滂沱，前路漫漫，没有路的方向，只有心的方向。

午饭在百巴镇吃。这边多是川味饭店。用老板的话说，当年解放西藏的是川军，现在这边做生意的也还是川军。

翻过色季拉山垭口到八一镇，从八一镇又翻过米拉山垭口。晚上8点钟竟然到了神往又神秘的拉萨了。晚上8点，拉萨天还没又黑。

## 十八 在拉萨

早7点半导游私家车来接。到西藏林业厅门前等待旅游大巴拼团。拉萨市区才30万人口。没有太高的建筑物。藏族风格的经典。导游安排，今天三个景点，两个购物点。景点是大昭寺、八角街和布达拉宫。购物是矿物博物馆和藏医博物馆。这都不是规范名称。导游这么叫，我们也跟着叫。拼团完毕，只有我们8人。云南4人、广西2人，加上我们2人。大哥以前来过，去看别的了。

第一站，矿物博物馆。车上导游就介绍天珠、蜜蜡、绿松石等。一听就知是在暗示购买，所谓洗脑。介绍来介绍去，开始引入购物中心。买不买别说，不在里面待够90分钟不行出来。我们一进去，就有人把门关死，并把守着。

我们什么都没买，导游就看出不高兴了。把车开到一个汽车修理厂。

说是拿安检证。拿来拿去，拐来拐去，把车停在路边，导游和司机下了车，到旁边聊天去了。大约过去了 40 分钟，我忍无可忍，下车找导游理论，很气愤的样子，这才又出发。到了八角街和大昭寺。

大昭寺是藏传佛教的发祥中心。信众极其虔诚极其多。不断地有信众先围着大昭寺院子顺时针转，而后膜拜，磕长头。我跟团进了寺内，人真是挤。信众朝圣而来的更加多。十二分虔诚。忙碌着，有给灯添酥油的，有把钱投向功德箱的。

导游给我们讲"牙柱"的故事。大意是说舍生为信仰。一个信众把磕长头到大昭寺朝拜视为人生目标，这是坚定的信仰。把家里的财富全部舍掉，然后走上漫长的长跪朝拜路，这是实现信仰。如在路上死掉，家里人找到他，并不为憾为悲，而是扒开他的嘴，敲掉一颗牙，拿到大昭寺，镶在檀香木柱子上，此是了了人生大愿。人多了，时间久了，大昭寺里的那棵柱子，镶满了牙，就称为"牙柱"。

我很受触动的话是松赞干布说，我想要让生者远离饥荒，我想要病者远离忧伤，我想要老者远离衰老，我想要死者从容安详。

导游一再强调午饭会很差，是减肥餐。可我并未感到多差，也许彼时我不愿吃肉的缘故。我很喜欢清水煮青菜的吃法。

下午去布达拉宫。布达拉宫的门票是限售的。每天 3500 张，一个旅行社只有 7 张。当然这是导游介绍的，是真是假我不知道。

布达拉宫远远看去太壮观了！这也是我很小就知道的名字，由来向往。据说，布达拉宫的那种墙白，是用牦牛奶、白糖、糯米、蜂蜜和在一起，从顶上泼下来的。不过此行跟着导游，像大人带孩子上学一样，太匆匆，太忙忙。来不及仔细和从容。总是催促你快走。这次来布达拉宫，时间很短，只是走马观花转了一遍。只觉得宝物太多了，可仔细体会的东西太多了。然而组织的力量太强大，我加入了导游这个团队，就没法脱离。于是暗下决心，下次自己来一次，住几天，认真地体味。

从布达拉宫出来，导游急促地拉我们去达赖喇嘛御医房。她是这么说，我什么也不知道。过程倒无漏洞，但心情不悦，于此处略过不记。在这里，要求必须待够一个半小时。我无聊，就和再波商量，打车回去。只打到了个黑车，上车时要价20元，下车了却说30元。只想息事宁人，30元就30元。

他很健谈，一点看不出无赖的样子。和我们说在这里9年了。就是因为环境好。他的原话是"这里没有细菌。馒头只能放干巴了，却不长毛"。

回到飞天宾馆，一天行程结束。躺在床上却突发奇想：人人都在拼命追求财富，但是财富于人，除了保障基本生活的功能，就是寻求刺激。财富只有归于社会，用于共富，用于大同，才有意义。财富是立身之本，财富又是万恶之源。立身之本难得，万恶之源难去。

# 十九　八廓街

八廓街就是八角街。"八廓"是藏文音译，准确为"帕廓"街。帕，意为中；廓，意为转。八廓街原是单一围绕大昭寺的转经道，藏族人称为"圣路"。按藏传佛教说法，以大昭寺为中心，沿着长方形的街道绕一圈称为"帕廓"，意即"中转"，表示向供奉在大昭寺内的释迦牟尼佛朝拜。八廓街周长约1000米，街内巷子35条。它较完整地保存了拉萨古城的传统面貌和居住方式，是拉萨历史上最早、最繁荣的一条街道。

提到拉萨，没有不说起八廓街的。到了拉萨，没有不去八廓街的。到了八廓街，没有不去玛吉阿米的。我亦如是。

玛吉阿米不是什么美景，只是八廓街东南角上的一座土黄色小楼。紫红的门庭，米黄的窗梁，巨大的玻璃窗。它只是一个餐厅。虽是个餐厅，无数到这里的人，又有谁是安心来这里用餐的呢？多半是因为那个优美的爱情故事慕名而来。

在那东山顶上，
升起白白的月亮。
玛吉阿米的面容，
浮现在我的心上。
　　——仓央嘉措《在那东山顶上》

玛吉阿米，出自仓央嘉措的这首情诗。人们相信并相传玛吉阿米是仓央嘉措情人的名字。而现在这个叫玛吉阿米的餐厅，就是当年仓央嘉措与玛吉阿米幽会的地方。

玛吉阿米，是藏语。字面直译是"没有生过我的母亲"。现在把它翻译成"未嫁的少女"的，是因为演绎了仓央嘉措的故事。

如何理解玛吉阿米，我做了很多研究。首先不妨就当作她是仓央嘉措的情人，这更符合世俗追求，世俗认知和世俗心理。

但是也可以理解得更高远，更博大，更深沉。大乘佛教里有个最核心的教义："视众生如父母。"大乘佛教里每一位修行者剃度时必须发的愿心是："普度众生。"玛吉阿米，"没有生过我的母亲"，这不是"如母众生"的意思吗？那么，"如母众生"浮现在我的心上，这何尝不是一个大修行者的愿心?!

曾虑多情损梵行，
入山又恐别倾城。
世上安得双全法，
不负如来不负卿。
——仓央嘉措《情歌》

我想没有人不知道这首情诗。尤其是到过这里的人，没有人没背过这首情诗。

然而，有谁知道，仓央嘉措的原诗，直译过来只有两句：

害怕多情毁了修行，
想进山去又不忍丢下心爱的姑娘。

这两句，说的就那么点事儿，然而包含的情感真的就是那么点事儿？显然不是。这是在表达千回百转的内心，是不是？这是不忍舍，不忍得，又想舍，又想得的面对之心。人世谁人没有面对？面对，是人生无时无刻不在的课题。细细品，这两句，真的是意境悠悠，扪人心扉。不知你，反正我是有这样的共情。

# 二十　文成公主

拉萨晚上有大型史诗实景演出《文成公主》。这个必须去看。原想先到太阳岛吃鱼。但是时间不够，就到附近一个餐厅。点了四条鲫鱼，清汤炖。又点了两个青菜。我喝了两瓶拉萨啤酒，大哥和再波喝了两小瓶藏产白酒。

《文成公主》票价 280 元一位。时间一个半小时。实景演出，气势磅礴，场面宏大，极尽视听之娱。据说《文成公主》实景演出，光演员就有800 人。不过，这个季节，拉萨夜冷。要租大衣观看，大衣租金三十元。

文成公主从长安远嫁是 641 年正月十五。这个有明确记载。此后便不见正史，说法纷纭。但是布达拉宫里的介绍，她并非王后，而是王妃。据载，650 年松赞干布去世。662 年，其子最终攻灭了唐朝的附属国吐谷浑，让大唐颜面尽失。680 年，也就是 39 年之后，文成公主死去。

我无端地想起了五代时后蜀主孟昶贵妃花蕊夫人的《述国亡诗》：

君王城上竖降旗，
妾在深宫那得知？
十四万人齐解甲，
更无一个是男儿！

文成公主和松赞干布我们小时候就学过。说的都是凛然大义和爱情美丽。我总觉得故事的本身渲染大多来自大唐当朝官员的遮羞呓语。斗争是激烈的，和亲是被迫的。现实利益的选答题，拿了一个女人做政治交易。虽非光彩，也能权宜。不过是做了一套"皇帝的新衣"。

时过千年，严复曾说"华风之弊，八字尽之，始于作伪，终于无耻"。大唐官员何以如此？何必如此？如何必此？叩问历史，不得而知。

时过千年，浮云已逝，真假本身，无足轻重。现在的意义，只是丰富了后人的生活和娱乐，还有些许沉思。但是我想，作为当事人的文成公主，酸甜苦辣，半生休戚，谁人能知？

## 二十一　安多一夜，唐古拉一餐

还有格尔木的阳光

早晨又出发。走 109 国道开始返程。这是京藏线。川藏线进，京藏线出，经典走法。拉萨到格尔木 1200 公里，路全在海拔 4500 米以上。车像病牛，油门加到底，哼哼了一道儿。人也如此，偶尔下车，不动还好，一动气就不匀。我们前后权衡，县城可住的，只有安多。然而安多县平均海拔 5200 米，县城稍低，也有 4800 米。但是无法，剩下只有一个乡镇，就住这里。

安多宾馆老板说，这里产权是公家的，经营是个人的。一晚 280 元。我们讲价，他说，过几天就 680 了。又说，你们打了电话预约，可以优惠 20 元。

事后，我们总是觉得住在安多是一个错误的选择。海拔 4800 米，用老百姓的话说，总是气不够用。安多宾馆老板一入住就叮嘱我们，不许洗澡，感冒了没法治。房间已经通了暖气，但是还要插上电褥子。夜间要盖上厚厚的棉被，我又加了一床厚厚的毛毯。须知，这是六月下旬的天啊！

躺在床上，仰面朝天，一动也不敢动。哪怕翻一下身，也要大口呼吸。再波一直喘着长气，样子非常吓人。大哥一夜几乎没睡。我真不知本地人是怎样在这里长期生活的。大哥说，这样的地方，应该逐步恢复无人区，只驻军，不生民。作为国家的战略水源地保护起来。具体方法都想好了，就是发展教育。让这里的孩子走出去，不再回。这里的原住民逐渐老去。几代人的工夫即可实现。大哥真是战略家。

家里高考传来捷报，成绩整体上升，出了个自治区的状元。睡无可睡，饭也没吃。就起早开拔。老板出来，我以为是送我们。结果再波一打车，轰的一声就着了。老板说："这车牛。一般的车，放这儿一宿，是打不着火的。不找我们帮忙是不行的。"

赶紧出城。到唐古拉山口。停车，在那块大石碑下面照了几张相。我拎着相机，还有能力走下雪野，观赏了一会儿唐古拉山的壮美。

在世界最高兵站唐古拉兵站的对面，有个四川人开的"唐古拉宾馆"。名字很大，但是很简陋，就是彩钢房。看看时间，此时早晨 8 点。宾馆里面，几个人在忙活。一个餐桌前，一个中年男子，趴在桌子上吸氧，了无生机。旁边一个大大的氧气袋。对面一个女人，应该是他的妻子，两眼茫然地在对他说着什么。另一桌则有四五个人在吃面。热气腾腾的，里面一个穿着鲜艳的女人格外惹眼。这时，出来一个年轻的男子，招呼我们坐下。早餐只有面，西红柿鸡蛋卤，20 元一碗。

大哥见到氧气如饥似渴，果断买了两瓶吸了起来。吸完了再买，却没有了。卖东西的是一个中年男子。大哥问他是老板吗。他点头。说："高原缺氧的解决办法不是吸氧，而是吃去痛片，不信你试试，神效。"

问他挣钱的事。他看着满墙的证照。说："这个钱没人愿意挣。这么恶劣的条件，谁愿意挣这个钱？"那年轻一点的男子抢过话说："我们在唐古拉是条件最好的。为了免费，去兵站住的，有的半夜就跑过来了。冻的。我们这里是有暖气的！"平原没人去想的氧气，北方习以为常的暖气，在这高原之上，都是稀缺而诱人的条件。

我去卫生间，看见里面一个热气腾腾的水池子，这里竟然有温泉！立马就有了欲望。在这 5200 米的高原，缺氧，寒冷，如若泡个温泉，该是多么的惬意，该是多么的奢侈啊！但是我不敢，怕感冒。老板的话记在心头。

大哥非要吃荷包蛋。年轻男人说："只有煎蛋。"我想，荷包蛋这里是弄不熟的，但没说。年轻男人又说："有了西红柿卤，就没有必要了吧？"大哥说他就是要煎蛋，又不是不给钱。等了很久，端上了三个煎蛋。

一路向东。总是在海拔 4500 米以上的山路穿行。唐古拉山口为最高，5231 米。翻过昆仑山口，才陡然向下，到格尔木，半日之间，下到 2800米。不但人马上轻松起来，而且车也立刻充满活力，轻舟已过万重山的感觉。

格尔木是青海第二大城市。却只有 18 万人口。城市框架很大，也很有些现代气息。外来人很多，赤峰来这里的人不少。但是路上，城里却见不到多少车，多少人。快到中午，我们进城。住在怡景品质酒店。180 元一晚。这个酒店在格尔木火车站附近。房间的阳光真是充足得很。我扔了多日的疲惫，赶紧冲了个热水澡。打开窗帘，懒懒地大字伸展，躺在床上，任凭床垫晃了几晃。阳光照在我的身上，暖洋洋的，似有芒刺，阳光是不是也有重量？正好，如同浴后按摩，无与伦比的享受和满足，如在天堂一般。真好，格尔木的阳光！

## 二十二　尾声

离开格尔木，我们奔西宁。途经茶卡盐湖，果然是天空之镜！尤其远观那些着艳装特别是红妆的靓女和不靓女如在瑶池，忍不住咔咔咔老按快门。青海湖湖面浩大，气势贯天。找不到一个地方可以一睹它的全貌。日月山，倒淌河都事关文成公主的传说，民间难忘的记忆。

离开青海湖，一路向东，晚上住在乐都。此地离家 2200 公里。大哥有事，我们从兰州分手，一天之后又在北京会合。接上大哥，晚上到家。成总、国总设宴接风，都叫上了家属。才知道走时大哥只告诉大嫂出差，没说去哪儿。说去了西藏，她十分惊奇。说没告诉就对了，告诉了说破天也不让我们去！

内心寻找的一切，就在眼前。人生之为人生，因为，我来过；历史之为历史，现在，我来过。

此为念。

# 梦中的草原

## 一

这一下午，郑朝元说他一直在纠结"梦中的草原是不是草原"。午睡的时候，他做了一个梦。好像爸爸就在身边，屋里栽了一棵果树，在大花缸里。他往前一凑，竟绽放了满树鲜花，再仔细看时，却是一片一望无际的碧绿的草原！爸爸殁了十几年了，竟有如此之梦！他马上醒了。不管逻辑上通不通，"梦中的草原是不是草原"就像个课题在他头脑中萦绕。

## 二

几天前，他自任团长，组织我们几个同学夫妇去了乌拉盖草原。我们都开越野车，他则找了三个小哥们，开了个房车。房车是他的"团长办公室"，三个小哥们则是司机、厨师和外联。

此行，是因为出发前的一个饭局上，有人说今年的雨水好，乌拉盖草原特别漂亮。是"1957 年以来还是 57 年以来"他没听清，但"漂亮"二字，他听清了。当时就起了念头，组织同学几家去一趟。

## 三

中午，行至一个汉语名字又长又拗口的苏木停下。团长让我们休息，他们去买羊。"买羊干啥？"我问。他说"吃啊！"我恍然大悟，这是要自己办伙了。"买个羊，让他们给收拾好了也就一个小时，连羊杂都有了！"说得有滋有味的。转了几家，也打听了路边放羊的人。这里一般不单卖活羊，都是整群趸售。只有一个小商店老板可以联系，不过他只给联系到卖家，一切自己谈，他加收 200 元介绍费。问啥时候来，说一两个小时吧，果断回绝了。只在他的小店买了一些猪肉和鸡蛋豆腐青菜之类。

## 四

在一个叫巴拉根的地方，我们住下了。两年前，团长来过，似乎也住这里的蒙古包，和老板娘相熟，说了一会儿，一个蒙古包 300 元一晚，不吃店家的饭。团长说："安营扎寨之后，马上埋锅造饭。"老板娘说："本来游客在这做饭是不允许的，但是熟客，一定要注意环保。"说着就给拿来个高大的倒梯形蓝色垃圾桶。

这里的老板是一对小两口，男的是包头人，女的是本地人。老板娘说，大学毕业后，立业包头。三年前，在老板娘家的草地上建了这几个蒙古包，直到草长莺飞，一家三口才过来经营，不到 10 月就撤回去了，也有消暑的意思。老板娘说："我们包头有别的事做。这里，也是玩。明年想改建成民宿的样子，蒙古包不好设置卫生间，女客人不方便。"

说话间，团长坐台，在台板上切打瓜，本来就胖，喜悦挂在脸上，像个弥勒。三个小兄弟各自忙活起来，一看就知道不是第一次，一切驾轻就熟。

## 五

我拿着相机左转转，右转转，心情大好，竟也自以为照出了几张大片。尤其那蓝如深渊一样的天幕，其大无外；满眼洁白的云朵，奇形怪状，远远近近，高高低低，宛若漫天弹完的棉花，似乎举手可摘；起起伏伏的绿草无边无际，间或可见黄的花，白的花，蓝的花，红的花，紫的花杂生其间，有的细如米粒，有的大如铜钱，有的高草一头，有的躬身伏地，微风扫过，满耳虫鸣，此起彼伏，抑扬顿挫，一会儿东西，一会儿南北，如交响乐，又如圆舞曲，偶有"萨拉"一声，是什么鸟儿一跃而起，冲天而去；老板家的井台上，不知大人还是小孩扎了一束各色的鲜花，置于广口瓶中，十分入眼。我把它融入此景，构了一幅图画，十分得意，仔细端详，竟像西方的油画；这里的蒙古包不多，让人想起远古部落，零落在路边草地上，不论大小多少，都为游客而生。马儿不多，牛羊则众，成群结队，悠然自得，吃草为业，不紧不慢，如散兵游勇。

## 六

到底是有见识的老板，蒙古包的设计非常到位，干干净净，也无蚊虫。外面，通体白毡布，用黑边两两相对做八个穹庐形状，往上收拢到小一半时变成淡粉色底子的蓝色小云纹。最上端像戴个铜帽子，帽子上则是蓝色底子的白色大云纹。民族元素十分醒目，显得生机勃勃。我揣测"云纹"就是在这胜景之中提炼出来的，先形象化为圆角的云纹图案，又抽象化为直角的云勾纹。每个蒙古包都变换着不同的底子和云纹的颜色，但蓝白两色的主基调不变。一改有的地方蒙古包一溜色，全是木的原色，布的原色甚至水泥的原色，毫无生气。

蒙古包里面底下有一尺多高是纱窗，外面太阳直照，里面小风习习。一条长长的实木淡黄色大几案放在大铺下方地上，进门处左右都是红色的柜台，放着日用杂具。门直对着的壁上正中挂着一幅长方的挂毯，上面是淡雅的草原风光。在这里散淡谈笑，让你感觉自己恍然是个蒙古人。

## 七

"半拉山"只是听说过，谁也没去过。

巴拉格尔河河水很大，湍流北去。见到水，大家都莫名振作，东张西望，左拍右照。河的西南不远，有一座山，在草原上突兀拔起，满山苍翠。偌大一座山，没有半点褶皱，像个圆润的绿色大元宝，一入法眼，便不忍离去。此时太阳偏西，阳光温柔。我们站在桥边，心旷神怡。

前面有一群少男少女。问他们："半拉山在哪面？"他们说："不叫半拉山，叫半砬山，我们住在那里，直走29公里就是。"按所指方向前行，果然渐入佳境，两边的草不但越来越茂盛，一群一群的牛羊也多了起来。山坡上，草地里，有的低头走着快吃，有的则静卧着，嘴在不断地嚼动……

车在疾驰。突然左侧出现一个自上而下又高又长的斜坡，斜坡之上，满是白羊。车行很快，像从天而降一把蚕豆，那蚕豆渐变成羊，有的已经落在地上，有的还在空中——视觉暂留刚过，远处高高的山顶上惊现无数白点，那也是羊群。羊群不远处，一匹红色孤马正从山上风一样疾跑下来，长尾飘扬，四蹄奋飞……

走了60公里，出了草原，进了林区，终没找到半砬山。大家只是觉得，刚进林区的时候，左手边有一座右半边齐刷刷缺了半边的山，那应该就是半砬山。

景色太美，谁也没有停下来的意思。刚是马牛羊的草原，现在是老榆林、白桦林、黑松林的山区。人烟已少，车迹无踪。树草丛生，琳琅满目。黄花未减，红花又多起来，路上无声，草里人动。太阳开始压山，阳光斜扫大地，几近平射，夕照下，万物生金。水墨江山如是。

我给华老师照相，她手拿鲜花半蹲花卓海里。我说："美女！真是个大美女啊！"她大笑，是自嘲，但开心。我快按快门，欢乐的瞬间永存。

华老师要给我和老伴儿照相。我刚要坐在草地上，左侧脖子瞬间火刺一般——我举手便打，一个小黑虫飞走了。华老师抢拍了这一细节，虽然不雅，倒也好看——人在突发的惊恐之中，应急反应是最真实的。

## 八

我老伴儿告诉大家：只要是出门，我就自动关闭基本生理需求，处于"三不"状态 ——不吃零食，不喝水，不上厕所。我说："我这是职业病。做了十多年服务领导的工作，坐下病根了——领导没上厕所你先上厕所？领导没吃没喝你又吃又喝？"她问："那我憋不住咋办？"我说："好办。找憋得住的，你憋不住？憋得住的人多了！"同学不愿意开车了，让我开。我老伴儿说："这是人家新买的奥迪。你开得了吗？"我开起来就走。正想着怼她，前方高处"啪啪"几道闪光。后面的人说："完了，超速了！"我看看仪表盘并没超速。又胡思乱想起来——现在不光路上到处是监控，说大街小巷的探头多如牛毛有点夸张，但说十步一岗，五步一哨毫不为过。

据说这是"天网工程"。住宅小区开始刷脸了，自己的家，不端端正正刷个脸不让进。我想，也有好处，每天都要正几次衣冠，对修身齐家益处多多。有一天，和公安的人一起聊天说起此事，我一向无所谓的人竟有点愤愤。那人说："你又不犯法，怕什么？"我说："拉屎尿尿也不犯法，你愿意让人看着？！"他眼睛瞪得溜圆，没有话说。

## 九

下午，三个小哥们去街里买羊。我们晚上回来的时候，羊肉飘香，炖了一锅手把肉，烤了一炉羊肉串，还又做了几个清淡菜蔬，主辅搭配——我带了一坛30年的老酒，团长大喜，不由分说，杯杯满上，说："风尘一洗，今夕何夕？"然后拿起刀叉一边割肉，一边说："愿吃瘦的，谁？这块腿棒骨合适。这块肋排，肥，最香！"这夜的羊肉，大家都赞不绝口，久久回味，以致后来相聚，经常说那是一生吃过的最好吃的羊肉。团长喜在心中，洒脱随性，一任酒肉穿肠而去。我见他肥硕的身躯，总担心他的生活方式会毁了他的身体。然而，年年体检，在座的又只有他一人指标正常，传为神话，却是事实。所以，我又坚信：心态是药，包治百病！

## 十

酒一下肚，海阔天空。不觉说到了儿子、媳妇、孙子。华老师说："儿媳妇永远不是女儿，婆婆也永远不是妈！"我说："对啊！羊肉贴不到狗身上！"

华老师问我："咋说话呢？"

团长说："那你也不敢训儿媳妇！"她说："我真敢训儿媳妇！"团长大惊状，举起酒杯说："我得敬你一杯！这年头还有敢训儿媳妇的婆婆？！"

我说："训也没事，把握度。训一句，从眼镜上边框上用余光看一下对方的反应。如接受，接着训。如不对劲，马上收——或者笑说'开玩笑呢'或者说'你不是我闺女嘛！'"大家大笑。

大雁老师接着说："凭什么训？平时让她知道你有钱，正想给她。但是说给不给——这才能训!"

不知谁说:"这不是在驴眼前挂一只胡萝卜让它拉磨的法子吗?"

华老师说:"教的曲儿唱不得!"从团长惊讶她训儿媳妇之后,她表情一直凝重。华老师老伴儿说:"来,小张,咱俩喝酒机会少,喝一杯!"小张是三个小哥们中那个厨师。其实,我们大家都一样,第一次见。而我,在他之前却说:"小张,咱俩第一次喝酒,干一杯!"自觉相形见绌。

华老师陷入沉思,大家心照不宣了什么。大雁老师就一边拿出手机让看她3个月的外孙的照片,一边说:"太胖了!想吃手,却把腮帮子吃到嘴里了!"

华老师说:"现在的孩子父母都是看书养,不实际,我孙子俩月时我就开始控制了!"

华老师老伴儿说:"自从有了孙子,我就水深火热。中央八项规定,我是十八项规定!"

华老师抢说:"进屋必须洗手,不许亲小孩的手,因为小孩吃手。现在可以亲小孩的脚——将来小孩吃脚了,脚也不许亲!来,喝一杯!"

华老师老伴儿突发激动,对她说:"少喝点!"

华老师马上反驳说:"你咋喝呢?!"

华老师没等老伴儿说完,抢说:"酒是粮食精,家雀喝了敢叨鹰!"

华老师老伴儿却说:"我现在比原来经祸害多啦。"华老师却转移了话题,说起了亲哥兄弟的关系:"爹妈死了,哥兄弟走动也就少了。爹妈活着,在谁家到谁家,那叫回家;爹妈死了,那叫串门!"华老师老伴儿听华老师说一句,他跟一句:"那可不!那可不!"我想:这是黄鼠狼听口气啊!

华老师又说:"老伴——结婚后我就这么叫——别喝了好吧?人家喝酒是享受,你喝酒是难受!"

## 十一

昨天中午,看着三个小哥们忙活,三个女人坐不住了,也要跑前跑后助厨。我说:"别当贱皮子!待着还不会吗?"团长说:"你们吃好喝好玩好我们就知足了!"她们却说:"我们不会喝!"我说:"往下咽谁不会啊!"

又想起那天有人说这次换届领导干部太年轻了:"谁干得了?"

我说:"说得算谁不会啊!"

华老师说:"我不行了。喝点酒就眼皮子发皱!"

团长说:"你这话不在调儿上!"

华老师老伴儿笑说:"又嗔着不对他牙缝儿了!"

团长说:"我爷爷喝了一辈子酒。活着时候过年还得想法弄点杜冷丁、大烟什么的扎上,他说享受享受。活到九十二!"

我说:"最后这句重要! 九十二!"

大家都说:"最后这句重要! 九十二!"

我就想起朱司长挂职时入乡随俗学会了喝酒。喝了酒回家,总要在小区楼下让司机秘书陪着转两个小时才上楼的事和皮容夏教授喝了一斤酒说没喝,女儿不信,电话里考他微积分,他竟然答对骗过女儿的事。皮容夏教授说:"我爷爷现今90岁,每天一斤二锅头喝了70年,现在照喝不误,每天还和人下几盘棋呢!"

华老师老伴儿说:"人啊,有享不了的福,没有受不了的罪!"

我听了,却一下子天马行空胡思乱想起来。今天的草原原本已经很好了,可是大家还是以为更好的还在后面。就不断地往前走,走到天黑,却不是草原了。

## 十二

长长的条案上,分成两个单元。一边四个相同的菜。外加我老伴儿拿来的大雁蛋。大家杯起箸落,欢声笑语。不知谁对我老伴儿笑说:"大雁老师就在这里,你怎么老说大雁蛋大雁蛋的?"大家都笑。

我突然感觉我是在看无声电影。想起了当年,虽已参加了工作,但是农村出身,没有根基,日子拮据。多年仍穿着掌过的皮鞋。那右脚的皮鞋右侧偏上的地方掌了几道黑色的针线。并不大,方方的一个蛛网块。别人未必在意,但自己却自觉矮人一等。一次,和单位同事出差,晚上睡觉的时候,总是逡巡别人,以为别人在看自己的皮鞋。半天,觉得大家不注意的时候，快速把补过的那只皮鞋用光脚往床底下推了又推，直到自己也看不见，只剩那只好的在外面。——那是一个漆黑的夜晚，住在张家口那边的万全宾馆，至今记得，二十八岁。

# 十三

乌拉盖——天边的草原。

我们还在路上，中午到了一个很大的镇。问一下，说"牛对牛"饺子城不错，团长就拎个酒坛子先进去了。等喊我们落座的时候，团长和一个人已经喝上了。当然在那人的桌上。

我见那人，四十多岁。看两鬓刚刚才理的短发，却戴着帽子，帽檐挺长，向前压低着。大脸，高颧骨，皮肤很白，泛着油光，但一脸的红血丝。

原来，那人见了团长的酒坛子，就拉呱，问是什么酒。团长就给他倒了一杯，他就拉团长坐下同喝。没一会儿，团长就回来了，满面春风。我们吃饭的时候，那人便几次在走廊转悠，似在找人。人们说："是在找团长！"也未可知。

团长的邂逅，非此一人。晚饭更奇。在一个饭店，我们要了几个菜，又端来了自己的手把肉。开始，就引来邻座人来啧啧称赞。团长说："来，你们尝一块！"邻座摇头回去了。他就夹了一块最香的，大快朵颐。几个哥儿们敬他，不论酒肉，来者不拒。我们喝不动酒，团长却到了半酣，我们吃了饼。团长说："你们先撤吧，我们再唠会儿！"我们知道他是想和三个小哥们再喝点，便起身离席。

第二天早餐，团长很早就到了。但我一见他，眼泡有点红。就问："又喝多少？"他说："忘了。邻座那位是重庆的，和我同年同月同日生，我们合桌了，他是酒仙，我也是，真快活！"

原来我们走后，他们就搭讪起来。团长问："你们哪儿的？"那人说："重庆。大哥贵庚？"

"1963 年。"

"生日？"

"四月二十！"

"时辰？"

"我妈说干一气活时候生的。"

那人站起来，"啪"往桌子上一拍，对团长说："看这个！"

团长凑近一看，是身份证。"出生：1963 年 4 月 20 日。"

两人哗哗倒了半杯，"咣"！两只杯子碰在了一起……

我老伴儿说："这是草原两结义，不是桃园三结义啊！"

## 十四

早餐，我对团长说："透透？好受点！"

他说："喝瓶啤酒！"

我老伴儿说："喝奶茶还喝啤酒？"

团长说："磨刀砍柴，两不耽误！"

不知谁说："早晨喝酒一天醉！牦牛蛋子酒，拱得慌！"

还不知谁说："一饮琼浆半日狂！"

团长说："出来玩，就是要个心情！"

喝了两瓶啤酒，华老师坚决喊散。

团长不满了，说："华老师，我把啤酒钱单算了？——我多吃多占了！"

华老师先是一愣，转而说："看你那出相。算就把全程费用都算了吧！"团长无言以对，昂首离席，目不斜视。

等车的时候，团长说："今年过年，我儿子拿回了一瓶茅台。我说，买茅台的不喝，喝茅台的不买。你这是哪出儿？儿子说：'我花 3000 块买的！过年了，自己买一瓶，喝着踏实！'我说，有点败家。要是买别的酒买好几箱子！儿子说：'我就是要找个踏实的感觉！'"

华老师老伴儿说："我儿子就有点哏。年前和两个小哥儿们喝酒。那两个小哥儿们喝着喝着一句话不对付干起来了。我儿子拉仗拉不开，一酒瓶子给人家脑袋'帽'上了！"

我说："后来呢？"

"后来送进医院花点医药费，给人家陪了几天床，没事了。"

华老师说："我儿媳妇南方人。五月节包粽子。包咸鸡蛋黄。我把蛋黄扒出来，蛋清就扔了。儿媳妇说：'这败家娘儿们，咋还扔了！'就又捡回来做菜吃。我妹妹问她：'你咋说你妈败家娘儿们啊？'她说：'不对吗？我爸就这么说我妈呀！'原来她没真正懂北方一些话的意思。"

## 十五

我认为最没用的话是厕所里"向前一小步，文明一大步"这句话。而阿姆斯特朗的一句"个人一小步，人类一大步"才堪大用。哪个秀才从这句话套了来，却贴遍了祖国大地的男厕，真是奇迹。但是终归大而无当，不知其可。

想着这事，华老师老伴儿从厕所出来了。说："这个厕所有意思。不是'向前一小步，文明一大步'了，而是'尿不到里面说明你短，尿到外面说明你软'！有劲！有劲！"我说："这个是有劲！"

说着，只见景点那边红男绿女，人头攒动，一片嘈杂。团长在欢呼声中吹着那个像做法事一般的大号角，低沉而悠扬。号角一响，池中的喷泉就开始喷水，吹得越响，喷得越高，吹的时间越长，喷的时间越长。团长不知吸了多少气，涨红了脸吹啊吹，吹啊吹，吹啊吹——那水柱越来越高，越来越高，"高……高……高……"人们在狂热地呼喊着。突然，一切戛然而止。

再看时，灰色的天空中，下起牛毛细雨。那水柱一下从十几米高落回水面，泛起一片浪花……

# 南方游记

一

若干年前正月二十五，五点五十分，我洗洗脸，刚装好提包，电话就进来了。是大哥打来的。说车到楼下了，下楼，出发！九点多，到了首都机场。要到下午才登机。我们便找了个茶座，花了 60 元。一人要了一杯茉莉花茶，边喝边聊天边等。茶是那种和旅店里的袋泡茶差不多，不怎么好喝。但是能续水，能提供几个小时的"茶歇"场所，也还算性价比超值。

和大哥聊了些什么，记不清了。都是往事，东一句西一句地说着，真的如烟。

因为下雪，飞机晚点，又说除冰。都快下午五点才起飞。飞了三个小时二十分钟，到了。离市区还有 30 公里。打出租车，机场外有三四辆停在那里。司机有的在车里，有的站在外面，问问，都摆手。很神秘、很冷漠的样子，不知他们在等什么人。有几个小青年上来问是去市区吧，160 元，看不坐又说 120 元就行。眨巴着小眼睛有点狡黠，没敢坐。就去找公交大巴车，去火车站的，每位 20 元。到火车站，对面就是维也纳酒店。一问不对，是维也纳三好酒店，绕过火车站就是。但是还是花了 9 元钱坐了出租车。每人168 元一晚，入住下。九点多了。相约去中山路小吃一条街晚餐。又打车，也不远。问出租车司机哪里的小吃好吃，司机说："都讲数量不讲质量了。哪儿都一样！"再问，不耐烦了。

到一家大排档。点了两条秋刀鱼，一个烤茄子，六只烤生蚝，六只烤大虾，喝了一瓶二两装的郎酒，又一人一瓶啤酒，打车返回。在这祖国南端城市的夜晚，能和大哥优哉游哉或说气定神闲地坐在外面，吃着大排档，喝着酒，聊着天，是多么快乐惬意的事儿，也是今生老去之时值得回忆的事儿。

# 二

南宁的简称是"邕"，念"拥"。我多少年一直念"义"。包括东汉蔡邕，也一直这么念。今天，听导游说，一查才知道这个字念"拥"。一错就是大半生。是老师教的还是自己学的，无从查考。有时，人生的错误是很固执的。有时，人生的错误是不知不觉的。有时，人生的错误是建立在想当然基础上的。

早六点半吃饭。来了个女导游小覃。像知道我念错别字似的，特意嘱咐不念谭咏麟的谭，而是念"秦"。她说"覃"姓是壮族的大族之一。她说七点出发，结果司机去排队加油，叫我们等，七点半才出发。

目的地是德天瀑布。这是位于中越边境的跨国大瀑布，越南那边叫什么"板约"瀑布，记得不准。包括德天瀑布，费了好大劲才记住。位于广西崇左市大新县硕龙镇。

从住地走了差不多四个小时才到。果然壮观，是我见到过的最大最壮美的瀑布。大哥说黄果树瀑布比这还要大，可是我没去过，这次有望成行。

我们远观了好久。又坐了个竹筏，向瀑布驶进。这条河叫归春河，是中越共同的界河。坐在竹筏上，缓慢地向瀑布行进。对面偶见越南的房屋、学校。静悄悄的，不见多少人。

瀑布有一个大的主瀑布，飞流急湍。左边很远处有个很高但是不算太大的瀑布。右边是一个对称似的低而曲折的也不算大的瀑布。这样，整体看去，高低错落，远近相辅。飞珠溅玉之势不断，轰然如雷之声不绝。当竹筏划到瀑布底下，更是气势惊心。竟然有两个人在瀑布顶上的稍右一侧的一小块陆上垂钓。瀑布两侧飞泻，两人头顶高天。是猎奇，还是探险？我想这地方肯定无鱼可钓，然而也未可知，不然他们冒险钓鱼干什么？不想稍一转眼，左侧边上还有一人在瀑布之上的更小的一块陆地上站立，悠然自得，犹如神人。

沿瀑布上岸之后，便是二级观瀑台，三级观瀑台。得以在不同角度远观瀑布全景。53 号界碑边，是边贸一条街。随便转了转，由于是淡季，卖货的人比买货的人多。导游告诉，有一种膏药叫军贴，比较有效，可以买。越南的咖啡可以买，腰果可以买。买膏药的话，零售是十片一包四十八元。找她帮忙的话是三包一百元。我惦记着老妈的腿病，就给了她一百元。

<h1 style="text-align:center">三</h1>

通灵大峡谷要下八百多个台阶再上来，现在枯水季也没有水。这是导游说的，我们没有去过。古龙山峡谷群，沿峡谷河有二对一的橡皮舟服务。过三个溶洞，三明三暗全是原生态，好极了。这也是导游说的。就有人想去古龙山峡谷群。导游说，这是自愿的事，与他人无关。谁去谁再加160元，在名单上签个字。你们想啊，一生能来几次？就加这么一点钱，比你下次专程来一次省不知多少了。入情入理，于是大家纷纷加入。有几个没动心的，也从了众。于是，下一站"古龙山峡谷群"。

我和大哥有点肥。坐上皮筏子，水浅处就拖底了。划船的是个43岁的汉子。他吃力地划着，说："你们两个应该分开坐才对。"大哥说："我们是一起来的，怎么分开呢？"就举了一个例子说："我们有个哥儿们搓澡去，搓澡的说，你的表面积太大，应该掏双份的钱。哥们说，我坐飞机掏单份钱，泡小姐掏单份钱。怎么你搓搓澡就要双份钱了呢！我哥们一百三十公斤！"

汉子便不言语。过了一会儿，他就转移话题，唠起了家常。他说，这个峡谷，他小时候水比这大多了。现在是对外承包着呢。承包人约定，用工从我们村里出。有一次他们从外地雇了人，我们就罢工。现在一天我划一次提30元钱，我们嫌少了，就又罢工，就又给涨了5元，并解决中午饭。最旺季一天划四次，现在淡季一天划一次。划这个的最多时有200人。

我忽然想起导游说，下船时要给划工20元小费。当时还想，这不是外国人的来法吗，谁知道也引进了？但看他也不容易。我们两个被远远地落在别人后面，过了第二个洞换乘的时候，我就给了他20元。他一愣就接了。后来又过水帘洞，这个六百八十米长，正在修人工栈道，将来是步行的，就不用我们划了。打上灯光，一定更漂亮。划工说。下了船，大哥又倾尽零钱给了他16元。表示了我们很重，你受累了的感谢之意。

午餐在一个大敞篷里面。导游就讲故事。她说，这个地方长寿村很多。有天记者采访两个长寿老人。他们叫阿叔阿婆。问阿婆："您高寿啊？"答：

"一百零七岁。"

"您为什么这么长寿？有什么秘诀？"

"我早晨吃玉米粥，中午吃剩下的玉米粥，晚上吃剩下的馊了的玉米粥。"

"您现在最想干什么？"

"想死！"

"为什么呢？"

"你天天吃玉米粥你不想死啊！"

当然，这是个过去的笑话。导游说。

## 四

兴义是黔西南州府所在地。我们要坐 K863 次火车去。忙了一天，肚子有点饿。大哥说，吃点特色。就走到了火车站的另一条街，大哥眼尖，一下子看到了一处"百年瓦罐煨汤"的店面，挂着浑厚又醒目的招牌。店里无顾客，正好清静。点了七个瓦罐汤，又点了一个菜。原来要的红烧排骨，结果上了一盘炒板鸭。我没注意，大哥发现了。一说，店主马上端了下去。店主建议吃个炒菜。加了一瓶白云边酒。就边吃边喝边聊边打发时间。老板说："我很羡慕你们哪。那次也是一个东北大汉。喝了两罐汤，吃了一个炒菜，吃了一碗米饭，喝了一瓶白酒，又喝了一瓶啤酒。创了本店单客消费纪录。今天光你们两人吃了七个汤，就打破本店纪录了啊！"

坐了一夜火车，早五点零四分准时到达兴义。预订了火车站对面的满意 168 快捷酒店，只要 99 元一间。我住 322 房间。酒店的一大特点是没有坐便器，都是蹲便器，十分不习惯。酒店厚道，99 元还提供早餐，虽然只是一碗粉，也心意满满。吃了，打车到盘江东口，2 元钱随便坐 19 路公交，到达终点站万峰林景区。现在没多少人。我们顺着路找到景区大门，门票 130 元。坐上景区导览车，才感觉天气很冷。穿戴和在家里时一样，还是感觉阴冷，确定这几天景区都是阴天。

我没看过这样震撼的景色。这是布依族的村落。喀斯特地貌，一座座山峰拔地而起。我想，可能十万大山的名称就是这么来的，山峰极多之意。这里两山夹一片田畴，种满了油菜花。每到一个观景处，导览车就会停下，给5分钟时间游览拍照。但是每次都超时，司机并不催促，在一边欣赏游客的尽情。黄绿相间的板块，加上方方圆圆、高高低低的造型，大开大合的色彩，就像鲜艳明媚的儿童版画。再有座座云雾之中拔地而起的孤峰相衬，可以发挥你尽可能的想象力，要多么美有多么美。导览车有自动的广播介绍。只是感觉这女播音一定是赤峰人，完全是赤峰味儿。这写介绍稿的人也一定是赤峰人，一派当年我熟悉的朋友的语言风格。不过我只是这样想，并无确证。

导览车拉我们从山腰走到尽头。稀稀落落的布依族村落在这美景之中不再多余，也不是点缀。而是这风景之中不可或缺的组成部分。然后拐弯下去，再从这版画边的另一条路返回。来时是从高处看版画，回时则是在版画之中游，自体也成了版画的一部分。

想照相，光线却不行。大哥说："天无三日晴，地无三尺平。"下次一定静下来在这里多住几天了了心愿。这样想着，依依不舍地出了景区。

稻子巷有个"王记汤旺面"就去找。巷子很深，十分古旧，门面也不大，有几个人在说笑。似乎都是自家人，只有一两个客人在低头吃面。我们点了两碗汤旺面，一碗8元。草草吃了之后，感觉确实有点回味。发现这里的小吃店，多与乾隆下江南有关。因为这里的店里面都挂着一大幅文配画，说乾隆二十二年也好，几十几年也好，来过此地，如何如何，一段故事之后，成就了这一百年小吃，百年名吃。

# 五

马岭河大峡谷号称"地球上最美丽的一道疤痕"。我的印象就是一个"野"字。深而直立的观光电梯，像是"唰"的一下就下到谷底，有点野；谷底崖壁上杂乱无章的丛生灌木，弯曲而倔强的小乔木和其他野花草，有点野；几道宛如挂在天上的小瀑流，绝对不是夸张的"飞流直下三千尺"，有点野；脚下的不是路的路，可以任意而去，任意而行，有点野；谷底远远近近，大大小小，高高低低的各种声音，聒耳长鸣，也有点野。

人不多，门票70元，电梯费40元。游客当中，鲜有年轻人。多是年纪很大的老头老太。我突然感到了信心和资本，因为在这个队伍里，我们是"年轻人"。就对大哥说。大哥却说："咋不想想我们的人生已经到了这个阶段，与这些人为伍了？"我说："我们的好时光应该还有二十年，充足得很呢！"他说："此为闲散者的来处，并非摄影好风光。"

# 六

手机终于丢了，因为我从来没有丢过东西。在回来的公交车上，看见右手边有一家茶馆，门两侧挂着一副对联：

为人忙，为己忙，忙里偷闲，喝杯茶去；
谋食苦，谋衣苦，苦中作乐，拿壶酒来。

觉得有些趣味，就用手机记下，然后把手机放在上衣左边口袋里。开始专注研究公交车的站点牌，似乎在南京路小学口下才对。州医院对面有一家"鼻舒堂"，大哥是老鼻炎，想去看看。还离一站了，我忙向手提袋装相机。到站起身下车时，习惯性一摸口袋，手机不见了。左右找，座位上下，几个口袋都没有。大哥已经下车，车门已经关上。司机又重新启动，我想下车吧。

大哥帮我打车去四路总站找，我们到了，我们坐过的公交车还没到。和他们一说，未必找得到。司机到了，他说没看见，意思无处可找。我们无功而返。大哥给公交总站打电话，说明情况，要求查监控，对方说没办法，只有派出所才能查。大哥问我："报案？"我说："别，算了。"

我惊讶地发现，大哥不知何时记住了那公交车的车牌号，司机姓文，文师傅很好，他不知道，记了我们的电话等这些都和总站的人讲了。看来找到的希望渺茫。出租车司机说："这里一向小偷很多，你就安心买新的去吧。"大哥问："没啥隐私吧？"我说："这个放心，没有。"

我决定放弃寻找，就进行了一系列冻结和挂失的操作。恰明天家里有人过来，加急补办了一张卡，捎过来完事。

晚上在"家和酒店"吃饭，想大哥辛苦，就去给他盛饭，却又不小心把碗掉在地上打碎了。真是"福无双至，祸不单行"。大哥却笑了，说："哈哈，丢了个手机，打了个碗，再就无虞了！"

我掏出一部新手机在大哥眼前晃了晃，说："就差卡了。"他更加大笑。原来，"鼻舒堂"边上就有一家手机店。趁他去治鼻子，我溜出来就买了一部。同卖手机的小伙说了丢了手机的事。他问我啥手机，我告诉他苹果。他就说："现在已经变成一千块钱了。"他告诉我，被偷了，这地方这个多着呢。放心一点，他不用你的手机也不用你的号，值两千块钱他就卖一千块钱。你有密码买家也有办法，但是一般都是恢复出厂设置，什么都没有了。再说同时按 HOME 键和音量键，可以进入工程模式，一切都可以搞定的。

游览了美景是我今天的一大主题，丢个手机打个碗是我今天的另一大主题。只可惜了我的手机和里面的东西。这世上没有几件事是顺顺利利的事，谁也不知道下一刻会节外生什么枝。生活或者说人生就是如此。

# 七

罗平到处是油菜花。八点到罗平，是奔着油菜花去的。为吸取丢手机的教训，400 元一天雇辆车。师傅姓"刁"。刁德一的刁，但是姓刁人不刁。先拉我们到火车站附近一个叫"小辣椒快捷酒店"的地方住下。140 元一晚带空调。未进房间就出发。

先是多依河景区。顺路到油菜花节主会场看一下，离罗平县城只有几公里路程。刁师傅说，他在读高中时，就让他到这里参加油菜花节充人数，整整一个下午，晒得要死，但是没死。

刁师傅说了一路。他在家里还办英语培训班。问他学过英语或者是英语专业毕业？他不屑一顾地回答，没专门学过。又补充说，就是爱好，自学。怕我们误解，又说，不管咋的，我教会就行。不久前，一个老外团来旅游，就是我接洽交流的。看来他的说法不虚。

罗平的旅店餐馆都有火盆。客人们都聚在一起烤火。也有火炉，但少。大哥说："向火！"

罗平的早餐多是米粉。这米粉的配料有鲜薄荷、有香菜、有葱花。我喜欢鲜薄荷，配了不少。

天还是阴着。多依河景区就是坐电瓶车沿河观光。一共有四个景点。电瓶车到点即停，每站五分钟。起初并无奇处。到了最后一站雷公滩，才大感震撼。

刁师傅说，整个罗平，打的是油菜花牌，但是油菜花不收费。收费的就是多依河景区和九龙瀑布。油菜花遍地都是，你收这个点的费，他会到另一个点，你收另一个点，他会又到另一处，反正到处是。总不能全境收费吧？那就没人来了。

回县城的时候，顺路又搭了三个人。金鸡峰丛寺庙上有个观景台，寺里收10元的"卫生维护费"。"这是宰人。"其中一个年老的女人说。

刁师傅立即反驳说："这叫什么宰人呢？那台阶是不是人家修的？一天那么多人去，卫生是不是人家维护的？只收十元钱就是宰人了？！假如一餐饭值五十元，他要你八十元，这是宰人。在人家地盘，收你十元卫生费，还能说宰吗？"那老女人试图解释不正规，不是正式的景点收费……带说不说的，后来也就不吱声了。她不吱声了，刁师傅就缓解气氛。说早晚光线最好的时候，当地的农民会到那里占据最好的"机位"。那些摄影师想在那里拍照，就得给人家100元，租那个"机位"。这也是无可厚非的。

# 八

吃午饭的酒店很有特点。这个酒店位于罗平县城边的大路边。店里面看上去是未装修的"毛坯房"。餐室之间用粗大的麻缆绳从屋顶一条条垂下来以示间隔。两间餐室之间的公共部分摆放着众多的粗陶像和粗陶罐。到处体现着一种原始的粗犷。

进门吧台不远处有一个大火盆。几个人在"向火"。吧台上还摆放着五彩米、生姜粉等地方特产出售。前台经理是个开朗耐心的少妇，不断给客人介绍这些东西。

我们向着火，点了四个菜。味道无比地好。特别是那个肘子，味道更是不错。这里面的人个子都不高，但是饭量都不小。米饭很便宜，两元钱一位，一上就是一盆或者一个木桶。我和大哥深感惬意。一人喝了一杯"滇王老窖"。一杯二两15元。老板给烫得很热，喝着口味特好。烤着火盆。喝着烧酒，有点血脉偾张。就有了想买点回家一天一杯的念头，买是没买，走时拿了一张酒店的名片。

# 九

金鸡峰丛是油菜花和喀斯特地貌相结合的经典。油菜花我们已经随时停车照了很多。但是天阴着，光线不好。大哥相约"明年来住十天"。刁师傅说："看这里的油菜花，最佳季节要记住农历。即每年的正月十五的前后一个星期。"

我们就到金鸡峰丛的那个寺庙的观景台照了很久，伫立了很久，欣赏了很久。单独的景色好描述，像这样的漫天遍野直到天际的油菜花，其间像长着一棵棵鸡腿蘑的碧绿的孤峰，不，不像鸡腿蘑，更像旋风般的绿裙芭蕾舞女，不，也不像绿裙芭蕾舞女，像一只只兰花佛指，布满大地，一片祥和的美丽……这满眼的风光，着实愁煞了我的笔力。也许只有获诺贝尔文学奖般的大家，或者是吴冠中辈的大师才能对此景描述得力透纸背，入木三分。

我们又换到油菜花地里的一座高峰上，举目环望，一时没了词汇，没了语句。只是一阵阵从未有过的愉悦像天女的飘飘仙袂轻抚心底……

刁师傅又带我们去螺丝田。这是天然的喀斯特地貌。地底下是空空的，不断地侵蚀，不断地坍塌。地面上看，就是各种图形的地貌，种上油菜花，就是写在大地上的另一种风格的一幅接一幅的壮丽的山水田园画。

回到罗平。大哥对刁师傅说："你维护了罗平的形象啊！"刁师傅说："我只是公心。十块钱卫生费怎么能说宰人呢？"大哥说："晚上喝点？"他一犹豫，说："不了，谢谢！"加了微信，别过。

晚饭吃干锅牛肉，一个很大的店。但是秩序和卫生不敢恭维。要了半份的锅。心情好，更是涌起无酒不欢的欲望。喝了一两半一小瓶的酒。在路边的超市，看见一个好看的旅行杯。给大哥买了一个，泡了杯茶。第二天，他竟说，保温效果出奇地好。但是他房间的空调坏了，师傅鼓捣了半天，也不好。经理给退了20元房费，感觉讲理。

# 十

早起，到罗平火车站边的小吃店，煮了点挂面吃，就去赶火车。今天的行程是，坐 K365 次到昆明。然后转到昆明南站坐动车 G2974 到关岭。然后在车上补票，我补到安顺西，大哥有事补到贵阳北。

中午十二点多到昆明。其实不用出站，站内就有地铁，可转乘到昆明南站。可是我们出站了，打了几次车，都不停。只好又找地铁口。问警察，说往前走两个红绿灯有。果然，走了两个红绿灯后，看见了地铁口。我们在附近找了一家小馆，吃了两个包子。马上坐地铁到昆明南站去乘坐 G2974。

晚六点二十分，我到安顺西站下车。老王已经安排好了房间。告诉我坐十九路公交车，到普华大酒店下车，住进 1310 房间。

晚饭到对面小饭店吃了一碗红豆米。回来的时候，看见了安顺小吃街。就进去转。老王说，明天二月二，应该买点猪头肉和猪蹄子。这个小吃街灯火明灭不定，人不多。街很长，但是生意活跃的只有半条街，另半条街不怎么有人。我们到一家叫"瞿记卤肉"的摊位前，买了一个大猪蹄，让店主分割好，装入食品袋，预备明天早晨吃。拎着又转了一会儿。

在家里，过了二月二。意味着年过完了，人刹心马靠槽，该干点正事儿了。

这几天来偶有顿悟。几十年来没日没夜地忙碌，所为何来？所为生活向上，所为人生价值，所为不枉人世一回。以何所为？就是保持着"积极玩"的心态。想这红尘之中的许多事，就是和"小孩过家家"一样一样的。大家在一起饶有兴趣地玩，积极地躬身入局，按照约定俗成的规则，体验"积极玩"的过程，收获"积极玩"的快乐。玩够了或者玩不下去了再说，不然就还是"积极玩"。"积极玩"，没有对错，只有输赢。也许没有输赢，只有好坏。或者连好坏也没有，只有因果。这是老来开悟了吗？

# 十一

陡坡塘瀑布景区是"八三版"《西游记》取景的地方。我们沿着景区的步道转了一圈，景色不错。今天同我们一起拼车的还有个女孩。说是天津的，来参加同学的婚礼。空出这么一天时间，想转转。她自我介绍姓管。我问她学什么的，她说学法律的。

陡坡塘瀑布位于黄果树瀑布上游 1 公里处。瀑顶宽 105 米，高 21 米，是黄果树瀑布群中最宽的瀑布。陡坡塘瀑布顶上是一个面积达 15000 平方米的巨大溶潭。瀑布形成于透迤 100 多米的钙化滩坝上。它还叫"吼瀑"。因为每当洪水来临之时，都要发出巨大的"轰隆轰隆"的吼声。

天星桥景区在黄果树大瀑布下游 7 公里处。主要是展示石、树、水的美妙结合。是水上石林变化而成的天然盆景区。"风刀水剑刻就万顷盆景，根笔藤墨绘制千古绝画"是天星桥恰如其分的对联。梁衡的散文沿旅游线路一段一段地刻在石上。我查了一下这篇散文的题目是《天星桥：桥那边有个美丽的地方》。边走边看，无以再表达。也是几天在美景之中，有点审美疲劳了。

午饭司机负责。我们围炉而坐。几个素菜，味道不错。我们早上剩的"猪脚"，这边的人都这么叫，拿出来，小管竟然吃了不少。

# 十二

记得很小的时候就知道有个黄果树大瀑布。是人间美景，人间奇景。最先得知的渠道是课本还是黄果树香烟盒，实在记不清了。总之，这是我十分向往的地方。今日终于站在它的脚下，除被美景惊艳之外，心情也有些激动澎湃。

黄果树瀑布古称白水河瀑布。也叫黄葛墅瀑布或黄桷树瀑布，因本地广泛分布着黄葛榕而得名。属于珠江水系西江干流可布河下游白水河段水系。是世界级的瀑布。瀑布宽 101 米，高 77.8 米。1638 年。旅行家徐霞客到此，这样描述："透陇隙南顾，则路左一溪悬捣，万练飞空，溪上石如莲叶下覆，中剜三门，水由叶上漫顶而下，如鲛绡万幅，横罩门外，直下者不可以丈数计，捣珠崩玉，飞沫反涌，如烟雾腾空，势甚雄厉；所谓'珠帘钩不卷，飞练挂遥峰'，俱不足以拟其壮也。""盖余所见瀑布，高峻数倍者有之，而从无此阔而大者。"黄果树大瀑布为世人所知，源于徐霞客。

我不善写风景。站立此处，只觉得大自然如此鬼斧神工，天造地化，我辈得赏，实属今生万幸。更加万幸的是，我顺着导引的崎岖的山路，爬到了黄果树大瀑布的上面，从它的后面一睹芳容。真是水帘洞洞天哪！然而，李白《蜀道难》中的那几句："连峰去天不盈尺，枯松倒挂倚绝壁。飞湍瀑流争喧豗，砯崖转石万壑雷。其险也如此，嗟尔远道之人胡为乎来哉"也在耳边回响起来……

龙宫是国内最美最长的水溶洞，有最大的洞中佛堂观音洞，有最大的洞中岩溶瀑布龙门飞瀑。还是中国天然辐射剂量最低的地方。我们匆忙坐船，不到 30 分钟就出来了，忙着赶路。司机说这是额外的，加了 60 元钱。合情合理，并不为过。

总体来说，这个旅行社诚信，司机人很好。一直把我们送到安顺火车站。去贵阳，今晚 K160 只有站票。上车后，到八号餐车，点了两个菜，坐到八点。要搞卫生，撵我们走。我们只好离开到车厢站着，好在只站了 12 分钟就到了贵阳。

打车到蓝天宾馆，同大哥会合。还没见面，就听说大哥知道我们时间，竟没吃晚饭，一直等到现在，我内心真是好感动。一见面，大哥很高兴，溢于言表。说今晚请我们吃"肚包鸡"，游甲秀楼。于是打车找"肚包鸡"。司机见我们是四个人，以为是找"赌博机"。就说这个不好找，那是隐蔽战线的……我们说是去吃"肚包鸡"，他才明白，大家哈哈大笑！就拉我们到了一个地方，说是一条小吃街。然而并非真正的小吃街。这地方没几家饭店，饭店走了一遍，也并没有"肚包鸡"。却吃到了"酸汤鱼"，也是特色。去游甲秀楼，太晚了，已经关门……

# 十三

一觉睡到七点多。家里那边传来消息，熟悉的两个人，先后故去了。都是 60 岁左右的样子。我听了心情复杂。只想逝者安息，生者珍重吧。正想着，大哥打来电话，早餐过去吃还是在这边吃？我说这边也有免费早餐，我在这边吃一口，你上午忙你的事去。

休整了一上午。一个人在这间大房间内，静悄悄的，整理完物什，就写些文字，记录时光和心情。阳光照进来，柔柔的，暖暖的，我便弃笔独享。外面有几棵树，我不知叫什么名字，也是静静立在那里。远处一片模糊的楼房，一具高大的烟囱，冒着一柱白烟，直升起来，渐渐地膨大，又渐变成朵朵白云，不一会儿就飞上了天不见了，如此连续不断，所以烟囱冒出的烟几乎一直是那个样子。外面一点声音也听不见，恍如世外。我的心也是静静的，耳边什么声音也没有，心里什么声音也没有。只感觉时间像凝固了一般，我的心神也像凝固了一般，只余了生理学意义上的生命一般……

快到十一点，老王过来。还是执着地想去找"肚包鸡"。问出租车司机也茫然，就把我们拉到火车站附近的"二七小吃街"，转了一遍，也并没有所说的"肚包鸡"。后来才知道，这条街就离我们住处不远。司机要了我们15元，实在不算厚道。

贵阳北站是高铁站，修得和飞机场一般。老王他们去铜仁。我和大哥去桂林。候车的时候，有个讲座在讲航空运输最快捷最经济。因为修飞机场最经济。他说航空运输修个飞机场即可，不用修路，这得省多少钱？算一下这笔钱的财务成本是不是很经济？没细想，也许真是那么回事。

晚上六点五十八分，我和大哥到达桂林。到处是介绍入住介绍旅游的。我们就在"江浙商务酒店"入住。大哥住712房间，我住713房间。每晚96元。

打车到桃花江边，和大哥转了一会儿。桃花江上的灯火夜景着实迷人。江水荡荡，江火霓幻，江风灵动，江月迷离。游人熙熙攘攘穿梭不尽，欢声笑语不绝于耳。总有人用手机开了闪光灯照相，一闪一闪的。我想，这是太小白了，连菜鸟都够不上。此时此景，怎能用闪光灯呢？

江边，有一家"临江楼"饭店。林林总总中鹤立鸡群一般，

格外抢眼。我和大哥点了一个"啤酒鱼"。"啤酒鱼"是菜名。鱼是什么鱼，我不知道。158元一斤，要了最小的那条，一斤六两。又点了洋芋和扣肉，喝了一瓶"三花酒"。我和大哥出来这次，这是最奢侈的一餐。如今，时光飞逝若干年，仍然时有回味。亦有感悟。

## 十四

导游说的话声声在耳："我不是最好的导游，你们却是最好的游客啊！"这似乎在时时诱导我的某种冲动。

游漓江、游阳朔多是拼团。我们的团160元一位。说好了必须到一个购物店，但是不强制消费。折腾了差不多两个小时，终于有人"上当"。话也不能这样说，怎么能说是"上当"呢？自己愿意的事情，周瑜打黄盖。愿意就是快乐，快乐就是值当，不是上当。

购物店的事以为终于告一段落了。我们去看聚龙潭溶洞，然后吃午饭。现在已经印象寥寥。饭后，换了一个导游。游龙潭村古民居。这是一个侗族村。既没让我们走街串巷看民居，看民俗，看建筑，看风景，也没讲解这些内容。倒是大讲特讲金属银和银制品的好处。

不过导游穿插的说笑还是提了点神，但是不知对不对。她说这是重女轻男的地方，女娶男的地方。处男称"头锅"，已婚的称"二锅头"，老男人称"老锅头"。处女称"一手货"，可称呼"阿妹"，已婚的称"二手货"，只可称"阿嫂"。桂林话称老朋友叫"老狗肉"，老婆称老头叫"老乖"云云。我还是看了一下银店的银器，标价每克二十四块八毛。不便宜，但是做工还算精致。

## 十五

我们游阳朔，所见山是那样的山，但是水不是那样的水。

导游说，阳朔来得不是时候。5月以后水就大起来了，那才是最佳的旅游季节。我们坐船转了一圈，不加钱，同行有十个人坐竹筏，另加了钱。

游完阳朔，我们就在阳朔住下。准备晚上看《印象刘三姐》。酒店有订票业务，自己去买票，一张238元。找它们订，一张180元，还有车接送。

阳朔"啤酒鱼"是很有名的。我们就到隔壁饭店吃了"啤酒鱼"。是条草鱼，一斤38元，又点了一个竹筒肉。我征得店主同意，特意到后厨目睹了"啤酒鱼"制作的全过程。分享如下，绝对保真。

　　店员捞起一条活鱼，一称三斤整。然后用菜刀拍砸鱼头至死。非常麻利地用刀侧背推着刮去鱼鳞，没几下就刮完了。然后从鱼尾侧划开口子，沿鱼背剖开。在鱼头上一刀下去，一劈两半，然后掰开，鱼膛就露出来了，扒出扔到地上的垃圾桶里。拿自来水管喷冲几下鱼膛，就干净了。此时鱼是被劈开但肚皮还连在一起的对称形状。不过是一面有尾巴，一面无尾巴而已。

　　烧热马勺，刷好锅。放好多植物油。待油热，放入适量姜末和蒜末。油烧开后，将鱼对称形状放入锅中煎。要不断倾斜锅的角度，以使鱼的各部分都沾着油，也受热均匀。五分钟吧，厨师拿起马勺一颠，鱼不偏不倚翻个一百八十度，再煎另一面。这一颠即翻是个技术含量很高的活儿。此前鱼身朝下，鱼膛朝上，"颠"之前不久，在鱼膛面放了少许盐，撒匀，又放了蚝油和生抽。翻一百八十度后，边煎边放葱段，西红柿块，青椒块，红椒末。5分钟左右之后，打开一瓶啤酒，倒在锅里，盖上锅盖。蒸煮10到15分钟，出锅即食。记住，出锅时放在大盘里，仍然为入锅前的对称形状，鱼膛面朝向盘底，看起来像是两条鱼。此为"阳朔啤酒鱼"，甚是好吃。

　　六点半，车来接去看《印象刘三姐》。节目不到70分钟，是以书童山为实景的大型演出，开了世界实景演出的先河。场面浩大，声光电离奇动人。我并未看懂是在表达什么主题，同那年看《印象西湖》一样，直感新奇。算一下账，从2004年开演，演出4000多场，观众1000万人。保守一些也创造了20亿元的收入了。这是真正的文化产业。不过回到我们的住处。我看了房间的画册上介绍了这个《印象刘三姐》从创意到设计、到选址、到选人、到融资、到建设的一系列曲曲折折的复杂过程，深觉办一件真事之难，真是难于上青天！于是我想，不能简单对创业者聒噪对错，评头论足；不能旁观创业者的困难而指责人家是骗子；不能求全责备勇于创业的人。因为"创业艰难百战多"啊，真正的创业者，从思想到勤奋，从苦难到坚持，从精力到体力，哪个没经过凤凰涅槃，浴火重生？真的是太值得敬佩了。

# 十六

　　早晨，吃了我们住的楼下的"十元一位的营养餐"。租了两辆自行车，一辆一天15元。我和大哥背上了相机，骑上车就出发了。去游十里画廊。

边骑行边照相，要的是那份感觉。可能来早了，不是季节，景色并不怡人。忽见路边一农家院里满树桃花绽放，欣喜非常。停车过去看，满树假花。完全是为了吸引游人过来用餐。一位老妇人在做着什么，十分和蔼，说话也听得懂。大概是从外地过来谋生的。她指着房边一棵小桃树说"那棵是真的"。顺着手指的方向一看，果然有棵小桃树，有几朵粉红粉红的桃花刚刚绽放，还冒出了几片新叶，十分喜人。然而，不是这老妇人说，这小桃树的真花，在这一片假花之中，又有谁能发现它是真的？但事实确是，假花之中只有这一株弱小的是真的。

过了一个攀缘基地。有一片小水塘。旁边是一小片油菜花，远处有一座山。塘中的倒影十分好看。只是隔着一块刚刚整过的土地。我们走过去，沾了一脚的泥。水中的倒影是最经典的对称美。但是这里有一条电线，怎么也躲不开。怎么照都破坏了画面的对称美。正想放弃返回，不远处一老妇人怒气冲天地向我们喊叫。说的是方言，我们也听不懂。我就走到她跟前，她说的一句话里有两个字我听懂了。这两个字是"罚款"。我一看她手指着的木牌上，歪歪扭扭地写着："此地种有贵重东西，不要进入，进入罚款，后果自负！"我忙解释说："我们是从那边过来的。没看见这个牌子。不知者不怪！"倒也没听清老者嘴里嘟囔了些什么，让我们走了。骑车又走，路边有几个农民在农田里耕作，倒是一景。停下照了一气，还是躲不开的电线，电线，电线。这是旅游区，不知当地发没发现这个问题。

# 十七

大榕树和万景码头我们逗留了很长时间。在大榕树下，自由散漫地闲逛了一会儿。吃了两条烤鱼。到万景码头看了看，也无惊奇，适合散淡的人闲消光阴。

十里画廊只看到了怒放的假桃花，但是心情却如真花。由于季节原因，十里画廊并不如画，但是心情如画。来时路过一家叫"金记猪肚鸡"的餐馆。以为找到了"肚包鸡"。就约定午饭在这里吃。结果一吃，并非肚包鸡，而是猪肚条炖鸡肉。

吃过，满脸灿烂，退了车子，拉着箱子，哼着曲子坐了一个半小时的汽车回了桂林。四十五元一张票，约了晚上看"梦幻漓江"的演出。还住进了原来那个酒店，原来那间房，然后什么都往房里一扔，躺在床上呼呼大睡起来。

晚六点多，找个小店，吃了饭，就打车去看"梦幻漓江"。女出租车司机把我们拉到了"梦幻漓江"，但根本找不到，这是拉错了地方。重又打了车，到"新梦幻漓江"剧场，对了。"梦幻漓江"是杂技兼芭蕾的演出。小演员们都有些硬功夫。

听说象鼻山早七点前免费开放。五点半就起床，六点准时打车出发。同司机说起，司机说，那是对本地居民。你们这相机不能让他们看见。还有，守门的人问你们话，你们不会说桂林话，也进不去。试试吧。

去得有点早，天还没亮。找遍了一号门，二号门，三号门，都锁着，也没有人。只有对面的181医院的大红霓虹灯标在亮着，红了半边。

后来问得，六点五十分开门。只对本地人开放。果然，届时二号门、三号门都打开了。同时有几个外地游客。试图进去，都被撵了出来。我们换到二号门，也被挡在了外面。在外面转了半天，只好买了票。在象鼻山照了几张相，又围绕着那地方转转，就出来了。

# 十八

吃了碗兰州拉面。就去刘三姐大观园和芦笛岩。这可是桂林有名的景点。

刘三姐大观园是"黑衣壮"壮族的一个村落。叫那龙。那里的人都能歌善舞。导游说，全国壮族人口一千七百万，黑衣壮只有五万人。转完了村落，又是银铺。就找地方看了一场小演出和斗鸡。斗鸡有点意思，但是只是看个热闹。看不出什么门道。

芦笛岩又叫国宾洞。是一个溶洞。邓小平的题字很有意思："一九八六年元月二十八日到此一游。邓小平。"这是我见过的最不同的领导人的题字。

大哥说，全国大大小小的溶洞看过的有二十多个了，都弄混了。我也看过有几个了，就是那样的一种自然景观，更多的效果全靠各种五彩斑斓的灯光实现。

出了芦笛岩，打车到靖江王府独秀峰。买了票，先找个小店吃了一碗酸汤粉。看见小街上有马启邦故居，不知何人何事，过去看，是民国时期桂林市警察局局长，白崇禧的得力助手。想必也有当年……

# 十九

靖江王府是广西师范大学校址。现在只有旅游学院的学生在这里上课。其余都搬到新校址去了。这里 1937 年是国民广西省政府旧址。我们看碑，一个保安就过来介绍，想说，但是精神可嘉却不甚了了。

我们的导游，是个男的。年纪不大，肚子不小。是我此行见过的南方最胖的人。自觉比我肚子还要大。然而，人不可貌相。他的知识渊博得很。大哥问他几个问题，都是题外的，他对答如流，一路上，深得大哥赞赏。这靖江王府是 1372 年，朱元璋开国之后，封他的大哥的儿子朱守谦的，历十四世280 多年。其中第五世朱佑敬一人在位 58 年，是个重要人物。"靖江"之名，也是朱元璋改的。靖江王城最早是始安县驻地，本叫静江。刘伯温看选的土城，果然名不虚传，是个奇妙之地。当年徐霞客几次想进靖江王府一饱眼福，都未被王爷允准。实在无法，一次打扮成伙夫的样子混进了王府，也终被发现而遭驱逐。徐霞客虽是一个名人，但也并不在王爷话下。这是什么缘故？

独秀峰高 66 米，山环水绕，突兀而起。至今桂林城没有超过它的高度的建筑，这是规定。登独秀峰可以环顾整个桂林城。桂林的远景，一眼尽收。导游站在这里环望着对我们说，靖江王府是桂林市区唯一一个五星级景点。在这里，三分看、七分听。我们的胖导游讲得好，就十分有收获，也十分感叹历史长河浩浩荡荡，奔流远去。

游这里，回去的路上，有个模拟殿试的节目经过。还没弄明白套路，就有一个人中了进士，穿着大红袍，戴着宫花帽，喜不自胜的样子。一帮长衣短袖的人吹着喇叭，在模仿古代的情形。好不喜兴！此时，旁边一清服旧吏拿过来一小盒酒，学着戏腔要价 99 元。中进士的人领着个小女孩。小女孩替他交了 100 元。他则满脸欢笑，花了 99 元，中个状元，值啊。不过，我想，从孩子教育的角度讲，也许会有激励作用。

不远处，有个手工制作玻璃的小摊儿。一个男子，用乙炔气灯吹烧，不一会儿就可以做成各种惟妙惟肖的小动物。大哥的小外孙属鸡，他就做了一个很漂亮的玻璃大公鸡。

# 二十

晚上，思想溜号。胡思乱想着睡着了。早晨醒来，看床头的纸上乱七八糟地写着：

对于人生，对于企业，对于单位，创意都是十分重要的。创意本身包含价值，它的完成，一定会创造价值。

任何时候，想做一件大事或者新事都不容易。任何想不到的原因，都可能让事情遭到困难和阻滞。此时，别人说三道四，再正常不过。但要坚持，要锲而不舍地寻求办法和途径，不要在意别人说你精神有问题。只要坚持到底，终会成功。一旦成功，之前别人的说三道四马上就会变成可歌可泣的让人热血沸腾的励志故事。

人最可宝贵的非智力因素，就是两个字"坚持"。终其一生地坚持，定有大功。

# 二十一

长沙一个是岳麓书院，一个是坡子街火宫殿，不能不去。

九点离开酒店去桂林北站坐高铁。十点五分出发，差不多四个小时到长沙南站。午饭在车上吃盒饭，每份40元。同座是一个女子。开始不断地打电话，发微信。一会儿又睡得打呼噜。醒了又自己情不自禁地发笑，像是恋爱中的女人。

长沙南站招徕住宿的，租车拉人的几乎没有。我们从南门出去，茫然四顾，不见可住的旅店。大哥说这有通机场的磁悬浮。于是又转向北门，找到了磁悬浮车站的方位。出了北门，更是冷清，却有一两个司机前来搭讪。商定20元把我们送到长沙大道2号地铁口附近的198连锁酒店。办了入住。又花 80 元把我们送到岳麓书院。

## 二十二

"惟楚有才，于斯为盛"就写在书院大门的两侧，极其醒目耀眼。横匾就是"岳麓书院"四个大字。岳麓书院在湖南大学院内，林茂山静水悠。我国古代四大书院之一。一路潇湘烟雨迷蒙，我们跟着一个导游蹭听。

"惟楚有才"出自《左传》，原句是："虽楚有材，晋实用之。"说的是"楚材晋用"的典故。"于斯为盛"出自《论语·泰伯》，原句是："唐虞之际，于斯为盛。"本意是孔子盛赞周武王时期人才鼎盛的局面。

导游特别强调，这里的"惟"和"于"都是发语词，没有实际意义。翻译这两句话就是："呀，楚有才，啊，斯为盛。"

站在这里，久久注目。万千感慨，万千崇敬。

进得书院，最外的匾额是：实事求是。为 1917 年岳麓书院宾步程所撰。这四个字的出处十分久远。由东汉史学家班固首创。班固在编撰《汉书》时，为河间献王刘德（乃景帝之子）立传。称其"修学好古，实事求是"。赞其收集古籍，明知深察的治学精神。旁边的一联为："吾道南来，原是濂溪一脉；大江东去，无非湘水余波。"大气磅礴，浩然之气冲天而起。再旁也是宾步程撰写的楹联"工善其事必利其器，业精于勤而荒于嬉"。

书院的第二道门。楹联为"纳于大麓，藏之名山"。横额为"名山坛席"。系清末程颂万所题。"纳于大麓"语出《尚书·尧典》"纳于大麓，烈风雷雨弗迷"；"藏之名山"语出《史记·泰史公自序》"仆诚已著此书，藏之名山，传之其人"。此门背面有匾"潇湘槐市"原也为程颂万撰书，但抗战时毁。现匾为楚图南补书。"槐市"者，汉代长安太学也。两边有清代山长罗典所撰联："地接衡湘，大泽深山龙虎气；学宗邹鲁，礼门义路圣贤心。"

## 二十三

再往里走，便是书院的中心：讲堂。

匾即"实事求是"。

联是"工善其事必利其器，业精于勤而荒于嬉"。

讲堂大厅中央前后悬两块鎏金木匾。一为康熙御赐"学达性天"。另一为乾隆御赐"道南正脉"。

讲堂的墙壁上，有朱熹手书，清代山长欧阳厚均刻的"忠孝廉节"碑。以及与之相对应的清代山长欧阳正焕书，欧阳厚均刊立的"整齐严肃"碑。讲堂屏壁正面则刻有今人周昭仪所书的南宋张栻撰的《岳麓书院记》。背面是摹自《南岳志》的麓山全图。

讲堂还有对联若干。最醒目入心的是清代旷敏本题的"是非审之于己，毁誉听之于人，得失安之于数，陟岳麓峰头，朗月清风，太极悠然可会；君亲恩何以酬，民物命何以立，圣贤道何以传，登赫曦台上，衡云湘水，斯文定有攸归"。据说蒋介石临终前，说的就是这个联的前两句。

此外，还林林总总地挂着若干联语。多数人是一带而过，并不以为意。我有爱于此，不但看了，也记下来了。读此文者，若无此爱，应该略过以下的文字。我之所以写得如此琐碎，也并非完全是笔力不张。我对文化、文明和思想者的发自内心的尊重和崇敬使我难有取舍。这些先贤，哪怕如今我们只知道他一个名字，也不可否认，在人类历史的天空中，他们都曾发出过耀眼的光芒。而岳麓书院，曾经是天空中耀眼的光芒最多最久的地方。我不知他们多大程度上左右了历史前进的方向。

岳麓书院的大儒，鲜有腐儒。他们都是能经世致用、经天纬地之才。梁启超提出中国历史上有两个半圣人。其中一个半归于岳麓书院。晚清重臣有几个出于岳麓书院？我知道的有曾国藩、左宗棠。

于是我仔细环视其间，又见：

惟楚有才，于斯为盛；
沅生芷草，澧育兰花。
一水长流池不涸，
两贤互磋道终同。
岳麓学府传千载，

书院育才有良规。

院以山名，山因院盛，千年学府传千古；

人因道立，道以人传，一代风流直到今。

陟此峰巅，看湖浪湘波，总是源头活水；

拜兹堂上，仰贤关圣域，无非心地严师。

讲堂侧门亦有联云："学贯九流，汇此地人文法海；秀冠三湘，看群贤事业名山。"

讲堂的两侧为教学斋和半学斋。为昔日师生居所。分别有联："业精于勤，漫贪嬉戏思鸿鹄；学以致用，莫把聪明付蠹虫。""惟楚有才，三湘弟子遍天下；于世无偶，百代弦歌贯古今。"

# 二十四

再前行是"御书楼"。有联："圣城修文，前有朱张讲坛，宋清宸翰；名山汲古，上藏三坟五典，诸子百家。""训诂笺注，六经周易尤专，探羲文周孔之精，汉宋诸儒齐退听；节义文章，终身以道为准，继濂洛关闽而起，元明两代一先生。"

书院左侧是文庙。濂溪祠，专祀周敦颐。祠内有"超然会古今"匾。有清代学者王凯运随口而出的对联："吾道南来，原是濂溪一脉；大江东去，无非湘水余波。"

四箴亭，专祀程颢、程颐。四箴即视箴、听箴、言箴、动箴。源自《论语·颜渊》"非礼勿视，非礼勿听、非礼勿言，非礼勿动"四句。

崇道祠，专祀朱熹、张栻。又称"朱张祠"。

六君子堂，专祀着六位对书院发展和建设有功的先儒：朱洞、李允则、周式、刘珙、陈钢、杨茂元。

船山祠，专祀王夫之。是湘水校经堂的原址。

此外，还有麓山寺碑亭、百泉轩、时务轩、山斋旧址、杉庵、自卑亭、爱晚亭和园林。有点疲劳，也一带而过了。

现在的御书楼只对博士研究生开放，余人不得进。爱晚亭只是由湖广总督毕沅据唐代诗人杜牧《山行》"停车坐爱枫林晚"句取字而来。与杜牧的诗有关系，与杜牧本人没有关系。

在自卑亭前，真是自卑。因为常用"自卑"一词，到自卑亭才知道出处。"自卑"一词出自《中庸》"君子之道，譬如远行，必自迩；譬如登高，必自卑"。

这次一路景点所见，游人多是老头老太，给人暮气。只是到了岳麓书院，反过来了，几乎全是少男少女。一派活力迸发，青春气象。如我二人，却有点格格不入。大哥说，可惜一生没念过大学，更不用说这里了。我说我连高中都没念过，就靠这点墨水混呢！

## 二十五

从这里出来，打车到湘江东岸的坡子街火宫殿去，天已经黑了。那里的小吃，来了不能不吃，不吃不如不来。不是我说的，是司机说的。

坡子街是一条有1200多年的千年老街。是湖湘文化的代表。然而，我知道的，民国时长沙老蒋那把大火，毁了。没人告诉我它是复建的，但是我想应该是。外面灯火通明，有戏台在演戏。热闹得很。

火宫殿过去是一座祭祀火神的庙宇。又名"乾元宫"。有250多年的历史。也有楹联，是清代书法家何绍基撰写的。其联云："象以虚成，具几多世态人情，好向虚中求实；味于苦出，看千古忠臣孝子，都从苦里回甘。"

小吃，太挤了。一层是点餐。没排上。二层、三层是自助，我们挤到三层，拿了若干，恨不能把全店吃遍……不吃不知道，吃了才知道。

此来，"处处皆历史，满眼是文化"。然，南方虽云乐，也应早还家。

两国六省十三天，
把盏何曾白云边。
大快朵颐街六条，
二十美景终须还。

我魂牵梦萦的遗憾还是吃"肚包鸡"，游甲秀楼……

# 三十当欢

不知不觉间，30岁倏然而至。圣人说，三十而立。我虽三十，但是当立不立。慨叹圣人至伟，竖子至愚之余，发现日子像流水，却远不是得过且过那样轻描淡写的意思。当年听哲学老师讲"人不能两次踏进同一条河流"时，懵懵懂懂。而今才知赫拉克利特和圣人差不多的年代就发现了这个伟大的道理。只不过圣人说的是"逝者如斯夫"而已。抬头人间烟火，低头柴米油盐，把一切才智都为了凡间俗务而挥洒之时，偶一喘息，这才发现，自己也在重复着父母的老路——父母已经老了，而自己已到了记忆中的父母的年龄，也成了儿子将来记忆中的父母。

今年的除夕夜，噼噼啪啪的鞭炮声和淡淡的硝烟味让我猛然感到一种苍老和荒凉，一种青春不再来，没有岁月可回头的焦躁悄然爬上心头——曾经，在毕业纪念册上夸下海口：五年后小有成就。屈指算来，而今呢，两个五年过去了，又有何为？想来禁不住汗如雨下，芒刺在身，倍感时不我待。

刚参加工作的几年里，最愿意让人问起自己的年龄。因为说出年龄总能得到别人脱口而出的夸赞。听着别人说"年轻有为"之类的话，便浑身受用，有一种飘飘然的感觉。现在想来，这是何等的浅薄与无聊啊！就像升在半空的瓷娃娃终要掉在地上，把那点庸俗的不着边际的虚荣与浮华摔得粉碎！

30岁是惊心的。因为30岁可算得半生了。"一事无成惊逝水，半生有梦化飞烟"，背一遍这来自心底的无奈的慨叹，就有了一种还会背这诗本身的小聪明式得意；"人似秋鸿来有信，事如春梦了无痕"，这是岁月的苍茫的挽歌，清浅低唱之中远非心灵解脱。但是，把苍白的岁月写成诗来装点，只能使岁月更加苍白。情绪得到了宣泄，却伴生着巨大的悲苦。自以为识文断字的人，在痛苦的哲人和快乐的猪之间经常自我解嘲。这，是一种地地道道的悲哀，是人性的悲哀。生活，不能没有诗，然而，生活却真的不是诗。30岁，有几人不满是困顿和责任？要么奋斗，要么沉沦，要么奋斗后沉沦，要么沉沦后奋斗，概莫能外，你选哪一个？这是个似乎不是问题的问题。

30岁最惊心的是知道了自己最强大的敌人是自己。伟人说过：与天奋斗，其乐无穷；与地奋斗，其乐无穷；与人奋斗，其乐无穷。与自己斗呢？不知伟人想过没有。常常，我们自己斗不过自己，这似乎与花开花落、草长草枯一样成为一种自然法则。这一法则使我们都成为网中人，看不见的网，挣不破的网，天网恢恢的网——岁月越来越增加我们的心理承受能力，一点一滴地增加我们的惰性，我们慢慢地被钝化，就这，却逐渐成了我们的资本，被人美其名曰城府。其实不过是世故、市侩、势利，学会了夤缘和与人周旋，像菟丝子一样攀缘而已。而一技在手的"技"呢？大多变成了"计"，何其悲哀啊！

30岁才知道，人活的是过程。不要把得到看得太重，人生就是不断失去的过程。因为得到是相对于失去而言的。我们在得到什么的时候，不可避免地在同时失去着什么——谁也不可能拥有全部。在得到与失去的轮回中，我们重要的是不能失去目标，给自己定一个长远的大目标，再定几个近期的小目标，只管努力就是了。结果并不重要，过程才有意义。人生如钟摆，只要生命在，就要在痛苦与欢乐之间，成功与失败之间，新鲜与厌倦之间摆来摆去。不是吗？

30岁才知道，人生无归路。我们找不到时间隧道，"弃我去者，昨日之日不可留"。人生不可逆，生命对于我们只有一次。任何生命的不幸都是值得怜悯的，任何生命的消失都是值得惋惜的。看开也罢，看不开也罢，人生不仅仅是微雨中的一程。人生是悲欣交集的天路，苍茫天边的那一轮圆月，遥远暗夜里的满天星斗，才是心的方向。我们不可能回到从前，所以我们不能一辈子心中有雨。30岁，还未晚。再从头，仍少年。所以输得起，赢得起，只有输得起，才能赢得起。"蓝天盖着大海，黑水托着孤舟"，这儿歌使我们在童稚时就得到了启蒙。谁也不能回到那个梦中的家园。飘飘荡荡，像风吹的浮萍一样，我们想成为却永远也不能成为我们应该成为的那个人。既然人生无归路，我们就不必记着回家的路。30岁，待从头，收拾"旧山河"，30 岁，恰如凉爽的夏夜，当有无尽的欢欣……

# 四十何往

40岁的时候，常常想起一偈禅诗。那禅诗说："开悟之前，砍柴、挑水；开悟之后，砍柴、挑水。"砍柴挑水依旧，意义却机锋不尽。联想到我们精心投入的这个平凡世界的纷纷扰扰、恩恩怨怨，也不觉从这"砍柴、挑水"之中悟出些许人生道理来。

四十更懂过程。人生的意义在于过程之中，但是人们却往往忽略这个过程。是非成败转头空，所有结果只是一个逐渐暗淡下去的符号。只有那经历、那经历的过程，才能唤醒我们隐约远去的记忆，复发我们对那经历的幸福的或者是痛苦的感受和体验。即便是痛苦的，为了某种信念，我们也会与之伴生某种快乐，这就是"痛快"一词的真实意义，痛而后快。真正的幸福不在于目标是否达到，而在于为达到目标的奋斗之中。

四十才知信念。轰轰烈烈的事业，黑黑白白的世间，只有我们躬身入局的那一时刻，我们才拥有生机和活力。大千世界，有一只"无形的手"在掌控着我们。在过程之中，这只手会让你感觉到时刻在打你的屁股，就像小时候梦见一只狼在追自己而不得不拼死向前跑一样。这只手，那只狼，其实就是一种信念。人总为信念支配。人总是为了一种信念而活着，发展的第一要素不在有无资本，而在有无信念。

四十常恐紧迫。多少事，从来急，天地转，光阴迫。四十了，想想，是不是就很紧迫，很迫切？地球何其大，在宇宙之中不过是一粒尘埃。人呢，在宇宙中，算得了什么呢？人生百年，弹指之间，在历史的长河中，又算得了什么呢？于是我们有了一种"渺渺茫茫来又回"的苍茫感。苍茫感产生紧迫感。把我们的一生分成若干年，再分成若干天，若干小时，若干分钟，若干秒，看看最终能有多少呢？说到这里，想起了朱自清的《匆匆》。在不知不觉中，岁月在无声无息地流淌，逝者如斯夫！岁月不可倒流，浪费了一分一秒，就浪费了上帝赐给我们的一分一秒的生存机会。无论我们的人生目标是什么，都只有抓住每一个分分秒秒，才能铸造更加完善和完美。

四十必论方法。马克思关于世界观和方法论的伟大论述，常常令我们激动不已。世界观是战略问题，方法论是战术问题。我们过多地关注了战略问题，却往往忽略认真研究方法这个战术问题。是的，不错，条条大路通罗马，可这路与路却有很大的不同。眼看目标就在跟前，通向目标的路却有大山大河横在眼前。开山吗？来不及。修桥吗？没能力。那就要"绕"，不惧曲折又遥远。这就是方法。给自己定一个大目标，在大目标之下，再分化出几个小目标，在每个小目标下再研究制定几条具体的实现方法，然后认真加以落实。一件事情，坚持做10年，定会超人。

四十不吹泡沫。国家要抑制通货膨胀，我们个人也要抑制自我膨胀。自我膨胀是人生的大敌。特别是私欲的膨胀。做了一点事，受了一点世俗的吹捧，就飘飘然，就傲视别人，就要求别人，就愧对别人。脱掉了光鲜的打扮，千万不要只剩下一堆欲望。这很可怕。经济有"泡沫经济"，人生也有"泡沫人生"，泡沫破灭，只好跳楼。具体到我们，千万别为了一个俗念头，错做了一生人。要不断地规范自己。不要放纵自己，天下最真者，莫若伦常，最假者，莫若财色。

四十安然守心，任世事纷乱如斯，我心一片悠然。平常心最难得。平常人就要有平常心。精神上的大起大落谁也承受不起，最美的和最丑的都在心灵深处。人生的苦恼何来，就是需要记住的记不住，应该忘掉的忘不掉。错放了位置的人才就是垃圾。因此要找准自己的位置。恺撒的归恺撒，上帝的归上帝。金字塔尖上能有几人？更何况，什么人有什么样的苦恼。什么样的事有什么的潜因。这些，都是你所不知道的。还是扑下身子，从小处着眼，对自己有个客观的、清醒的认识，只做自己能做的事，做好自己在做的事。坦然做一个心态平和的人。

四十难得坦荡。生活得失相伴，自古难全。一切放下，天高云淡。要做的，就义无反顾；不想做的，就斩钉截铁。要知道，无论什么时候，得到的同时必有失去。做了，就不要怕；没做，就不要悔。一定不要患得患失，优柔寡断。还要记住，除了知道把握时机外，一生中最重要的就是要知道应该什么时候放弃好处。因为天下没有免费的午餐，世上没有无缘无故的爱和恨。这是伟人和名人共同告诉我们的。

# 五十六念

我 50 岁那年，妈 74 岁。爸 79 岁，但是他在七年前已经远去了，去了那个叫作天堂的地方。爸远去后不久，妈搬来独居在我旁边的一个 70 多平方米的单元。当时买这个房子，还是爸的想法。为的是老来离得近一些，既能住在一处，又能相互独立。那年这个房子快交工的时候，爸过来看了一次，十分满意。他一生背井离乡，颠沛流离，没住过像样的房子。我见他高兴，就趁兴说："那就趁着还没交工，我找找人，在里面单开一个门，里面通上。这样，外面看，是两个独立的单元，各开各门，里面又是一体。我们既住在了一起，又相互独立。"爸说："这样最好。但是人家不允许的话，也不必强求，这样就很好了。"我说："在哪里开好呢？"他两个单元转了几圈，左看看右看看，说："这里，这样开最好。"边说边比画着："你想象一下，是不是？通是通着，但是互不影响。谁也不碍谁的事。装门的时候，门锁在你们那面，你们愿意走就走，不愿意走，就锁上。我们走外门。"说干，抄手就干。没几时，门就开好了。我请他来看，他却说："不看了，知道了那样子。"装修刚刚开始的时候，噩耗来了。爸只看了一眼这房子，一天没住过，就不声不响地走了。那年我 43 岁。

而今，我到了天命之年。妈住在这座房子里。过年的头一天，我应酬完了。到小区外的门脸去买了两副对联和两个福字。到妈那屋里，见妈坐在那里念她的经。就要退出来。妈放下经本子，说："要走？坐下说话。"我笑嘻嘻说："怕打扰你啊！"见我手里拿着一卷东西，问："那啥？"我边往她跟前走边笑嘻嘻说："我？送福的。送福来了，给钱！"妈就脸上开了花。说："送福好啊！"我说："那，给钱！"就递给妈看。她边看边说："送福还说钱？！我的钱出去串门了，没回来呢！等回来给你。"又打开一张，说："现在这纸多红啊！风雨送春归，飞雪迎春到，这词我还会背呢！"就东一句西一句地唠了很久。说："你走吧。家里的等着你呢！我该接着念经了。"

我走过爸设计的那个门，回到我的家。妻子在忙乎什么，打了招呼。问："用帮忙不？"她说："不用，看看儿子干啥呢。"儿子在自己屋里，做自己的事。我没打扰他，就走进书房。坐在桌前。

明天就过年了，我就是年过半百的人了。现在条件好，看不出有多老。只给人中年人的印象。要在过去，就是脸像桃核一样的小老头了！

孔子说"五十知天命"。所以50岁常被人们称作"天命之年"。孔子还有一句话："君子有三畏：畏天命，畏大人，畏圣人之言；小人不知天命而不畏也，狎大人，侮圣人之言。"圣人之言，50岁还不明白，那就是君子小人之分了。

古时的人，对50岁，还叫"知非之年"，是说春秋卫国有个叫伯玉的人，善于不断地反省检讨自己，到了50岁的时候，全知道了49岁之前的错误。因而"知非"。原文在《淮南子·原道训》上面："伯玉年五十，而有四十九年非。"

又叫"大衍之年"。出自《周易》。易学以五十根蓍草演算占卜的方法。

又叫"艾服之年"。出自《礼记·曲礼上》："四十曰强，而仕；五十曰艾，服官政。"后来称50岁做官从政，预闻邦国大事为"艾服"。

不管怎么说，五十终归是个值得承前启后、思前想后、惩前毖后的年纪了。我竟然俗务繁忙，对此一无所思、一无所备。再不有个思考是不是白活了？然而话又无从说起，坐在桌前，一片苍茫。虽然日日忙忙碌碌，难得一闲，但是活了半百岁数了，既无波澜壮阔，也无风生水起；既无惊天动地，也无万丈雄心；既无又红又专，也无大是大非；既无一无是处，也无一文不值。就是一个普普通通的人。对，一个不怎么市侩的"小市民"而已！那么既是普通人，就想普通事。久坐冥想之后，自己的50岁，有六念，可以示人。

一念，心有悔恨。悔恨年轻时荒疏的岁月。那日子再也一去不复返了。青春不再来。没有岁月可回头。那时没觉得日子是日子的日子，现在全如袅袅轻烟，随风散去，一去不回，了无痕迹。

二念，心生慈悲。"与人以乐为慈，拔人之苦为悲"。五十岁深知了个中三昧。喀喇沁亲王府承庆楼有联云"独有慈悲随佛念，自言空色是吾真"，"三思方举步，百折不回头"。慈悲之念虽常有，但在半百之年的漫长消磨中，对人、对事、对亲、对友，多有不周。未来，时时处处，慈悲为怀。善待和包容，是最大的执念。五十岁后的智慧，都靠慈悲。

三念，心生恐惧。恐惧在人生的后半道上又迈出了一步，离那个终点又近了一步。仁者爱人。爱人即爱。我怎能不付出我的爱？我怎能不接受别人的爱？我要做的事还多呢，我怎能辜负了老天赐予的这副皮囊？我怎么能除了造粪，百无一用？怎么能说"半百招摇实无功，欲说还休了无声。滚滚红尘尽是客，子夜一过大梦中"？

四念，心存感激。首先感激父母的养育之恩。同时感激一路走过风雨，一路看过彩虹的妻儿给予我的家庭之暖，给我之身安心安之所。还要感激众多的亲友给予我的关心支持帮助，还有那往日的快乐。哪怕一个路人的一个微笑，都是缘分，回忆起来，值得感激。

五念，抱定希望。回忆过去是为了开创未来。未来需要抱定希望。鲁迅说："在阳光中我学会欢笑，在阴云中我学会坚强，在狂风中我抓紧希望，在暴雨中我抓紧理想，当我站在终点回望，我走出了一条属于我的人生之路。"当以此为铭。

六念，自当精进。不管失败还是胜利，勤奋上进都是人生最大的价值。懒惰是一切恶习的根源。懒惰让人变得丑陋。懒惰极易形成，极易反复。这个世界不需要任何努力就能得到的就是懒惰。勤奋要养成习惯。何必仰天长啸，莫使春风沉沦！

有此天命六念，再干三十年，不需向天借！夜已深，我起身，在心里默默地说："明天过年，天命之年，阳光灿烂的日子。"

# 只为旅行

降压片一盒一板，一板七片。每天早晨，用手一按，那药片就挤破包装，露出一角。再轻轻一挤，就落在手心上。就势手一抬，嘴就自动开合，接着一个吞咽动作，不用喝水，就下去了。然后吃饭喝汤。

近来，一向觉得药是新近打开的，还没怎么吃，可是习惯地一挤的时候，才发现七片的位置都破了，是空的。才知道一个星期的时光又过去了。心里千万次地问自己：日子咋过得这样快？不想对这个问题自问自答的时候，答案却已非常清晰和明确：从知非之年到如今，已然又过了五年。这五年的变化如同岁月的雪崩。

彻底改变了对生死的态度。55 岁的人，在这个偏远的塞外县城，已经很是不小了。早在 20 年前，50 岁的人就离岗了，没事干，整天在大街游荡，有人自嘲，像个孤魂野鬼。如今，55 岁，也该退居二线了，加入那游荡的队伍。我上天眷顾，找了个不是二线却犹如二线的工作，有点沾沾自喜。但是那天发现，整个大楼里，和我的年龄一般的已经凤毛麟角，都是年年轻轻、清清爽爽的人，就又凭空生出一种孤独。

知非之年刚到的时候，经常萦绕在心头的是那种青春远去，时光一去不回头的锐痛。曾几次自言自语"青春不再来""没有岁月可回头"的话。耳畔频闻故人死，眼前但见少年多，春江水暖，一叶知秋，自己是不是也快熟了？

看着年轻人朝气蓬勃，有点欢喜。但转眼熟视无睹，满是看客心态，了无艳羡之心。我知道，这是钝痛。一个人看不见青春了，就只好等岁月的软刀子再锯锯生命最后那点连筋带骨，眼瞅着就两断了，只等那"啪"的一声！

痛啊！这种痛，是饱含对远去青春的留恋。是青春的挽歌，是对青春流逝的懊悔。不知不觉中，就这么过去了，连尾巴也不见了？这种痛，是对老去、对死亡的面对，既坦然又悲壮。不可抗拒的自然法则，都是那个结果，早晚要来。这种痛，是没有岁月可回头的悲歌。

生命是个偶然，来到这世上，游历一生，再进入那个必然。就像《红楼梦》，宝玉那块石头，黛玉那棵绛珠仙草，幻化人形，来到人间游历也好，还泪也好，来来回回都是没商量的。该来的总会来，该去的总会去。来自渺渺，去处茫茫而已。

我们的文化博大精深，然而，我一直在想，就是缺少关于死亡的认知和教育。孔子一句"未知生，焉知死"似乎一锤定了音。我们都梦想长生不老。秦始皇更是如此。但是，结果呢？后来呢？没有死，哪有生呢？或者反过来说，没有生，哪有死呢？生死本是一体，有生才有死，有死才有生，有尤相生啊！可以分开吗？不可以分开的话，为何不坦然面对和接受呢？

这世上没有孤立的存在。"有什么"都是相对于"没有什么"而存在的。就如"天对地，雨对风，大陆对长空。山花对海树，赤日对苍穹"一样毫无二致。

55 岁，彻底改变了对子女的态度。此为不痛。对人生，已无追求。平淡地度过，什么也不留下，也没有什么可留下，就没有什么可留恋。对子女，骨血之爱，化灰难尽。然而此后，深埋心底。尽到应尽责任，一切顺其自然。不再苛求分数，不再苛求进步，不再苛求功成名就。不再恨铁不成钢，不再望子成龙成凤。只要儿女们平安健康度过这一生一世的时光，那就再好不过，谢天谢地。

人生不过一场旅行，终有来去，何必苛责？贾政之于贾宝玉的苛求，后来如何呢？还是宝钗说得好，"于今落釜成何益，月浦空余禾黍香"。

说起旅行，还要多说几句。既然人生不过是一场旅行，我们就不能总是停留在一个地方。既然是一场旅行，那别人都是你的风景。既然是一场旅行，前半段的努力就是准备行囊，后半段的努力是打理行囊。既然是一场旅行，那你只能改变路线，不能改变风景。

而我，旅行，已经快要结束了或者说才有新的开始。正在回家的路上。茅帘草舍快步到家，这是真心思。

大家都是不同起点、不同路途的一场旅行。唯愿儿女，尽力走好自己的路，多看点路边的好风景，就是完美。有什么可比的？和死相比，活着就是胜利。旅行不光是看风景，还有心情。

55 岁，彻底改变了对钱财的态度。生不带来死不带去。够用了，能维持自己的这种生活就够了。一切看破，一切看开。什么都不是你的，只有你花了你用了那点是你的。我非常赞赏和佩服我的同学大哥的率性和洒脱。他总是说，我觉得我现在的工资够用了，我很知足了。什么是富，什么是贵？知足为富，心安为贵。

物质财富多的人如果是成功，那么他看比他少的都是失败的。反过来也一样，总是羡慕不可企及的成功，那人生只有苦痛。但是，来到世上非得以拥有或支配财富的多少作为成功失败的划分标准吗？来到世上，既然不过旅行。不同的旅游路线而已，何来失败成功？一房一车，一日三餐，"两不愁、三保障"，余下的都是造化，尽人事听天命。从物质世界到精神世界，再到灵魂世界。三层楼一辈子只在一层楼转悠？祸患每从勉强得，烦恼皆因不忍生。

55 岁，彻底改变了对职场的态度。职场也是个舞台。舞台就这么大了。戏演完了，就该落幕。自己的戏演完了，就该卸妆了。还留恋什么？自古以来都是你方唱罢我登场。眼看他起高楼，眼看他宴宾客，眼看他楼塌了。没有永远。说有永远，那也肯定是相对于顷刻或者瞬间。在这个舞台上谢幕了，该换上另一个舞台了。直至演到死亡方才罢休。换个舞台，不在中心了，也是慢板了。跑得一手好龙套固然不错，衬托好一两个主角会更好。是可以随意挥洒任意东西的时候了。

没几年，不再想职场的事，不再做职场的人。不再求职场的名，不再谋职场的利……

所谓人生，一半不过是奋斗，一半不过是旅行。所谓前途，前半场是奋斗高度，后半场是旅行远度。现在，只为旅行……

# 后 记

这本书像不像一本书，我说不清。只觉得这是我人生下半场的一段时光的记忆。我每天用一段静静的时光，坐在电脑前，敲击键盘，在自己的空间内发出有节奏的噼噼啪啪响声。然后屏幕上就把我的思绪，变成了一行行文字。这台电脑，已经伴我三年有余了。我对它很依恋，也很感谢它。

原来买过两回电脑。最早的一台是在千禧年前。那时电脑对于塞外小城还挂着神秘和未知的标签。怀着无限的好奇和向往，自己组装了一台电脑，并没有想用电脑来做点正事，只想知道电脑是个什么东西。

这台电脑，耗费了我不少青春。因为要研究电脑的构成和工作方式，构建组装自己的电脑就是搭积木的思路。思路有了，还要筹集"资金"。等到资金有了，又要动手付诸实施。

万事俱备只欠东风的时候，是一个周末。我买了一张夕发朝至的火车票，坐了火车，到中关村电子大世界去。在中关村电子大厦和海龙大厦，我如同开了天眼，切身体验到了什么是上升时期的狂热。

记得那时候火车票也不好买。要找人。我找到了一个人，要了联系方式固定下来。虽然不是朋友，但是值得信任。只要加上几十元的手续费，从不放空。那时这样的人叫"倒爷"，现在叫"黄牛"。名字的变迁，也体现了时代性。

第一次如获至宝一般买了一大堆东西回来——主板、CPU、内存条、硬盘、显卡、声卡、显示器，还有键盘、鼠标、机箱、音箱等等，都是当时我承受得起的最好的——几乎花光了我所有的积蓄。回来就迫不及待地鼓捣。装硬件，装系统，装应用软件，反反复复，经常鼓捣到深夜。那时，尽管经常熬到深夜，但是也很兴奋。仿佛人生全部的快乐和意义都在这里面了。我装了拆，拆了装，两眼紧紧盯着屏幕上的蓝色进度条，让时间就这样枯燥而又充满期待地悄悄溜走……就这样伴我度过了好几个寒暑。

说实话，尽管是流逝了几个寒暑的时光，我也没打几个字。那时对我来说，电脑不是电脑，而是一个大男孩的玩具。伴我度过了一段个人自得其乐的朝气蓬勃的时光。

父亲当年相信一个人。那个人说我的未来是"笔砚营生"。这话传了出去，谁都不信。因为彼时，"文革"还没结束，我的家庭出身注定我没有机会咸鱼翻身。直到有一天，父亲告诉我在填表的时候家庭出身一定要填写"农民"二字，我才有了出头之日。

然而一脉相承的是时代的印记和时代的惯性。尽管我和班里有数的几个同学在表上填了"农民"二字，但是大多数同学并不按要求填写"农民"。他们仍然填上"贫农"或者"干部"。所以，延续了若干年头，直到家庭出身栏目取消之前，凡是在各种表格填上"农民"二字的，不用说，那一样是证明家庭出身不好的标识。如同此地无银三百两的道理。

几乎是与第一台电脑同步，我开始了职业"刀笔吏"的生涯。那时习惯用手写。用蘸水钢笔蓝字写在灰格的稿纸上。但是材料太多了，以至于天天加班天天写。当时流传着一条顺口溜"拉硬屎，尿黄尿。胡子蹭蹭长，头发刷刷掉。省了俺老婆，费了电灯泡。一宿整个大材料，不知领导愿要不愿要！"就是如我一般码字匠人的生存写照。

实在是太累了，就穷则思变。变则通，通则不痛。我就开始练习五笔字型打字法。开始用电脑写文章。学习机最早是 DOS 系统，后来是 windows98。有过玩电脑的基础，一来二去，也就学会了。所以想想用电脑打字，处理文档至今，屈指算来也差不多小三十年了。

再后来，职业没有发生变化，但是岗位发生了变化。虽然还是与"字"打交道，但是可以不用码字了，变成改字的了。改的时候可以随意说电子版还是纸质版。在电脑上改就要电子版，在纸上改就要纸质版。

一时间，桌上的电脑用于处理文档的任务就不那么多了。这时我换了一台苹果电脑。不但性能超好，外观简直就是艺术品。但是我却更多的用它听歌上网看电影了。

人生的错位，不仅是与生俱来的，而且还会一生伴随。

就这样，当我对码字一事如卖油翁"自钱孔入而钱不湿"的时候，我彻底地远离了码字的职业生涯。如此又朝朝暮暮若干年，一直到有一天又想打开那台苹果电脑的时候，却发现它打不开了。我可以自己动手来解决它。但是一点动手的热情也没有了。似乎那多少个兴奋无比的日日夜夜就从来不曾发生过。于是我找来了电脑店的师傅。他看了看，也没动手。只是说："它太老了。修也没价值，硬件不支持，系统也不兼容。换新的吧！"

我还是有点舍不得。敝帚自珍的心理又上来了。就自己动了手。它就又能开亮了。却真的不知道为什么，慢如老牛。光是开机就要几分钟。当初，当初它不是这个样子的啊！

也许是因为网络环境变了，系统环境也变了，我们的期待也变了的缘故吧。就这样，我关了机，就再没有动过它。只是让它在桌上当一件摆设。充充样子，我也是个"文化人"啊！

如此又过了好多年的时光。这些年，耳畔频闻故人死，眼前但见少年多。我也有了雨中黄叶树，灯下白头人的心境了。就经常回想当年。突有一天，又有了码字的冲动。桌上的这台电脑，是不堪一用了。为了验证，又特意打开试试，明明上次打开它是能亮的，这次它又不亮了。就果断把它放到了车库的一角。

于是就用手机上网想再买一台电脑。浏览一遍，上万的有，上千的也有。和客服聊了聊，说了用途。客服推荐了一款性价比最高的，不到两千元。说肯定够用，我就买了。

新电脑来了，打开它，是 windows11 操作系统，文字处理的软件也装好了。速度很快，非常好用。还可以上网。这是三年前的事。

如今，我用这台电脑，已经敲出了上百万字了。我终于知道，我这辈子，只需要一台不到两千元的电脑。

就是在敲这些文字的时候，我收到了于老师发过来的一首词。是他对我的鼓励。现在原封不动粘贴如下：

**月华清**<sup>①</sup>

（中华新韵）

**闻爱徒韵声**<sup>②</sup>**新书付梓感赋**

战　冰

溢彩芳华，青年才俊，遍读新惠师范。似渴如饥，醉墨放歌急遍。

强中首、清且涟漪<sup>③</sup>，脱颖早，峥嵘绚烂。夸叹。属文凝心露，韵声<sup>④</sup>当焕<sup>⑤</sup>。

品质同侪拥赞。庶政有高评<sup>⑥</sup>，峰渺云汉。眼里山河，笔底波澜云变。

平凡事、自有高格，百姓愿、目光流盼<sup>⑦</sup>。且看。美文千秋在，月明星灿。


**注释：**

①月华清：词牌名。

②韵声：即高韵声，男，现任赤峰市大黑山自然保护区管理局局长。1982年至1985年曾在新惠师范学校读书。余为其任课《文选与写作》三年。入学时其名为"运生"，余为其改为"韵声"。之后来往甚多，关系密切，教学相长，成忘年交。

③清且涟漪：指其小说《河水清且涟漪》。作品文字清新，凝炼灵动，文彩飞扬。1982年在《新惠师范》校刊上发表，成为文学作品专栏的压卷之作。当时其刚刚入学，年少才雄，遂一炮走红。

④韵声：和谐、悦耳、有韵律感的声音，此处指诗文作品。

⑤焕：放射光芒。

⑥庶政有高评：庶政，各种政务；高评，全面充分的肯定评价。其曾在敖汉旗政府办、旗委办、旗教育局、旗政协担任过领导职务，声誉颇佳。如是说。

⑦目光流盼：转动眼珠深情地看。亦指其微信公众号名字《流盼的目光》。此公众号发表的文章目前已超百万字，其作品关注民瘼，悲悯苍生，真诚生动，风趣幽默，意蕴深远，充满诗情画意，风格极为独特。此次结集的作品大都从此公众号精选而来。

2024.11.09

老师对于自己的学生，自然多有过誉之词。那是一份偏爱，这个我清醒得很。但是个中三昧，我也能够领悟。未来的日子还很漫长。如同那本书名，漫长的余生。

其实，我不需要别的，只需要这样一台电脑。余生只要这台不到两千元的电脑的陪伴，足矣！